LIU NIAN ZA HUI
流年杂汇

李长青 著

人民交通出版社股份有限公司
China Communications Press Co.,Ltd.

内 容 提 要

本书收录了作者历年作品的精粹，包括新闻、通讯、散文、评论、小说、杂谈等，时间跨度较长，文章题材多样，行文内容朴实，记录了作者在新闻行业的足迹，是对 60 年工作的怀旧和见证，也展现了作者一生与文字打交道的心路历程。

图书在版编目(CIP)数据

流年杂汇 / 李长青著. —北京：人民交通出版社股份有限公司，2016.1

ISBN 978-7-114-12635-2

Ⅰ.①流… Ⅱ.①李… Ⅲ.①中国文学—当代文学—作品综合集 Ⅳ.①I217.2

中国版本图书馆 CIP 数据核字(2015)第 278826 号

书　　名：流年杂汇
著 作 者：李长青
责任编辑：陈　鹏
出版发行：人民交通出版社股份有限公司
地　　址：(100011)北京市朝阳区安定门外外馆斜街 3 号
网　　址：http://www.ccpress.com.cn
销售电话：(010)59757973
总 经 销：人民交通出版社股份有限公司发行部
经　　销：各地新华书店
印　　刷：化学工业出版社印刷厂
开　　本：720×960　1/16
印　　张：20.25
字　　数：330 千
版　　次：2016 年 1 月　第 1 版
印　　次：2016 年 1 月　第 1 次印刷
书　　号：ISBN 978-7-114-12635-2
定　　价：32.00 元

目　录

新闻、通讯

新 闻 评 论

小说、散文

交通琐议

辽宁日报、沈阳晚报杂谈

其　他

新闻、通讯

关于一家公路运输企业负担过重的调查报告

日前我在徐州公路运输总公司采访，总经理薛克俭提供了一个惊人的数字：企业各种税费负担达84项，名目繁多的罚款还未计算在内。其负担之重远远超出企业的能力所及。

在如此之大的重负下，这家企业从去年起由盈变亏，今年第一季度末统计，已亏损165万元。薛总经理忧心忡忡地说："国家如果再不解决国有企业负担过重问题，其后果不堪设想！"

成本物价不断上涨　企业负担年年增加

徐州公路运输总公司是1948年由华东兵站演变过来的大型国有企业。经过40余年的发展，现有职工4800余名，拥有客车500部，货车150部。近几年来，尽管公路运输是微利行业，但企业在改革开放中奋力拼搏，转变经营机制，实行单车承包，兴办第三产业，精简干部队伍，等等，前几年企业还可获得相当的利润。

但自1992年生产资料价格陆续放开以来，成本物价不断上涨，公路运输企业就走了下坡路，利润不断下滑。1992年由于物价因素，同比增加成本933万元；1993年以来，物价涨幅进一步加大，1~3月汽油平均供应价每吨2732.84元，为调价前的2.87倍，去年同期的2.37倍。仅此一项，1993年就将增加成本1000万元。此外，汽车、配件、钢材、木材、轮胎等，都在不断地涨价，而各种规费、"罚款"名目越来越多，要价越来越高，因此，1993年1~3月份的千人公里单位成本，比物价调整前的23.93元升高一倍多，达49.09元。

徐州公路运输总公司是老企业，离退休职工1300余人，占职工总数的24%以上，同时还要负担1962年下放的200余人和300余名遗属生活补贴。除这些正常支出外，企业内部消化的其他开支也在不断增加。例如粮食价格放开后，每年要发粮补43万元；离退休人员加发生活费22万元；去年调整物价和房改补贴80万元；此外还有物价补贴、肉食补贴、菜篮子基金等，都要企业支出。

公路运输企业在物价上涨及企业内部双重包袱的重压下，喘不过气来。

税费负担何其多　摊派罚款雪上霜

国有工业企业，按国家有关规定照章缴纳税费，这是企业应尽的义务，也是

对国家应做的贡献。对这一点,企业经理和广大职工是有正确态度的。但是从徐州公路运输总公司的税费负担看,也存在着规费逐年上调及过多过滥的现象,使企业苦不堪言,难以承受。

在徐州公路运输总公司提供的58种税费负担项目中,粗略计算就有20余种是不合理的,或是重复收费的,如门前三包费、教室附加费、教员宿舍费、教育附加费、商业网点费、人防费、工程人防费、墙体费、路牌费、路牌审检费、车辆年检费、季度安全检查费,等等。这家公司年税费支出1500万元,其中不合理的部分约占40%左右。

最使企业不满的,要数各种摊派、集资和名目繁多的罚款了。据徐州公路运输总公司统计有20种以上,每年为此要支付1500万元以上,与税费负担相加,年支出在3000万以上,占营收的37.55%。下面列举的一些项目倒是很有“新闻”价值的。例如:绿化植树费、环境卫生费、社会治安费、安全费、民兵训练费、幼儿保育费、各种协会费、培训费、街道修建美化费、消毒费、卫生费、停靠费、噪音费、市区污染费、子女入学集资、电力集资、能源交通建设基金、预算外调节基金、邮电设备改造费、省重点建设资金、地方重点建设基金,等等。繁多的税费重压之下,又加上这些摊派、集资,无疑给企业雪上加霜。

徐州公路运输总公司还有个“附加”的难题,即客票附加过多。目前,火车票价人公里4分,公路票价人公里已达8分,高于同种铁路1倍多。这种由企业代征代交的客票附加费已为基本运价的65.24%。高附加费的票价,吓跑了大批旅客,使客车实载率由83.5%陡降为50.65%。

公路运输企业近年来还深受车匪路霸的危害。那些明火执仗,手持匕首、凶器抢劫的,设赌诱骗旅客钱财的,掏包盗窃的,已扰得公路运输不得安宁。更有甚者,公路上乱罚款现象屡禁不止。罚款者横行霸道,罚款无标准,被罚的司乘人员稍微为自己辩护几句,罚款数额即刻翻番。某些罚款者都有冠冕堂皇的护身符,实则是为了本部门创收而为之,也确实有从罚款中发了财的。这些崇尚拜金主义的乱罚款,每年给企业造成近百万元不应有的损失和负担。司乘人员愤懑地说:“这些乱罚款与车匪路霸没什么两样。”更有的人说:“他们比车匪路霸还邪乎!”这话虽然尖刻一点,但也某种程度上道出了实情。

不平等的竞争　优势变成劣势

放开公路运输市场,国有、集体、个体运输一起上是完全正确的。市场经济的规律是竞争,但公路运输多种经济成分的竞争则是不平等的。集体和个体运输户,轻装上阵,没有包袱,没有负担,手段灵活,随时可以浮动运价。乘客多时可以抬高,乘客少了可以降低,甚至收款不给票,少交税费,亦可用多种方法获得“黄金线路”。凭这些“优势”,他们可以百战百胜。

而国有运输企业,原先为提高社会效益所设置的站场设施、管理服务机构,乃至“定班定点”的便民方式和严谨的财务管理制度等,都必须一丝不苟,因而在市场竞争中处于极其不利的地位,成为企业亏损的重要原因之一。

企业负担为何日益加重　走立法之路求标本兼治

公路运输企业负担过重,除去国家法定的正当税费外,究其原委不外乎有这样几项:地方集资过多过滥;条条征费额提高,附加费过多;地方上至政府各部门,下至街道居委会,都可以给企业增加“苛捐杂税”。当然,应该说,不论条条还是块块的集资、摊派,都想把经济搞上去,搞得快一点好一点,动机似乎无可非议。但上面千条线都穿到企业这一根针上来,企业如何受得了!国有企业是国家财政收入的大户,是“国家队”,假若弄得国有企业年年亏损,岂不是要出现小河无水大河干这样更加严重的局面吗?

解决公路运输企业(当然不止公路运输一个行业)负担过重问题,达到标本兼治的目的,最根本的途径在于走立法这条路,堵塞一切以权代法的乱集资、乱摊派、乱罚款的渠道。同时给企业法人以法的“尚方宝剑”,有权拒绝一切不合法的税费、集资、摊派和罚款。以法律这个最锐利的武器,把企业一切不合理的负担减下来。保护企业的利益,实质上是保护了国家和广大职工的利益,势必得到广大职工的衷心拥护,调动起广大职工生产的积极性。

在市场经济的竞争中,国有大中型企业并非命中注定是失败者。总经理薛克俭有句发人深省的话:“国有企业的厂长经理不都是笨蛋,只要能轻装上阵,开展平等的竞争,对国家贡献大的还是‘国家队’!”

减轻国有大中型企业的负担,已是个迫在眉睫的问题!

(《中国交通报》1993 年 5 月 29 日)

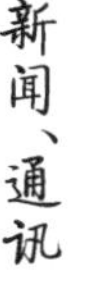

一个适合国情的决策

——河北交通厅修建汽车专用路述评

——钱永昌部长和王展意副部长视察沧州—德州专用汽车公路时说：建设汽车专用公路，适合我国国情，是解决中国公路交通问题的方向，是一种新的值得推广的模式！

——据专家反复论证，到20世纪末，我国汽车专用公路将发展到7000公里。

改变混合交通的现状刻不容缓

党的十一届三中全会以来，我国公路建设的里程，正以前所未有的速度向前发展，特别是高级干线公路的建设，更有了长足的进展。1980年全国一级公路只有195公里，现在已增加到1200公里，二级公路由12500公里增加到28000公里。经济发达的地区，正在建设高速公路。正是盛世修路，公路通百业兴，我国公路建设前景喜人。

但是，当人们乘车在公路上行驶的时候，混合交通的现状，又使人锁起眉头。在公路上几乎到处可见大老爷（拖拉机）摇摇晃晃，二老爷（牛马驴骡车）悠悠荡荡，三老爷（自行车）横冲直撞，四老爷（行人）漫游在公路上。这种混合（不如说混乱）交通，形成了这样一幅现实的图像：在同一条公路上，先进与落后的运输工具并行，快车与慢车出现了尖锐的矛盾，汽车即使在高等级的公路上行驶，平均时速也只有30公里，大大地制约着运输效益的发挥。改变混合交通的现状刻不容缓。

面对现实的思考

我国公路建设有识之士，面对这种千百年来形成的混合交通，在思考，在探索。为改变这种状况，必须努力提高公路等级，但由于混合交通的制约，经济效益并不理想。改变这种状况最理想的方案，是修建全封闭的高速公路，但国力不足，资金有限。

河北省交通厅面对这个现实，做出了一个适合国情的决策：修建专用汽车公路，今后改建高等级公路，保留旧路，另建新路，让快慢车分开，各行其道，逐步改变落后的混合交通的现状！

决策，改革，是否符合实际，实践是最好的检验。1984 年 12 月，他们在邯郸—马头镇 9 公里路段上进行试验，效果是好的。1985 年下半年，又在沧州—德州 90 公里的路段上试验，效果很理想，得到省、交通部的领导和专家们的肯定。交通部钱永昌部长和王展意副部长说：建设汽车专用公路，适合我国国情，是解决中国公路交通问题的方向，是一种新的值得推广的模式，交通部将要提倡这个做法！到 1987 年末，已有 5 个条段、200 公里汽车专用公路诞生在河北的大地上。

对汽车专用路的效益，河北省交通厅做了跟踪调查：通过能力提高 2.5 倍，车辆平均行驶每小时提高 20 公里，交通事故减少 40%。公路上的“四位老爷”在慢车道上行驶充满着安全感！

有人担心，建设汽车专用公路耗资必然加大，然而事实恰恰相反。决策家们经过缜密的测算，以改建二级公路为例，按规定路面宽 9～12 米，改为汽车专用路，不再混合通行，只有 8 米宽路面就足够了，这就大大降低了造价。况且保留了一条三级路给慢车行驶，实际上用修一条汽车专用路的钱得到两条路的实效，还解决了修路断交通的老大难问题。

更新行路观念

在中国，以至在世界上，一生不跟公路打交道的人，大约是微乎其微的。有路大家走，这是天经地义的事情。然而在当今科学技术高度发达的时代，在交通运输工具花样不断翻新，高速车越来越快的今天，有路大家走的行路观念也需要更新了。在经济发达的国家，快车走高速公路，慢车走一般公路，人走人行道，早已家喻户晓，适应现代生活的行路观念，人们早已习惯成自然！

河北省修建汽车专用公路，遇到了人们陈旧的行路观念的巨大阻力！拖拉机手、牛马车的驭手、骑自行车者、进城或返乡的农民，他们并不看或不认识路标路线，也不管什么快车道慢车道，哪条路宽敞就往哪条路上走，横穿公路更是随心所欲。

旧的行路观念，对实行汽车专用道，对发挥高速车的效益，是个巨大的障碍！当今的时代需要人们更新行路观念，要求人们各行其道。我们常讲提高全民族的文化素养，从行路上做起就是很实际的一步。

向管理要效益

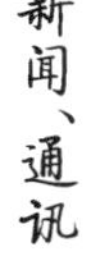

汽车专用道的建成，只是为快慢车分开行驶提供了条件。改变人们的固有习惯，需要有效的思想教育；没有强有力的科学管理，汽车专用道“专”不起来，

则很难达到修建它的目的。

向管理要效益，是个极端重要的课题。

1月20日，记者有幸参加了涿州市汽车专用道的开通典礼。为了把专用道管理好，他们成立了一个指挥部，保定行署专员任总指挥。典礼举行前，市政府向全市发布公告，交通队警察上路指挥。记者乘车在快车道上，时速达百公里，司机在专用道开车，兴奋地对记者说："这车开得痛快！"

管理与体制改革密切相关。体制理顺了，极大地减少各方力量的内耗，管理工作将获得最大的成果。一条公路上，修路养路、路政、安全管理、农机上路、汽车进城，等等，各有各自的规定，各有各自的管理。碰撞、扯皮、内耗，严重地制约着已有公路效益的发挥，汽车专用道建设的成与败，与体制顺不顺有很大关系。李鹏代总理曾经说过，交通要大家办，一家管。公路交通体制改革只要朝着理顺诸方关系，有利于管理的路子走下去，汽车专用公路取得的效益是不难预料的！

专用公路建设还要逐步完善

由于专用汽车公路的建设刚刚开始，实践中会出现许多意想不到的问题，需要建设者们逐步加以完善。倡议、主持专用道建设的河北省交通厅何少存副厅长指出：一、专用道建在靠铁路、河流、湖泊的一侧最理想，它可以起到"封闭"的作用；二、尽可能减少平面交叉；三、避开城镇，避不开城镇的路标、路线更应醒目；四、平面交叉车流量大的地段应设人指挥。

何副厅长提到的几个问题，记者在涿州市汽车专用道现场都看到了。相信河北省修建汽车专用道的经验和提出的问题，对全国都是有益的！

（《中国交通报》1988年2月27日）

走多家办一家管之路

——桂林市水路客运管理中心见闻

桂林山水甲天下，游览桂林令人向往。尤其近些年来旅游热的兴起，涌入桂林的中外游人与日俱增，带来了漓江客运的大发展。1984年漓江上有游船74艘，1987年发展到120艘；由当初4个单位办客运，发展到18个单位。于是，漓江上出现了游艇过剩，各家互争客源，利用客源吃“回扣”，票贩子倒卖船票，服务质量下降，游客怨声载道的混乱局面。在这种“自由”竞争下，经营水上客运的企业大多数处于亏损状态，甚至濒临倒闭的处境。

1988年8月，桂林市政府做出了《关于加强漓江水上游览管理的决定》，批准成立了桂林市水上客运管理中心（以下简称中心），由中心对漓江水上客运实行统一有效的管理。

中心首先整顿了漓江水上客运市场，打击倒卖船票的票贩子，维护水路运输秩序和旅游城市的声誉；其次，刹住了以客源吃回扣的歪风，保护了国家和企业的利益；并立下一条规定：对各家航运企业一视同仁，在统一管理中做好服务工作。

漓江客运的混乱，原因在于多家经营，各自为政，没有形成统一的管理。中心从“统一票证、统一管理、统一调度、统一结算”四统一为开端，把漓江航运统一管理起来。四统一以方便游客为中心，避免一统就死的现象发生。为了方便游客买票，每天坚持15小时售票营业，并派员到市内各码头现场办理补、退票业务。

客源安排是各家保证营运收入的关键，中心实行按船只确定先后次序、合理输流分配客源的原则，做到船舶安排、客源安排、财务结算三公开，车、船亮牌调节，每月一次生产分析例会，使中心的各项工作都有透明度，便于监督。

中心还抓住游客上下船时现场秩序不好的问题，整顿了上下船秩序。在各售票处设有固定的乘车点，对远离售票点的游客，中心安排车辆按时接送。在码头上设有醒目的示意图和引导标志牌，并有人引导，让游客顺利找到所乘坐的游览船。中心商调科、稽查科每天派员在码头进行监督检查，保证了客船准时开航，维护了广大游客的合法权益。

服务质量是办好旅游的生命，也是管理好坏的标志。中心开展了优质服务达标竞赛活动，制订了达标竞赛活动6项43条细则，从船容船貌到安全航行，

从服务规范到导游讲解，从餐饮质量到文明卫生，都有具体的标准和要求，服务达标同自身的经济效益挂钩。为了确保服务质量，中心会同市物价、工商、卫生防疫、航政、旅游等部门组成检查评比小组，进行明察暗访，对违反竞赛标准的给予警告、停开班次，直到停航整顿的处罚。1989 年共处理违章事件 15 人次、罚款 1489 元。仅 1989 年上半年收回的游客留言中，对游船表示感谢的就有 463 份，占留言的 93%。游客说，桂林山水美，桂林人心灵更美。

正人先正己。中心有严格的“约法三章”：中心工作人员必须模范遵守党纪国法和各项制度，不准刁难游客，不准利用职权营私舞弊，不准接受贿赂和吃请。中心领导和调度人员，多次谢绝送来的钱物，从不吃请。

中心成立一年多来，参加营运的 15 家航运企业无一家亏损，就连一些过去连年亏损的企业也绝处逢生。仅以桂林漓江航运公司为例，中心成立后除补足亏损外，还盈利 66.4 万元。

（《中国交通报》1990 年 2 月 14 日）

承包带来了勃勃生机

——保定运输公司推行承包经营责任制纪事

改革开放,放宽搞活,打破了公路运输企业之前一统天下的局面,运输市场出现了千家万户搞运输、四面八方争货源的竞争态势。

在这个新潮的冲击下,保定运输公司迎着风浪向前闯,做勇敢的弄潮儿,是一个强者。

保定运输公司有4200多名职工,800多部客、货车。1984~1987年,三次被交通部评选为"部级优质运输先进集体";1987年还被国家经委企业局和《企业管理》杂志评为"全国一百家经济责任制搞得好的企业"之一。

摸着石头过河

推行承包经营责任制,为我国科学管理企业,提高企业经济效益找到了一个较好的经营机制。但承包经营与一包就灵并不等同,需要企业家从本企业的实际出发,去探索,去创造。保定运输公司的做法是先试点后推开,经理周志中把它叫作"摸着石头过河"。

1984年8月,公司购进50部"罗曼"货车,承包经营试点就从这50部车开始。1987年9月,公司实行机关科室负责人公开招标聘任制,先在材料供应科和劳动服务公司试点,取得经验后,相继在公司全面推开。

"摸着石头过河",先试点后推广,这是推进工作的有效方法,它可以检验人们的思想是否合乎实际,防止主观脱离实际。

承包经营责任制,是一项较为复杂的系统工程。一个企业采取哪一种承包形式才能取得最佳效果,同样需要不断探索。保定运输公司从1984年8月到1987年12月,3年多一点的时间里,7次修改承包方案。第一、第二方案以国家利改税指标为基础,确定包干指标,即实行联产计酬的承包方式。实践证明,这种方式虽然效益有了提高,但也暴露出单纯将利润与职工收入挂钩的片面性。1985年6月又推出了"联产联利"的第三方案,公司利润比上半年提高44%以上,但仍有不足之处。这以后,公司以"联产联利"方案为基础,根据实践中遇到的问题,推出了第四、第五方案,1987年12月又推出第六、第七方案,实行"联产、联利、联质"的三联方案,使公司的承包经营逐步趋向全面合理,为全体职工逐步认识和接受。全公司经济效益逐年上升,职工个人收入逐年有所增加。公司在运输市场的激烈竞争中呈现出勃勃生机。

以搞活基层为重点

保定运输公司在3年7次修改承包经营方案的过程中，于1986年12月归纳、概括出“宏观控制，微观搞活，包死基数，自负盈亏”的16字承包经验，同时证实经理们对承包的认识深化了。因为以前的各项方案，在指导思想上，实行的是从上到下集权式一统到底的责任制，由公司往下部署，让下面执行，没有充分考虑调动基层干部和职工自觉参与承包的意识。

而这16个字体现了分级分权承包的精神，将经理任期目标层层分解，层层签订经济承包目标责任书，直到将目标落实到各个岗位。这就使改革的重点放在搞活基层，给基层充分的责、权、利，调动起基层生产和经营的积极性，全公司出现了“千斤重担人人挑，人人肩上有指标”的生动局面。

承包责任制的着眼点放在搞活基层，关键在于公司宏观控制的合理性。公司将宏观控制总额分为基础工资、效益工资和津贴三部分。公司只控制各单位的分配总额，具体分配方案由各基层单位自行确定，公司不加干涉。

微观搞活，把责、权、利真正交给了基层，有了经营自主权，就给基层注入了活力。全公司9个站队，18个县、市运输站，1个修理厂，为实现经营目标展开了竞争，八仙过海，各显神通。公司不干涉他们的经营业务。各站队为方便旅客新辟线路，增设站点；司机争着出车，设法揽货，站务人员主动揽客。全公司职工都为完成经营目标而献计献策！

微观活起来了，公司领导摆脱了大量的日常事务，主要精力用于调查研究，考核基层生产经营的效益和问题，从宏观上做调整、协调和服务。基层干部有了自主经营权，放开了手脚，增强了责任感和事业心，经营管理水平和决策能力普遍有了提高。

竞争机制进科室

企业科室机构臃肿，人浮于事，干部端“铁饭碗”，能上不能下。科室间扯皮、踢皮球、相互碰撞，制约着承包经营的效益。1987年9月，保定运输公司决定对机关科室负责人实行公开招标聘任制。为慎重行事，他们先在材料供应科和劳动服务公司试点，取得了经验，继而在全公司科室展开。

招标承包，为所有干部提供了平等竞争的机遇。公正、科学的竞争，就成为必需的前提。公司成立了由17人组成的考评委员会，公司经理任主任，有企改办、组织、人事、工会、财务、机务等部门的人员参加，并制订了“招标人考评办法”，实行百分制，分标底、群众信任票、评委综合考评三大项。评委依据承包方案可行性、投标动机、创新意识、经营水平、改革水平和事业心等进行考评打分，得分为首者即为中标人。中标人根据公司精简机构、压缩编制，实行定员、定编的规定，自由组阁。在公司经理与中标的科室负责人签订的“聘任合同书”中，对中标人的责、权、利和公司考核要求都有了明确的规定。严密细致的各项规定，保证了招标聘任制的顺利进行。

科室负责人实行聘任制，犹如东风吹皱了一池春水，参与改革意识在科室干部中形成高潮，每个科室都有2~3个招标人，有5个科室投标者多达4~5人。竞争是相当激烈的。

招标聘任后，机关科室由28个减少到20个，由258人压缩到161人，基本上消除了机构臃肿、人浮于事、办事推诿等弊病，改进了机关作风，提高了办事效率。在竞争中“落马”者都愉快地走上新的岗位，无人吵吵闹闹，托人情，纠缠经理等。

招标聘任制，改变了部分科室的职能，材料供应科改为汽车配件经销公司，劳动服务公司改为多种经营开发公司，由过去的管理费开支，变为自主经营、自负盈亏的经营实体，每年向公司上交10余万元承包费。能源科、基建科、稽查科也实行了另辟财源、自负盈亏的承包形式。

保定运输公司的经理们，经过几年的“摸爬滚打”，终于取得显著的成绩，心情是欣慰的，但他们并没有轻松感。周志中经理说，燃料、原材料涨价，营业外开支逐年增多等客观因素，都要求我们从改革中求得进一步发展。

（《中国交通报》1988年3月23日）

把竞争机制引入公路养护部门

1984年,薛怀仁以97%的选票,当选新疆后峡公路段段长。上任以来,他坚持改革,勇于开拓,带领全段职工奋发图强,使后峡公路段出现了人的精神状态变、路况变、道班形象变的新局面,好路率由39%上升到82%,为公路养护改革闯出了一条希望之路。

1984年11月,后峡公路段130余名养路工,经过充分酝酿后召开职代会,有史以来第一次无记名投票民主选举段长。在有8~9个人竞选段长的竞争中,1967年毕业于内蒙古交通学校、学道桥专业的助理工程师、副段长薛怀仁,以97%选票当选。这位42岁的段长提出的组阁名单也顺利通过,并制订了道班招标承包养护的多项具体规定。

在道班招标大会上,全段职工参与改革的热情出现了高潮,原任班长、养路工、木匠、推土机手纷纷上台投标,宣讲自己当好道班长的"纲领",养路工则对每一个投标者进行选择。从原有的12个道班中,有11个新道班很快组成。每个道班养护的里程未变,但道班人数减少了。大家表示:现在自愿投标承包,一个人要干两个人的活。一位少数民族队员工作旷工缺勤,现在出勤率达95%,参加工作27年来第一次拿到奖金。23岁的推土机手牛南江承包4200米的云顶道班,全班经过一年艰苦努力,使一度落后了的道班又恢复了青春。

"大锅饭"养懒汉,有11名养路工由于过去成绩不佳招标落选,进不了道班,这使他们受到了极大的震动,都表示今后要好好干。薛怀仁说:改革要化消极因素为积极因素,调动全体职工的积极性,不能让一个人落在改革之外,老木工曹存明主动招聘这11名养路工承包了二校道班。他们使劲儿干,仅在一年内就使这个道班进入全段的先进行列。

还有一位老养路工,最终还是无人招聘。由支部书记担保,段长给他拨出10公里路,作为家庭承包。这位老工人立志学愚公,带领4个子女养路,忙时招雇临时工。这一家人一旦焕发出全身心的能量,路况就发生了变化。他家承包的10公里路养护得很好。还有一位高中毕业生,以为干养路工是大材小用,提出辞职回城另谋职业,段上同意了他的请求。他回城后1个多月没找到工作,又回到了后峡养路段,要求当养路工。薛怀仁高兴地接受了他的请求,并告诉他,现在实行招标承包,到哪个道班工作要由班长决定。这位高中生背上行李到道班去找工作,走了9个道班,最后来到永丰渠道班,班长看他态度真诚,招聘了他。这位青年以勤奋的工作受到好评。

道班实行招标承包，段上简政放权，道班有了自由组合、资金使用、生产经营和人员奖罚辞退等权力。但公路段领导人的责任并没有减轻。薛怀仁知道，段上还要加强管理，对道班进行检查指导，严格执行承包协议和规章制度。段上每月检查考核各道班生产任务完成情况，每季度详细检查，每半年组织各道班长互查，凡查出不符合标准的就要及时返工。

对段上的干部和道班长，薛怀仁要求十分严格，近于铁面无私。他要求大家既要当好头头，又要做好服务工作，违者必究。一位副段长为公务无照开车被罚款。段上一位管材料的工作人员态度不好，受到批评，并背上材料到道班赔礼道歉。有位道班班长，工作中弄虚作假，酒后打人，段领导调查核实后撤了他的班长职务，并由他负担被打者的医药费。

全段干部和道班班长，奋勇当先，争做表率。干部的精神状态影响、激励着养路工。全段上下拧成一股劲，更新、改变着后峡的旧貌。

改革激励、振奋了养路工的精神状态，好路率逐月上升。但薛怀仁从养路工的言谈中注意到，高山偏僻道班的青工担心对象难求，中年和老养路工担心家里子女上学和就业问题，道班房过于陈旧，影响了养路工的声誉。薛怀仁从中得到一个认识：改革改变了养路工的精神面貌，但生活上的欠债长期不还，振兴起来的精神也难以巩固持久。薛怀仁产生了一个使后峡全面改观大胆设想。

他的想法得到了领导班子的认可，党支部的支持，他从3个方面把自己的设想付诸实施：给青工当“红娘”；让养路工的子女升学就业；使道班房旧貌换新颜，要让养路工成为社会羡慕的行业！

现在青年结婚要有一笔存款，段长动员青年们每月开支要储蓄，要求大家结婚时不要向家长要钱，家具由段上按个人要求的式样定做，只收成本费。结婚用的新房因陋就简，内部尽量装修。3年来，已有9对青年在段上举行婚礼，每次婚礼费用只花30元。

养路工子女的业余复习和生活，由段上的医生全面管理起来，学生们再不是公路边上的“游荡幽灵”，学习成绩都大有长进。几年来已有37人考上了大学、中专和技校，没考上学校的也在段内外安排了工作，全段无待业青年。

后峡公路段的道班房，多是20世纪50年代修建的土木结构平房，里面黑洞洞的，室内缺少必需的设备，被褥不洁净，过往行人看了确有寒酸的印象。薛怀仁懂得，要改变社会上对养路工的看法，首先要从改变道班房面貌做起。凡暂时不能翻修的旧房，搞好环境建设，粉刷室内墙壁，配备桌椅、书柜、床头柜。购置新床单、窗帘，各道班设游艺室、餐厅。

地处天山北麓，平均海拔3000公尺的后峡公路段，锐意改革，激发着养路工强烈的进取精神,养路工的形象在更新,往日被社会上瞧不起的状况发生了深刻的变化,公路段在后峡地区也开始有了凝聚力、吸引力。1979~1981年,段上招了96名养路工,很快走了67人。现在的后峡公路段,附近钢厂的工人、某汽车队的司机、参加婚礼的家长,找段长要求到公路段来工作或者把儿子送到公路段来。养路工让人羡慕了!薛怀仁看到这种过去难以想象的情景,看到一番心血化为果实,更加坚定了改革的信心。1987年他又一次当选,连选连任。他正踌躇满志,为把后峡办成第一流的公路段而奋勇进取!

(《中国交通报》1987年10月17日)

请您做一位文明旅客

长途客运汽车的司乘人员，长途汽车站的客运服务人员，因服务态度问题，常常引起广大旅客的不满，报端也常常发表这方面的读者来信进行批评。但广大客运司机、乘务员和站务员，却异口同声地向记者倾吐如今“服务难”的感慨，他们希望记者向社会呼吁，吁请广大旅客的理解、配合，更希望广大旅客做一位文明的乘客！

长途客运工作人员的艰辛，以及他（她）们工作中的酸甜苦辣，记者是早有所闻有所见的，但感受这样的深切，还是在今年 7 月 12 日到银川汽车站采访以后。记者约请部分司机、乘务员、站务员等进行座谈，他（她）们都以一吐积郁心中的苦恼为快，向记者讲述了在工作中遇到的种种不文明的乘客和不文明的行为。

公路客运企业，为使广大旅客旅途方便和舒适，近几年来尽力改善了候车室和长途客车设施。银川汽车站候车大厅达 1670 平方米，一律软席高靠背座椅，大厅敞亮，服务设施齐全；银川汽运公司淘汰了老式客车，更新为高靠背软座客车，车上设备完好。这却遭到了少数不文明旅客的蓄意破坏：汽车站的座椅被刀子大片割坏，被旅客携带的金属锐器戳成窟窿，不到一年的时间，不得不花两千多元重新补面。长途客车的座椅刀伤和烟火伤痕累累，更有甚者，把座椅套和座椅上的塑料软垫偷走。候车室和客车玻璃，也常常遭到袭击，打得粉碎！这些不文明的旅客，不知出于什么样的心态，竟以破坏公物为快？

座谈后，记者到候车室、站前的客车上看了看现场。明亮的候车大厅里，地上的西瓜皮、果核、脏纸、烟头……随处可见，带小孩的旅客让小孩子随地撒尿，座椅上放着旅行包，更有人躺在座椅上睡大觉，有的人在座椅间跨“高栏”，脏脚印子印在座椅上。虽然服务员不断地清扫，但终不能保持清洁。客车上亦大体如是，痰迹斑斑，扔弃的果皮、废纸很刺眼，车厢里充溢着难闻的气味。尽管乘务员不断提醒大家保持清洁，但都成了耳旁风。

最令人难忍的是流氓行为。女站务员，女检票员、女乘务员常遭人侮辱，脏话、秽语不堪入耳。检票员检票，经常遭到拒绝，如果坚持不检票不准上车，他们就脏话不绝，甚至动手动脚，用手拉住女检票员的手不放，嘴里说着“小妞儿，跟哥们儿亲热亲热”。女服务员为禁止随地吐痰和乱扔脏物，多次被人把痰吐在脸上、身上。女乘务员为追堵逃票者，为禁止在车上赌博，遭人拳打脚踢，甚

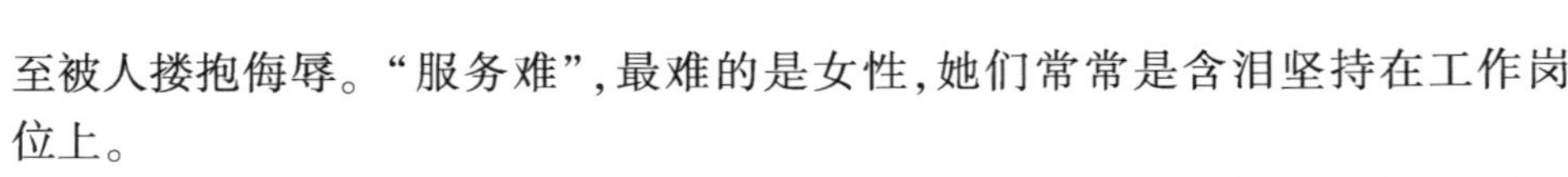

至被人搂抱侮辱。"服务难",最难的是女性,她们常常是含泪坚持在工作岗位上。

开车的司机,也有许多难言之隐。他们最棘手的问题是强行上车的旅客。每部客车都有定员,超员一人罚款二十元。因此在客车运行途中经常出现这样的情形:车上还有少数空座位,但停车点上却占着一大群旅客,车门一开,旅客蜂拥而上,造成大量超员,司机动员哪位旅客下车,哪位旅客都不满意,为此而发生争吵。有时司机不得不超员行驶,又常常被处以罚款。为了不超员不被罚款,有时车上有三两个空座儿,一看候车点候车人多,便不敢停车上客。候车的旅客见车不停,有人用石块击伤司机,或者砸碎车窗玻璃,司机只好忍痛驾驶。他知道,如果停车,等待他的将是更惨痛的后果。这样的苦衷广大旅客是不知情的。一位司机说:报纸上经常批评司机不停车上客,我们有苦说不出,其实谁忍心甩客呢?再说我们多拉客也多得报酬嘛!

银川汽车站造型壮丽,候车室宽敞明亮,是国内为数不多的现代化汽车站。但投入使用后,候车室的厕所却成了令人头疼的肮脏角落,不但候车旅客使用,站前过往行人、小商小贩、乞讨的无业者等等,都是使用厕所的常客,成了名副其实的"公厕"。为了保持厕所的清洁,汽车站实行了有偿服务,凡使用厕所者一律交 2 分钱。车站用这部分收入雇用专人搞卫生,厕所内备有手纸、肥皂。但没有料到,为收 2 分钱竟招来了许多非议和麻烦。有人拒交 2 分钱强行如厕,女服务员制止竟遭侮骂、脚踢,有人交了 2 分钱,对服务员说:"你拿去给你妈买纸烧"。有人骂车站发不出奖金才想出这个缺德办法。有人进了公厕,为捞回 2 分钱的"损失",竟用公用肥皂洗衣服,有一天一个上午就丢失五条肥皂。

倾听着公路客运人员历数"服务难"的种种现象,记者的心情是很复杂的。我们同情服务人员的"服务难",深深地理解了他(她)们工作中的酸甜苦辣;同时,内心中也有一股悲凉之感。历史已行进到 20 世纪 80 年代,人们的道德水准和文明程度,竟还如此的低下,这不能不使人为之感慨万分。

参加座谈的客运工作人员,对自身的服务质量不高是不忌讳的,他(她)们在发言中无时不做自我检讨,承认自身存在着许多不文明的行为。记者为此产生了一个愿望:客运工作人员和旅客,多加理解和多加尊重吧,都来争做文明服务员和文明旅客,"服务难"的情况终有一天会被文明、礼貌所替代!

(《中国交通报》1988 年 8 月 10 日)

为什么先进难当？

——南京长途汽车站站长王凤瑛胜诉记

11月初，记者到南京长途汽车站采访，站长王凤瑛向记者讲了这样一件往事：1986年6月，交通部在北京召开了两个文明建设先进集体、先进个人表彰大会。会议结束了，包括王凤瑛在内的几位女代表相聚在一起。数日相处，就要分手了，几个人依依难舍，话别中各诉衷肠，不由得都哭起来了，甚至越哭越伤心。记者问王凤瑛当时的心情是怎样的？她说，我们到北京开会，受到表彰，心中温暖。但回去后在工作岗位上，却常常在人间的风风雨雨中度日。我们哭，因为我们都有共同的经历与苦衷，而王凤瑛哭得最伤心，因为她当时正在遭受着野蛮的诽谤与侮辱！

王凤瑛胜诉记

王凤瑛在汽车站工作已有25个春秋。她当过售票员、站务员、行包员和检票员，当过多年的班长，1982年任南京站站长。漫长的25个寒来暑往，她不论在哪个车站，也不论在哪个岗位上，都像一团火，以优异的成绩获得领导和广大旅客的赞扬，得到同伴们的支持与爱戴。她在服务项目比赛中是夺魁的女“状元”，得到旅客的表扬信最多，为旅客服务做出了许多催人泪下的好事，事迹在多家报纸上刊登。在一次座谈会上，运输公司的负责人对王凤瑛做了这样的评价：她为旅客服务具有忘我的精神，以站为家，以旅客为亲人，以身作则，敢抓敢管，敢顶歪风邪气。业务上内行，善于带领同伴们一同进步。

对王凤瑛做这样过于简单的介绍，显然是十分不够的，但不难从中看出她的品格和精神风貌。然而就是这样一个先进人物，交通部命名的文明车站站长，竟遭到了同站女服务员崔某长达4~5年的诽谤、侮辱。说到这件事，王凤瑛说：“我在这多年的境遇中，经常是避开众人，回到办公室里痛哭，然后擦干眼泪，再强装笑脸为旅客服务！”

崔某与王凤瑛同时调入南京站工作。崔某先是因病假过多未能调资晋级，继而又因抢房限期未退出，被通报批评。恰在这期间王凤瑛调了工资，崔某便认定是先进人物、领导的“红人”王凤瑛占了她的晋级指标。从此，便把一切归咎于王凤瑛。从1980年开始，崔某个人主义恶性膨胀，对王凤瑛进行了肆意诽谤与侮辱。崔某在男女关系上做文章，在大庭广众的候车室里，在广大旅客面前,在许多公众场合,数十次地用极其恶毒和肮脏的语言凌辱王凤瑛。王凤瑛遭此侮辱,陷入绝望,几次轻生,幸被人察觉,才坚强地顶过来了。

1989年9月,王凤瑛向下关区人民法院起诉,控告崔某的无端诽谤、侮辱。区法院经过大量、周密的调查取证,以崔某犯侮辱罪,判拘役6个月。崔某不服,上诉南京市中级人民法院,市法院经过二审,认定崔某构成侮辱罪,刑期不变。

王凤瑛胜诉了,她得到了法律的保护。法律为王凤瑛洗去了被人泼在身上的污泥浊水,法律使王凤瑛更显出先进人物的光彩!

就怕领导不说公道话

崔某侮辱王凤瑛由来已久,为什么不能在事态萌发时即得解决?为什么歪风邪气长期不能制止?为什么只有求助法律才能使被侮辱者得到雪耻?记者对这些问号进行了探索。

崔某对王凤瑛的人身侮辱,起初采取的是上访告状的方法,到各有关上级单位制造舆论。她所到之处,得到的回答都相类似:用词模糊,态度暧昧,模棱两可。崔某从中揣摩,似乎得到了某种支持,因此,胆子越来越大,诽谤、侮辱活动也逐步升级。

王凤瑛也曾到崔某去过的一些单位说明事实,她得到的回答也相类似:你是领导,要高姿态;你是先进工作者,要心胸开阔,全是一些“原则话”。这使被侮辱的王凤瑛感到:难以得到领导的支持。

当前,先进难当是个带有普遍性的问题,先进人物心中都装有一本难念的“经”。当他(她)们遇到困难的时候,最需要领导的体谅和支持。而领导人在是非面前哪怕是些微的暧昧,就会给先进人物造成压力,无形中也是对歪风邪气的支持。先进人物有一句话很发人深省:天不怕地不怕,就怕领导不说公道话。下关区法院的同志也曾说过:对崔某的处理显得软弱。崔某对王凤瑛的无端侮辱,如果及时教育、处理,一方面不致使王凤瑛遭受这么长时间的精神伤害;另一方面也挽救了崔某,不致使她走上犯罪的道路。由此可见,领导上对职工中发生的问题,是非要分明,教育、处理要及时,早说公道话,既有利于保护先进人物,发扬正气,又可以教育人,克服歪风邪气。王凤瑛胜诉很值得我们反思!

扬正气,刹歪风,旗帜鲜明

9月5日,当王凤瑛接到南京市中级人民法院终审判决书时,积郁多年的热泪又一次夺眶而出。车站的广大职工无不为王凤瑛的胜诉而高兴。这是一场正义与邪恶的较量,正义终于战胜了邪恶,正气得到伸张。王凤瑛被侮辱的故事至此也该结束了,但江苏省交通厅并没有到此为止,而是派出了工作组,到南京站进一步做思想教育工作。

工作组到南京站,深入调查研究,结合实际,同全站职工一起,学习、贯彻中央书记处对加强交通系统职工队伍建设的指示精神。站内有人说"文明站的经验材料不够实,是吹的;文明站是请客送礼换来的";有人说"王凤瑛是个坏典型",王凤瑛有"送礼、受贿"等等问题。就是说崔某被判拘役了,但散布的流言蜚语尚存,这种歪风还在刮。工作组经过大量的调查,旗帜鲜明地肯定了南京站的工作,肯定了王凤瑛的事迹,同时调整了领导班子。《扬正气,刹歪风,上水平》就是厅政治部副主任陆维让的讲话题目。

交通厅工作组如此是非严明的态度,得到了全站职工的热情赞扬。他们说:我们很久没听过这样观点鲜明、有棱有角的讲话了。

中国有些俗话:"人怕出名猪怕壮""枪打出头鸟""出头的椽子先烂"。古代先哲也曾说过"木秀于林风必摧之"这样的名言。这些话尽管说法不同,但含意是一样的。在封建社会的中国,敢于领先,敢于标新立异的冒尖人物,必遭非议,不知扼杀了多少宝贵的人才。可惜,这种封建主义思想,在20世纪80年代的今天并来绝迹,妒贤嫉能,先进难当。枪打"出头鸟",就是一个证明。让我们从王凤瑛被侮辱被损害的事件中进行反思,汲取有益的经验吧,为先进人物创造一个和谐、宽松的环境,使他(她)们尽情发挥自己的才能,带领大家一道前进!

(《中国交通报》1986年11月22日)

私企大洼筑路工程公司见闻

当今是盛世修路。神州大地处处涌动着修路的热浪。修路热也造就了众多的修路人才。濒临渤海湾的山东省寿光县，就出了一个以筑路起家的企业——大洼筑路工程公司。这个公司的经理孟庆升，可算得上筑路热中成长起来的一个人物。

孟庆升，寿光县大洼镇孟家村人，今年37岁，1970年毕业于寿光县第六中学高中部，在村里当过7年文书，还做了5年村党支部书记。改革开放的浪潮把他卷入镇办企业，干了几年运输业。1986年镇上组建大洼筑路工程公司，又把他推上了经理兼党支部书记这把交椅。

记者曾采访过不少的厂长经理。当今的企业家们，阅历多，知识面宽广，“侃”起经营之道常是滔滔不绝。可是孟庆升这几年虽然走南闯北，见过不少世面，却不善谈吐，见人颇有些腼腆，给人的印象是质朴、敦厚、可亲。

这个筑路公司的发迹史，虽然只有3年零几个月的时间，可他们所收获的成果，可用“成绩辉煌”4个大字加以形容。这3年多，他们累计修路240公里，其中有达二、三级标准的油路；镇中心的一条油路达到超一级路的水平。目前公司固定资产已达1000万元以上，拥有筑路职工（农民合同工）1240人。要问利税情况，单说1989年，总收入1000多万元，纳税25万元，利润120万，在寿光县里很有一些名气！

孟庆升这人很不简单，头脑灵活，很有一些韬略，且有把计划变成现实的信心和勇气。有胆量就任筑路公司经理，单凭这一点就不一般。筑路行业的钱不是好赚的，有不少其他行业的大公司，把筑路看得太简单了，低价中标，结果在公路上大亏其本。孟庆升当然了解这个情况。但他看到自己的优势：一有全国的筑路热，不愁没活干；二有大量的廉价劳动力；三有农民吃苦耐劳的天然品格。这三条是专业公司所没有的，具有强大的竞争力。公司办起来以后，果然证实了他的分析。如今的大洼公司，除了在本县揽活干以外，还冲出了潍坊地区，冲出了山东。他们公司的足迹已经伸到了中原油田，伸到了东北，以至延伸到了海南。凡听闻有筑路招标的信息，除高速公路和大型桥梁外，他们都敢于自信地去投标。这是多大的气魄！

创办筑路公司必须要解决3个难题：一是资金；二是设备；三是人才。这三项缺了哪一项，也甭想把公路修出来。在资金问题上困难并不大，从农民中集资10万元，银行贷款30万元就解决了。在购买设备、聘请人才上，才最见孟庆升的“匠心”。

人世间做人的难处可以列举许许多多，而求人办事则是最难最难的。孟庆升怀里揣着40万元人民币，因为一没关系可拉，二没“铁哥们”可求，为买不到压路机急得团团转。他瞄准了徐州、德州两个机械厂，请求买压路机。连着去了5次，全碰了钉子。厂方回答他：买计划外产品也要提前预订。当然，孟庆升5进两家工厂所遭到的冷遇，如果脾气稍犟一点早就心灰意冷了。然而孟庆升却不然，他打定了主意：不信工厂里就没有计划外产品，不信人心不是肉长的，只要横下心来苦苦求情，不怕办不到。当孟庆升第6次走进两家工厂时，果然应了“精诚所至，金石为开”这句话，一下子买了4台最急需的压路机。别人问孟庆升买压路机用了什么“手段”，孟庆升答曰：全凭一颗心！

有了资金，买了设备，再有筑路技术人才，这个公司即可以挂牌开业了。然而出去聘请人才，虽然工资待遇不低，但干公路这活儿却是让人见而生畏的行当。君不见筑路工地上，头顶烈日，尘土飞扬，风餐露宿……没有不怕苦的精神是上不了工地的。孟庆升千寻万求，在山东沂蒙山区找到了一位退休的养路段长。此人在公路上干了一辈子，堪称是个能踢会打的筑路专家。可孟庆升登门求聘时，硬是碰了一鼻子灰。1986年3月，他4进沂蒙山，每次往返500公里，终于感化了这位筑路能人，聘到寿光就职。孟庆升凭着一颗精诚之心，先后从潍坊聘来了几位技术人员。聘来的专家、能人，终归是要走的，自己培养人才才是长久之计。经过3年多时间，公司里现已人才济济，有助理工程师以上职称的技术人员24名，筑路、架桥、测绘、设计、施工都可以不求人了！

公司的成败，夸张一点说全在于领导班子。班子纯正无邪，清正廉明，可以起到不令也行的作用。经理兼党支部书记孟庆升，对班子只抓一件大事：经理只有吃苦在前的义务，没有谋取私利的权力。要求党员群众做到的，班子内人员首先做到。这个班子3位经理的爱人、孩子，如今全在农村劳动，没有一个以吃公司工资为生的。就这一条，全公司上下没有不佩服的！

大洼筑路工程公司，踏踏实实地走过了3年多的路程，在寿光县已名声赫赫。1989年获潍坊市先进企业称号，孟庆升荣获市先进生产者、县劳动模范和县优秀党员多种称号。试问孟庆升还有何所求？他答道：1990年用物质和精神两个成果申请省级先进企业！

这就是这位农民筑路企业经理的追求！

（《中国交通报》1990年6月27日）

公路上一颗闪亮的星

——记优秀司机、交通部安全标兵黄佐文

以身殉职

黄佐文为了33名旅客的生命安全,壮烈地以身殉职。中国公路运输线上一颗光芒闪烁的明星陨落了!

广西交通厅党组、中共百色地委、百色行署先后做出决定,号召人们学习黄佐文公而忘私、纤尘不染、艰苦奋斗的高尚品德。

黄佐文虽然死了,但他死得重于泰山!

黄佐文是广西百色汽车总站的客车驾驶员,获得过广西壮族自治区优秀司机、交通部安全标兵的光荣称号。他牺牲在一场突发的行车事故中。

1989年7月24日清晨,黄佐文驾车行驶在从百色开往隆林的公路上。这是一条山陡弯多的险路,当汽车行驶到田(田林)色(百色)11公里转弯处时,黄佐文从行道树的间隙中注意到,一辆超载的货车迎面驶来。他当即鸣笛,发出信号,缓行后停在路边等待会车。停车处,下面是陡崖,崖下是澄碧湖水库。客车正靠在前无进路后无退处的弯道上。然而那货车并不减速,违章占道直冲而来。黄佐文临危不乱,拉死手制动,踩死脚制动,沉着地迎接危难。轰然一声巨响,那货车车厢的左前角撞在客车的左前角上,已刹死停稳的客车后移了一米。客车被撞得变形,黄佐文被死死地夹压在方向盘和座位之间……

黄佐文就这样坐在自己的岗位上长眠了!车上的33名旅客,除零号座上的旅客受轻伤外,全部安然无恙!在危难时刻,他把生的希望给了33名旅客,而把自己置之度外……

交警大队李副队长负责处理这起事故。他做出这样的评断:“停车时黄佐文已按安全规程做完了一切工作,此时他已知两车相撞不可避免。当时他还来得及向零号座方向躲避,但他离开座位,车子就解除了制动力。客车被撞后仅侧滑了一米,说明如果不是司机刹车刹得很死,被这么重的货车重撞,其后果不堪设想!”

肇事司机曾玉清,因无证驾驶、违章超载被判处有期徒刑两年。

闪光的足迹

黄佐文正当55岁的壮年,走完了人生的历程。他走得太突然了。人们在

他走过的几十年的足迹中清晰地看到，他走过的每个脚印上都闪耀着忘我的光芒！

1950年，15岁的黄佐文到南宁一个私营车行里学徒。1956年社会主义改造顺利进行，黄佐文成了国营运输企业的司机，他为此兴奋不已。当领导上调他到贫困的百色山区工作时，他欣然愿往。那时候社会上尊崇这样的风尚：越是到艰苦地区去工作越光荣，越是能得到人们的尊敬。

黄佐文告辞了南宁城，愉快地来到了百色山区。21岁的黄佐文，身高1.75米，血气方刚，意气风发，只要双手一握住方向盘，浑身就有使不完的劲儿。黄佐文逝世后，人们找到了他的一张考勤表，在百色开了33年汽车，一年365天，他每年出勤340天以上；考勤表上还记录着：340天出车一天也没误过点。

人们算了一笔出勤账：每年365天，除去52个星期日，再减去元旦、春节、“5.1”“10.1”7天假日，每人年工作日应为306天。那么黄佐文的340多天是怎样做出来的呢？答案仅两个字全部概括：顶班！

33年来，黄佐文利用自己的节假日、轮休日，替多少人顶班，公司给他派了多少次顶班任务，已经无法统计清楚了。但人们都念念不忘，他从未回绝过别人的求助；总站调度室派车遇到困难，只要在派工牌上写上黄佐文的名字，就不会误事。黄佐文牺牲那天，正是他的轮休日。头一天他开车从贵州返回百色，洗车、修车、加油加水，干到夜里11点。然后他习惯地来到调度室转转，派工牌上果然有他的顶班任务：明天上午6时20分隆林班。黄佐文第2天准时出车了，可是人们没有料到，这一次顶班出车，是他最后一次替别人分忧了。

黄佐文是位具有无私奉献品德的人，他对自己的得失很少牵肠挂肚，而对别人的安危却时时铭记在心。30余年的开车岁月，旅客评价黄佐文的服务工作，处处闪耀着为人民服务的精神。

一位失去双脚、拄着拐杖的老人，慕名要坐黄师傅的车。黄佐文二话不说，把这位残疾老人抱上车，安顿在座位上；车到凌云，黄佐文又把这位老人抱下车；车在大雨滂沱中行驶，一位身背小孩的大嫂冒雨走路，黄佐文主动停下，请大嫂上车。这位大嫂说：“还有两公里的路，不麻烦了。”黄佐文说：“还有20米也带你！”乡下人乘车常常提着扁担，提着箩筐，黄佐文帮着放好；旅客下车了，他又提醒带好鸡鸭，“不然我可又有下酒菜了！”；有人在车上呕吐，旅客有抱怨，黄佐文又说：“不要紧的，吐出来的都是最干净的东西，不然为什么要吃下肚呢！”黄佐文生来乐观、诙谐、幽默，人说他爱开玩笑，他正是在轻松的玩笑中，宣扬着助人为乐的美德。

黄佐文一生俭朴，火化前，人们让他的妻子给他换上一套新衣服。他妻子说：“他没有新衣服。”黄佐文就穿着旧衣服去了！

他是自治区闻名的优秀司机，交通部评选的安全标兵，总站几次要给他换房，分给他两室一厅的楼房，他都谢绝了："先给困难户。"其实他自己就是个住房困难户。夫妇2人、子女3人，5口之家，不足20平方米的平房，一住就是20多年。若说他家近几年的收入不算少，他的月薪可得几百元，但家中却俭朴得惊人：子女的屋里有一张双层床，一只可打开作床的木"沙发"，一张圆餐桌；夫妻居住的房里一张床、一木箱、一桌和两小柜。唯一的高档商品是一台18寸的彩电，还是儿子买的。

总站多次派他出去疗养，他始终没有去过。

总站多次调整工资，他从未有过什么要求。

总站多次的明察暗访，在黄佐文的车上从未发现过有贪污票款的事发生。而他给遇到困难的旅客买车票、买饭吃，却是不止一次。

黄佐文平生不知道什么是索取，什么是捞"外快"。在他的人生字典里，只有奉献两字。

黄佐文平生唯有一个爱好，爱喝两盅蛤蚧酒。出车回来喝上两盅，饭吃得香，觉睡得实。

到1989年7月24日凌晨，黄佐文已安全行驶了149.15万公里。这是广西目前安全行驶的最高纪录。

泪雨潇潇

应黄佐文妻子施爱群的要求，黄佐文的遗体在家里停放了一日。施爱群说："让他的朋友来向遗体告个别吧！"

这是很多人万万没有料到的，一个普普通通的司机之死，在百色地区竟掀起了这样大的感情的波涛。百色汽车站的几千名职工和家属，迈着沉重的脚步来了，流着热泪来最后看看他们所敬重的黄师傅；坐过黄佐文的车的朋友、旅客闻讯赶来了，他们专程从南宁、田东、田阳以至云南赶来了，来向黄佐文致哀、诀别。火化前洗擦遗体，应是儿女们做，可黄佐文10多个徒弟抢着做了。

25日上午10点钟，黄佐文的遗体出殡火化。路上送葬的人群排着长队，在灵车后面缓缓而行，队伍越走越长。按照百色人的习俗，总站的司机们自备了鞭炮和礼花，送葬的路上，鞭炮哀鸣，泪雨潇潇。

黄佐文的遗体火化后，仍有人从南宁、贵州、四川、广东等地赶来吊唁。他们在黄佐文的遗像前摆上祭品，点燃蜡烛……

不和谐的余音

在人类社会中常有这样的事情发生：在关系到他人生死存亡的紧要时刻，

有人舍生忘死，有人逃之夭夭。在黄佐文的汽车被撞后，出事地点有一股违时代而发的不和谐的余音。

汽车被撞了，黄佐文当时即被撞得昏迷过去。坐在零号座位上的杨贤仕（百色地区邮电局机要员），从惊痛中镇定下来。他忽然听到司机在呻吟，立即爬过来救出黄佐文，但他已被变了形的方向盘死死卡住。杨贤仕立即高喊救人，可是车上的旅客却在争相逃命（当时已没有什么危险了），没人理睬杨贤仕的呼叫。几分钟后车厢里已空无一人。

杨贤仕立即在路上拦车。一个货车司机下车看了看，一言不发，回头开车走了。

折腾了近 1 小时，杨贤仕才在群众的帮助下，从车座上把黄佐文拉出来。杨贤仕拦住一辆客车，请司机帮助送送伤员，可那位司机说车不好调头，拒绝了杨贤仕的请求。

当总站的救护车把黄佐文送到医院时，他已经停止了呼吸。

黄佐文为了车上的 33 名旅客的安全献出了生命，而被他挽救的旅客（除杨贤仕）竟弃他而逃。杨贤仕描述了当时的一个场景：撞车几分钟后，黄佐文原来紧闭的双目突然睁开了，那双圆睁的眼睛再没有闭上！

黄佐文师傅，你安息吧，那不和谐的余音毕竟不是当今时代的主流。人们哀悼你，正表明了无私奉献精神是民心所向；也表明了人们对假、丑、恶的厌恶！

（《中国交通报》1990 年 1 月 20 日）

创一流服务的人

——长途客车司机许晓安访问记

7月20日下午,记者在黄河畔上的“瓜果之城”——兰州,访问了这样一位司机:开客车12载,安全行驶90万公里。在他的车上,就未曾发生过收款不扯票,多收款少扯票,卖废票这一类贪污票款的行为;在他的车上,对旅客充满着亲人般的关怀和爱护。他不愧是一位顶着不正之风而昂首前进,道德高洁,一尘不染的堂堂男子汉!

这位司机就是兰州第一汽车运输公司38岁的共产党员许晓安。

初次见面,许晓安给记者留下了深刻的印象。他高高的个子,85公斤的体重,方正、红润的脸膛,一双明亮的眼睛,透着憨厚而又精明的神情,说起话来柔声细语。他向记者娓娓动听地讲述了发生在他车上的许许多多的动人故事。

一尘不染

一部长途客车,就是一个小小的社会。工农商学兵、五行八作、三教九流,从四面八方汇集到车厢里来。在车厢里,有同志般的互助友爱,有舍己救人的旅客;但也有扒窃、斗殴者,更有为个人小利而用金钱腐蚀他人灵魂的人。在这个小小的“社会”里,有很多意志薄弱的司机、售票员(以下简称司售人员),经不住金钱的引诱,而被铜臭染污了灵魂。许晓安和他的助手也长年生活在这个小“社会”中,但他却硬是一尘不染。

这是发生在许晓安车上的几个镜头:

“师傅,我不要票!”应买20元的长途客票,他手中只举着5元的票子。这种上车自我声明不要票的人是大量的,他们分明是在钓你上钩!但在许晓安的车上,这种人是钓不到鱼的。

这是1986年7月下旬,岷县车站有个同志介绍一位旅客乘车。这位旅客上车后,诡秘地问许晓安:“师傅,车上就你一个人吗?”说着把不过四分之一的票款钱送到许晓安的手上,说:“你把钱装上,我不要票!”许晓安当即告诉售票员如数收款扯票!

这是1981年的10月,许晓安的车正在西安市站点上售票上客,忽然来了两个贩运茶叶的旅客。他们找到许晓安说,他们有5个人和20包茶叶,车票加运价要200,他们跟许晓安商量,不要票,可不可以把运价降下来?当然,他们在许晓安面前碰了个钉子。

像这样的镜头,在许晓安的车上还可拍下很多,但无须再费笔墨了,这已足以表明许晓安不愧是一个金钱诱惑不了的男子汉！自然,也有人不信这是真的,公司曾派稽查人员和公司的干部,跟车明察暗访,但无人发现许晓安车上有贪污票款的行为。

一 丝 不 苟

长途客车的司售人员,每日里迎来送往众多的旅客,同时也有大把的人民币在手中进出。许晓安跑的长途客车,每天车上售款额在千元以上,他的车1986年的利润14700元,今年上半年的利润已达11000元。这么多的钞票在手中进进出出,司机和售票员搞点"默契"是极为方便的。然而许晓安的车上却是十分的干净。这是我们在采访中摄下的第二组镜头:

这一天汽车驶进了西峰市,由于是新地点,不熟悉当地的规矩,车开进了城区,许晓安当即被罚款5元。售票员觉得冤枉,同情地对许晓安说:"师傅,这5块钱罚的冤,咱们明天从车上'找'回来!"许晓安心里明白,售票员可能同情自己被罚,但更可能是在试探,他对售票员说;"开车的没有不被罚的,以后注意就行了,可咱们从车上'找'钱的口子绝不能开!"

有一次从平凉到定西,途中上来几位旅客,许晓安从反光镜中看得分明,售票员售票时动作异常,有两个人没要票。中途停车时,许晓安核对旅客上车登记册(这是他们车上特有的)和票款,误差20元,许晓安没有说什么,只让售票员把20元的车票扯下,用铁夹子夹好挂在车厢内。

1987年盛夏,许晓安开车从广河县境内驶出,售票员忽然发现丢失了两本车票,价值500多元。许晓安当即停车向旅客"悬赏":谁拾到票给赏金40元。当车回到发车站时,一个小青年把拾到的两本车票送还,要求得到赏金。许晓安让售票员如数付了赏金赎回车票。丢票是售票员的过失,可许晓安却替售票员付了20元。许晓安对售票员说:"这40元我可以全付,但叫你付20元是为了买个教训!"售票员从许晓安的言行中理解了师傅的用意!

在采访中,许晓安说过这样的话:"一部车上两个人,司机为主,司机的心眼儿干净,一丝不苟,这部车上就不会发生不光彩的事情!"他的话记者是完全赞同的。

一 流 服 务

许晓安在金钱面前不愧是一个心地纯净的硬汉子,那么在对旅客的服务上又是怎样的情形呢?他跟记者说,开客车12年,挨过旅客的打,受过旅客的骂,但他从未对旅客发过火。他说："我也是个血气方刚的人，但职业道德不允许司机情绪激动，那样容易酿成大事故！我对人很随和，也是锻炼出来的。"记者为此请公司党委书记刘世贤谈谈对许晓安的看法。他说："许晓安不但思想境界高，而且服务是第一流的。"刘世贤对许晓安的评价，包含着党委书记对许晓安的深切理解和热爱，也蕴藏着丰富的内涵。还是让动人的事迹本身来向读者述说吧。

有位贪睡的妇女，在售票员喊站的时候，仍在睡梦之中。当她从梦中醒来时，车已过站20公里。她心急如焚，哀求司机停车。许晓安并不说一句责怪旅客的话，而是向旅客说明，他在路边停车，等到本公司的客车经过，嘱咐司机把这位睡过站的妇女带回20公里。

有一次车去平凉，到达宁静后，车上上来一个精神病人，他拿着去隆德的车票，但说不清在隆德的什么地方下车。许晓安为难了，怎样才能把这位精神病人送到家里呢？他问车站上的人，站上的同志说听他的口音，像是神林地方的人。车到神林地段后，许晓安一路停车一路询问，停车五六次，终于找到一个人，认识这位患精神病的旅客，托他把病人带回家中。

在许晓安的开车生涯中，曾发生过冒死保护旅客的英雄行为。那是1984年的3月，许晓安驾车从康乐返回兰州。当车翻过曲折险峻的七道梁盘山路时，刹车突然发生故障。许晓安用轮挡、手刹等一切制动措施都无济于事，客车像一匹野马一样顺坡向下飞驰，车上的旅客被这意外的事故吓得目瞪口呆，气氛十分紧张。许晓安为了保证旅客的安全，冒着生命危险，断然地把车靠左侧山壁行驶，凭借山壁的摩擦力，终于安全地把车停住。他被岩石擦伤了，但旅客们获得了安全，大家深情地感谢他，说他创造了奇迹！

许晓安行车90万公里，把社会主义精神文明，把一个共产党员对旅客的赤诚之心，播撒在他所跑过的条条线路之上。现在经常有旅客专程等候乘许晓安的车，请他帮助把上学的小学生，把患病的亲人带走，这对一个司机来说，该是多么崇高的奖励啊！

你理解许晓安吗

10余年来，许晓安和他助手的高尚情怀，不但得到了广大旅客的赞许，党和政府也给了他很多的荣誉：省、市劳动模范，交通部授予"五讲四美三热爱"先进个人，1986年"五一"劳动奖章获得者……当记者同许晓安谈到这些荣誉时，他的感情是淡淡的，但却感触良深。他对记者说："我对这些并不放在心上，我只有一个心愿：只要我的行动对扭转社会上的不正之风能起一点作用，我就沿这条路一直走下去。我的所作所为有人不理解，我也不需要理解！"

许晓安的话深深地触动着记者的心绪。一个境界高尚，获得多项荣誉桂冠的司机，为何发出这样深沉的感慨？我们同党委书记刘世贤交谈，还是他对许晓安有更深的理解。他是这样看这个问题的："我们对许晓安的品格和成绩，在群众中搞过调查，无人否认，但冷风冷雨倒是常常刮来的，尽管刮得不厉害。""这是为什么呢？"记者问刘世贤。他进一步分析道："当前贪污票款问题，已成为交通运输行业不小的一股不正之风，同流者并不以为耻，也无人起来斗争，而逆这股不正之风而行者，则往往被人非议。许晓安一身清白，反有人说他的坏话，许晓安的心情我是理解的。"

刘世贤的话，实实在在，一针见血，记者也理解了许晓安的感慨。那么广大的读者，特别是广大的司机、售票员同志，你们理解许晓安吗？你也能做一个一尘不染的人吗？

（《中国交通报》1987 年 9 月 5 日）

种瓜得瓜　种豆得豆

——客车司机王化廷速写

（一）

他今年55岁，开了32年车。

他中等身材，健壮，精悍，虽然额头嵌上了明显的皱纹，两鬓染上了微微的霜雪，却没有丝毫老的痕迹，仍在摆弄他的方向盘。他现在开的是匈牙利的“依卡露斯”豪华客车，每天早上从鞍山到沈阳，走沈大高速公路。按规定，每日一个往返即完成任务，可他每月都加二三十个班次，从不让旅客失望；当然，他心中还有另一本账：每多跑一趟车，可为国家多创800元的收入。两年零五个月，他创收64万元，相当于鞍山市长途客运公司3台车的收入，创造的利润买回一辆“依卡露斯”还绰绰有余。

（二）

王化廷的身世多坎坷，6岁丧母，9岁丧父。他没有上学读书的条件，学的是放羊、放牛、种地等劳动知识。1956年到了鞍山投奔哥哥，推手推车，做装卸工，苦活、脏活、累活，他都能愉快地去承受，并且干得都很出色。1956年他已是20岁出头的汉子了，心地仍十分单纯：人生在世，干活，挣钱，穿衣，吃饭，命当如此，没有其他的奢望，没有其他的幻想。

世事也颇合逻辑。王化廷完全符合50年代选人用人的标准。上级选中了这个心地纯净、憨厚、踏实、肯干的青年，培养他去学汽车驾驶，还送他去上夜校，技术课、文化课一块儿上；还有一节更使他眼界为之大开的人生课——学习毛泽东的《为人民服务》，张思德成了他做人的楷模；60年代初又学雷锋。王化廷从中悟出一个道理：张、雷二人虽然所处时代不同，可都是同一个精神——全心全意为人民服务思想培育出来的标兵。

毛泽东为人民服务的思想哺育了王化廷在人生之路上的成长。当年，王化廷环顾社会，环顾各级领导，审视身边的同伴，人人都把为人民服务的精神付诸行动，人人都为国为民而进取，人人心情顺畅。这就是如今人们仍念念不忘的50年代的时代精神。

（三）

“种瓜得瓜，种豆得豆。”这本是个不言而喻、极其朴素的生活常识，一旦引入人的精神领域，便会立刻给人以种种哲理的启迪！

从挣钱穿衣吃饭，到知道人生要为他人服务，这是王化廷精神世界的升华。王化廷从这儿起步，踏上了崭新的人生之路。

为人民服务，本没有一个现成的固定的模式，全在于个人去创造，去开拓。回忆当初，王化廷只是朦胧地意识到要走张思德、雷锋之路，但如何走法并不十分清晰。当年他开的是夜宿农村的班车，早晨从辽阳县农村开出，下午从鞍山返回。他待人和气，对上车的旅客，都看作是自己的亲人一样。开车前他等一等急忙赶来的人，不漏客；中途有人招手就停车，不扔客。一天晚上子夜时分，有人敲门，喊王师傅救命，王化廷二话不说，把一位胃穿孔、口吐鲜血的病人送到鞍山医院抢救；一次在行车途中，有位产妇临产，车上没有医生，他把棉大衣往产妇身上一披就接产，产妇竟顺利产下一对双胞胎。王化廷把产妇送到医院，产妇给两个孩子取名：大的叫敬党，小的叫车生。王化廷万没料到，自己为他人做了一点好事，竟给党添了光彩。他得到上级的表扬，得到同伴的鼓励，王化廷自信了，自信这条路走对了！有人统计过，20 年的行车中，他曾紧急运送 32 位旅客到医院抢救。

1956 年 12 月，王化廷光荣地加入了中国共产党，在为人民服务的历程中又迈上一个新台阶。

1967 年夏，王化廷由风湿引起患了强直性脊椎炎，住进汤岗子温泉疗养院治疗。医生用按摩术为他治好了病。王化延十分信服按摩术的神奇威力，向医生刻苦学艺。医生夸奖他学得快，学得好，可以代医生为病友按摩。一试果然效果不错。谁知出院后，他竟多次用按摩术救死扶伤。大家都说，他在病中想的都是为人民服务。

在一次开车到岫岩县去的途中，一位 50 多岁的男乘客，突然晕倒在座位上。王化廷判断是脑供血不足引起的，立即按摩抢救，乘客长出一口气后清醒过来了！有次去海城市，一个患癫痫病的小男孩在车上发作，王化廷给他按摩后马上平复下来。以后每到海城，这个孩子都等待王化廷为他治病。王化廷会按摩，就此传到各地，在停车间隙给人按摩，晚上不休息，到旅馆去给外地求医的病人按摩。有人粗略计算，20 多年来经他按摩的病人在千次左右，并且效果不凡。王化廷成了小有名气的按摩医生，可他就没想到赚钱二字，全是免费服务，从未收过病人一分钱，从未收过一次礼，从未吃过一次请。王化廷自有他的获取，更深地理解了雷锋的名言：为人民服务无止境！

（四）

斗转星移，岁月流逝，时光走到了80年代。改革开放，商品意识，金钱万能，自我价值，种种新观念、新思潮如潮水涌来。有人被冲得晕头转向，公路运输行业司乘人员贪污票款之风，竟然愈演愈烈，屡禁不止。王化廷看着许多青年人为此犯罪，心痛得滴血！

王化廷任凭东西南北风的吹吹打打，任凭有些人的冷嘲热讽，不改初衷，坚定地走自己的路。在客车上，司机是师傅，乘务员为徒弟。师傅，乃为人师表，首要的是教徒弟们做个干干净净、堂堂正正的人。他说："想增加收入吗？那你就不辞辛苦地去干，多劳多得，别想捞外快。"他常告诫徒弟："喝凉酒使脏钱，早晚是病！"跟王化廷跑车的乘务员，前后已有十几个人，个个是清白的。就这样，王化廷还常下车收票检验，无一差错。公司稽查科对他的车免检，这是多么高贵的奖励啊！王化廷车上的售票员陆续被公司选拔走了，有当医生的，做会计的，还有做科室工作的。有位记者跟车"微服"采访，从鞍山到沈阳往返一个班次，途中补票和行包款60多元，回公司后如数上缴。记者调查得知：王化廷和售票员王艳新的38号车，一年上缴行包款6000多元，超过全队平均上缴数4000多元。

历史老人步履匆匆，一去不返。王化廷从50年代走来，经历了3年困难时期、"文化大革命"的动乱和改革开放几个时期的考验，为人民服务的本色不变。如今他头上满是耀人眼目的桂冠：省人大代表、省劳模、省优秀共产党员、交通部优秀服务先进个人。王化廷从内心感激党的培育，感激党给了这么多的荣誉。应当说，作为一个普普通通的司机，他该心满意足了。但是近几年来，他内心并未平静过，还有许多感慨。他还感慨什么？他问道：为什么时代前进到了80年代，为人民服务的思想在那么多人的身上失落了？为什么像他这样辛辛苦苦为人民服务的人，倒常有冷言冷语从暗处袭来？他的内心难以平衡！

"一切向钱看"不是社会主义社会的精神支柱。归来哟，全心全意为人民服务的社会主义精神！

（《中国交通报》1991年10月26日）

"鬼见愁"朴二

"鬼见愁"朴二,是黑龙江省汤原县交道公安派出所副所长朴日龙的绰号。这绰号是同行们起的,还是他制服的对手们赠送的,一时说不清楚。但如今在汤原 11 条客货运输线路及 4 个客运站的 670 公里的公路线上,一说朴二来了,那些专吃公路饭的"鬼"们无不闻风丧胆,望风而逃,唯恐撞上朴二被逮住。

朴二,朝鲜族,30 岁的年纪,因为在家里行二,按东北人的习俗,叫朴二乃顺理成章;但要述说朴二为何赢得"鬼见愁"这个雅号,还得讲几句这个派出所的历史。

近几年来,一些犯罪分子流窜到公路上作案,闹得公路上不得安宁。于是,1986 年元月,汤原县交通公安派出所诞生了。派出所的人员是从县交通局、县运输公司和养路段几个单位选调来的,朴二原在运输公司搞保卫工作,由于他有一股"虎劲",也被选到派出所工作。

说句实话,这个派出所建立之初,人们还有点信不过,说他们是凑起来的,"七八个人七八条枪,能干个什么"!可他们却信心十足,定要干出个样子来。当时公路上扒窃案子多,派出所决定先刹扒窃风。结果,1986 年 4 月份头一回出击,就抓了 6 个案犯,其中有 3 个是朴二捉住的。这一仗打完,朴二开始露出了头角。

朴二能荣获"鬼见愁"的雅号,首先源于他不怕"鬼",越是"厉鬼"他越想去会一会。朴二从运输公司调来,工资还在公司开,可偏偏公司一个头头的孩子在汽车上扒窃被朴二逮住了,说情的不少,可朴二硬是公事公办了。在朴二抓住的扒窃、盗窃犯中,他以前的同学就有 10 来个,一个也没有溜过去。这几年不少人往他兜里塞钱塞物,他都如数上交。"鬼"就怕朴二这种铁面无私的劲头。

汤原县有少数开出租摩托车的个体户,几次在公路上闹事,抢劫过路汽车司机的钱财,有些人不交养路费被查出,竟动手打了稽征人员,成了汤原县谁都不敢碰的"路霸"朴二就去碰了他们,该拘留的拘留,该罚款的罚款,在县城引起了轰动,人们对交通公安派出所也刮目相看了!

朴二不怕"鬼","鬼"就怕了朴二。这些"鬼"常常盯着朴二的行踪,朴二上路工作反倒被对手盯梢,不得不变着法儿去逮他们。今年春节前,迎兰汽车站来了一个团伙,得偷则偷,不得偷就玩弄扑克牌骗钱,不少旅客上当受骗。朴二

组织几次跟踪,他们都溜掉了。这次这个团伙正在客运站摆弄扑克,只见一个中年“妇女”靠近赌场,看准机会,上去两脚踹翻一对赌徒,另两个刚想动手,这位“妇女”迅即从腰中拔出手枪,摘掉围巾。4 名罪犯一看傻了眼,此人正是“鬼见愁”朴二。这个团伙就这样被一网打尽。

说朴二不怕“鬼”,自有他的想法。他的信条是:既然当了交通公安警察,必要时豁出命去也要制服车匪路霸。那是 1986 年末,朴二因病休息,到外地串门,回来的路上,在清河站等车。车上超员,车门打开后仍有那么七八个人在车门前拼命拥挤。朴二凭经验判断,其中定有人作案。果然一个大个子伸手掏包,朴二冲上去逮住那双贼手,两个人在雪地上展开了搏斗。朴二身材不高,长得又单薄,且患病初愈,不是那个大个子的对手。可朴二搏斗了半个小时,竟制服了那个扒窃犯。他凭什么?全凭一股精神。当案犯就擒后,朴二已精疲力尽了。朴二对记者说这件事时,也有感慨:100 来人在场围观,竟无一人相助。

如今的汤原县 670 公里的公路线上,基本上是平静和安宁的,一些被逮住的案犯曾发出这样的感叹:汤原县的公路不好啃!朴二几年来立功受奖,被省有关部门授予优秀副所长的称号。当然,汤原县交通公安的成绩,不是朴二一个人干出来的(这个所受到交通部和省政府的多次嘉奖),朴二只不过是这个派出所的一个优秀代表!

(《中国交通报》1990 年 4 月 21 日)

“干部就是孤老的儿子”

春节前，上海市运输工会主席杨世贵，像往常一样去看望离退休的老职工。家有子女赡养的退休人，大多生活过得惬意，无忧无虑。当老杨看了沪南汽运公司一位85岁的退休老工人的家庭时，他的心情沉重了。这个家庭老夫妻2人，无子女。餐桌上是两盘素菜，家里没有一点儿过节的气氛。老杨问他们过节有没有新衣服穿，老人告诉他：一百几十元的退休金，吃饱肚子就没有余钱买新衣了。老杨又专门看了几家孤老和病残人的生活，情形差不多。老杨思忖着：改革开放的10年来，在岗位的职工都得到了实惠，生活有改善，可这些退休的老工人，我们还照顾得不周到。

一个想法在老杨的头脑里酝酿成熟。他在会议上说：“我们年年春节给退休工人送些吃的和补助金，给他们送去了党的关心。对孤老更应雪中送炭，我们要想办法在节前给他们每人添一套新衣服，让他们穿着过节。”老杨说着动了感情，“要告诉孤老，我们干部就是他们的儿子，要对他们的晚年生活负责到底！”

老杨的想法得到了大家的赞同，几十个企业立即行动起来，分别给本单位的退休孤老量尺寸做新衣服，来不及做的就量了尺寸买成衣。交通局党委书记、局长对此举甚表关心，局长提议：“局的仓库里还有些棉工作服，给孤老送去御寒。”各单位在春节前，给孤老送去新衣服189套，棉工作服121件。节日前夕，各单位把孤老接到单位洗澡、吃年夜饭，给他们拜年。浦东汽运公司经理当着孤老的面说：“我是你们看着长大的，我就是你们的儿子，我们一定要尽到做儿子的责任。”孤老们听了这话，个个老泪纵横。沪西汽运公司退休工人王亚东老夫妻写信给公司领导，由衷地喊出了“共产党万岁”的心声。

“我们干部就是孤老的儿子”，这句话在上海市运输系统7万职工中传颂。人人听得心里都热乎乎的，工人与党组织和干部在感情上一下子贴近了。从事工会工作30多年的杨世贵，又有了一个新的想法：“现在很多人把退休工人看成是企业的包袱，只看到负担的一面，而忘记了老工人是社会的财富，他们是发展交通运输事业的奠基人，立过汗马功劳。”老杨告诉记者：“我58岁了，在退休前，我要编一本书，组织退休工人来写，用他们的亲身经历，把工人阶级热爱党，艰苦奋斗，无私奉献的精神保留下来，一代一代地传下去。”愿老杨编的这本书早些捧在大家的手中。

（《中国交通报》1990年3月17日）

林业模范马永顺

伐木最怕树的弯度大。四十五度弯的树,一般的工人就伐不了。可是现在有一棵七十度弯的大树在等着马永顺去伐。这样弯度的大树平常是不伐的,因为不容易按照预定的方向倒,容易出事故。但是马永顺现在必须伐它。许多双眼睛在看着马永顺,看他怎样表演他的先进伐木法。

马永顺是铁骊林区工人,黑龙江省林业劳动模范。他的先进伐木法——抽片加楔伐木法,是在 1949 年学习了苏联的伐木经验以后创造出来的。1950 年冬天,领导上决定在全铁骊林区推广他的先进经验,可是很多人不相信。领导上决定让马永顺到林区各场去表演,用活的事实去教育大家。

这次表演的时候,一个有保守思想的工人故意找了这棵七十度的弯树让马永顺伐,想难为难为他。

马永顺一时有点拿不定主意,有些技术员也难住了。这时候,工会孔主席叫马永顺好好考虑一下,看有没有把握。马永顺想了一想说:“你放心,无论怎样,不能叫困难吓住。”

马永顺仰起头仔细地看了看面前这棵又弯又大的松树,就拿起木用弯把锯拉起来了。这时候是 11 月,山坡上已经铺满了白雪。马永顺干了不到 5 分钟,就脱下了长毛的狗皮帽子,脸上、头顶上热气直冒。大家紧张地注视着。过了不大一会儿,马永顺忽然直起腰,喊了一声:“上山倒”。只见这棵大弯脖子树,“咔嚓”一声倒到马永顺指定的方向去了,既没砸着幼树,也没伤了母树。伐根没超过 15 公分。技术员宣布:大木头直径 60 公分,伐木时间 11 分钟。这时候很多工人一拥而上,把马永顺围了起来。有保守思想的工人也心服了。

1952 年 6 月中旬,东北森林工业管理局和东北林业工会召开了东北林业采伐技术研究会。在这个会上,总结出采伐生产过程的 4 项经验,苏联林业专家做出了技术鉴定,肯定这 4 项经验是科学的,通用的,而且在今后很长一个时期内——即是全部林业生产机械化以前——仍是提高生产率保证安全的重要方法。这 4 项经验中的“安全伐木法”和“四季锉锯法”,就是根据马永顺的操作方法总结出来的。这个经验在全东北林区普遍推广后,生产效率提高一倍。

森林工业不断发展,新工人也不断增加。这些新工人大部分是从农村来的青年,生产热情像野火一样的旺盛,可是就是不懂技术。他们初次上山,连听见大木头倒下的响声都害怕,当然更不用说用锯子放树了。在这种情况下,马永顺响应党把技术教给新工人的号召,和组里的老技术工人们分别负责包教。白天上山的时候,马永顺做技术表演,一边放树一边向工人们讲些放树常识,比如大风、大雪、大雨天不能放树,放树前要看好树倒的方向,怎样保证安全、怎样爱护幼树和母树等。每一个工序他都给做出样子,使新工人们敢动手干。

晚上回来吃完饭,马永顺就在豆油灯下,对小组里的工人讲解四季锉锯法。一遍不行就讲两遍,两遍不行就讲三遍,直到教会了为止。马永顺常常为了教工人锉锯而忘了吃晚饭,也常常为了给别人修理锯子而熬到深夜才能回家睡觉。不论马永顺怎样忙,只要有人来找他,他都有求必应。就这样,他们小组源源不断地把技术工人输送到别的小组去,有的当了组长,有的成为生产中的骨干。五年来,他们小组一共给国家培养了285名技术工人。现在马永顺小组培养出来的技术工人,有的做了伐木场主任,有的当选为基层工会主席,也有的做了技术员,当生产组长的就有20多人。

马永顺是先进经验的创造者,也是先进经验的积极推广者。他说:"不管经验是谁创造出来的,只要对党的事业有好处,我们就应该学习、运用到工作中去。"1952年秋季,辽东林区柳毛河子工人创造了新式运材工具,经过苏联林业专家和林业管理局技术处的鉴定,认为有推广价值。铁骊局就筹备推广工作。当时党的领导同志,就把这个任务交给了马永顺小组。

马永顺和他的小组,接受了这个光荣而又艰巨的任务。试验工作在1953年4月开始了。因为山形地势利用得不好,缺乏技术指导,所以试验了几次都没成功。这时候部分工人有些泄气,讽刺话也出来了:"马永顺为了当劳模,拿别人的性命做试验品……"在这种情况下,党又把推广新工具的重大意义向马永顺谈明。怀着一个党员对党负责、对人民负责的心情,马永顺团结了积极分子,更加紧进行试验工作。有一天下午,试验又失败了。别的工人早已收工回去,月亮已经升上浓密的树梢,射到山坡上的新工具上来,马永顺一个人还在研究着。这次试验仍没有成功,但是马永顺的信心没有动摇。他日以继夜地进行着试验,过度的疲劳使他渐渐地消瘦下去。领导上把他送到哈尔滨太阳岛东北林业工人休养所去休养。事情很凑巧,新工具创造者刘润起也在休养所。马永顺像是得到了宝贝一样,亲切地把他们推广新工具失败的情况向刘润起说了。刘润起对他说:"新工具最大的一个特点,就是必须利用好山形地势,不然就很难成功。"马永顺得到了刘润起的指导后,又增加了信心。休养期完了,马永顺高兴地回到铁骊林区。党同意马永顺领导着小组工人重新开始试验新工具。经过一个来月的试验,注意利用了山形地势和土滑道等,终于试验成功了。他一共试验了7种新工具。试验成功后,就在全伐木场推广,使全场超额完成了任务。每月产量由2000立方公尺提高到6000立方公尺,木材生产成本由每公

尺21万元,降低到6.8万元。他们试验的成功,给这项先进经验在全局推广铺平了道路。

1953年11月,平安伐木场枕木材料的任务突然增多了。这是国家修新铁路的订货,如果不能完成,就会直接影响新铁路的建设速度。可是原有的伐木任务还没完成,再增加任务,是有困难的。因此有些人对接受枕木材料任务犹豫起来。这时候,马永顺召开了小组生产会议,他说:"在国家要我们出力的时候,我们不能往后退。"小组工人们在马永顺的动员下,向领导上提出,把他们小组108立方公尺的枕木材料任务,增加到215立方公尺。这样就带动了王福祥等五个小组也自动要求增加任务,把全部任务都承担下来了。

有一天马永顺发现新工人王玉堂(他是马永顺的妻弟)为了完成任务,有浪费梢头木的现象。他就召开了会议,批评王玉堂说:"任务增加了,干活更应当仔细,梢头木虽然不能做枕木,不是能送到煤矿做窑顶木吗?"马永顺说得王玉堂低下了头。王玉堂事后对工人们说:"我姐夫倒像个铁脸包公。虽然他批评我狠一些,可是对我的帮助可大啦!"马永顺就这样随时纠正工作中的毛病。到月末,不但完成了任务,还超额了75立方公尺,并且推动全场顺利地完成了国家的订货。

马永顺对待错误是那样的严格,可是平常对工友们的关怀和帮助,又是那样热诚。工人们有了病或者有了困难,马永顺总要想各种办法去帮助他们。工友们病的时候,他就和爱人说:"工友们有病了,我们要很好地照顾他们,一个人在山上生活不像在家那样方便啊!"马大嫂就做粥或者做面汤给有病的工人吃,至于缝缝补补那就更是常事了。

马永顺在生产上是组长、老师,在生活上也是大家的依靠,因此,工人们都信赖他,支持他。工人们说:"马永顺是党员,做事心正,所以跟着他干保管没有错。"他们小组在马永顺领导下,团结得像一个人一样,几年来两次被评为省特等模范小组,在东北林业先进小组会议上被评为一等小组。

马永顺和千万个林业工人一样,是在党的培养教育下成长起来的。今年3月,他光荣地被选为东北森林工业一等劳动模范。马永顺向大家说:"我这一点点的成绩绝不是我个人的,假若没有党经常地培养我,在困难的时候鼓励我,教育我,假若没有工友们的帮助,我连一点成绩也不会有的。一切都应该归功于党、归功于全体工人同志。"马永顺虽然有了成绩,但是却没有丝毫自满的表现。他在继续前进着。开完劳动模范大会回到铁骊后,在技术革新运动中,他又创造了流水式作业法,克服了采伐作业中的忙乱现象,各工序之间做到了均衡生产,给采伐作业又开辟了新的方向。

(《工人半月刊》1954年第23期)

制造鼓风机的日日夜夜

1958年9月3日,隋厂长从五营开会回来,带来了一项光荣而又艰巨的任务——在10天内制出20台鼓风机。

在伊春机械修配厂,制造鼓风机是个新鲜事,过去不但没造过,而且连图纸也没有。困难,分明地摆在眼前。可是隋厂长对钣金组的工人说:"这是党交给我们的任务,我们要用亲手造出来的鼓风机,支援伊春地区的钢铁生产,使各地高炉的铁水不断奔流!可是有困难,你们有胆量接受这个任务吗?"

钣金组的全体工人,听说这是党交给的任务,又是支援三大"元帅",正中了他们的心意:不是可以用它来向国庆九周年献礼吗!于是他们响亮地回答:"当然有胆量!只要党说句话,我们没有不能接受的任务!"

任务就这样接下来了,没有图纸,就由老工人宫万久、刘文成一边设计一边下料,大伙操起榔头、锤子,就叮叮当当地干起来了,虽然大家的干劲都挺足,怎奈手工作业,心有余而劲用不上,从9月3日开始,到7日也没干出多少活来,大家的心里,不禁憋着一股劲儿。

9月7日,厂子的职工代表会议召开了。党总支书记讲了台湾海峡的局势问题和周恩来总理的声明。美帝国主义武装干涉我国内政,激起了全场职工极大的愤怒,他们化愤怒为力量,决心用实际行动拥护周总理的声明,回击美帝国主义的军事挑衅。钣金组的工人们,行动起来了。他们决心把手工作业改成机械化操作,与时间竞赛,提前把鼓风机送出厂去,让铁水早日奔流出来。

晚上,下班铃早就打过了,可是钣金组的工人们,就像根本没听见似的,饭也不回去吃,在耀眼的灯光下,夜以继日地干上了。7号的晚上干了一宿,8日又苦战了一天,大部分手工操作,都变成机械化作业了。宋福章老师傅,想出了用压力压风扇叶的办法,比手工用榔头打提高效率15倍;刘文成和杨守先等人,采用"咬口法"和铆钉铆的办法,代替了水焊,解决了氧气不足的问题;技术革新能手孙贵,创造出卷沿机,三个人的活改成一个人做,提高效率达30倍。

由手工作业变成机械化,好比牛车换成了汽车,鼓风机的各个部件,大部分都做出来了。经过昼夜的苦战,结出了果实,人们的心呀,多么兴奋,又多么欢畅!

9月8日的夜晚,又悄悄地撵走了白天。经过一天一宿苦战的钣金组的工人们,虽然还坚持着生产,但可以看出,已经有些疲劳了。可是还有一部分部件

需要在当晚做出来，不然，明天的总装，就要受到影响。又要拿出部件来，又要让工人们去休息，这可难住了组长。工会组长万明久，想出了一个轮流休息的办法，大家轮着去睡上5个小时，然后再来苦战。他动员走了别人，可是他自己和团员戴炳文，却一直坚持了19个小时。

这也是8日晚上发生的事情。

时间已经到九点多了，大家都劝宫万久老师傅回去休息："你的年龄比我们大，别搞坏了身体！"

经过了一天一夜的苦战，宫师傅也真想回去休息了，可是他一看见堆在地上已经造出来的部件，忽然想起："应该用尺子量一量，不然尺寸不对路，明天可就误了大事！"于是，回去休息的念头，早抛到九霄云外去了。他拿着尺子就一件一件地量起来，比绣花还细心。当他量到风扇叶子的铁筋时，发现铁筋做短了！他拿起工具，又开始了新的战斗，一直到第二天的早8点，才回家休息。别人问他累不累，他说："越是紧张的战斗，越是精神饱满。"

在钣金组日日夜夜苦战的时间里，曾发生人手不够的困难。这时，交车工组伸出了共产主义的协作之手，派来了八九名健壮的小伙子，和钣金组的工人一起日夜苦战。

在钣金组日夜苦战的时间里，党总支书记、厂长、支部书记、段长，也曾与他们一起，在厂房里度过了白天和夜晚，给钣金组的工人们，带来了力量。

经过大约39个小时的激战，20台鼓风机的生产任务，在9月9日上午12点提前完成了！这些鼓风机，立刻运到五营、丰林以及运到双鸭山市等地，吹着铁水从高炉里不断地奔流而出。

（《伊春日报》1958年10月1日）

钢铁姑娘李秀荣

建炉基础挖到两米深的时候,出现了大量黏泥,铁锹插到泥水里去,不用说掘上泥来,就是拔空锹,也得费好大的劲儿。干费劲不出活,人们不禁有点着急。就在这个时候,一个高个儿,身材健壮的姑娘,脱下了鞋袜,挽起了裤脚倔强地跳到基础里去。小兴安岭9月下旬的泥水,是扎骨般的冰凉,可是她全不理会,用锹挖不动,就用双手滚泥团,把黏泥扔到上边来。围在基础上边的人们,看到这个场景,都不约而同地跳到基础里去,学着这个姑娘的榜样,用自己的双手,把黏泥"挖"到上边来。挖基础的工程,又顺利地向前进展了。

你问这个姑娘是谁吗?她就是乌敏河林业局职工医院的学员、22岁的共产党员李秀荣。她,在乌敏河钢铁工地上,在两个月的时间里,18次被评为先进生产者。提起她的名字,人们无不称赞。

10月初,建炉工程进入了高潮,人们昼夜不分地苦战在工地上。正在这高潮的当儿,李秀荣来了月经,同时又患了感冒。"怎么办,回去休息吗?不!不能休息!在这大决战的时候离开火线,对一个党员来说,是可耻的……"李秀荣在心里反复地想了之后,又投入了紧张的战斗。

尽管李秀荣以坚韧的毅力坚持着,可是她的脸色却告诉人们,她患病了。人们不断地问她:"大李子,你的脸色不好,是不是找医生看看!""李秀荣,你瘦了,脸发黄,有病了吧?""没什么,我身体很好。"每当人们询问她的时候,她总是这样回答。

一天晚上,工地医务员王喜仁,突然发现李秀荣昏倒在工地上,她背的60多块红砖散在她的身旁,身上滚了一身泥。人们急忙把她扶回医院。当她苏醒过来的时候,下床就要回工地。医院的白院长严厉地命令她:"命令你住院休息,不恢复健康不能上前线!"

李秀荣一看院长下了命令,又是那样严厉,只好悄悄地回到宿舍躺在床上休息了。

经过几个小时的休息,李秀荣感到精神好了一些,她看看时间是凌晨4点多钟,又想起了工地。她不能再躺在床上了,振作起精神,穿上衣服,就准备上工地。

白院长早就估计到,大李子一定会偷着跑到工地去,所以早晨4点钟刚过,他就来看李秀荣。一进屋,李秀荣已穿好了衣服。白院长全明白了,他严厉地

说:“你穿衣服干什么?今天不许你上前线,这是命令!”说完白院长就出去了。李秀荣没料到白院长突然来下命令,她木然地坐在床上,一时拿不准主意。坐了一会儿,她忽然下了决心:不行,不能在床上坐着,工地需要人!想到此,她忘了白院长的命令,悄悄地出了医院,又来到钢铁前线。

李秀荣来到工地,人们都劝阻她,叫她回去休息,可是谁又能说服她呢?没办法,大家只好按着她坐在地上磨钢砖,不再让她干重活了,冷风一吹,加上灯光耀眼,李秀荣就感到眼前的整个工地、山峦都在旋转,她的精神恍惚。可是她立刻警告自己:坚持住,不能退缩!她咬住牙关,咔咔地磨起砖来了。李秀荣顽强的战斗精神,感动了刘淑文,她肚子疼本想休息,可是看了大李子,也坚持不下火线了。

在挑土的时候,山东来的民工,挑土干不出劲儿来,穿着棉袄都没干出汗。李秀荣和丁站芳一商量,挑起土篮就来到民工跟前,向他们提出挑战。她们俩带头脱下棉袄,在工地上挑着土篮,来回飞跑。山东来的哥们儿,岂能让两个姑娘落下,挑起土篮,一个比一个走得快,一个比一个挑得多,不大一会儿,人人出了一身透汗,棉袄再也穿不住了;背红砖,开始人们背 20~30 块,她一次就背了 60 块;石灰袋原是两个人抬,可是她自己就扛了一个;搬石头,她肩上扛一块,腋窝还挟了一块。她无论干什么,总是走在群众的前面,人们也就学着她的榜样,向她看齐。有一次,工地指挥部的同志,量了一下她一次扛的石头,整整 200 多斤。李秀荣就是这样时时以自己的行动活跃在工地上,带动着大家一齐修建炼铁炉。

(《伊春日报》1958 年 11 月 22 日)

考　　验

一

1955 年 9 月，张健在西北农学院林学系毕业了。按照国家的需要，走上了工作岗位——伊春林区上甘岭森林工业局。

多么叫人兴奋啊！新的生活开始了，十几年学来的东西，即将拿到生产中去考验。有什么还能比这更激动人心呢！

事情出人意料，领导上把他留在生产科了。可他盼望着的却是林场。

椅子上的生活，在他说来，一天就犹如一年那样的漫长。他坐不下去了，他要上林场。他是个不多说话的人，向领导上写了书面报告，提出了要求。不多天，生产科长把他叫去，给了一项临时任务，帮助搞森林调查。

二

十月里，森林里已经是白雪铺地，汤旺河结了冰，来自西伯利亚的寒风，不住地呼啸。

张健带领两个人为一个小组，踏着积雪，冲着荆棘，在原始森林里踩出第一条路来；测出木材蓄积量，划好林班……

下午 4 点钟，森林里就已夜色朦胧。张健领导的调查小组正在赶忙着一天最后的工作。突然，一只有五六百斤重的黑熊，从林子里钻出来，呼哧呼哧地喘着粗气，撞得松枝咔嚓咔嚓作响。这响声惊醒了正埋头工作的张健。他吓得大叫一声：

“黑瞎子(熊)来了！”

这时，黑熊已经来到近前。张健和两个工人抬腿就跑，跑向哪里已来不及考虑。这黑熊好像故意和吓慌了的人们开玩笑。他们在前面跑，它就在后面呼哧呼哧地追。跑啊，跑啊，不知跑了多长时间和多少里路，他们终于绕着弯儿躲开了黑熊的追捕。

站定后，张健发觉把帽子跑丢了，只有一本野账还紧紧地攥在手里。他摸了下耳朵，硬硬的，一点感觉没有；两只手的手指也是如此。他奇怪地问工人：

“我的耳朵和双手为什么不知道冻得疼呢？”

“哎呀，快！把手套脱下来！”他们说着就把张健的双手插在雪堆里。

“用手使劲搓，不然手指头会冻掉的。”然后，他们又用围巾包在张健的头上。张健听话地拿雪在手里搓。不大功夫，双手像出火似的热了起来。

“咱们该往回走啦？”张健说。

“往哪个方向走呀？”

张健这时才发觉跑迷路了。怎么办呢？漆黑的夜里，看不出方向。他踌躇一下后，和工人商量道：

“咱们顺着汤旺河走吧，不论上游或下游都有工棚子，反正丢不了。”他们顺着汤旺河就走了起来。

在无边无沿的森林里，他们整整走了一宿。第二天早晨才找到工棚。脱下棉胶鞋一看，张健的双脚已冻起了白泡。

早饭后，这两个工人问张健：

“张同志，今天还能上山吗？”

“上山，怎么能不上山呢？”

三

初春的早晨，月牙还挂在树梢上，伐木手已经伐倒了第一棵树；咔嘣——哗——清脆的树倒声，久久地回绕在对面的山岭间；拖拉机的马达也同时在山场上哒哒地轰鸣起来，两道耀眼的灯光，照亮了四方，拖着长长的原条木，从小山岗上奔向装车场；装车场上的工人们，驾驶着拖拉机，通过架杆把原条木轻轻地绞上平车。一天的工作开始了，林场上一片喧闹、欢腾。黑熊、野猪……吓得慌乱地逃向森林的更深处。

一个穿棉大衣的青年，在伐木场上，在集材道上，在装车场上，快步地去了又回来，随时和伐木手、拖拉机手、装车工说些什么。他，就是大学毕业生张健。现在，他被任命为上甘岭第五伐木场青年工段段长。

“张段长，”一个手持弯把锯的青年伐木手喊道，“你看这棵双丫树得怎样伐呀？”他狡诡地眨巴着眼睛。

“这……这……我还说不好。回去研究一下再说吧。”不知为什么，这个刚任命的、年仅二十五岁的青年工段长，双颊竟泛起了红晕。

“好吧，研究研究。”他用轻蔑的语调复诵着。

张段长的脚印刚刚留在后面，他就熟练地把这棵双丫树伐到了。他打趣地念到：“上有主任，下有组长，白吃饱的工段长。”

这句话传到张健的耳朵里来，他那平静的思潮，掀起了不平的波浪，他苦恼，他不安，他不敢正视工人的眼睛；他觉得所有的人都在轻视他。他本是个不多讲话的人，在夜里，他竟偷偷地落下泪来，离开这里的念头也萌芽了。

正当他无法摆脱痛苦的时候,故意刁难他的那个青年伐木手,诚挚地向他道歉来了;这是党支部批评了他以后才来的。张健感动了,在这样好的工人面前,他感到惭愧,连连地对那伐木手说:

"不怪你,一点也不怪你。"这时,从前党支书说的,没往心里去的话,也涌上心来:要放下知识分子的架子,能做工人的先生,也要能做工人的学生,只有你成了工人的朋友,工人才能支持你。

六月末,一阵猛烈的大风推倒了装车场上的架杆。装车被逼停止,很长一列平板车停在停车线上。

埋架杆的地方,是个水坑。坑里的水没膝深,水里有石头。要重新架起架杆,首先得掏净水,搬走石头。张段长把自己的洗面盆拿来了,一盆又一盆地向外淘水。石头露出了水面,他第一个跳进水坑,搬起石头。晚上还冻冰碴的山水,透骨凉。工人们用钦佩的眼光看着自己的段长,不约而同地跳进水坑,和段长一起,在不到几个钟点的时间,就把架杆架了起来。拖拉机的马达又响起来了,一棵又一棵的原条木,装上平板车,运向贮木场的电锯造材台。

1956 年的隆冬,带着严寒降临了。大雪茫茫,天寒地冻。长时间没下山的张段长,每天只穿着一条薄薄的旧棉裤和一双露了脚后跟的棉胶鞋穿行在林场上。工人们关怀地劝道:

"张段长,下山做条新棉裤、买双新棉鞋去吧!"

"任务紧,没时间哪!"

晚上回来,别人都休息了,他还在煤油灯下,记账和计算着生产和工人的工资。

四

车间里开展了主伐规程的业务学习。许多人都有实际经验,可是讲不出。张段长就做了讲师,他结合着在学校里学到的东西,从理论上进行分析和讲解,大家很是满意;车间里的职能人员对数学有兴趣,他就做了义务教师,讲完了高小的课程,现在正教初中代数。

他把知识带给林区,林区又以丰富多彩的生活充实了他的头脑。他们青年工段,曾得过一次先进生产者工段,月月超额完成任务。在生产管理上,他曾提出"随集随烧"的建议,使采、集两工序衔接得更加紧密。

大学毕业生当工段长,在森林工业中还是不多的。他经受住了林区生活和生产的考验,仅一年的时间,他已被锻炼成一个称职的工段长了。

(《中国林业工人报》1957 年 1 月 11 日)

两个电影放映员的故事

谁也没想到,使用一台已经添补了零件,几乎需要大修的匈牙利P型电影放映机的胡振海放映小队,在黑龙江省电影表演会上获得了一等奖。

事实上可也没什么奇怪的。

1953年4月,在工会做生产工作的胡振海被叫到林业工会主席室来。主席说:“小胡,工会买来了两台电影机,准备叫你去做这个工作。”

“为什么叫我去呢?”

“因为这个任务很急,两个月以后就要放映。你有一定的文化基础,学起来会比别人更快些。”主席的话是对小胡充满着信任。主席那信任的目光,使小胡想起了自己的童年:解放前,刚念了3年书,就因家境贫寒而被迫离开了学校,帮助父亲挑起了维持一家生活的重担。解放后,新中国给他带来了读书的条件,他进了高小,又读完了初中,在学校里就入了团。他想:在新的工作需要我的时候,能说出“不干”这两个字吗?

主席看他呆呆地想心事,以为他想不通,便问道:“怎么样?说说你的意见。”

“我没啥意见。有师傅教吗?”

“这就是你的师傅。”主席从抽屉里拿出两本书来交给小胡。这是两本关于放映电影的技术参考书。小胡的心情惶惑不安,不知如何是好。主席看透了他的心事,说:

“下功夫钻吧,将来你学会了,多少年来没有演过电影的森林里,就会破天荒地挂起了银幕。工人们该多么欢迎你呀!”

胡振海带着电影机从牡丹江来到了穆棱,从此,穆棱林区工会电影队就算正式成立了。

夜深了,宿舍里传出了阵阵的鼾声。周围的一切,都静悄悄的,好像所有的生物都睡熟了,可是小胡却仍在办公室里工作着。他手里拿着一只红蓝铅笔,不时地在那两本参考书上划着圈圈或直线;然后又到放映机旁打开了放映机,装上片子,摸摸这,又摸摸那,以白色的石灰墙当作“银幕”。当镜头顺利地在银幕上出现的时候,他从心里充满着难以表白的喜悦。突然,胶片断了,或者扩大机哑巴了,他又焦急起来,苦心地寻找着毛病出在什么地方。自从他来到穆棱以后,不知熬过了多少这样的夜晚和白天。有时为一点点的新发现而欣喜若狂;有时又为找不出原因的故障而整天苦恼。

辛勤的劳动,终于得到了应有的报偿。两个月以后,胡振海基本上能放映了。

11月里,森林中早已是隆冬的季节了。大雪茫茫,笼罩着无边无际的山岭。这是胡振海第一次到山上去放映。

从穆棱到牛心山伐木场有200华里的路程。大铁轱辘马车拉着电影机,刚刚进入林区,就赶上了大风雪。寒风刺人的皮肤,呛得小胡喘不过气来;雪花像刮起的风沙,打在脸上又使他睁不开眼睛。大铁车艰难地在风雪中前进着。从早晨到晚上,还没走完路程的一半。夜幕渐渐笼罩了森林,途中没有人烟,小胡和赶车的老板商量后,决定连夜前进。饿了就啃点冻得硬邦邦的干粮。冻得腿脚麻木,他就跳下车跟着跑。经过一天一宿与风雪的搏斗,小胡终于第一次在森林里挂起了银幕。

12月份,工会给胡振海配备一名年仅十九岁的助手李传祥。李传祥是个脾气有点急躁的小伙子,但是很能干。一来到电影队,就被电影机给迷住了。胡振海很满意自己的助手,他不愿自己的助手在技术上受蹩,便把自己所摸索到的东西,一点一滴地教给小李,使得小李感动地说:"胡队长教给我放映的技术当然很重要,可是他教给我的工作态度比技术还宝贵。"

大铁车在坎坷不平的山路上颠簸,放映机在车上得得地跳动。每跳一下,就像震动了胡振海的心一样。他不能眼看着机器受损失。他腾地从车上跳下来,把放映机背在自己的肩上。7月的太阳,当头射下来,蚊子在身边讨厌地嗡嗡叫着。

60多斤重的放映机,背在身材瘦小的胡振海身上,没走上几步,豆大的汗珠就从脸上成串地滚下来。小李虽然长得结实些,但渐渐也喘上了,然而他仍是咬着牙往前赶路。漫长的路途,完全用人背是不行的。胡振海他们就坐在车上,把机器放在怀里抱着。人身上的肉是松软的,大车颠簸得再厉害,机器也受不到任何损失了,可是到伐木场以后,两个人的大腿已经红肿了。

1954年初冬,吉普车(工会给电影队买的)拉着放映机从穆棱往八面通伐木场开来。当吉普车正疾速开到下城子大桥的时候,突然司机刹住了车。

"怎么回事?"坐在后面的胡振海问。

"桥坏了。"司机回答。胡振海、小李和司机同时下了车。平静的冰面,在阳光下闪烁着耀眼的白光。只见三五个行人在冰面上来往。

"真倒霉,咱们冲过去算了。"小李又着急了。

"能冲过去吗?"胡振海问司机。

"冰薄啊!怕出乱子。"

“出乱子又能怎么样，反正河水不深。”小李没把这条河放在眼里。

“时间不等人，我看也只好冒险了，反正咱们不能住在河这岸。”胡振海同意冲过去。

司机开足了马力，马达嗒嗒地吼叫起来，喇叭一阵长鸣之后，吉普车便飞一样往冰上冲去。刚刚跑过河心，只听哗啦一声，吉普车掉在冰窟窿里，发动机哑巴了。

司机半天说不出话来，小李气得腮帮鼓得老高。胡振海比他们更着急，只是不愿在他们面前表露出来。情况需要他当机立断。

“摇着火能不能破冰开到对岸？”胡振海严肃又镇静地问司机。

“冰不厚，还差不多。”司机回答。

胡振海立刻解开了衣扣，往下脱棉衣。

“干什么！你身体那么弱，下去就不用想上来啦。”小李无论如何不叫胡振海下水，说话之间，他已脱掉了衣裳，抢过了拐把子，扑通一声，跳下了水。结了冰的河水，刺骨的凉。小李那红胖的脸立刻变成白色，上牙格格地敲打着下牙。但他自己并未顾不上这些，他一个劲地摇啊！摇！足足摇了 15 分钟，马达才轰响起来，他终于摇着了。司机又开足了马力，吉普车怒吼着破冰冲到了对岸。

三年来，胡振海电影放映队，就利用这台机器，以这样的工作精神，安全地放映了 416 场电影，从未发生事故。他们将带着自己的机器，随着黑龙江省电影放映代表队，到北京出席全国电影会演大会。

（《中国林业工人报》1956 年 8 月 1 日）

谊深情长

——苏联飞机援救我国森林调查队员的故事

事情发生在1956年的10月，小兴安岭林区江河已开始封冻。

从黑龙江上游驶往黑河最末一班客轮——“鞍山号”开过去了。

在小屯子——马伦等船的森林经理大队测量中队的全体队员，立刻陷入了焦急和惆怅中。

10月中旬，西伯利亚的寒流袭击到大兴安岭：黑龙江上跑起了冰排，日夜奔流，相互冲撞，发出咔擦咔擦的响声。

夜里，寒风袭来，睡在帐篷里的调查队员，从梦中冻醒，打起哆嗦。严寒即将到来，被困的威胁，已降临在全体队员的身上。

10月20日的晚上，中队部召开了紧急会议，做了决定：不能瞪着眼睛冻死饿死在大兴安岭，用我们整年跋山涉水的双腿，走到600里地以外的呼玛县去；到了呼玛，自然就有了去黑河回哈尔滨的办法了。

23日的早晨，全队50多名队员编为两个大组，一组沿着黑龙江边，一组钻进原始森林，分头奔向呼玛。

在路上，队员们用小筏跨过了拦挡去路的盘古河；爬过数丈高的石崖；在冰冻、溜滑的山路上，跌倒了爬起来；脚趾冻肿了，双脚也磨出了血泡；寒流无情地吹打着衣衫单薄的队员们……走啊，走啊，走了好几天，才走出200里路。疲劳、困倦、饥饿、寒冷一拥而至，困死在森林里的可能，越来越大了。

正当这个时候，在森林的上空忽然传来了飞机的马达声。这飞机飞到大家的头顶上，就低低地盘旋，飞去又飞回。大家奇怪起来，莫名其妙地向飞机狂呼、挥手。只见飞机上扔下一个小东西来，大家拣起一看，是一个腊纸筒，里面还装着一封用俄文字母写的信，可是全组没有一人认得。于是大家猜测着：莫不是苏联飞机来援救我们？不！这不可能，怎么会知道我们被困呢！噢，也可能是发现了山火，给我们来送信。大家胡乱地猜想着。飞机仍然流连地不肯飞去，好像还有什么未完的事情。大家只好摇手作别。

队员们振作起精神，背上行装和仪器，拖着沉重的脚步，又踏上了奔往呼玛的艰难的行程。

当他们刚走出几里路远的时候，飞机又突然由远而近，由高而低，机身几乎碰在树梢上，驾驶员的面孔可以看得真真切切。飞机上，又投下两个小东西，大家捡起来一看，和方才投下来的纸筒一样。打开看来，是两封写着汉字的信，信上说：

“同志们，你们如果需要援助的话，3 小时内不要走动，有苏联飞机来接你们，点燃两个火堆为信号。”

这好比雪中送炭，雨里送伞，大家狂欢起来，忘记了几日来途中的劳累，沉浸在欢乐的情绪中。可是大家又为难了，在这茫茫的森林里，连人步行都十分困难，怎能落得下飞机呢？不管怎么样，大家不走了，几小时后，飞机的马达声从黑龙江的对岸传来。飞机来到近前，大家不由得怔住了：这根本不像飞机，带着两个翅膀，倒像一只大蜻蜓。这时有人想起在画报上曾经看见过，这是直升机！大家急忙点燃了两个火堆。信号燃起后，只见这只大“蜻蜓”选择了一块平坦的草地，轻轻地降落了。队员们拥上前去。机舱里走出一位戴着中校肩章的军官。通过翻译，他问道：

“你们是被困的森林调查队员吗？”

“是！”大家异口同声地回答。中校又说道：

“你们辛苦了。我们奉莫斯科的命令前来援救你们，请上飞机吧，同志们！”说完话，他热情地和队员们一一握手，向大家问寒问暖。

寒风呜呜地扑来，打在身上，颇似进入隆冬的冰凉。可是此时大家的心里，却被一种世界上最温暖、最深沉的感情烘烤着，泪水湿润了大家的眼睛。

飞机起飞了。身体虚弱的老李，昏了过去，脸色灰白，中校赶忙扶他躺在座位上，脱下自己的大衣，轻轻地披在老李的身上。

飞机把第一组 30 名队员安全地接到一个叫孟道卡其的村子。中校便让第一组组长辛铁洙做直升机的“领航员”，飞回黑龙江的彼岸，大兴安岭的上空，寻找仍在被困中的第二组队员。

飞机飞到一个叫二十一站的小屯子，辛铁洙按日期计算，第二组的队员已走过了这里，飞机可以不必降落。可是中校还是命令飞机降落了。降落后，中校就到当地老乡中打听，是否有森林调查队扔下的病号。辛铁洙醒悟过来，暗中埋怨自己的无知，也暗中感激苏联同志对我们关怀的无微不至。

孟道卡其村的负责人和全村男女老幼，像欢迎久别的亲人一样接待了全体队员，把他们带到一个华丽的房子中去：茶、水、毛巾、脸盆早已准备停当，屋中铺着地毯，有沙发，钢丝床上铺着雪白的被褥。已经好久没洗澡、没换衣裳的队员们，真不好意思到那洁净的床上去休息，大家都不安地坐在沙发上或站在地毯上。苏维埃主席看穿了大家的心思，他风趣地说：

“同志们，我生平还没看见过，自家人在自家中还讲客气。”他把大家几乎是抱起来送到床上去休息。这时，党总支书记和团书记抱着一摞画报和报纸进来了。当他们知道大家已经很久不知道国际上的新变化的时候，就给大家讲起了世界上近来发生的大事。他们像谈自己的党一样，给队员们介绍了我们党的“八大”会议，又讲了英、法、以侵略埃及的罪行。

恐怕大家不习惯苏联的饭菜。特别为队员们做了中餐。晚饭后，还专为队员们放映了电影。

夜里，大家躺在舒适的床上，很久不能入睡。是的，苏联军队为寻找他们派出七八架飞机，找了好几天，以及这盛情的款待，他们怎样能安静下来呢？他们也不明白，这一切到底是怎么发生的？

深夜里，村苏维埃主席悄悄走进屋来，轻轻地把脱落的被子给盖在队员的身上。副中队长芦彦允低声地问他，才知道事情发生的始末，原来是这样：

我国林业部得知有五十几名森林调查队员困在大兴安岭的消息后，就和我国外交部联系。经外交部和苏联驻我国大使馆联系，很快，莫斯科对鄂木尔州的边防军发出命令：一定要把被困的中国森林调查队员援救出来。

中队长芦彦允向村苏维埃主席谈了些感激的话，可是他说：

“这是我们应该做的。假如我们的队员被困需要你们援助的时候，你们会怎样呢？”

他们的手，紧紧地握在一起。

（《中国林业工人报》1956 年 12 月）

一位石工的故事

一

1958年11月4日的下午,在一个荒僻的山野中,有3个行人,其中一个挑着行李卷。他们走得很急,一边走着,一边闲聊。虽然这是闲聊,可是谈得又那么认真、严肃。只听得他们中的一个说:"……任务是那么紧迫。可是在整个工地上连一个石工也没有,而又要和坚硬的花岗岩打交道,民工们的信心有些动摇了。这回把你们从工区请来,就是要用你们的经验,给民工们开出一条路来!这一二百人的工地,技术指导的担子就放在你们的肩上了!"

原来说话的这个人是某工程输电线路工地的党支部书记张洪喜,另外两个是工地新请来的石工,其中一位叫王培东。

谈话停止了,可是王培东的心里,却翻腾起来,他想象着工地的情景,也盘算着自己该怎样投入这场紧急的战斗。

二

在山地上走完了15华里的路程到达工地,已经是吃晚饭的时候了。

王培东的心情已经完全被工地占据。他把行李放在帐篷里,就向工地走去。在工地上,他看到了这样一幅图景:在石坑里,几个民工聚在一起,没有生气地在刨镐、打钎,镐头和钎尖,已经钝得不能再用了,一镐刨下去,只是在岩石上刨上个白点。而民工们的双手,却震得麻木,有的已经出血了。民工们的脸上,带着困倦的神情。

王培东跳到石坑里,和民工们攀谈起来。他问一个拿镐的小伙子:

"镐尖秃了怎么不修理呀?"

"工地上没铁匠,也没有煤炉!"

"打钎怎么不用手扶着钎子啊?"他又问那个打钎的中年人。

"打不准,把手都打坏了!"

王培东从工地回来,就向张支书谈了在工地上看到的情形。他说:

"明天我到工地教给民工挖石技术,家里,你给我找个风匣和弄点煤来,工具需要修理了!"张支书同意了。

晚上,民工们已经香甜地睡着了。可是王培东躺在床上却无论如何不能入睡，他想到线路工程的进展，想到工地上的情景，也想到自己，一个老工人、一个共产党员的责任……越想，越不能入睡，他索性爬起来，穿上衣服，到外面找了个合适的地方挖了个坑，准备明天风匣来了好生火。他又从伙房、床下找来了许多木棍，在木棍的头上劈成叉，中间用绳绑好，准备明天拿到工地去。等他做好了这些，心里才稍稍平静一点，回到帐篷旦，躺在床上睡了一小觉。

三

民工们知道工地来了石工，就像在沙漠中找到了泉水，王培东走到哪里，就被哪里的人围住。王培东用他昨晚准备好了的劈叉的木棍，把钎子夹在叉里，手扶木棍，叫那个中年人打钎。这个中年人再也不担心打到把钎人的手了，他的锤抡下来，是那样有力，又那样准确。

一二百人的工地，民工们分散在二三十里长的线路上。王培东从一个石坑到另一个石坑，差不多每一个石坑都留下了他的足迹。不论是打锤的还是刨镐的民工，都从王培东那里学会了挖石的技术。石头慢慢变得驯服了，民工们的脸上又露出了微笑。

为了明天让民工们使上得心应手的工具，王培东生起了炉火，要连夜打镐尖和钎子。

张支书听说王培东要夜战，也亲自来参加。他给王培东拉风匣，拉得炉火通红。王培东举起手锤，把那烧得鲜红的镐尖和钎头，打得火花四处飞溅。磨秃了的，又打出锋利的尖来。时间在火花飞溅中逝去，王培东打好了一个又一个。时针已不知不觉中，指到第3天的早3点了。这一宿，他打好了40把镐、40把钎子。

早晨，民工们看王培东睡着了，都悄悄地吃完饭就上工地了，他们生怕惊醒了王师傅(民工们都这样亲切地称呼他)。可是他们前脚到了工地，王培东也跟到工地来了。在这里，每天晚上他都要在炉火旁工作到深夜，一二百人用的工具，由他一人包修，镐、钎在他的手下，永远是锋利的。民工们每天的挖石效率，由0.2提高到0.8了。工程以从未有过的速度向前进展着。

四

工程进度接近末尾的时候，工地上碰到了一个难攻的“碉堡”——一个石坑刚巧挖在一块比碾盘还要大的整块岩石上。这块石头的厚度，在几米以上，民工们挖了很多天，才挖了半米深。而在这个当儿，埋电柱的工人们紧跟在后面追上来了。这个坑如果不能按时挖好，就要影响埋电柱工程。就在这个时候，领导上调王培东和民工一起来拿下这个“碉堡”。

这个老石工和石头打了多少年交道,还没见过这么大又这么刁的石头。然而石工总是有办法对付的。他领着5个年轻的民工打起夜班来了。

这正是严寒的季节。夜晚,寒风呼啸,白雪飘飘。风雪冻不僵热血沸腾的人们,可是工具又出了问题:他们一天一夜要打秃四五十把钎子和大镐。还是这个老石工有办法,他把风匣扛到石坑边上来了,晚上打夜班,白天就修理大镐和钎子。每天夜里他只能睡三四个小时的觉。只几天,王培东的脸就消瘦了许多,可是挖石的速度一天顶两天的快。这个最后的"碉堡",终于攻下来了。全线路的工程也提前8天完成了任务。

工区党委王书记为了对线路工地职工提前完成任务表示一点谢意,送了一点微薄的礼物——两只咸鸭子。这是他母亲从家乡带来瞧儿子的。支部书记张洪喜把两个白花花的鸭子切成几块,送给大家。最后留了一块,用纸包着送给王培东。当王培东接过这块小而又平常的礼物时,他的心脏跳动得非常厉害,全身滚动着温暖的感情,他那布满红丝的眼睛也湿润了。同时,他的全身立刻觉得,又增加了无穷无尽的力量。

(第二机械工业部《跃进报》1959年2月25日)

架子工吴吉祥

吴吉祥的名字，在141是响亮的。他领着他的青年红旗突击队，从去年7月以来，月月超额完成计划。在今年大战八九月中，他们只用11天就完成了8月份计划，9月份的计划也只用了14天。

去年7月，吴吉祥从北京调来141，刚来就生病了。领导上叫他休息，可是他不干。他知道，这是个新建的单位，到处在大兴土木，到处都缺人，不能干本工种(架子工)活，可以干点别的。领导上让他带着五六十个壮工干杂活。吴吉祥就拖着患病的身子，整日地忙碌在工地上。

一个重要的问题出现了：这么大的工地，只有五六十个架子工，满足不了建设的需要，许多瓦工都停下了工作。干了10来年架子工的吴吉祥，看到这种情形怎么能不焦急，怎么能不使他心中感到火燎燎的！

他看着壮工们担着土篮，在工地上飞来跑去，忽然，一个念头在吴吉祥的心中升起：要是把这些身强力壮、心灵手巧的小伙子培养成架子工，不是就可以解决架子工不足的问题吗？

领导支持了他，并提醒他：要首先做好思想动员工作。

下了班，吴吉祥到壮工宿舍来的次数更多了。吴吉祥是个谈笑风生、爽直、质朴的青年人，和壮工们很合得来。他一来，壮工们就把他团团围住，开始了海阔天空的闲谈，从农村谈到城市，从工厂谈到矿山，从新旧社会的变化，谈到个人的志愿，无所不谈。每经过一次选人的闲谈，壮工们都觉得吸收了一些新鲜的思想，眼界也开阔了许多。

一天晚上，吴吉祥和壮工们看电影回来，一场生动有趣的闲谈又开始了。吴吉祥问一个小伙子：

"你将来的志愿，要当个什么样的工人？"

"开机器，车工、刨工，都行。"

"你呢？"吴吉祥又问另一个。

"当电工，电焊工也行。"

吴吉祥问了七八个，回答虽然各种各样，但都离不了机器，没有一个人要当木工、瓦工、架子工的。吴吉祥立刻收敛起笑容，大口大口地吸纸烟，沉默着，脸上现出很难过的神情。小伙子们第一次看见吴吉祥有这种情绪，都很惊异。一个小伙子问了一句：

“你的志愿呢？”

“我吗？”吴吉祥抬起了头，扫了大家一眼，加重语气说，“架子工！”

“架子工有啥出息，没啥技术可学！”有人这么说。

吴吉祥听了这话，严肃地问道：

“你们看见过盖高楼大厦的工地没有？”

“看见过。”有人回答。

“你注意看过围着大楼周围，比蜘蛛网还密的脚手架吗？”

“当然看过。”

“你能说那不是技术吗？不简单呀，我干了10年了，还没学到家。架子工是土建的先行官，没有架子工，大楼就盖不起来，机器就没地方放。我和你们想的不一样，我要干一辈子架子工。”

吴吉祥这一席话，说的小伙子们目瞪口呆。吴吉祥趁热打铁地说：

“这不是我故意拿大话吓人，如果你们有兴趣，咱们在业余时间可以去试试，那时你们就知道架子工也不是像吃饺子那么容易了！”

青年人都有好奇心，加上给吴吉祥这样一“将”，就有人说：

“试试就试试。”

吴吉祥选了10个小伙子，每天晚上在月光下，在灯旁，向他们进行了架子工工作的基本训练。不几天的工夫，都学会了绑绳扣，一座小平房的架子，很快地就绑好了，瓦工们蹬着架子来砌砖。小伙子们看了多高兴啊！这时就有人问吴吉祥：“吴师傅，咱们要点任务试试吧！”

吴吉祥早看到了这步棋，也很明确这不过是刚刚引起了兴趣，还要做工作。他淡淡地回答：

“不成，要任务就不试试了，也不是说不干就不干了！既然，你们还不喜欢架子工工作，还是算了吧！”

吴吉祥这话比成方配出来的药剂还灵，小伙子们当即表示：

“要是领导上批准，我们就当一辈子架子工。”

就这样，这10个小伙子由吴吉祥带到工地来了。

这个新成立的架子工小组，由于它强大的生命力，在“大跃进”的洪炉中，成长起来。几个月的工夫，小伙子们一般的都达到二三级工的水平，而且在思想上也提高了，一部分成了党员，一部分成了团员，现在，全组只有一个群众。

去年11月，厂党委命名他们小组为吴吉祥青年红旗突击队。他们高举着“大跃进”的红旗，战斗在工地上，哪里需要，就奔向哪里，不管是干本行活，还是挖土方，都是走在前面！

（第二机械工业部《跃进报》1959年4月8日）

能打硬仗的地质队

在三〇九地质队十分队，我听了许多动人的故事。这些故事，有的是个人的，有的发生在一个小小的集体。这些人和事，你如果把它分离开来看，尽管是激动人心的，然而它并不能在你的印象中形成一个排山倒海的声势，一个人的力量毕竟是微小的啊！可是如果人人都能做出这些事来，再用一条红线把它们贯串在一起，在你的面前，你会发现：这是一支多么强大的力量！你也会由此而看到：正是由于有了这些人和事，我们的事业才会万马奔腾般地向着伟大的理想飞跃！

让我来向大家转述我听到的故事吧。

春寒、雨水、高山五昼夜

102 工区红旗号和卫星号两部钻机都完成任务了，要从这儿向群峰的更深处、更前方挺进。可是就在这个时候，天上下起了大雨。陡峭的群山给雨水一浇，就像打上了一层蜡的滑板一样，不用说人爬不上去，就是六轮的大汽车也寸步难行。

前面地下的矿藏在呼喊，勘探队员们的心似油煎。勇敢的勘探队员，能将钻头穿过层层的硬岩石，难道小小的山风能阻挡住前进的步伐？不，这绝不能，钻探队员的意志比山高，比石坚。队员们决定了：用自己的双肩把钻机的全部移到前面去，一分一秒也要争回来！

看见过钻机的人都知道，钻机是巨大而沉重的，加之天上又泼着大雨，山陡路滑。这确不是轻而易举的事情。可是这在钻探队员和安装队员看来，只不过是打一个攻坚战罢了。两部钻机的机件，大的几个人扛一件，小的一个人扛一条，他们出发了！人们的手里差不多都拄着一根木棍，工人们说：“叫三条腿走路！”尽管多了一条“腿”，摔跤的人还是接连不断。摔跤又算得什么呢？倒了就爬起来，又前进。

一整天过去了，黑夜笼罩着山峦。搬家的人们不得不停下来在山中露宿。春夜的寒风吹得人身上愈发感到寒冷，一个个都哆哆嗦嗦地打战战。如果能燃起一堆篝火取取暖该多好啊！然而到处是湿淋淋的，有火柴也不能燃烧了。不能用火取暖就眼睁睁地受冻吗？“我们跑一跑吧！”有人提了个头，在寒风夜雨中，队员们立刻你追我、我赶你地跑起来了，跑一跑身上确是增加了热气，可是肚子叫喊起来了，人们这才意识到：扛了一二百斤爬了一天的山，才吃了两顿饭——饿了！在这人烟稀少的荒山中，饿了也是没法可想。

一夜过去了，真是人困马乏腹中饥。就此停下吗？不，绝不能，队员们又肩起重担上路了。春寒、雨水、高山、整整五昼夜，坚毅的勘探队员啊，终于提前把钻机搬到了新的家。丰富的矿藏在地下向他们招手，微笑。

三个普通的人

在我听到的故事里，有这么三个普通人，他们做的事情虽并不惊天动地，但你却能从这普普通通的人和事中，发现一种共产主义风格在形成。

302 工区副主任耿显庭，患有严重的胃病，他有时一天吃一顿饭，有时又不吃。晚上疼得睡不着觉，就裹着被子坐起来，用手捂着肚子，一坐就是三五个小时。这样的病应该休息了，可是他却顽强地工作着，把整个的心灵都给了钻机。对他说来，不做工作比胃病还叫人难以忍受啊！

101 工区 10 号钻机有个青年钻工张步云，是个共青团员。有一天下班之后，真有点困了，他便脱了衣服睡下，很快地进入了甜蜜的梦境。在梦中，他忽然听见有人喊 9 号机黄泥不够用了，大家在支援，就急急地穿好衣服跑出来，投入到挑黄泥的行列中去。这时，困倦、疲乏都给赶跑了，一担、两担，一个小时又一个小时，张步云和大家一起，一直干到午夜 12 点。张步云只是觉得自己干了一点应该干的事情，可是在别人看来，这不仅仅是担了几担黄泥，人们谈起话来时，都提起张步云。这是共产主义风格啊！

这个故事也发生在 102 工区。

在深夜里，人们都睡觉了。可是这时有一个人从 40 里路以外向队部赶来。在漆黑的夜里，他翻山越岭，跑得满头大汗。他是谁？他是 102 工区安装队队长张高陞。事情是这样的：他们在安装钻机，下班后才发现，还缺少电缆。要明天再上队部去取，那就要停工待料了！他决定贪黑把电缆取回来。当他跑到队部时，已经是深夜 11 点钟了。人们劝他休息一下，明早再回工区去，可是他连脚步都没有停，又急急地隐没在深山中。

生动的一课

我到 4 工区采访的时候，工区党支部李书记给我讲了一个工人给机长上了生动一课的故事。

110.91 的钢砂钻头，到 1959 年就没有了。钻机上没有钻头，又要掀起比 1959 年的更好更大更全面的跃进，这个困难不能算小！面对着这个情况，有的机长喊困难。

工人们知道不知道这是困难呢？知道，了解得更清楚。可是当党支部向他们解释了这种情况后，他们自己想办法了。你看吧，他们下了班不是马上回宿舍睡觉，而是用几天的工夫跑遍了打过的钻孔和工区，翻遍了仓库废料堆，找来了大批的旧钻头。他们把旧钻头接起来，把两个岩心管套起来当钻头。于是，钻机照常钻了一个春天，没人喊材料困难了。就是有了一点困难，人们也会想办法克服的。12号机长陈俊平说得好："这次克服材料关，工人们给我上了生动的一课。"

（第二机械工业部《跃进报》1959年3月31日）

智勇双全的青年突击队

1959年晚秋的一天，一三三厂工地党委召开了一个紧急的党委扩大会议，向全体职工发出号召：用大小卫星一齐发射的办法，力争完成月计划。

党委会的一声号召，好像战场上吹起了响亮的冲锋号，骁勇善战的职工们，立刻向月计划发起了暴风骤雨式的总攻。

已经是晚上9点多钟了，工段里的会议在继续进行。会场上虽然暂时沉默着，但从人们的脸上和会上的紧张气氛中，可以预感到“山雨欲来风满楼”的气势。

“杨庆义，你们突击队敢不敢挂这个帅？”主持会议的吕段长指名点将了。

“敢挂帅！”

“几天完成？”段长紧逼上一句。

“嗯……这得回去和大家商量。”杨庆义没说出肯定的期限来。

“回去商量定了就报来。”

会议到此就结束了。

杨庆义回到集体宿舍，立即召集全体队员（17人）开会，一方面传达党委扩大会议精神，一方面也把工段会议做了传达。工段会议的情况是这样：目前有两项较大的工程，一个是很高的烟囱，另一个是很高的水塔。原计划烟囱要11天完成，水塔要7天完成。这虽然已经是过去从未有过的高指标，然而与党的要求仍有很大距离。为此，吕段长在会上向各工队提出要求：谁有董存瑞挂帅炸碉堡的精神，缩短工期放卫星，工程就给谁。可是在会上没人敢挂帅，因为11天和7天的指标就很高了。所以吕段长点了出席过全国先进生产者代表会的“五四”青年突击队的名。

“帅我是挂了，不知大伙有没有这股劲？”杨庆义话说得虽短，可是有分量。

“有！”十几个人几乎是异口同声。

“几天？”杨庆义学着段长趁热打铁的工夫。

小伙子们没回答，立刻三五成堆交头接耳地议论起来。杨庆义用信任的目光看着自己的亲密伙伴。不大工夫，不知谁冒出了一句：

“8天半！”

“都同意8天半吗？”杨庆义追问着。

“同意！”又是众口一声地回答。

杨庆义带着满意的心情当即赶回工段办公室。他想:一下子又缩短了两天半,段长该满意了。可是出乎意料,段长听了他的报告,不但未加赞许,反而严肃地说:“不行,8天半挂不了这个帅!要想挂这个帅还得缩短期限。”

杨庆义没料到会是这么个结果,站在桌前一时有点不知所措。

“怎么的,把胆量吓回去啦?”段长摸透了这帮小伙子的脾气,他又激将了。

“谁说的?”杨庆义二话没说,转身又跑回宿舍。时针虽然已经指向10点多了,可是小伙子们还围在一块儿等着队长挂帅的消息。队长一进门,脚还没站稳,性急的人就问了:

“段长同意了吗?”

杨庆义低着头,没马上回答。年轻人忍不住,又有人追问:

“该死该活你倒说呀!”

杨庆义一看小伙子们急了,才说:

“段长不同意,说8天半时间还长。”

这下子年轻人可有点老实了,面面相觑说不出话来,人人心里都划了个问号:8天半还长?杨庆义一看不能不想主意了,他一眼盯住了他们队的技术指导、47岁的七级工老师傅丁惠林。

“丁师傅,你看工期还能缩短吗?”

杨庆义这一句话提醒了大家,小伙子们又有了勇气,也追问:

“丁师傅,你说说看,还能缩短工期吗?”

“行不行得心里先计算计算,按计划按人数排一排。别学李逵有勇无谋。”

对呀,丁师傅说得太对了,真不愧是技术指导。小伙子们又乐了,和丁师傅一块儿算了细账,结果还是感到8天半不能再缩短了。小伙子又有点沉不住气了,你看我,我看你。沉默了。

“别发愁,发愁放不了卫星。我倒想了个办法,可就是得辛苦一点。”

“快说吧,丁师傅!辛苦点算什么,只要能完成任务。”

他们回屋来,王队长还在和段长争论。杨庆义上前说道:“王队长,这事不怪段长,如果你们喜欢砌烟囱,我们就砌水塔去。反正干什么都是为了完成党给的任务。”

杨庆义的几句话,把王队长的火压了压。吕段长还是笑哈哈的说:“这很好,不过烟囱给谁也是5天半。”

“当然了,他们能5天半完成,我们也绝不要求10天。”

烟囱的任务就给了王希永队。五四青年突击队包了水塔,工期由原订7天改为4天半。

战斗开始了。水塔和烟囱工地虽然中间隔一座楼房,可是不分日夜,双方

都能听见战斗的声音,特别是每当夜深人静的时候,你听吧,只有砌砖、抹灰和下班吹哨的声音。

当突击队的水塔砌到三步架子高的时候,吕段长给杨庆义送来了一张纸条。杨庆义打开一看,原来是工地的建房大卫星瓦工不够,要从青年突击队抽5个人去支援。在这个时候抽走5个人,可真有些困难啊,但为了支援工地的大卫星,能不支援吗?不能,小局和大局的关系不能马虎。杨庆义把队指导丁师傅找来,请他出主意。丁师傅思索了一下,说道:“这个事情不能草率,我们要先作好思想工作。我的意见是先从党内、团内讨论一下,认识一致了再提名单或者是自报公议。”

“你看抽谁去合适呢?”杨庆义总是信赖他们的指导。

“当然要叫技术高、身体棒的去了。”

政治挂了帅的人们,是懂得该怎样对待大局的。五四青年突击队的队员们,争先恐后地报名去支援工地的大卫星。他们派去了2个党员和3个团员,技术在队里是头等的。

十几万块砖的水塔,实际上只有12个人的青年突击队,只用了3天零6个小时就完成了任务。巍峨的大水塔,高高地耸向云间。王希永二队也提起完成了砌烟囱的任务,放出了卫星。

(第二机械工业部《跃进报》1959年5月10日)

新闻评论

把主旋律唱活唱美

人物专访，是传播媒介常有的一道有魅力的景观。其中最有“卖点”的专访，要数那些被社会广泛关注的人物专访了，例如著名的经济学家、科学家、企业家、作家，再有某些轰动一时的见义勇为者、著名影、视、歌明星，运动员，等等。这些人物专访，从内容上说，常常给人以耳目一新的启迪或警示；从文风上看，饱含文学气息，文字优美活泼，语言犀利精到，受众听了看了读了，如同畅饮了一杯甜美的甘露，其乐融融！

在人物专访中，也有教人不敢恭维的品种，那主要是对各级领导人的专访。这类专访多年来已形成定式：领导人讲的全是政治术语，先国际后国内，这个优势，那个精神，这个重中之重，那个关键的关键，受众全被坠入五里云雾之中，似懂非懂，无论如何从高谈阔论中，猜不出重中之重、关键的关键在哪里。因此，这类专访大倒受众的胃口也就不足为怪了！

那么对高级官员的专访就不能改观了吗？能，并且改得还不小，变化之大可以说是“革命”性的，这就是1999年1月，由中央电视台《东方时空·东方之子》制作的《部长系列访谈》节目，专访了九届人大一次会议上所当选的部长们。这些专访确实给受众带来了意外和惊喜！专访一扫过去的陈词滥调，一扫以往的官话大话空话和套话，白岩松说，部长们“平和地面对记者，不虚饰矫情，肯掏心窝子。”当时我并未从电视上看全访谈节目，事后从《北京青年报》上读了部分专访报道，给我以从未有过的震撼！我为中央电视台能制作出这么好的节目而赞叹不已。之所以如此，是我从中看到了传媒某些方面进行改革的全新尝试，况且是向主旋律宣传“开刀”，更为难能可贵！

记者所以被称为“无冕之王”，其中有个重要内涵，在于记者可以向任何人进行采访，并且在采访中总是扮演主导“进攻”的角色，向被采访者提出各种各样的问题，从中寻觅、发现、挖掘具有新闻价值的亮点。从这个角度上看，记者在人物专访中能不能采访到鲜活的有个性的能抓住受众心理的新闻，取决于记者思想观念的更新程度，取决于记者提问题的角度，取决于记者语言的机敏和交谈的技巧。

电视台三位主持人白岩松、董倩、孙恒敢为人先，尤其是在属于“主旋律”的节目中另辟蹊径，更显其价值。其中最为难得之处，在于他们的提问打破了常规，问得巧，问得妙，使被采访者也“洗心革面”，做出了妙语连珠式的回答，毫无

官腔,令受众跟着他们的问答而得到认识上的启迪,情感上的沟通。下面我摘录几个问答的佳话:

董倩向司法部长高昌礼提问:您办公室门口有几个非常大的字"为人民服务"。具体到司法部长,怎样具体为人民服务?

高昌礼答:作为司法部来讲,一个基本职能就是普法,宣传法律,也就是如何把法律送到千家万户、送到老百姓手里。

董倩问:您就任司法部长时,您的老母亲嘱咐过您什么吗?

高昌礼答:我母亲常教育我,忠孝不能两全,你现在是好好地工作,为老百姓办事,你把你的工作办好了,就算孝顺我了。

白岩松向科学技术部部长朱丽兰提问:您跟科委的人说过,我是个厉害的老太婆,但是没有坏心眼。当了部长之后您还能厉害吗?

朱丽兰答:对工作作风,对工作质量,我觉得还是应该严要求,没有这一点,事业不可能往前发展。可是另一面,对各方面的困难应该更好地去帮助、去创造条件,这方面,我觉得不能太厉害。

董倩向铁道部部长傅志寰提问:铁道部部长好当吗?

傅志寰答:不好当,如果三年不能实现规定目标,我们党组成员集体辞职。

董倩问:您每次出行,是坐火车还是坐飞机?

傅志寰答:我尽量坐火车。有两条:一个是我需要了解情况;二是我对铁路有特殊的感情。

白岩松向建设部部长俞正声提问:(在三天前的全国建设工作会议上,俞正声特意让工作人员每天放映彩虹桥坍塌的录像)你把曝光带子给所有开会的人看,为什么做出这个决定?

俞正声答:我们看问题要站在老百姓的立场上,对群众要有感情,要有群众观念……我看到綦江事件,心里很不平静。如果我们的后代,走在桥上都担心桥要塌,还说什么国泰民安?怎么跟老百姓交代?

我相信,谁读了这样的访谈录都会击节赞赏,因为访谈录给人以精神的和语言美的享受。

传播媒介以弘扬改革开放为首要任务,然而对传播媒介自身改革,除少数媒介有较大变化及创新以外,多数媒介自身改革的步伐还迈得很小,特别是在宣传主旋律题材时,更是谨慎有余,不敢越雷池一步,似乎一碰到主旋律,就只能用几十年来一贯采用的老规矩、老模式,全篇采用大话套话官话,立意僵而不新,文字呆滞死板,字里行间缺少感情色彩。这样宣扬主旋律,实在是一个极大的误解。究其实,愚以为媒介的自身改革还远远落后于受众的需求,落后于受众的欣赏水平。中央电视台的部长访谈录所以取得这么大的成功,在于他们对弘扬主旋律的宣传报道敢于打破常规,勇于创新。回顾以往对大人物的访谈,媒体和记者策划采访时,提问题唯恐走板走眼,拣最安全可靠的路子走,所提问题多是从抽象的原则性的话题入手,从概念到概念,回答者也只能照章回敬,所问所答全是从概括到概括,泛泛而论,空话连篇。记者们这样炮制出来的筵席,受众确乎难以下咽。这次访谈称得起"旧貌换新颜",把主旋律溶入生动活泼恰到好处的提问当中,既从具体问题入手,提问了宗旨性的话题,也恰当地提问了个人生活中的某些细节,记者跟部长们的问答,完全像老朋友随便聊天一样,问者问得随便(实则是做了充分的准备),答者妙思泉涌,娓娓道来,受众听得看得读得津津有味,满足了受众的心理需求,收到了记者预想的效应。

传播媒介自身的改革任重道远,中央电视台的《部长系列访谈》给人的启示是:媒介自身的改革大而化之不成,轰隆一阵子也不成,只重形式不重内容更不成。改革应是具体的,从一项一项的改革做起,日积月累,积小变为大变,媒介的每一项传播样式都要有所革新,都"革"到受众的心理需要上去。

在传媒各项改革中,最大的难题是主旋律宣传报道的改革。主旋律的内涵,按常规的理解,主要是指事关国家重大的政治、经济、思想、文化、社会生活等内容。因此主旋律的报道方式方法的改革,其难度之大显而易见;但不改革又不成,不改革,总是板着面孔当"教师爷"生硬地往下灌,又无异于把主旋律的宣传与受众拉大了距离。主旋律的内容不容半点的偏离,不允许任何的"离经叛道",这是传媒都在恪守的神圣职责。但是能不能把主旋律的宣传方式方法做些改进呢?我想这是不容置疑的。中央电视台的部长访谈就是一个最成功的范例。如何把主旋律唱活唱美(主要指思想美、语言美和形式美),这其中有个方法论的问题。既要研究取材的精确,又要研究角度的巧妙,选择受众最易于产生共鸣的宣传方式,同时,还要在语言上下功夫,充分发挥语言美感功能,有生动的比喻、严密的逻辑、浓重的情感,使主旋律的宣传引人入胜,令人愉悦。我想传媒只要有了这份意思,做出充分的策划,认真"谋篇",主旋律的宣传报道进入受众的心理是能够预期的!

(《新闻写作窗》2000 年第 3 期)

莫把畸形当典型

抓热点新闻,追求轰动效应,牵动着每位记者的敏感神经,应当说这是改革开放中新闻观念的一大进步。近几年来,新闻媒体陆续推出了不少具有轰动效应的好作品,树立了新典型,澄清了模糊认识,推动着改革向深化发展。中央人民广播电台推出的关于批评拜金主义的述评,就是个很有代表性的,抓热点取得轰动效应的典型。

从已经发表的大量热点新闻中,不难看出,有一些热点抓得不准,不但没有引起轰动效应,反而倒生出负效应。

比如关于干部下海的宣传,一时间热得不得了,媒体一窝蜂地争着发稿子。很多报道偏离了干部下海的实质性的意义,大量的报道良莠不分,凡是下海的干部都成了先进典型,特别是下海致富的更成了天之骄子,大报特报。其实下海潮中也是鱼龙混杂,有的是搞权钱交易,有的是翻牌公司,利用财权经商,有的是靠什么人物作后台下海大捞一把,有的是用公款下海个人得实惠。像这样一些下海者,不但不能成为热点新闻,不能成为先进典型,而且是应及时加以剖析的畸形怪物。

再比如关于第二职业的报道,上边口子一开,新闻媒体便海水涨潮一般地大报特报,凡是搞了第二职业的就成了热点新闻人物。什么教授卖馅饼,县长业余时间摆摊,厂长在跳蚤市场大声叫卖,有的政府职能部门的官员人人从事第二职业等等都成了先进“典型”。其实这类现象已大大违背了从事第二职业的规范,不是典型是畸形。

再比如关于鼓励高消费的宣传,在新闻媒体上也很是热了一阵子,甚至热得出奇了。适当的高消费,本不是坏事,对推动社会生产,改进旧的消费观念,是有积极意义的。但报道高消费的热点放在哪一部分人身上则大有学问。什么一位大款花 2000 美元住了一宿总统套间,早晨吃了 1000 元一份的早餐;什么北京一位大款用 2 万元一桌的宴席招待一位广东老板竟遭到奚落,京城大款一怒之下甩出 35 万元请一桌席;什么一位北京大款带着小秘用 30 万元买了一只哈巴狗抱上汽车就走,等等。我想问一下作者,类似这样的高消费也是有价值的热点新闻吗?我以为,这不是正常的高消费,这是社会上非正常的典型的畸形消费,不值得赞扬。

误把畸形当热点,误把畸形当典型的负效应是很明显的:其一,造成群众思想上的混乱，是非难辨；其二，诱导某些人投机取巧的心理；其三，对以工资谋生的广大职工造成心理的极大不平衡，消极作用很大；其四，大款们花天酒地、一掷万金的畸形生活，可以诱导意志薄弱者走上犯罪的道路。

从计划经济向市场经济转变，是社会体制的大变革。在这么大的变革中，常常是泥沙俱下，鱼龙混杂，既有大量先进的典型事物涌现出来，也有发育不正常的畸形的人和事伴随而生。正确与错误、错综复杂，盘根错节，给新闻媒体增加了难度，也提出了一个值得探讨的新课题。

误把畸形当典型，依我之愚见，与新闻界多年来好刮风有关。上边有个什么倡导，新闻媒体便一哄而上，连篇累牍，凡相同的人和事都成了猎取的对象，谁家若是报得迟了一些时间，或者谁家发稿少了一些，都可能受到主管部门的批评。在刮风的过程中，又不许说不同的意见，因此便不分优劣，不分好坏，"挖到筐里就是菜"，填满了版面就是好样的。这个问题不自今日始，历史上的"大跃进"的宣传，"反右"的报道，"文革"的喧闹，新闻媒体都有很多的经验教训可以汲取。当然，刮风的责任也不全在新闻界，也与上头领导者要求舆论一律，不愿听到不同意见的指导思想有关。

就新闻媒体本身而言，克服或尽力减少把畸形误当典型的宣传报道，根本在于提高新闻记者的政治素质，在纷纭错杂的现实生活中，善于分辨热点的真伪，把握住事物的本质，抓住真正的先进典型；同时，新闻记者还要有敢于讲真话的勇气，不随风倒，不人云亦云，有些事还应逆向进行思考。这两点都是一个优秀的新闻工作者所不可缺的。

(《新闻写作窗》1993 年第 3 期)

传媒琐谈

一

在今年春天“两会”召开期间，某报发了一条花絮新闻：著名经济学家吴敬琏成为各路记者围追堵截的采访目标，甚至在步入会场短暂的路上，也有记者见缝插针地提出国企改革问题，请吴教授回答，哪怕他说上三言两语也行。这是个很耐人玩味的现象，两会中各级党政官员如云，记者们不去追逐这些权倾一方的官员，不向他们讨教国企改革的大计，而费尽心机地去找经济学家，我想个中是隐藏着玄机的。官员们一开口，常常不是说不出具体的子丑寅卯来，就是说些放之四海而皆准的大话空话，记者很难从中挖掘出新闻亮点。而经济学家讲的话就不同了，他们不说官话套话，说话有的放矢，常常一语中的，话中饱含新闻性，记者们不舍一切机会去采访经济学家，其奥妙即在此。传媒少报道些空洞无意义的官话，多发些有真知灼见的新论，我想这正是记者围追堵截经济学家的内核。

二

《北京青年报》3 月 17 日报道，前几天报社收到某省某镇一封来信，信中说某村学校“校长竟用呆傻病人给学生代课……”记者把电话打到写信人那里，电话那头回答说：“这是真的，‘傻子老师’现在还在上课。”报社派记者历尽艰辛来到这个镇上采访。然而到当地一看，情况并非像信中所说的那样，所谓的“傻子老师”并不存在，而是被拖欠工资的退休教师编造出来的故事。他们怕说拖欠工资不能吸引记者，而用编造的故事为幌子把记者“骗”来了。记者也没白来，把拖欠教师工资的事进行了采访，镇领导表示“麦收后就发钱”。北青报在编后记中说：“耐人寻味的是，迫切要求解决自身问题的村民们变得‘高明’起来，已经知道如何吸引和调动记者，并学会了如何才能‘请’记者出现‘施压’。这是村民的智慧，还是悲哀？这其中的含义实在难以说清，让人深思。”这个故事能引起读者哪些深思，我不好妄加揣摩，我想说的是：这些教师采取这个非常举措，全是被逼上梁山的。这是他们对报纸的信赖，是对报纸最高贵的精神奖励。传媒一旦不关心民众的疾苦痛痒，不为民众的不平事而鼓与呼，只会歌唱“到处莺歌燕舞”，只知鼓吹“歌舞升平”，传媒就伤了“上帝”的心，那还能有卖点吗？

三

作为记者,听到或见到有突出成绩或重大贡献的人和事,会情不自禁地产生激励感,产生写作冲动,极想发个独家新闻,或者把新闻抢先发出。这是每位记者都有过的经历,对一切新鲜事物都有浓厚的兴趣,表现出记者的职业敏感,这是极为可贵的职业素质。但是,世事潮起潮落,真真假假,是是非非,记者总是在旋涡中沉浮,把假的当成真的也时有发生。某县电信局向传媒宣称他们县家家有电话,实现了"电话县"。传媒闻风如获至宝,大力弘扬了一番。其实这个"电话县",采用向乡镇政府实行回扣的办法,哪个乡镇达到了家家装电话的指标,就"奖励"一台桑塔纳轿车或10万元现款。乡镇干部在桑塔纳的诱惑下,强逼着家家户户装电话,没钱举债也得装,弄得百姓怨声载道。电信局为此一举两得。既创收又名声在外。记者不明就里,被光彩夺目的"电话县"的光环所吸引,成为人家造假的传声筒。现在人心浮躁,尤其是某些官员,为了"政绩"而不惜伤民败俗,把一些本属不实之事,吹嘘得让人眼花缭乱。而到会的记者,听到或见到报喜的"主旋律"新闻,特别是对某些官员发布的信息,百分之百地信以为真,很少到百姓家里或田间地角车间工组走走看看,探听一下虚实,结果为的是报喜,而实际上却报了忧。新闻记者,见喜自然要有敏感,但勿忘喜中可能潜藏着忧,这绝不是我的多疑,这是从现实生活经常出现的教训中得出的一点体会。

四

在新闻界,近年来有个怪现象,有那么一些记者专门以赶时髦为能事,社会上冒出了什么新词新语,赶紧搬抄到自己的大作里来,不管它抄得贴切与否,借此以标榜自己为新潮派;也还有另一类记者,写东西本来可以用大众口语(当然有选择提炼的过程)说得明白晓畅,但他偏不,硬要云遮雾罩,迷离朦胧,拐弯抹角,直到弄得读者不知所云才显出其高超的素养和写作技巧,而有些编者却偏偏喜好这类大作;还有些记者,为使稿件生动活泼,乱用比喻和形容词,笑话百出,例如"选择了一个好的地点开了一个好的会议"(地点与开个好的会议有必然关系吗?),为形容某领导班子的团结合作,而用了"四龙捧蛟"的比喻。蛟者,乃恶龙也,四条龙捧了个恶龙(指一把手),何等荒唐,并且居然登上报纸。可悲的是,当有人指出这些怪现象时,这些新潮者们,竟以你的观点陈腐、落后相讥,似乎他们怎么写怎么说都是天生的新潮。实则是拉大旗作虎皮,对新潮的大不敬!

(《新闻写作窗》2000年第4期)

新闻要说大实话

在我的资料卡中，有几则省级领导谈新闻传媒的，近日闲中翻出来阅读，颇有所感，并由此引发出对新闻宣传不说大实话和新闻宣传一般化(二者既不同又不可分)问题的思索。

先看看这几位领导是怎么说的。

山东省委书记吴官正到任不久，到山东《大众日报》看望报社干部职工，讲了一些大实话，他说：少报领导，少说空话，少说大话，不说假话，多办点实事，多干点小事，领导的长报告尽量少登，没人看。

有一次，湖北省长蒋祝平到省财政厅听取财政收入情况的汇报。他发现省电台记者在场，便说：我今天是来了解情况的，是日常工作，没有新闻，请你不要参加吧！硬是把记者"赶"出了会议室。此时他又看到省电视台的记者，忙说：你怎么也来了……当记者不要老是围着领导转，要多下基层，多报道一些群众。临走时他对财政厅的领导说：有什么情况和问题要及时反映，不过，你们不要请记者，又是摄像，又是登报的。

河北省委一位书记，在河北省委召开克服新闻宣传"一般化"的研讨会上也说了一些大实话，他说：我最近很忙，有四五个会都要我去讲话，说老实话，我非常苦恼，非常不愿讲。我认为一个人讲话有没有力量，不是看讲话人的官多大，而是看讲的是否有道理，是否能说服人(鼓掌)，那种自己都没整清、都没有透、都讲不清的问题，不讲比讲了好。他话头一转说：我们有些记者像小商贩一样，照抄照搬，走到哪里连记都不记，这叫什么记者？

对于这几位领导人的谈话，社会上已引起共鸣。三位领导人讲话虽然侧重点不同，但主旨则是共同的：对当前新闻传媒长而空、新闻宣传一般化的弊病，可算是说得一针见血；对某些记者的飘浮作风，批评得恰到好处。

新闻宣传一般化，不是自今日始，自有其较长的病史。我们只说现在，如今打开报纸、电视和收音机，真正能抓住受众的新闻，很少很少，长而空的会议报道成了传媒的"主旋律"；会议报道又有定式：以摘发领导人的长篇讲话为主，而不是报道会议提出了什么新课题，解决了什么新问题，总结了什么新鲜经验。这样的新闻，长而空是它的特色，"没人看"(吴官正语)是它的结果。一位书记说，这样一般化的新闻，"浪费听众的时间、报纸的版面、印刷工人的劳动"。

不是新闻也能写出"新闻"，这是新闻宣传一般化的突出表现。中央提出反腐倡廉，传媒就从“正面”呼应：某某领导，手握大权，几年间拒贿×××万元；某某单位领导有方，几年来未发生重大腐败案件；上边说增强纳税意识，传媒就报道某某地区奖给纳税大户一台红旗轿车……其实，这些“正面”“新闻”，均不是真正意义上的新闻，传媒上这种“新闻”多了，给人的印象则正好与传媒企望的目的相反。

负面问题正面报道，这是我国传媒新闻宣传一般化的又一突出现象。某单位领导班子基本上烂掉了，在宣传报道时，一定要说这个班子基本上是好的；某某方面乱收费极为严重，而宣传报道则说群众有了很强的承受力。这类的新闻宣传，对受众既不尊重，也不信任，说它是愚弄受众也不过分。

字里行间充斥着“迎接挑战”“转变观念”“解决深层次问题”“改革中出现的问题用改革的方法去解决”这类没有具体内容的大话、空话，故弄玄虚不讲实话的新闻，貌似正确，但它得到的效果，却与对传媒的希冀大相径庭，受众不但不爱看，还会产生逆反心理。

新闻宣传一般化的流行，有客观主观两个方面的原因。就其客观方面讲，主要是某些领导太想提高知名度了，大事小情，不管有没有新闻价值，都要请记者发消息、发讲话，并且还有个规格：哪一级的领导人发头题、哪一级的领导人发报眼，丝毫马虎不得；客观原因的另一点，则是上边有个什么号召，什么新提法，传媒必定得极快地配合，不管是新闻还是旧闻一块儿炒，连篇累牍，各种新闻传媒一拥而上，都是一个面孔，一个模式，数量不少，但有新意的新闻不多。客观事实一般化，注定记者写不出不一般化的新闻。

从主观上分析，一些传媒记者极力“密切联系领导”，以采访会议和领导人为荣，写消息像“小商贩”一样，照抄照搬，唯上唯领导满意为目的，唯独不考虑有无新闻价值；有偿新闻是产生假话、空话和一般化的另一原因。记者在金钱的驱动下，成了真正的小商贩，拿了人家的钱，就要为人家笔下生花，哪管它真与假，实与空，可以说新闻一旦被金钱污染，就很难生产出真正意义上的好新闻；记者作风飘浮，怕苦怕脏怕累，不下基层，不接触工农群众，浮光掠影，道听途说，缺少真情实感。记者失去激情，写出的东西只能算是应付差事。

新闻要说大实话，克服一般化，不对现有新闻状况进行一番改革是达不到目的的。新闻改革，关键是新闻传媒观念的改变，文风的改变，作风的改进。陈云同志的名言：不唯上，不唯书，只唯实，应当是新闻传媒转变观念最好的座右铭。记者作风的改进，关键在于树立起唯实的观念，才能有眼睛向下的决心和要求。有偿新闻是唯实的大敌，不彻底地丢掉，新闻改革就将是一句空话。

吴官正、蒋祝平等领导人的大实话，真正挠到了新闻传媒的痒处。历史上

的“大跃进”和“文革”时期，新闻假、大、空达到了登峰造极的地步。今日新闻的大话、空话、一般化，虽然还未达到过去假、大、空的高度，但也十分值得警惕，尤其在太平盛世的今天，更应警惕假、大、空！唯有说大实话的新闻，才能让人信服，才能产生有益的导向效果！

（《新闻写作窗》1997年第3期）

三 题 小 议

勿宣传恩赐观点

有两条新闻(消息)打破了新闻是"易碎品"的论断,给人留下了长久的影响和深深的思索。其一,中国体操队女运动员桑兰,在美国参加友好运动会做跳马运动时头朝地摔下来,造成胸部以下瘫痪,美国医生对她进行了极好的治疗。桑兰的父母到美国看望女儿,当见到负责为桑兰治病的医生时,双双给这位美国医生跪倒致谢。而这位医生十分惊诧,慌忙地也跪倒在地连连地说:患者是医生的衣食父母,我们应该感谢患者。其二,辽宁省本溪市某区公安分局为人民做了件好事,老百姓给公安分局送来了锦旗表示感谢。这个分局谢绝了锦旗,并说:为人民服务是我们的宗旨,我们为人民做事是应该的,不应该感谢我们,更不要送锦旗(大意)。这两条新闻异曲同工,向人们揭示了一个常常被人忽略了的真理,即人民是国家的主人,人民是一切公务人员的衣食父母,为人民服务是一切公务人员的本分。话虽人人会说,天天挂在嘴边儿上,但在实际生活中却常常被颠倒了。人民群众找公务人员办事,被一些公务人员视为有求于他,架子很大,对人民群众冷漠无情。"门难进,脸难看,事难办"已成为某些公务人员的通病。在这种状况下,一旦出现了公务人员为百姓做了件好事,老百姓反而又是送锦旗,又是写感谢信,甚至磕头作揖感激涕零。这种情形久了,便被当成"正常"事了。我们的新闻传媒也常常为这种不正常的现象唱赞歌,自觉不自觉地宣传了恩赐观点。例如许多基层党政部门墙上挂着多少面老百姓送来的锦旗,基层企业为感谢上级领导的"大力支持"为领导发红包,工人为感激厂长(经理)扭亏为盈有功而给厂长发了特别奖金,如此等等,都成了闪光的新闻眼,岂不知这类宣传恰恰是宣传了恩赐观点,对转变公务人员的思想作风有害无益,甚至可以说起了反作用。传媒应牢记多多宣传是人民创造了一切!

切忌片面性

片面性的宣传危害很大,但又很难杜绝。因为传媒在改革开放的大潮袭来时,对某些观点的宣传常常是在似懂非懂的情况下仓促上阵。还是举出两个例子为证。一是中国工程院院长宋健最近针对目前国际社会盛行21世纪是信息社会的传言指出:我们绝不能忽视信息技术在下世纪经济发展中的重要性,但

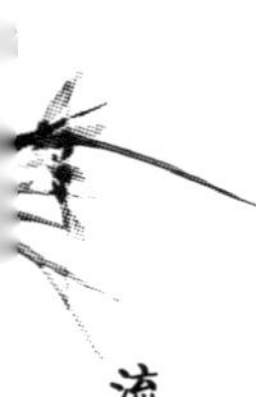

是这种带有欺骗性的言论有可能把发展中国家引向深渊。宋健的观点受到中国科学界一些资深人士的赞同,工程院院士张光斗说,目前有些地方强调发展信息产业,而很少想发展现代农业和基础产业,"信息社会"的论调可能引起误解,从而给国家带来不必要的损失。"信息社会"有清谈误国之嫌。二是陈志文在《中国青年报》发表文章指出,近些时候针对考研(研究生)热,许多媒体纷纷发表看法,认为是"知识经济升温"的表现。对此陈志文说,知识经济不是学历经济,知识经济中的知识更多的是指化为能力的知识,和学历是没有必然联系的。这其实是一种"文凭本本主义"产生出的怪胎,是对人才标准的一种讽刺。传媒为什么常常出现片面性的宣传?说起来一言难尽,但也不是不可名状。依我之管见,传媒有个共同的弱点,对社会上一旦出现的什么新观点新思路新词语,便不加思索地往文章里掺和引用,好像跟慢了半拍就落后了似的,再加上多数编辑记者是"杂家",知识广而少专。这样一来,片面性的宣传就不可避免。如"信息社会""知识经济"在传媒上一时间泛滥成灾,讲话写文章不塞上这几字就显不出高水平。减少(不敢说根除)片面性宣传别无他法,只有一个办法:一些新观点新思路新词语出现时,一要冷静对待,二要宁可慢半拍,先查查资料,查查词典,当你真正理解了弄明白了的时候,再做恰如其分的宣传,避免清谈误国。"画虎不成反类犬"是至理名言。

别当教师爷

我常到街头报摊儿上买报纸,主要是买晚报、参考消息、报刊文摘类的小报。报摊儿上不见大报,摊主说:大报卖不动。回头想想摊主的话也挺有意思的。为什么大报在报摊上无人买,为什么小报倒能让老百姓天天掏腰包去买呢?当然,人们会说读者的口味不同,"萝卜白菜各有所爱"。但仔细想想这话又不尽然,为什么大报就不能在报摊儿上争得一席之地呢?这其中有个重要原因,就在于对新闻媒介职能的认识有差异(我未敢用有误区二字)。有人以为大报以严肃高雅为宗旨,只有那些小报才可以"俗"一点。因此便出现了这样的情形:严肃的大报板着面孔,以教育者的姿态面世,尤其是报上的言论,更是居高临下,东抄一段文件,西抄一段领导讲话。读者只能仰视。久而久之,平民百姓只好敬而远之,不愿甘受人教育,只好到《参考消息》及《报刊文摘》等文摘类的小报上去寻找可读的东西。其实这些小报内容一点不小,国内外大事要事热点难点,政治经济思想文化艺术伦理道德等等无不涉猎,它们以读者为朋友,只为读者提供可读的新闻、信息,绝无教师爷的居高临下的架势(当然,也有个别小报办得低级庸俗不在此列)。以我之愚见,新闻媒介不论大报小报,都是以发布新闻、传递信息为其根本宗旨,都应以平民百姓为主要读者对象。好的、有新意的新闻、信息，不论是干部还是老百姓都是抢着看的。新闻媒介不论高扬主旋律还是报道平民百姓的“俗”事，都应力求让受众喜欢看喜欢听，受众在喜欢看喜欢听中潜移默化，受到启示得到愉悦感悟，传媒的宣传也就达到目的了。传媒不能办成“红头文件”，传媒也没有“立竿见影”的神奇功效。鲁迅说过：“文艺之所以为文艺，并不在于教育，若把小说变成修身教科书，还说什么文艺？”新闻媒介也是这个道理，老想教育人的报纸多是事与愿违的。毛泽东对报纸的职能只用了“组织、鼓舞、激励、批判、推动”十个字，而未提“教育”二字，这不是很教人深思吗！读者（包括媒介编辑、记者）没有一个人想受教育才去看报的。编辑、记者为什么把己所不欲的东西硬塞给读者呢？尘世上匪夷所思的事情太多了！

（《新闻写作窗》1999 年第 2 期）

错位的评论

对于报纸上的评论，报人向来评价很高，诸如“没有评论就没有报纸”“报纸的灵魂”“报纸的眼睛”“报纸的窗口”等等。这些评价是物有所值吗？是的，一篇上佳的评论(包括社论、本报评论员、评论、短评、编者按)，能起到振聋发聩、答疑解惑、引导思维、解释政策等重要作用，这个作用是其他新闻样式所不能替代的。这里我想起了解放战争时期毛泽东为新华社写的一系列评论，有些评论的题目至今言犹在耳：《将革命进行到底》《别了，司徒雷登》《唯心历史观的破产》等等。这些评论以气势磅礴的力量打动人、感染人、引导人、鼓舞人，每篇文章均以大量事实为依据，以理服人，语言犀利，不少名言警句长期在读者中流传，历久不衰。毛泽东写的评论为新中国新闻媒介的评论开了一代新风。

观点正确的评论，收获的是丰硕的果实；观点错误的评论，给社会造成的损失，用量具也难以测量出来它的尺寸。五六十岁以上的老同志一提起“反右派”斗争前夕的社论《这是为什么》，仍有不寒而栗之感。“文化大革命”中一篇《横扫一切牛鬼蛇神》的社论一出，立即搅得全国上下一片混乱。由此可见报纸上发表的评论威力之大。为什么？因为路人皆知：那评论来头特大。

正因为评论有来头，威力大，报社对发表的评论持慎之又慎的态度，这无疑是对的。但是如果慎重过了度，评论就必然泛泛而论，官腔官调，大话空话套话充斥全篇，观点固然都正确，但读者不看，还是什么问题也没解决。近些年来报纸上的评论所以比较冷清，我以为主要有以下几点不受欢迎：

一是官腔官调。每逢什么重要会议闭幕，或每逢什么重大事态发表的社论或评论员文章，都是大段大段地抄录会议公报或领导人的讲话，评论本身只能顺情况说些高度评价的大话，此外则没有一点自己的新鲜见地，既不能答疑，也不能解惑，这样的评论只能算做应景文章。应景的东西怎么能吸引读者读下去！

二是居高临下。报纸不少评论多是以上级教训百姓的口吻训话，对读者多用“必须”怎么怎么样，“应当”如何如何，完全是一派我说了你就要听就要做的大人物发指示的派头，读者只能仰视。仰视久了，脖子累酸了，不看你的评论又奈我何？

三是政治术语大堆砌。那些充满政治术语的评论，陈词滥调，装腔作势，除了哇啦哇啦的说教以外，很少有启迪人感染人说服人的真知灼见，更谈不上写出真情实感来,颇像写了一篇红头文件,但又不是文件,成了四不像。

评论文章之所以弄成如此这般模样,若做一点解剖分析,我想大概不外乎以下几个问题:评论与读者关系的错位,报纸的评论定位为教育者,读者是受教育的对象,而未把读者视为“上帝”,因此评论与读者不是平等对话的关系,多是板着面孔教训读者,此其一;观念还是沿袭了几十年来形成的老模式,计划经济时代的“文风”烙印较深,评论写得唯上不唯下,唯书不唯实,只要上头不挑毛病就是“成功”之作,而不管读者看与不看,此其二;评论里引话过多,不是这领导人的重要讲话,就是那位哲人的教导,官话连篇,读者只能敬而远之,此其三;时下的评论多是政治性的话题(不是全不对),而对读者最为关注的官员腐败、社会治安、经济改革、科学技术、文化艺术、道德伦理、下岗工人的出路等等诸多方面的焦点问题,几乎上不了评论,是不好说还是不会说,教人猜不透,评论如果只局限在政治话题上,还是未跳出“政治挂帅”的窠臼,与以经济建设为中心的主旋律不相和谐。这个情况跟读者多方面的需求距离不小,此其四。

转变观念已是克服评论种种内伤的“硬道理”。转变观念从哪儿入手?首先改掉教育者的姿态,放下架子同读者站在一个立场上,坐在一条平等的板凳上。其实评论就是同读者交流心得体会的一种方式,把大道理说得深入浅出,通俗易懂,论事说理,以情感人,使读者在评论的娓娓交谈循循善诱中得到启迪,领悟是非,心悦诚服地接受评论的观点。若能如此,评论会成为读者争相传阅的上乘文章,那将是报人多么开心的时刻!

评论的语言问题也不容小视。现在的评论语言太生硬,官场用语多,民众精彩的口语少。近些年来报纸杂志上的随笔、杂文走俏,颇受读者欢迎,为什么?因为这类文字没有官味儿,语言清新、优美、俏丽,无说教,不但立意新,而且给人文字美的享受。写评论不妨来个移花接木,把随笔、杂文的笔法、语言引入评论中来,革去评论写作的老腔老调老模式,语言“软些软些再软些”,为新时期的评论再塑新形象。

毛泽东曾对吴冷西说过:“我写文章,不大引马克思、列宁怎么说。报纸老引我的话,引来引去,我就不舒服。应该学会用自己的话来写文章。”而今的评论引话过多,不引话似乎作不成文章。引话多有何毛病?一有框框,二官味儿重。少引话,少说官话,多用自己的语言写你要说的话,以优美的文字吸引读者,这该是多么高明的评论家!

对于经济、科技、文化、伦理道德诸多方面的问题,报纸评论无论如何不应该忽视。诚然,报社评论部的评论家不都是全才,不可能万事通。那么报社拟出题目,分别请各行各业的专家们来写评论,调动各方面的人才来参与评论写作,岂不是比少数人闭门抠文章更有活力吗!这里也有个转变观念的问题:不

是每篇评论都是绝对真理，有些评论也可以起抛砖引玉的作用，吸引读者参与评论。果能如此，报纸的评论就活了。既可有更多层次更多方面的读者，又能尽量满足读者的多元渴求。评论一旦走入“孤家寡人”的误区，就把最广大的读者拒之门外了，那样多冷清！

人世间的事情说来也怪，有的时候你越想用官话“导向”读者，取得的竟是反效果；而你并未想教导人，只想以平常心跟读者聊天谈心，倒能取得预想的结果。大概这也是写文章的辩证法吧！改革开放 20 余年，时至今日，评论仍是老面孔，少变化，必定被读者冷落。评论走出大话空话套话官话的尴尬处境，求变是根本之计。怎么个变法？一变心态，不管你是哪一级的党政机关报，你本身不是党、政机关，而是普通的报纸，普通的新闻媒介，你的心态不可存任何一点的官味儿，而应站在平民立场上，具有了平民心态，你写的评论才能成为读者渴望的“食粮”。还有一变，乃文风之变，怎么个变法？变官话为大实话。崔永元的“实话实说”为什么讨人喜欢？这是很值得以写评论为业的评论家们认真研讨的一门功课。当然，也不全是评论家们自身所能完全解决的，还有个大环境的问题。

（《新闻写作窗》2000 年第 2 期）

没有规矩不成方圆

关于舆论监督的话题，我曾在一篇短文中议论过，现在重又提起，似乎有无话找话之嫌。然而也不全是如此。套用一句官话说，形势在发展，形势在变化，我的资料卡里又添了几份新材料，出现了一些新情况，所以才决定写这篇小文，说明是有感而发，不是无的放矢。

在中国这块土地上，在几千年的官场中，从古至今，很多大小官员都有一个共同的劣性：喜欢报喜不报忧，尤其是下级官员对上司，这一点表现得更加突出，因为唯有报喜才出"政绩"，才能为升迁更大的官儿铺平道路。而舆论监督则正好相反，所监督的多是官场的违纪违法、贪污腐败，并为百姓伸张正义。这种监督恰好揭了某些官员的疮疤，他们从骨子里见了监督就恼恨就反感。虽然舆论监督于党于国于民有利，但他们却觉得于己"政绩"不利。因此还是能捂就捂，能顶就顶，不让疮疤暴露于世，仿佛同阿 Q 是一个师傅教出来的。

我这话并非虚妄之词，特举几例与读者共赏析。例一：綦江彩虹大桥垮塌，40 人殒命，传媒记者云集綦江抢发新闻。然而县委书记张开科、副书记林世元却提出了"四不准"的指示：一不准围观，二不准议论彩虹桥之事，三不准误传彩虹桥坍塌原因，在报纸搞误导，四不准谈这个人有问题，那个人有问题。"四不准"还真有些威力，新闻记者被挡出事故现场，采访环境被冻结，能提供消息的人三缄其口。例二：巴东县三峡移民复建工程焦家湾大桥即将合龙时，轰隆一声整体坍塌，20 多人倒在血泊中。事故发生后，有关方面（报道未指明哪个方面——笔者注）对外严密地封锁了这一事故消息，随后向上级谎报仅造成 3 人死亡。例三：河南省渑池县委宣传部下发了一份红头文件规定：县外记者采访一律由县委宣传部门统一负责安排接待，未经宣传部门批准任何单位不得擅自（着重点是笔者所加）接受记者采访。一个"擅自"二字就把未经宣传部门批准的县外传媒记者拒之门外，这是谁给的权力！

上面的材料是从报纸上抄下来的，其中的滋味是酸是苦是辣，读者自能体味，最值得玩味的是，这些权倾一县的地方官儿们，他们把舆论监督这样的大事，竟完全掌控在自己的人治之下，是政治上的幼稚无知，还是被升官儿发财的欲望冲昏了头脑？倒是很值得研究研究的，不过有一点他们就没料到，尽管他们可以把事情封锁一时，到头来还是被舆论给监督了，栽了大跟斗。

与上文所摘抄的材料相比较，还有更为恶劣的行径，他们在被媒介监督之

后，恼羞成怒，竟敢动用手中的“专政”权力打击报复记者和写稿人。一、《河南日报》记者高勇发表了南阳市中级人民法院个别干警执法犯法的调查报告，对两名法警进行了点名批评。而高勇却收到法院的一纸传票，传票的署名人恰是被批评的人。你批评我，我用传票传你，你说这事够不够当今的“拍案惊奇”！二、湖南省涟源市法院经济庭审判员吴桂祥等10人，在蓝天歌舞厅一包厢娱乐后不付款即要离去，当有人要其付账时他竟持手枪威胁说“毙死你！”此事被湖南《文化时报》披露，吴竟以该文侵犯他的名誉权向市法院起诉，而竟胜诉了，判《文化时报》和作者赔偿损失费1000元。湖南经济电视台记者到市法院采访此案，竟遭近20名法警的围攻，强迫记者冲掉录像带才能获得自由。记者在市法院被扣押2小时之久。这是多么骇人听闻的“依法”治舆论监督事件。某些执法者他可以胡作非为，你不可以进行舆论监督，你若不识好歹我就用“专政”手段给你点眼色看看！

此外，还有另一种类型的事例不能不提及，它代表了官场对待舆论监督者实行打击报复的另一个侧面：有位作者向报社反映某县森林派出所规定创收指标，等于鼓励先滥砍滥伐，然后再抓再罚款。没想到这位作者被辞去机关工作。还有一位作者反映某市少数乡镇搞“假财政”，虽然作者用了化名，结果还是被“挖”了出来倒了霉。一位摄影作者反映某“水上月亮城”污染环境的照片在报上发表，他因为这幅“监督”照片被停职，等待处理。这几个例子证明，现在的舆论监督全在人治之下，有权的弄权，执法的用法，对监督者可以任意处置。在某些人的人治下，你敢监督我，我就处分你，看是你舆论监督力量大，还是我的权大！

舆论监督在官场遭到的阻挠干扰打击报复等等现象，在我国已是见怪不怪了。那么在企业界舆论监督的境况又是怎样呢？这也是不说不知道，说了吓一跳。有两位记者在哈尔滨采访某集团生产的壮骨粉质量情况，这家集团感到两位记者可能是来“整”他们的，遂派本单位3名保安人员驾车尾随，在街上进行突然袭击，使两名记者受伤。湖南电视台某驻地记者在“湘运”打假现场采访，惨遭湘运邵阳客车厂暴力绑架，暴徒损坏记者手机，逼抢录像磁带，撕破记者衣服，抢走记者证，在厂长办公室记者被围攻殴打拘禁两个多小时，最终受伤住院。两事件的主谋者现场指挥者厂长周某某逍遥法外，两名施暴者每人晋升一级工资并得奖金2000元。人们不禁要问：这些“企业家”们为什么这样无法无天？为什么他们对记者竟敢大打出手？是谁在为他们撑腰？其实这些问题明眼人一看便知。因为这些企业均是当地党政机关的宠儿，是当地官员的一大政绩。“企业家”更是被视为当代的英雄豪杰，早已被捧得忘了北。因此，他们看到记者来采访，怕暴露了见不得人的那一面，便使用了暴力手段，把舆论监督打个落花流水。把话说明白一点,“企业家”的背后有执掌大权的党政官员的保护(说地方保护主义似嫌老调重弹),他们还有什么可怕的东西呢?

上文不厌其烦地抄录了资料卡上的材料,并略有点评,那么总体上应当怎样评价我国舆论监督的现状呢?

说舆论监督在我们国家不受重视是很不公正的。从党中央、国务院到地方党政领导,在不同场合都反复强调舆论监督的重要性,并且一再要求加大舆论监督的力度,朱镕基总理对《焦点访谈》栏目的编播人员说过:“我也是你们监督的对象。”朱总理的话是说自己,我想也是说给各级官员听的。但在各级官员中有几人能做到欢迎舆论监督呢?现今的官员,不敢说全部但也有相当部分,对领导讲话可以当耳边风一刮而过,就是红头文件也是可以采取各取所需的态度。他们被过大的权力而又缺乏应有的监督弄得头昏脑胀,拜金主义、极端个人主义、享乐主义像瘟疫一样蔓延,就连陈希同、王宝森一类的大官儿,也在无监督的环境下一头栽进了可耻的犯罪泥潭。党政官员缺乏监督,即使原是个好干部也会变坏的。

舆论监督在我们国家的政治生活中,特别是在反腐败的斗争中,虽然起了一些作用,但力度还很弱,与党和人民群众的要求相距甚远。前文所列抵制干扰打击报复舆论监督者的种种怪现状,就是舆论监督软弱无力的佐证。因此,舆论监督仅有领导人的讲话、号召是很不够的,要使舆论监督的力度真正强大起来,唯有法治才是治本之道。法制一方面可以保护舆论监督的顺利进行,一方面可以依法追究抵制及打击舆论监督者的法律责任,涤荡文中所列种种怪现象。依法进行舆论监督,是一个先进社会制度所不可缺少的。依法规范舆论监督是验证一个先进社会制度的尺码。人治下的舆论监督就必然出现那些反舆论监督的怪现象,法治下的舆论监督得到的将是社会的安定,人的灵魂的升华。人世间只有法律才能规范大多数官员的行为不出轨。没有规矩不成方圆,这是前人留给我们的最富哲理的珍贵精神财富。舆论监督呼唤法的“规矩”!

(《新闻写作窗》1999 年第 4 期)

浅说自由撰稿人

自由撰稿人，是随着报刊迅猛增多而出现的一代以写稿为职业的文化人，他们主要为各地报纸杂志写稿，赚些稿费。对这部分作者的称呼，开始叫文化打工者、自由记者、流浪记者、写稿个体户。自由撰稿人的队伍还有壮大的趋势，他们的阵地集中在北京、上海、广州几个报纸杂志比较发达的城市。自由撰稿人无单位无固定工资收入，全靠写稿为生。在自由撰稿人的队伍中，也有部分有单位有工资收入的报人参加进来，他们的能量不可低估，他们在本报本杂志写稿不多，集中精力写外稿，外稿的稿费收入远远超出工资收入。说这部分自由撰稿人的能量不可低估，在于他们有自己的圈子，可以搞发稿互利活动，你发我的，我发你的，且稿费可以从优开出。自由撰稿人中不乏有专长的人才，有从报社“杀出来”的编辑、记者，有学新闻、中文专业的大学毕业生，有从报社、杂志退下来的老编辑、老记者。在自由撰稿人的队伍中也不乏有些“混混”混在其中，这些人文化程度不高，但他们很会看行市，他们的稿子全是用剪刀剪出来的，拼凑起来的，“编”出来的假货。

我国的新闻媒介说是“国家队”“正规军”一统天下，一点不为过。这一体制就规定了媒介竞争性不那么激烈，国内外重大政治事件、重要新闻由新华社发通稿，如果说有竞争则主要是在社会新闻方面搞些独家采访，搞一些热点聚焦、难点追踪之类。自由撰稿人的出现，对我国新闻媒介来说，总算生长出一批非正规部队，开始对“国家队”吃皇粮的老记者们多少有一点冲击。他们为发稿为生存必然采取竞争的姿态，勤奋、进取成了他们的座右铭。他们穿行于城市的大街小巷，身背照相机，怀揣录音机、笔记本，每天都能捕捉到有新鲜感的新闻。从这点上说，自由撰稿人确实给媒介注入了新风，与吃皇粮的正规军相比较，他们完全是平民化的，全都自己去跑去钻，没有正规军那么大的“谱儿”。正规军采访坐轿车，出入宾馆饭店，处处以座上客自居，发不发稿不在乎，反正有皇粮可吃。正规军的懒散化、官化，已成为一大弊病！

然而，自由撰稿人在我国的生存发展中遇到了两个致命的局限，一曰名不正言不顺，重要的会议、政府机关等部门单位，只认吃皇粮的有介绍信的正规军，自由撰稿人则是请莫入内；二曰媒介采用稿件要看作者单位加盖的公章，有了公章才比较放心。没有公章出了错误，报社没了抓手，谁敢发稿子？自由撰稿人写了稿子上哪盖公章去？自然，那些“混混”有私刻的公章，因之一些假货得以在报刊上发出。

人世间的事就是这样，这条道走不通就走另一条路，不能在一个树杈上吊死。自由撰稿人的稿子在“正规军”报刊上难以发出，他们就转移阵地，正道不通就走旁门左道。就目前自由撰稿人新发表的“大作”看，很多人已走入歧途，主要表现有三：其一，大部分人进入了影视演艺圈，他们交了许多演艺界的朋友，也尽力接近文化艺术界的名人。他们以“娱记”的名义出现，专写演艺界及某些名人的婚恋、婚变、同居、第三者插足等绯闻轶事，如前几天发出某位女名人怀孕消息，过几天又发稿否认，过了一段时间又发出已生了孩子的新闻，这么一折腾，就在几十家报刊发了“作品”，获稿费数千元。其二，转向社会纪实、纪实文学、报告文学的写作，采用隐其真名实姓的手法，实则并无其人，编织出小蜜傍大款，几个大款勾搭一个小姐，第三者插足引发出种种离奇的情杀案等等故事，甚至写些男女情爱隐私的故事。这类粗俗的作品卖价不菲，写多了既能出书，又可捞个“作家”的头衔。其三，编织关系网，从报刊内部用种种小恩小惠的手段，找出几个哥们儿姐妹来作为内线，创造发稿的便利条件。这也成了报刊搞有偿发稿活动的新形式。

自由撰稿人并非今始，在我国本世纪二三十年代就有许多作家以自由撰稿为职业了，一代文豪鲁迅就是最有代表性的自由撰稿人。然而今天的自由撰稿人，大部分已沦为专以写庸俗作品为生的人群了，他们与历史上知名的自由撰稿人已相去千里！不能不说是今日自由撰稿人的悲哀！鲁迅是一代文豪，对今天的自由撰稿人来说是可望而不可即的高峰，但他的高风亮节和伟大人格是可学的，是应当不断追求的！

今日自由撰稿人正走在十字路口上，是向上升华，还是在粗俗的路上走下去，是到了自我抉择的时候了！当然，假若我们的报刊拒绝发表粗俗低劣的作品，净化报刊阵地，制造庸俗作品的人也就失去了生存的条件。正是皮之不存，毛将焉附！

我并非否定自由撰稿人的生存发展（实际上谁也否定不了），但自由撰稿人倘若在粗俗的路上走下去，不是别人否定的问题，而是自我毁了前程。自由撰稿人当自尊自强，自尊自强的标志是写出于读者于社会有益的作品！

（《新闻写作窗》1999 年第 3 期）

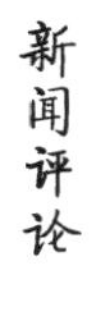

传媒浮躁现象六例

浮躁现象，不夸张地说各行各业都有，只是表现形式、轻重程度不同而已。在这个大的浮躁之风下，新闻传播媒介很难免“俗”，并且已浮躁出相当的“水平”。由于传媒是新闻的传播者，因此，在社会上造成的负面影响是其他行业所不能比的。我不揣冒昧，从传播媒介种种浮躁现象中拣出要者共得六例，未知命中率如何。

一、爱刮风

中国传媒爱刮风很有点资历了。想当初突出政治的年代，从合作化、公社化、大跃进、三面红旗刮到“文化大革命”，传媒刮出来的风一浪高过一浪，说传媒为错误起了推波助澜的作用不算冤枉。目前的刮风当然不能与过去等同看待，但风却从未间断过，就以企业改革为例，先是刮承包经营风，刮出个一包就灵；然后是刮股份制风，刮的大有一股就灵之势；接着又刮小企业拍卖风，在内地卖，到香港去卖，刮的似乎小企业一卖改革就成功了（后来被上级禁止才告终）。现在正刮集团风，似乎只要一“集团”了，企业就搞好了，给人的印象是越大越好。在思想政治领域也刮风，刮一阵子“承诺”风，又刮下级跟上级签订“军令状”、“责任书”之风，现在正刮“下岗是机遇，观念一变就致富”之风。反正这风今儿个刮，明儿个刮，一直刮个无尽头。我国传媒刮风有特色：上级提出什么就刮什么，刮的对也对，刮的不对也对，只要跟上潮流就算，一切都对，记者很少进行深入调研，很少进行有真知灼见的分析，只报符合上头精神的一面，不提可能出现弊病的一面。刮风，也应刮出个“全面”之风才是。今后风仍然要刮，但不可刮的失去分寸，刮出泡沫来就不是理性的和科学的宣传方法了。

二、官员“三陪”

“三陪”者乃陪会、陪访、陪吃喝之谓也。传媒一直在批评官本位的封建意识，但在实际操作中却恰恰天天在宣传官本位思想。在电视上经常看到这样的场景：一位领导下基层考察，或者参加什么大工程奠基仪式，或者参加什么大工程竣工典礼，肯定是前呼后拥一二十至三五十位各级西装革履的领导人，在陪“考”陪“仪式”，众星捧月一般。那位领导人在认真听什么人的汇报或观看什么现场，而后面那些陪者则交头接耳地闲谈着。名义上是三陪，实则是各级官员的大亮相。在报纸上是看不见人相的，但三陪人员中的要员必定要在报上有名，逢“考察”逢什么会逢什么仪式必定要报一大串三陪者名单，各级传媒报到哪一级三陪者名单都有严密的规格。三陪是一种形式主义的东西，只是让人看个热闹而已。朱镕基总理明确提出不搞三陪，是对三陪现象的严厉批评。三陪的陋习是该打住了！

三、套话连篇

传播媒介的一切宣传报道，都必须坚持用事实说话的职业规则，因为唯有事实才最有说服力，才最能起到导向的作用。然而如今的传媒却套话盛行，不论在消息、通讯中，还是特写、报告文学中，处处可见套话、空话、大话、假话、过头话和蠢话，新闻中充斥着“本本主义和文件主义”的官话气息，滥用什么“阶段性成果”、“实质性的进展”、“全方位启动”、“加大力度”、“向深度广度进军”、“跃上新台阶”等等陈词滥调，空洞无物；更可恶的是逢会讲话就出现“在××领导下、在××精神鼓舞下、在××重视下、在大好形势下、在各单位的大力支持下……”这样的官话套话，令人十分厌恶。

四、乱炒名人

有人嘲讽老百姓进庙见佛就拜，也不问是个什么佛，拜了就得到心理上的满足。传媒（主要是报纸）炒名人也到了见名人就炒，给名人戴高帽成风，写厂长、经理称什么“家”已大嫌不够味儿了，在什么家的名字前面都要加上“著名”两字。此外，什么著名表演艺术家、“泰斗”、“大师”、“巨匠”，什么“怪才”、“鬼才”、“奇才”等等头衔满天飞，漫画家华君武不得不出面为自己摘掉“大师”的高帽。炒名人也有“造神”的功能，某某人出了些成绩，传媒就把他炒得神秘兮兮的，只讲过五关斩六将。一旦有人批评了他的缺点，就火冒三丈，把失败全归罪于批评他的人，成了老虎屁股摸不得的“神”。有位骨科医生被称为“骨神”，有些名人去法国看几场世界杯足球赛，回来就大炒特炒，在电视上侃了一大段时间，细一琢磨全是些扯谈的话。炒名人的隐私、绯闻更是家常菜，越是不雅的事儿炒得越有“滋味”，不知如今的某些传媒犯了什么病？

五、傍大款

如今社会上傍大款的人不少，其中有演员有作家有记者，更有大大小小的官员（自称公仆的人）。傍大款都有油水可捞，大款也由此而得到更大的实惠。这种傍大款的风气也传染到传播媒介，上级一旦开过了什么重要会议，或逢什么重要节日，或有什么重要活动，一些报纸上总要拿出一两块专版，发表数个企

业家的祝辞贺语,或者来个题词,哪怕那字写的还不如一年级小学生写的好,同时还要配发身穿高档西装,坐在大靠背老板椅上打电话,或者在写字台上提笔凝思的照片。其搔首弄姿,煞是威风八面。更有甚者,某些报纸经常是请作家、记者写大块文章,一块整版被一位大款独占,文章尽是自我表扬的套话、空话、大话,虽然读者很讨嫌,但报纸可捞到了大块的"银子",实则是出卖了版面;电视台举办的各种晚会,除了各级领导一定要登台亮相外,必有大款登台"演说",说些不咸不淡不香不臭不三不四的话,还是主持人给亮了底:感谢×××对这次晚会的鼎力协助,但从不说大款偿了多少银子。更可恶的是,某些掌握财权的政府官员也充起了大款,大把大把地把钱投向传媒,为了捞块版面或捞个镜头。传媒拿了人家的钱,乐得为其做做广告式的宣传。传媒上这些年兴起了×××协办专栏、××特约播出的风气,协办、特约当然不"白协"、"白约",而是买了个出名的"专利",傍大款的传媒散发着铜臭的味道。

六、不是新闻充新闻

新闻最讲究的是新闻价值和宣传价值,现实生活中有些事本无价值,但却被传媒炒个不亦乐乎,硬把不是新闻的材料愣充"主旋律"炒给受众,炒的似是而非,视听混淆。某某政府官员拒收了"红包",乃是应有的本分,传媒硬当干部廉洁来宣传。江苏省××市基层奖励市长,这位市长得的奖有报刊发行奖、环境保护奖等多种奖,奖金从 200 元到 2000 元不等,这本是一种公开的行贿,但却成了很有影响的"新闻"。传媒常见××长卖了自己的高级轿车建学校或修路,宣传的很邪乎,其实按他的职务就不该有这么高档的"坐骑",事后他还买什么样的高档轿车传媒就不报了。××省或××市卡住了几起干部出国,也当成廉政风予以宣传,其实就不应该有这么多人出国。照章纳税是每个公民应尽的义务,可偏偏××民营企业家照章纳了税即给重奖,成了知名人物。还有××官员弃官下海经商,被传媒吹成了时代的"宠儿",大大张扬了一番,可是传媒却隐去了他在官位时,即将数千万元基础设施建设费调拨出去,为个人经商。也有的市长、县长弃官下海,传媒也狠狠地"嘉奖"了一回,但过后经审查原是个贪官,为躲过追查而堂而皇之地"下海"了,传媒大受其骗。

传媒浮躁现象还可以列出多例,不再啰唆。

至于如何克服、纠正传媒的浮躁之风,而只好另行研讨。如果这六例能给传媒浮躁之风泼一点冷水,大家都清醒清醒,将是令人欣慰的事了!

(《新闻写作窗》1998 年第 4 期)

超越自我

写了《传媒浮躁现象六例》，文中只谈了种种浮躁现象，而未涉及如何克服的内容。为此而几番思索这个问题。

如何克服新闻传播媒介的浮躁现象？我深知，这也是给自己出了个难题，假若说些尽人皆知的政治概念，说些放之四海而皆准的大话、空话、套话、原则话，那只能讨人嫌，况且那也是我一向所厌恶的。为此，我想还是用采撷一些有说服力的材料，即用事实说话，稍加评点，也许可以避免令人生厌的政治性的官腔官调。

说传媒浮躁现象有一定的普遍性，但并非说所有的新闻工作者都浮躁了，在新闻行业中有一批（不好用百分比来表示）忠诚于新闻事业，充溢着敬业精神的新闻工作者，他们是美好精神的追随者记录者，他们给受众提供了最优良的精神食粮。这部分新闻工作者在国家发生重大事件和重大自然灾害中表现得最为杰出，他们带有壮烈色彩的现场采访活动可歌可泣，可圈可点。在 1998 年夏秋发生的长江、嫩江、松花江的洪水中，优秀的传媒记者在抗洪第一线上，充分展示了他们的风采。湖北电视台新闻部记者向培风、蔡文祥，乘坐冲锋舟，冒着生命危险，几经险阻拍摄了抱在一棵小树上的小女孩获救的惊心动魄的珍贵镜头，震撼了每一位观众。可以这么说，凡是到抗洪第一线采访的传媒记者，不论是摄影记者还是文字记者，都表现出忘我的大无畏精神，他们创作出大量感人至深的作品，为传媒赢得了少有的声誉。有位记者感悟地说："记者的岗位必须在第一线，而不是在会议堆里、办公室里。"这位记者能得出这样的体会是十分可贵的！

自 1997 年以来，由《工人日报》首倡的新闻助困扶贫采访活动，在新闻媒介里得到了广泛的呼应和效法。这次新闻扶贫活动，由农村扩展到城市，由农民扩展到工人，意义重大。在活动中发挥了传媒的优势，记者采用多种多样的形式报道了贫困地区脱贫的典型，报道了贫困地区百姓们所思所想所盼，向贫困地区传送了有价值的信息，受到贫困地区的农民和城市下岗工人的欢迎，人们对新闻媒介的认识也有了新高度。由国务院扶贫办、中国记协和中国扶贫基金会组织的"中国百名记者自愿扶贫团"，分赴各地开展扶贫宣传活动。中国记协还发出倡议，要求全国新闻界继续开展新闻助困活动。这项新时期的新活动给人的启示至少有两点：一，发扬了新闻工作者深入基层深入群众的优良传统，培

养锻炼了一批新闻工作者，他们写出了许多有影响的好作品；二，为传媒常说的“贴近群众”选定了明确的方向和目标，“贴近”二字不再是一句看不见摸不着的空洞口号了！

近些年来，社会上贪腐肮脏的东西不说是“遍地开花”，也是处处可闻可见，让百姓看着听着生气，心里起急发恨骂娘，常问：这是为什么？许多传媒记者坐不住了，他们冒着生命危险，舍生忘死地打进种种“魔窟、狼窝”去抓恶魔擒虎狼，为民除害。福建有位记者扮成买孩子的人涉险卧底暗访，几次进出人贩窝点，很有点杨子荣的气概，终于掌握了人贩子的详情，公安刑警撒下围扑之网，将人贩子一网打尽，解救了4名被拐卖儿童。洪灾刚过，川西洪雅县发生了肆意砍伐天然林的惊人事件，中央电视台记者冒险潜入原始森林，偷拍到惨不忍睹的滥伐现场，在围追堵截中将录像带安全转移，终于揭露出触目惊心的大规模毁林事件。还有北京电视台记者暗访假文凭窝点，《北京青年报》记者暗访算命先生，《羊城晚报》记者暗访某镇“色情地带”等等，不必一一详加列举。这些冒险暗访的记者的壮举是令人敬佩的，他们所写所拍摄的作品，具有很大的魅力和震撼力，他们为传媒如何采访到有价值的热点难点新闻开了先河！

除了进行冒险暗访之外，许多记者为真实地反映出社会上某些方面的实情实况，而采用了当“打工妹”、当“工人”的方式，采写出外人所难以听到看到的生活中原汁原味儿的素材。杭州一女记者听到有家中外合资企业违反《劳动法》，侵犯工人合法利益的线索，以外来务工的身份被“雇”到这家公司打工，掌握了该公司许多违反《劳动法》的第一手材料，引起社会重视，劳动监察部门很快派人着手进行处理。深圳《焦点》杂志某记者到一家合资玩具厂打工15天，真正地尝到了打工者酸甜苦辣的诸多滋味。这家工厂生产环境严重污染，工人收入微薄，地位低下，常年加班加点，雇用童工。记者因为暴露了身份，属于自动离职，不能退回押金，应得197元工资也无法领到。《湖北日报》别开生面，开展了记者分别到不同岗位干一天活的活动，有的当了殡葬工，有的站柜台，有的去送煤，有的当了一回巡警。南京一记者同菜贩同行一昼夜，尽悉其甘苦。记者去打工，沉到生活的底层，亲自去体验一下实际生活的内幕，不但能写出贴近生活、贴近真实的生动报道，而且在采访作风上也是一次“革命”。记者由客观的采访者，变为切身的体验者，由浮在水上的油珠，变为深入水底的“潜水员”，这样写出来的作品自然是活蹦乱跳、鲜活生动的，而非客观采访所能比的。

这里不能不写一写湖南《衡阳日报》主任记者李升平。他是位富有正义感的记者，面对一位被错判的好厂长，在长达6年的时间里坚持为这位厂长申冤，先后写出了数十万字的内参、信件和公开报道，终于为这位企业家换回清白，重新担任厂党委书记、厂长职务。一般地说，新闻记者都富有正义感，他们运用手中的笔和相机表彰先进，鞭笞丑恶，但像李升平这样侠肝义胆、极富韧性战斗精神的记者是很少有的，因之更显出他的高风亮节和高贵品格。

我采撷到的材料如上所述，那么怎么来咀嚼反刍消化认识这些材料呢？能给我们什么样的启示呢？我以为有三点：第一，改变当前传媒浮躁现象的首要之处，在于传媒编辑、记者要有超越自我的强烈愿望，每发一篇或记者每写一篇作品都要思量一下是否有新亮点，只有创新才能超越自我，并且还应不止一次地创新，一生都追求创新。没有创新意识和愿望，只能平庸度日。第二，采访作风要来一次较为彻底的"革命"，只要有机会，记者就应该往下沉，沉到工农大众中去，或暗访，或亲自去干一干，去抓鲜活的素材，为受众提供喜闻乐见、雅俗共赏的好作品。浮在办公室里、会议室里和领导干部的谈话中采写的新闻出不了佳作。第三，人都是有惰性的，尤其生活安逸了以后，惰性就更厉害些。要改变新闻工作者的浮躁心理和惰性，要靠每一位新闻工作者的自觉的努力，但传媒领导班子更负有重要的责任。只要领导干部有策划有组织有目的地选出题目，让记者沉下去，上第一线抓新鲜的活生生的焦点、热点、难点新闻报道，不但使传媒能"抓人"，而且也能锻炼造就出一批批有成就的新闻工作者。

发扬抗洪精神，培养创新精神，提倡上第一线，提倡冒险暗访，不断超越自我，这是由人的人生观和价值观决定的，假如自己就缺少超越自我的愿望和决心，别人说出"大天"来也白搭！

（《新闻写作窗》1999 年第 1 期）

让套话成为过街老鼠

翻开当今的报纸(不谈其他媒体),最令人见而生厌的新闻,是会议消息。

会议消息为何落到这个地步?可以概括为"三化":程式化、公式化、模式化,而会议消息中最令人憎恶的是套话!

套话的表现形式多种多样,但总的离不了如下几种:

其一,"几下子"泛滥。辽宁省一位领导人有过精彩又一针见血的概括,逢会必讲"在方针、路线的指引下,在上级精神的指导下,在大好形势鼓舞下,在省、市领导的关怀下,在兄弟单位的支持下,在全体职工的共同努力下"。

其二,为了迎接什么什么。最突出的是1997年香港回归和党的十五大的召开。不管是哪一级的什么样的会议消息,也不管与会议有关还是无关,都写上"为了迎接香港的回归,为了迎接党的十五大的召开"这样的套话。

其三,与会者有某某某某。各级党政及企事业单位召开会议的消息,必定要按职级写上一大长串的与会者名单,有时这个大名单占会议消息的一部分,似乎写了与会领导人的名字就能加大了会议的重要性。岂不知读者看的是会议的内容,而不是看谁到会了。名单也成了套话。

其四,一些"臭大街"的词语。如"亲自",某某领导亲自指示、亲自批示、亲自过问,只差没写亲自赴宴,亲自如厕了。如"力度",只要是强调某某项工作,必写上加大力度,读者不知道这个"力度"有多大,到底是三十度还是六十度?如"高度",凡发生了什么重要事件,必写上引起领导的"高度"重视,这事后的高度到底有多高?读者不免要问:为什么总是事后你才有"高度"了,事前为什么没有"高度"。如"严肃",逢处理什么问题的消息,必定写"严肃处理","严肃查处"之类的词语,可不严肃的事情多了,严肃二字反倒成了赘话。如"认真",学习什么文件,学习什么会议精神,"认真"二字在消息中必不可少,可见平时都不认真,那么老是强调认真二字,就是不认真了;此外,还有什么"阶段性的成果"、"种种原因"、"跨世纪"、"实质性的进展"等等,不必评注,想必读者一见便知这都是套话。

以我这小人物之心度完了他人之腹之后,再度一度"无冕之王"之腹。记者(不是指全体记者)写会议消息,也有难言之隐,不是么,领导讲了"那几下子",讲了迎接贯彻,讲了"力度"、"严肃"、"认真",你记者不写到消息里去,一旦责问下来,岂不是吃不了兜着走,这是其一;记者走捷径,偷懒,先写上时间,地点,再写一大串领导人名单，抄上一些讲话和套话，会议消息就写成了。反正稿子送到编辑部都能全文照发，谁管他读者爱看不爱看，领导人满意就齐了，这是其二；如今的报纸文风不好，记者就随大流了，不追求文风的改进，业务的提高，更不追求出精品，得过且过，谁管它今后如何？此其三。把话说得刻薄一点，有的记者对领导讲话"照本宣科"，写上一些颂扬的套话，很有一点精神贿赂，拉关系，拍马屁之嫌。

我把会议消息中（未涉及其他新闻样式）的套话数落了不少，但我并非是说会议消息不值得采写。采写、发表会议消息，是传媒的一项重要新闻来源，写好会议消息是传媒的一项长期的重要的课题。问题在于会议消息中套话过多过滥，令人目不忍睹。因之删除套话，改进会议消息的写法已成为传媒的一个不容忽视的问题。

会议消息，一般地说，因其有特殊的内涵，多是严肃的主题，在写法上要创新有一定的难度，似乎难以写活，难以写出可读性和感染力。其实不然，会议消息也应当是不拘一格，百花齐放，用简洁的语言把严肃的主题写得精练、清晰、流畅，给人以明确的认识即可以了。只要不去大段大段地抄写领导人的讲话（重要的有新意的讲话可另发摘要）、不写套话，会议消息照样可以写得引人入胜。如果说可以找个借鉴的文体的话，我想文摘性的报刊即是良师。读者所以喜欢读文摘，主要之点即在于它的开门见山，简明扼要，无套话。用文摘的形式写会议消息（包括所有消息），效果肯定极佳，只要把握住主题，完全不必顾及什么上级的态度如何！

套话这东西，很顽固，只是不同的时期产生不同的套话。我国报刊上的套话，多是政治性的，因为政治性的套话，有强大的生命力，凡头上有乌纱帽的人，最擅用套话，用套话既省力气政治上又保险。因此，套话，像韭菜一样，只要不挖掉根儿，割了一茬又生出一茬。因之，要求报刊上完全删除套话未免要求过高。

最近，《安徽日报》和 16 家地市报纸商定，联合开展改进会议报道竞赛活动，宗旨是倡导一股新风。湖北省广播电视台台长提出：当前新闻改革的主要任务是改进领导人活动和会议报道。我以为这两条消息体现了一个共同的目标：改进会议报道。改进会议报道的文风，首先从不写套话开始，我相信，有了改进会议报道的愿望和决心，并且采取一定的措施付诸实践，总会有所收获的。

当然，我深知，套话在我国的报刊上已流行了几十年，冰冻三尺，要加以革除，非是仅仅记者不写套话的问题，而是要全国传媒一致行动，从上到下。从记者到编辑，到总编辑，造成新闻改革的氛围，视套话为老鼠过街，人人喊打，才能逐渐地减少套话。

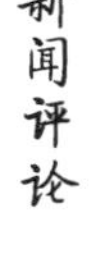

说了套话的许多弊病,何物套话?《现代汉语词典》的解释是:“特指套用现成的结论或格式而没有实际内容的话。”套话没有实际内容,记者不要写套话了!编辑尽力删除套话吧!

(《新闻写作窗》1998年第3期)

名人、记者和受众

英国王妃戴安娜之死，自1997年8月底至今，法国警方虽然已耗资200多万法郎(约合36万美元)进行调查，但死因仍是一个扑朔迷离的悬案。有人预言，戴安娜之死可能是个永远也探测不清的“迷宫”，最终以不了了之而告终。

对于戴安娜王妃死因究竟如何，不是本文所要讨论的问题，本文要说的是与传媒摄影记者有关的话题。戴妃遇车祸魂断巴黎后，舆论界把追随戴妃拍摄绯闻照片的记者们推上了首要被告席，众口一词说因为记者的尾随、追逐而出了车祸，是摄影记者杀了戴妃。戴妃男友多迪的父亲也指控记者有不可推卸的罪责。但警方经过调查，并未获得确凿的证据，随后又提出了汽车超速行驶、驾驶员酒精含量过高、汽车本身安全系数等等10个问题。摄影记者的罪责一下子大大地减轻了。

不过因为戴妃之死，传媒记者追逐名人、专事拍摄、撰写名人隐私、绯闻的行径，遭到了世人一致的谴责，某些媒体也受到了空前的批评，如英国某家报社竟出资500万美元买下了戴妃与男友浪漫亲昵的照片，美国某报社也曾出资30万美元购买了与戴妃有关的照片。人说摄影记者一“按”万金。我在一本书上看到这样一个镜头：一群摄影记者蜂拥海滩用长焦镜头偷拍戴妃与男友多迪在一起的照片，在金钱的驱使下，他们躲在海岸高处的礁石上，长时间地监视偷猎每一个满意的场景。

戴妃之死，西方传媒的宣传报道，可谓是沸沸扬扬，空前活跃，使我们领略了西方传媒追逐名人绯闻、隐私这个方面的特色。以抢拍、抢写、抢发名人隐私而获取最大利益的是媒体和记者。而名人隐私一旦在媒体披露，立即会得到受众的欢迎。西方受众嗜好名人绯闻、隐私的异常心态，反过来又大大刺激了传媒的积极性，更加不遗余力地、不惜工本地抢发名人的隐私。而某些名人，为了大出风头，也很会利用传媒为自己扬名天下，他(她)们会巧妙地吸引记者追随于后，必要时也主动亮出自己的某些隐私。据报道，戴妃在这方面即是个很有手段的高手。这样一来，西方名人和记者和受众就形成了一个非常奇异的怪圈。说这个怪圈是病态的、低级趣味的当不是空穴来风吧！

说罢了西方，回过头来再看看世界东方的中国。中国媒体炒名人隐私，大约可以分三个不同时期。炒的最火爆的时期，是在20世纪30年代的上海，各媒体尤其是私人办的小报，以炒名人隐私、绯闻(主要集中在影星身上)为诱饵，

钓受众的胃口，扩大发行量，影星阮玲玉即在小报的炒作下自杀身亡，可见媒体炒名人隐私是可以杀人致死的；第二个时期是新中国成立后到20世纪70年代。这是中国媒体最干净最严肃的时期，基本上遏制了炒名人隐私的行为，如果说炒名人，是大量宣传了先进人物、劳动模范的先进思想和先进事迹，炒隐私、绯闻的媒体极少极少，媒体在净化受众心灵上确实起到了人类灵魂工程师的作用；第三个时期是20世纪80年代以后，我国某些炒名人隐私、绯闻的媒体活跃起来了，很有点向西方媒体“接轨”的味道。当然，炒名人隐私的媒体主要是一些报纸的生活周刊、文艺副刊等炒得凶，某些出版社为了淘金，也以出书的形式参加了炒名人隐私的行列。这部分媒体对名人的婚恋、婚变、同居、吸毒、赌博、淘金、下海等等，无所不炒，有时炒得很离奇，如摇滚歌手罗绮吸毒，就被多家媒体炒个滴水不漏，电台请她到直播间向听众讲吸毒戒毒的经历，有的城市要为她办独唱音乐会，有人还要为她写电视连续剧，一时罗绮违法吸毒不但未受到批评，反而倒成了一个“光芒四射”的人物；再如作家顾城之死，他本是杀人犯，然后自杀身亡，对这样一个“名人”，媒体却炒得很热，与顾城有关的一个女人写了一本暴露隐私的书也居然畅销；还有一位名不见经传的女演员，为了把自己炒出个知名度来，竟以征婚广告的方式，花了十万元钱，在一家小报上买下头版的全版版面，并配上性感照片，自称是个“高贵性感的女人”。很显然，媒体上的这些炒作已经大大地“离经叛道”，太离谱了！

在中国，媒体炒名人，名人也很会利用书报炒自己，并且是自炒绯闻、隐私。有的明星出书炒了与前夫的隐私，冒犯了前夫的肝火，以眼还眼，又炒出一些前妻未曾炒出来的隐私，被传媒大大地张扬了一番；还有位女名人，在自己的书里写了一段与某某名人同居的绯闻，被媒体炒出来以后还着实地“愤怒”了一回。可见名人的隐私、绯闻，媒体记者炒，名人也自炒。既然你自己都不顾什么体面了，把绯闻、隐私公之与世，别人炒了你还“愤怒”什么呢！我猜想，这些自炒个人隐私的名人，如果不是精神上有毛病的话，他们恐怕是以此为手段，让别人去炒，炒出个更大的“知名”度，这才是他们的心里话，“愤怒”一下不是更能提高“知名”度吗！

现在一些受众的心理状态，在这大千的花花世界上似乎也有些浮躁、畸形，对那些事关国家民族前途的新闻不感兴趣，专爱从名人的绯闻、隐私中去寻求刺激和开心，并且如获至宝一样，在人群中作为谈资炒作。如今某些受众的心理已失去常态，趣味向庸俗、低级转化，这不能不说是种病态。媒体炒名人绯闻、隐私，受众嗜好名人绯闻、隐私，也成了一个不可忽视的怪圈。虽然我国还没有发展到西方的高水平。

我国的传播媒体，到目前为止还没有一家是私人办的，都是姓“公”的，并且是以宣传主旋律为宗旨,就是某些文章所指责的某些“小报”,也不是私营的。那么为什么在某些媒体上却能不断发出炒名人绯闻、隐私的东西呢?我想这和传媒竞争、争取扩大发行量有关,一句话,是利益驱动。媒体上清一色的硬新闻倒胃口,不会得到受众的热爱,那就在软新闻上作点文章。这个软字伸缩性很大,可以软出高雅的新闻,也可以把低级的新闻塞在媒体上。当前一些受众又喜欢名人的绯闻、隐私,因此,传媒就来个投其所好。这几年传媒和受众一拍即合,各有所得。但这个一拍即合,拍出来的、合出来的,则是对社会精神文明的大污染,如果长此以往,不加节制,将是个什么样的后果则是不言自明的了!就是西方的英国,在出了戴妃之死的变故以后,英国公布了一系列保护隐私权的记者行为准则。当然,这准则能否实行,在新闻自由的西方社会还是个未知数。

炒名人(包括政治、经济、文化艺术等等领域的名人),不论西方还是东方的媒体都是不能回避的,问题是炒名人的什么事情,炒名人的绯闻、隐私,西方受众需要,也有政治上争权夺位的需要,这与我们无关不必啰唆。要说的是我们社会主义国家的传媒,在炒名人这个问题上理应做到有理有利有节,不能向西方媒体靠拢,更不能“接轨”。现在所以炒名人成了时尚,如果探究其原因,恐怕还得说“关键在领导”这句话。不论生活周刊还是报纸文艺副刊,都是在“老总”的领导下进行工作的,只要“老总”们把住出版这道关口,或者对编辑、记者多做职业道德教育,净化版面,对炒名人隐私者进行适当的教育和处理,炒名人绯闻的软新闻,必将得到改观。这叫抓源头管理。特别是对某些以炒名人隐私为生的自由撰稿人,对他们的“大作”更应严格审查,不给这些人版面,更不能给高稿酬,这也是一个堵漏的方面。至于少数名人自我作践的自炒隐私,传媒不去理睬,他们也就哄炒不起来了。

名人和记者和受众,三者永远是个扯不开的圈圈。假若这个圈圈净炒些绯闻隐私,就会炒得尘世上浊浪滚滚;如果炒得文明高雅,这个圈圈对净化社会净化人的心灵将起到十分重要的作用。而媒体记者(包括自由撰稿人)炒些什么,炒得好还是炒得坏,永远是负主要责任的!

(《新闻写作窗》1998 年第 1 期)

假记者与真记者

时下社会上假、冒、伪、劣的东西，早已越出商品的范畴，假党员、假干部、假高干子弟、假警察、假记者……这都是传媒上经常披露的社会新闻。在这诸多的假中，假记者的名次可以名列前茅。

如今社会上形形色色的骗子为数不少，那么为什么有些骗子偏偏喜欢记者这个头衔呢？从传媒曝光的事实中可以看出：骗子一旦戴上记者这顶桂冠，尽管骗术并不高明。但也极易得手。

假记者的主要目的就是骗钱，同时骗吃骗喝骗玩骗女色。他们骗钱的目标，大多集中在工厂企业。他们深知：当今工厂企业的钱最容易骗到手，而且那些有钱的厂长、经理每每出手阔绰大方。下面举几个骗例以为佐证；有个名叫杨宝刚的案犯，冒充电视台记者，以拍宣传片、广告片为由，先后从湖南海利化工厂等四个单位，轻易骗得 100 余万元；案犯崔涛、李文洪，找到杭州服装个体户老板刘某，以洛阳电视台采访市场信息为由，把刘老板骗到记者下榻的饭店，刘老板喝下记者提供的咖啡后即不省人事，他随身携带的 1.3 万元财物被洗劫一空；案犯胡志选，在辽宁本溪市一次舞会上，认识一位中年女士，在跳舞中说自己是某某大报的记者，得知女方离异，便说是同病相怜，当夜即住到一起，然后以令人信服的理由向女方借钱急用，两次即"借"得 9000 元；案犯杜玉华假冒国务院新闻官、中央电视台记者之名，几次邀请首都新闻单位的真记者同他一起"采访"，骗取财物，一次到辽宁省丹东海洋分公司"采访"，吃住游览，公司一次花销 3 万多元。

改革开放以来，新闻传媒在社会上的威望，日益见涨，受到社会各方面、各层次领导人的重视，传媒派出的记者自然也受到相当的重视和礼遇。另一方面，目前很多的企业家们也极想借新闻传媒这方宝地，使自己扬名于世，见到记者不管三七二十一都奉为上宾，唯恐人家说自己抠门儿。在这种情形之下，一个受到重视，一个极想扬名，两厢一拍即合，有求必应。在这个条件下，假记者就乘隙而入，从企业家那里骗些工人的血汗钱，常常是不费什么力气。

社会上出了几个假记者，并不可怕，他们虽然有些骗术，但到底还是没有不露馅的。可怕的是真记者与假记者掺和到一块儿。假记者借真记者的名牌，达到真骗的目的；真记者则看中假记者的神通，也捞些外快。假记者杨玉华就几次把首都的记者（传媒报道时为真记者隐去了真名实姓）邀请出来，与他一道活动，实实在在地扮演了一出狐假虎威的真戏。说真记者与假记者“合二为一”的采访活动是真正可怕的，其原因在于：真假合在一起，使人真假难辨，假记者一旦败露，真记者的记者单位，以及所有的新闻传媒都一块儿跟着吃瓜落，名声、威望大大受损。

真记者上假记者的贼船，说句公道话，也有对假记者真面目并不十分了解的因素在内，说他们心甘情愿地与假记者沆瀣一气，也可能冤枉了他们。但他们为什么被假记者邀请出山呢？我以为，这跟当前社会上早已变了味儿的“公关”活动不无关系。现在要办成一件事，在社会上不搞点关系是很难办成的。假记者深通此道，他们可以通过裙带关系，老首长、老同学、铁哥们儿等关系，绕着弯儿找到真记者，真记者在关系学的强大攻势下，情面难却，只好乖乖地上贼船了。

当然，真记者也不是什么人都能请得动的。某些真记者出去采访是很看重油水大小，回报少的，干干巴巴的、一点油水也没有的采访，谁也不愿启动大驾。在金钱的诱惑、驱动下，真记者上了假记者的贼船，这又不算什么意外的事了。

新闻工作是十分严肃的事业，传媒的记者被称为无冕之王，就是对新闻工作最高的赞赏。从事新闻工作的记者，理应多自律，对非正道的邀请，宜再三斟酌，不可为了拿“信封”而出卖了自己的品格，一旦上假记者的贼船，你的品行就是跳到黄河也洗不清了。真记者先生、小姐，凡事三思而行，切切不要为小利而毁了自己一生的清白和前程！

（《新闻写作窗》1997 年第 4 期）

邱正平成功的启迪

改革开放近二十年来,心情浮躁,在各个阶层,各个层次都有程度不同的表现,而传播媒介则是浮躁表现得十分突出的一个行业,表现之一就是有偿新闻。有偿新闻把个传播媒介给搅和得污浪阵阵,人心浮躁难平。窃以为,有偿新闻给传媒造成的最大危害有二:一是损伤了社会主义新闻事业在读者心目中的崇高威望;二是伤害了传媒队伍的思想情操,甚至使少数人走向了犯罪的深渊。

对传播媒介绝大多数心中浮躁的人进行一次解剖、分析,要么是他至今还未弄懂改革开放与发财致富的关系,还未找到堂堂正正致富的途径,要么就是既想先富起来,又舍不得"记者"这个无冕之王的桂冠,想在这个桂冠下来个名利双收,不顾传媒和个人名声的香与臭。依笔者所见,搞有偿新闻者多是一些没大出息、不过捞点小钱的"低能儿"。他们既写不出大作,也富不起来,只能算个"报混混"而已。

《上海海港报》记者邱正平,人称"记者资本家",笔者对他的成功非常赞赏。

1985 年 5 月,邱正平和一位朋友曹建华,瞄准了市场的空白,合伙办起了"霞飞"防晒霜工厂,一下子走红大江南北,到 1990 年产值已达 2 亿多元。后来他们又办起了"奥丽斯"化妆品公司,生意越做越大,"霞飞"、"奥丽斯"从上海走向北京、走向世界。1991 年邱正平带着"霞飞"产品去法国参加巴黎国际博览会。

目前,邱正平已拥有了多家公司,他的名片上印着"上海金欧时装有限公司、无锡莎尔金皮件有限公司董事长,无锡莎尔金饮料有限公司、英法港龙国际投资公司副董事长。"

邱正平"下海"没几年工夫就把事业搞大了。他在《上海港港报》工作时,也是位相当勤奋的记者,人称他为"拼命三郎"。1985 年邱正平进入报社,四次获得上海市企业报好新闻评比一等奖,同时还几次获得上海好新闻奖。邱正平还是位很勤于操笔的书画家。1989 年 12 月和 1991 年 4 月,他带着"霞飞"产品去法国巴黎参加国际博览会,同时在中国馆举办了"邱正平书画展",1992 年 9 月获得希拉克总理颁发的"法国艺术家"称号。根据法国政府规定,获得此称号即可在法国定居,他随时可以出入法国。

从以上粗略的介绍中,可以说邱正平确确实实是一位强人,是位不管干什么工作,都要做到不达目的不罢休的强人。他在企业报当记者,就当出个样子来,不断写出好的作品,写出在大上海有影响的作品;他下海即抓住机遇,不干则已,干则一鸣惊人。邱正平的成功,正是因为他有一股顽强拼搏的敬业精神。

当今,传播媒介的现状,依笔者的分析,能像邱正平这样在改革开放大潮中做个堂堂正正的弄潮儿,成为一位成功者,当然是极少数。现在值得提出的是,相当一部分的传媒编辑、记者,还处在脚踏两只船的境况之中,看人家富起来了,心里痒痒,也想跨入先富的行列,但又没那个决心和魄力,那么就只好凭借传媒这个舆论优势,以笔为诱饵,有机会、有条件就搞“有偿新闻”。如果遇到为了扬名、手脚阔绰的“企业家”,一次也着实能捞取相当可观的“孔方兄”,有少部分人确实也尝到了甜头。因此,有偿新闻就像流行病一样,在传播媒介蔓延开来,加上部分传媒的头头也手脚不干净,有偿新闻这种社会性的传染病虽然不时有禁,但禁而不止,或者时好时坏,难以根除。

邱正平给人的启迪就在于:如果你有自信心和能力,你就堂堂正正地“下海”去,做个名扬四海的企业家;如果你没那个经商的本事,就老老实实地干你的编辑或记者,力求在岗位上成才,在传媒岗位上干出名堂来。最可怕的是两耽误,既没先富起来,又没成为名编辑、名记者。在有偿新闻的“苦海”中挣扎,到头来只能高不成低不就。

中宣部、中国记协大力整顿有偿新闻这个行业不正之风,能不能卓有成效,关键在传媒单位的领导,在每一位传媒从业人员。传播媒介的同仁们,从邱正平的实践中得到一点启迪吧!

(《新闻写作窗》1997 年第 2 期)

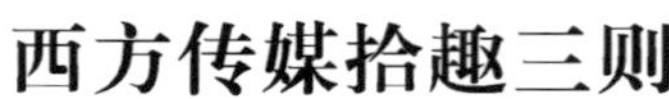

西方传媒拾趣三则

闲来常读报刊,阅读中对西方传媒发生的趣闻轶事,常常引起一些思索和联想。这些轶闻趣事在我国报刊发表,大致是贬多褒少,然而我却不全以为然,我倒从这些被贬的趣闻中寻觅到对我有启发之闪光点。我是赞成洋为中用的"拿来主义"的。下面摘录三则,略加评点,作为1997年"议论风生"的开篇。

"第四大权力机构"

《信息产业报》发了一篇《漫话美国报刊》的文章,文中分析道:美国的新闻界被认为是继行政、立法、司法之外"第四大权力机构"。美国人对记者的态度,可以用一个字形容:"怕"。当然,这里的怕,是指政客。准确地说政客们对新闻界是又怕又爱,既害怕揭短,又想要他们说好话。比如,"水门事件"中的尼克松,就是被新闻界曝光后被迫下台的一个典型例子。再如,1994年,克林顿提名原海军上将茵曼出任国防部长,因为《纽约时报》专栏作家萨尔菲的指责,茵曼上将最终变成了萨菲尔笔下的"冤大头"。

新闻传媒是喉舌,不论西方和东方,都不能超越这个界定。西方的传媒为西方国家效力,东方的传媒为东方的国家服务,这是不言而喻的事实,自不必啰唆。但传媒还有另一个功能,即舆论监督的功能,不论东方还是西方的传媒,这一点亦是共同的,即监督恶势力,使之名誉扫地,直到被唾弃。我国的传媒舆论监督是受到各级领导重视的。但给人的印象总是监督的力度不够,更缺少主动监督的力量。新闻传媒以传播真善美为主要任务,同时也应是鞭挞丑恶的有力武器,虽不是"第四大权力机构",但也应让腐败分子,让一切恶势力和一切丑陋现象都害怕传媒曝光、揭短,传媒才算真正办得有声有色,才能赢得读者!

出卖独家消息赚大钱

美国纽约一官员有受贿嫌疑,该市一电视台记者凭着敏锐的新闻嗅觉,断定他背后还有一个不干净的上司,于是开具了一张5万美元的支票去该官员府上采访。他刚赶到,该官员已被警察拉出门,这位记者赶上去掏出那张5万美元的支票给这位官员看,该官员看了一眼还是不语,记者连忙补充:"只要您愿意配合,再给您补上2万美元。"该官员才说:"我的上司比我更歹毒……"当晚在电视台播出这条新闻,立即引起巨大轰动,该官员的上司在次日被拉上警车,当然，一张7万元的支票也及时交付到当事人手上。

刊登这则新闻的报纸，在《无奇不有》的栏目中发出，编者可能作为一则茶后谈资而采用的。然而它告诉我们一个问题，在市场经济中，知识、技术、信息都是可以出卖的。我国的点子公司就是以出卖科技等知识而获利的。某作家曾公开声明：采访他每小时要付酬多少，但不知是否真这么办了。当然，出卖国家情报，以泄漏科技、经济秘密而取利者，是犯法的，这是题外话。在我国市场经济发育成长过程中，在传媒界能否出现用重金买独家内幕新闻的情况，我不敢下断言，但这种事情也不是不能发生的。

制造电视"新闻"的能手

德国《明星》电视部35岁的记者米歇尔·波恩，以拍摄热点新闻走红，在德国电视新闻圈内小有名气，与他合作者越来越多。因此，他成立了一个工作室，卖出的热点新闻均引起轰动。22部"纪录片"波恩赚了22万美元。但他不久便以诈骗罪被捕入狱，最多可判15年监禁。为什么会这样呢？原来波恩的所谓工作室，实际上是个小剧场，他雇佣人做现场表演，他叫人假扮德国三K党分子，拍摄了三K党分子烧毁十字架的镜头，令舆论大惊，但德国根本没有三K党；他用同样的手法，还拍摄了某地毯厂使用童工，"信件炸弹"猎人捕杀流浪猫的血腥场面等等纪录片。他制造假新闻的手段可谓极其"逼真"了！

西方传媒的竞争很激烈，为了获得有轰动效应的新闻，常常对新闻的真实性不甚计较，因此，传媒中的假货便接踵而来，以至出现了波恩这样专以制造假新闻而闻名的大记者。波恩曾对人说："许多人都这样做。我只是大机器里的一枚小螺丝钉。"由此可见一斑。

看来假新闻的制造者，不论国内与国外，都是被金钱所驱使，若无名无利谁还去白忙乎呢？假新闻在我国传媒上仍时有发生，只是还没有发现波恩这样的人。依我之愚见，传媒上标出的"赞助单位"、"合办单位"的新闻或通讯，有些就是东拼西凑，毫无新意的"新闻"，因为他们出钱赞助或协办了，所以无新闻便成了有"新闻"。这跟制造假新闻在本质上又有什么不同呢？值得称道的是，德国以诈骗罪把波恩投入了牢门，说明人家还是发现了就依法办事。而我们只在道德范畴内批评有偿新闻，对那些严重造假者并未绳之以法。因此，假新闻鱼目混珠常有发生，损害了传媒的声誉。假如早日颁布一条新法律，相信这种现象会有较大的改观！

（《新闻写作窗》1997年第1期）

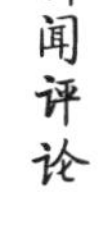

久违了,独家新闻

著名记者、作家萧乾,写过一篇文章,题目是《"独家消息"落手记》,说的就是采写独家新闻的故事。

那是1945年初,联合国在旧金山开成立大会。当时重庆《大公报》社长胡霖也参加了中国代表团。萧乾作为《大公报》记者被招去旧金山采访,一天晚上,萧乾刚想入睡,突然胡霖打电话,叫他立刻到他那儿去一趟。萧乾赶到时,胡霖早已等候在门口,即刻告诉萧乾:刚才莫洛托夫向宋子文敬酒时说,欢迎中国代表团到莫斯科签订中苏互不侵犯条约。胡霖说:我赶紧装作解小手就溜出来给你打电话。萧乾作为久经二战沙场的老记者,心领神会,立即到邮电局给《大公报》发了一个特急电,几个小时后这条独家新闻,就在次晨《大公报》要闻版头条发出了,国民党中央社就因为没有发出这条重要消息大丢其脸,传说某某"引咎辞职"过。

读了萧乾这篇文章,使我想起了《中国交通报》创刊后也曾发过两篇很有影响的独家新闻,如今旧事重提,觉得也还能给人一点新的启示。当时(恕我未查具体时间)驻地记者从上海港务局得到一个消息:上海港的吞吐量将首次突破亿吨大关,进入世界十大著名港口行列。编辑部当即让记者先写好稿子寄回。具体数字到时候用电话传回报社,并得到上海港的同意。届时,上海港突破亿吨的消息首次在《中国交通报》头版头条发表,中央人民广播电台当天早晨摘要播出。

再一条独家新闻,说来也挺有意思。中国远洋公司将开辟多条班轮航线。这些班轮航线的开通,意味着中国远洋运输登上了一个新台阶,在国际航运中更加显示出中国远洋所占的重要位置,当时在任的部长立即决定,这条消息先由《中国交通报》独家发表,在《中国交通报》要闻版头条位置发出。中央人民广播电台当天早晨即摘播了。

这两条独家新闻的发表和中央人民广播电台的播出,在首都新闻界,在交通系统内部,对创刊不久的《中国交通报》捕捉重要新闻的"本事",都交口称赞。这两条独家新闻,大大提高了《中国交通报》的声望,读者对幼年的《中国交通报》刮目相看了。

对于独家新闻,《新闻学简明词典》列专条注释,且评价很高:"只有一家新闻机构单独报道的新闻,具有特殊的新闻价值和一定的权威性……新闻机构如能经常报道独家新闻,必可赢得读者,提高声望。"从这条注释中我们可以认识到采写和发表独家新闻对传媒的影响力量是相当大的。但是,近些年来,独家新闻似乎不大时兴了,究其原因,不外有这么几点:其一,我们是社会主义国家,新闻同行不搞新闻竞争,唯求新闻的真实性;其二,一提起独家新闻,就和西方国家新闻不择手段,甚至行贿收买等连在一起了,把独家新闻和不正当竞争混为一谈了;其三,由于这些年传媒在社会上很"火",稿源丰富,不写不发独家新闻日子也过得不错,竞争意识已经淡薄了;其四,一些记者们的注意力已经大转移,对没有什么回报的独家新闻已不感兴趣,手、脚,口、鼻、笔已转移到"有偿"新闻上去了。

应当说,独家新闻是新闻行业中的一种手段,一种方式,不是哪个西方国家新闻界专有的工具,它没有什么主义、阶级的属性,你可以用,我也可以用,关键在于独家新闻是为谁服务的。从这一点上说,我国新闻界的部分同仁对独家新闻的认识还有那么一点偏差,或者用句时髦的话说还有误区。现在看来,还真应该好好提倡一下采写独家新闻的必要性了。

采写独家新闻,绝不是一件轻而易举的事,那需要记者拿出真功夫真本事才行,具体地说,记者应当有较高的政治和政策素养,敏锐的新闻嗅觉,吃苦耐劳的采访作风,竞争的意识,不计较名利,为读者提供有重要价值的消息,为新闻事业献身的敬业精神。没有这几个前提,哪怕你是位妙笔生花的记者,也写不出精彩的独家新闻来。

当然,我国旧社会的新闻界,当今的西方新闻界在抢独家新闻中用过的种种不好的手段,如窃听、收买、行贿、尔虞我诈等等,我们是不能拉来用的。我们提倡公平的竞争,合法的竞争,光明磊落的竞争,靠记者高水平的、有独特视角的新闻"眼"去获得高价值的独家新闻。这叫取其利去其弊,为我所用。据我的观察,目前只有《文汇报》还办有一块《独家采访》的专版,每一期都能推出具有独特内容的通讯、特写。很有阅读价值的《中国青年报》、《新民晚报》、中央电视台的《焦点访谈》、中央人民广播电台的《新闻纵横》等虽未标出独家新闻的栏目,但确实发表了许多有特殊价值的具有独家新闻特色的消息和报道,颇受受众的欢迎。由此我倒有个主意:既然独家新闻有这样大的潜力和作用,传媒何不推出自己的"独家新闻"专栏。我相信,这个"独家新闻"专栏,既可赢得广大读者,提高自家的声望,又可以锻炼出一批有才华的记者。这个两全其美的好事,何乐而不为呢!

(《新闻写作窗》1996 第 3 期)

新闻真与假之间

按照传统的思维习惯，对于新闻的真与假，似乎是极简单的事，不是真实的即是假的，真假之间就不会再有其他的新闻了。事实上这种思维方式正暴露了人们传统思维习惯的简单化弊病。新闻的真与假实际上并不这么单纯，有很多新闻（包括消息、通讯、特写）是真中有假，假中有真、真假混杂。这类真与假“共存”的新闻，严重地践踏了新闻必须真实的原则。为了说明我的观点，不妨做一次“文抄公”，先用事实说话。

一、两年前，解放军战士徐洪刚，路见不平，挺身而出，身受14处刀伤仍捂着外流的肠子与歹徒搏斗，他的英雄事迹家喻户晓，妇孺皆知。然而徐洪刚对传媒对他的宣传报道，却颇有微词。他说：最初的宣传报道是真实的，我怎么说的，记者也是怎么报道的，可后来就慢慢变味儿了，掺水分了，拍照片的让我做这样那样动作，写文字的让我这样讲那样讲，拍电视的，我想说的话也不让我说，非让我背他所写的话。有时我在想：这是我吗？

二、年四旺这个名字，六七十年代的人大概没有不知道的。年四旺入伍才一年，救列车的事迹传遍全中国，上了小学语文课本，受到毛泽东主席十几次接见，当了党的“九大”代表，“九大”主席团成员。面对当时报刊上的光芒四射的评价，年四旺并不心安理得，他觉得太拔高、太夸大了，违反了当时的思想实际。为此他多次找领导谈他的想法，可领导说：这叫源于生活，高于生活，可以根据你当时的行为进行合理的推理。

三、位于四川彝族自治县境内的黑竹沟，本是一条县志地图上都不见名的小山沟，其中有保存完好的原始森林20平方公里。就是这么个黑竹沟，近几年却名声大震，传说沟中有二三公里长的“死亡之谷”的石门关，进了石门关人不见生还；黑竹沟是“中国的百慕大”。更令人震惊的消息说，胡宗南的残部30余人进入石门关全部失踪，还有一则消息说二战时有一架美军飞机在石门关因不明原因坠毁。总之，黑竹沟有一种超自然力量存在。后经科学考察，这一切都是一个叫李光清的林业工人通讯员杜撰的。他不加隐瞒地说：事件不奇，报刊采用率低，于是我根据传说写出了“中国百慕大”的消息。

上面抄下来的三个实例，徐洪刚、年四旺的事迹是真实的，但在一些报道中却掺了水分，拔了高，失去了人物的原来真实面貌，不但读者不相信，就连本人也不承认这是他自己了；黑竹沟本是一个自然风景区，是个真实的客观存在，但却被作者人为地涂上了一层神秘的色彩，把黑竹沟本身并不存在的“死亡之谷”说得活灵活现，完全欺骗了读者。这三个例子可以说是新闻报道中真中有假、假中有真的典型，这类真真假假的新闻是对新闻真实原则的极大亵渎。可惜这种真中掺假的新闻，在当今的传媒中并不是个别现象，不但损伤了传媒的威望，而且已引起群众的强烈不满！

真中掺假的新闻，所以屡屡发生，原因在于有些错误的观念在传媒中至今尚未进行有力的澄清。其一，新闻源于生活，高于生活，新闻可以进行合理推理、合理想象等等，成了某些新闻夸大、拔高、掺水分的理论根据；其二，为了提高报刊的采用率，宁可无中说有，编造神话，而且还有个堂而皇之的“理论”根据：为了提高某某知名度；其三，某些通讯、特写、报告文学，很少有真实、生动、丰富的事实，几乎全是作者在大侃特侃，旁征博引，摘录名人名句，故弄深沉哲理。这类作品的“理论”依据是提高新闻作品的文学品味，把新闻与文学作品混为一谈，成了空侃新闻；其四，有些作者认为写批评性的报道不能有一丝一毫的夸大“拔高”，否则会惹出许多事非，甚至吃官司上法庭。写正面报道，尤其是写先进人物先进经验，则可以“自由发挥”，说过头话，说假话也没人反对，也不会招惹麻烦，但他们笔下的先进往往是经不住时间检验的一朵假花。

真实是新闻的生命，新闻必须真实是神圣的，不允许任何弄虚作假，夸大其词，不允许渲染、想象、虚构、推理，新闻不同于文学的生活真实，对人物，事例、思想、语言、细节都要求确凿可靠。现在谈这一点很有老生常谈之嫌。但在新闻事业迅猛发展，一批批新人进入传播媒介，通讯员队伍日益扩大的今天，综观当前新闻种种不良现象的存在，重提坚持新闻必须真实的原则，这样的老生常谈，该不是无病呻吟吧！

传媒对假新闻已引起重视。真中掺假的新闻同假新闻一样，也是影响传媒在读者心目中良好形象的一害，是到了引起传媒关注并采取切实措施加以整治的时候了！

（《新闻写作窗》1996 第 4 期）

从桂慧樵说到名记者

看了这个题目,可能有人会有异议:怎么能把桂慧樵和名记者拉到一条板凳上相提并论呢?且慢,还是让我从头说起。

桂慧樵在新闻工作上的奋斗经历,说来会给人以多方面的启发。他种过田,在长江码头上当过装卸工,做过长航基层单位的宣传干事,又当过长航局的专职新闻干事。桂慧樵凭上述条件从事新闻工作,可以说先天不足,但他自从以通讯员的身份迈进新闻这个门槛儿,新闻事业使他如痴如醉,常年废寝忘食地采访、写作,每年发稿一千余件。自他任职长航局专职新闻干事后,特别是调到《中国水运报》(前身是《中国河运报》)以后,桂慧樵如鱼得水,有了更远大的追求和目标,向着更高的阶梯攀登。他思索着,捕捉着,他把长江上发生的一系列重大问题都列入采访计划之中,一篇篇分量沉甸甸的长篇纪实作品相继问世,在地方和中央各大报刊上发表。影响长江航运畅通的黄砂大战、鳗鱼大战、三峡旅游船大战……他都追踪采访,成为他颇有影响的力作。桂慧樵是位很有责任感、使命感的记者,近年来,长江上发生了很多令人忧思的问题,例如我国海域江河航标被盗严重、长江污染严重、葛洲坝船闸被撞、长江上建大桥日见增多不利航运,如此等等,桂慧樵都以忧思录的笔触予以淋漓尽致的报道,他不止在忧思,更提出新的思考。他采访了专家学者,提出了长江是建桥还是修隧道的大课题。桂慧樵的这些颇有分量的报道,在社会上引起强烈的反响,甚至引起中央有关部门和领导的重视。桂慧樵做到的已非一般记者所能达到的水平。

桂慧樵随着知名度的提高,加上他那刻苦奋斗成长的历程,他的事迹,在地方和中央不同传媒上发表,中央人民广播电台曾为他录制专题报道。

回顾国内外名记者成名之路,可以说是各有千秋,瞿秋白以最早报道苏联真实情况而闻名,他的通讯集《俄乡记程》《赤都心史》《新俄革命史》三本著作,在新闻史上留下了辉煌的篇章;范长江 1935 年足迹及于川、陕、青、甘、内蒙古等广大地区,写出通讯集《中国的西北角》《塞上行》《陕北之行》等,脍炙人口,一版再版;外国著名记者斯特朗、斯诺、史沫特莱,他们在抗日战争时期不顾个人安危,深入革命根据地,向世界如实介绍中国抗战的真实情况,为中国人民所敬仰。1949 年 10 月新中国成立后,我国的新闻界名记者不断涌现,歌颂新生事物,特别是以写英雄、模范人物著称的名记者,更为广大读者铭记不忘,穆青、周原写的《县委书记的好榜样——焦裕禄》,影响了一代人,至今仍在发挥着鼓舞的力量；老英雄孟泰、革新能手王崇伦，农业女劳动模范吕玉兰、申纪兰，英雄战士雷锋、王杰、刘英俊……这灿若群星般的先进人物的背后，都有一位名记者为他们呕心沥血地采访、写作，为时代的进步奉献出真正鼓舞人们学习奋进的好作品，他们的名字也与先进人物一样，成为新闻工作者学习的榜样。

名记者虽然走着不同的成名之路，但却有着一个相同的特征，这就是为社会进步，为感化人们的心灵，为宣扬人间的真善美，为讴歌新事物而不懈奋斗。离开这一主旋律的“名记者”，多是过眼烟云，昙花一现而已，很快就会被读者遗忘了。时势造就名记者，名记者所写出的作品，又推动着时代的进步。

名记者除去上面提到的主要共性之外，在写作上也有一些共同之处，他们有深厚的新闻业务知识的积累，对社会上发生的新生事物和问题，有独到的视角和解释，文笔流畅，文字清新如行云流水，读来给人以美的享受。

当然，名记者的成长，除了个人的修养和努力之外，传媒的领导创造一个教人尽快成长的客观环境，为记者提示出采写的重大题材，对记者的严格要求和激励，也是绝不可缺少的条件。长航局和《中国水运报》能培养出桂慧樵这样有名的记者，是难能可贵的。

名记者并非高不可攀，但也不是想要成名即能成名的，这其中有个至关重要的前提：在于个人有远大的抱负，有强烈的敬业精神，有为社会为人民而写作的志愿，国内外的著名记者，都是先具备了这个前提才能到达成功的彼岸。古人云：有志者事竟成。舍此而追逐眼前的蝇头小利，那是目光短浅的表现，不会有什么大出息。

时代呼唤着名记者，读者呼唤着名记者。名记者意味着好作品，名记者意味着传媒的高档次。名记者，在传播媒介来说，多多益善。

（《新闻写作窗》1996 年第 2 期）

采访“三包”是与非

采访“三包”（包吃、包住、包交通），在新闻传媒圈子里早已不是什么秘密，而且还在发展。时下，圈内有“三包”，老外也看好这个门道，已包到国外去了。

回首“三包”的由来，“始作俑”者还是“公家”，当初，主要是某些大型工程竣工，向传媒发请柬，对记者实行“三包”采访，并且还发点纪念品或餐补。这个举措，对宣传国家或地方重点工程，确实起到了很大、很好的作用。那时候的“三包”还没有沾染上铜臭味，不失为一个有效的好方法。

市场经济的发展，采访“三包”也火热起来了，不论姓“公”还是姓“私”的企业家们都看中了这一手好戏。传媒一旦被这些“家”们所相中，便演变出种种与金钱有瓜葛的事情来。

按常理看，为了提高企业的三个知名度（即产品、企业、企业家的知名度），完全可以用传媒的广告来达到目的。然而在我国却偏偏有人把采访“三包”的活动拉入邪道。有些企业家对如今的传媒广告已感到不过瘾了，达不到尽快成名的“力度”，广告远不如报纸、电视、电台的新闻板块上的“价值”高。因此，企业家们便拿来了采访“三包”这一招，果然大大超越了广告的作用。被请来“三包”的记者们，吃了人家的，拿了人家的“红包”，便使出浑身的解数，纷纷写出了大块头的报道、报告文学和传记等，把“家”炒得火热，名气一下子升得老高老高，有的“家”们一夜之间变成了“才华横溢”的大明星，有的因此还被组织、人事部门发现了“人才”，很快被破格提拔当了什么大官。

平心而论，倘若一个企业果然是货真价实地对国家对社会对百姓做出了有益的贡献，为了扩大产品的知名度，搞一次“三包”采访，也并非注定是坏事。然而有的企业家，大把拿出工人用血汗赚来的钱，目的不在于扩大企业产品的知名度，而是为了炒自己姓甚名谁这个“名牌”，其中不乏少数招摇过市、沽名钓誉者在内。

对传媒应邀“三包”的记者来说，依我之浅见，极可能写出许多不实的文章来。为什么这样说呢？俗话说，吃人家嘴短，拿人家手软，既然被人家“三包”了，又收了人家的大“红包”，就得按照人家提供的素材撰写大作了，并且还会不遗余力地进行“加工”拔高，唯恐人家说你写得不好，唱得调子不高。记者既然上了人家的船，就得随船往前走了。记者既然是为了人家的知名度而来，就得为人家摇笔出力，常常是只管照着明点暗示的要求写去，何论它真实与否，对新闻的真实性也可以不去理会了。

传媒早有报道,“三包”采访也曾发生过记者被拉下水甚至坐牢的事件。轰动一时的北京长城公司总经理沈太福,就曾花几千万元的大价码“三包”记者采访他和他的公司。少数被“三包”的记者,确实未辜负这位“大企业家”的盛情,而在报纸上连续地,甚至用整版的篇幅予以超大“规模”地进行宣传。结果大骗子沈太福被枪毙,而为他造舆论的少数“三包”记者,也因受贿罪而进了大牢。

“三包”采访,对传媒记者来说,依我之见,则是弊大利小,甚而是凶多吉少。为什么呢?这是明摆着的。人家“三包”了后,就得按照人家划定的圈子走,按照人家定下的调子唱,人家提供的素材,常常是被“包装”过了的东西。为此,我说“三包”很可能是个裹着糖衣的炮弹,对传媒记者具有很大的杀伤力,对传媒的形象也是个很大的伤害。须知,人家肯花大价钱“三包”,就绝不会做蚀本生意,他们是要拿回报的,并且要投入一分得赚回一毛才行。

目前,采访“三包”已被少数外商看好,他们出资请记者出国采访,回来为他做宣传,用中国记者的笔宣传他们的人和产品,更具有可信度。出国采访这一招,很有诱惑力,传媒记者更应有所警惕,勿轻易当了人家的喉舌!

采访“三包”,在新闻圈里看法不一。我不完全否定这种方式,如果发包方和被包方均是为了一个“公”字,并且不附带任何条件,这样的“三包”我是赞成的。但是,有些“三包”采访,记者一时不易弄清它的真面目,这就要看记者的眼力如何了,要看记者的审时度势的能力了。总而言之,在市场经济中,什么样的事情都可能发生,传媒记者在任何情况下,都要有高度的政治责任感,都要保持记者的良知,勿为金钱而失节,要为塑造传媒良好形象而笔走龙蛇。否则,很可能弄得得不偿失。

(《新闻写作窗》1996 年第 1 期)

白条新闻“探缘”

收购粮食不付现金而打白条，这个挫伤农民种粮积极性的社会问题，在中央的关注下，基本上得到了解决。但“白条新闻”到底是怎样产生的？它又给新闻工作者以怎样的启迪？倒是一个很值得琢磨的话题。

据《中国农民》第11期刊文介绍：第一个写出“白条新闻”的作者，姓胡名士华，是位作家。1988年秋，胡士华在湖北省孝感市花西乡看见许多农民在乡粮店吼着要把粮食挑回去，骂乡粮店是“骗子”。胡士华顺藤摸瓜，进一步进行调查，搞了个水落石出：乡粮店收购中因无钱付给农民，收购220万斤夏粮，打出欠条一万多张，共欠农民卖粮现金20万元。

胡士华在深入调查中了解到：因卖粮得白条，很多农户已无钱购买农药、化肥，一位农民的妻子患了急病，丈夫没钱，手拿白条兑不到现金，妻子病逝，农民把白条拴在小竹竿上，当作亡人的引路幡插在坟顶上……

胡士华为此而失眠了，他要为乡亲们讲真话，揭露问题，震撼冷漠的社会病。于是他写了一篇题为《万张白纸欠条，带来五大困难》的新闻，《农民日报》很快发表在头版头条的位置上。中央人民广播电台于当天早晨的《新闻和报纸摘要》节目中播发了胡士华的这篇稿件及编者按。自此以后，不到半个月的时间，全国几乎所有的报纸、电台都转载转播了这条新闻。这条“白条新闻”获得了1978~1988年全国农村改革题材好新闻一等奖；7月又获得1988年全国好新闻一等奖。

胡士华是位作家，不是专业新闻工作者。作家第一个写出了“白条新闻”，而专业的新闻工作者却未能拔这个头筹，说来很值得品品其中味。

我未曾读过胡士华的作品，也不识其人，但从胡士华能写出“白条新闻”这件事来看，他是位深入基层，体察民情，关心百姓痛痒的人，是位有良知的人。因此，当他看到农民卖粮得“白条”的时候，触动了他的感情，激起了他的冲动，他要为农民争回卖粮款，他在为农业的前途而担忧。于是，抓住了，写出了这篇为发展我国农业生产做出了重大贡献的“白条新闻”。

从这件事上我想到了新闻界的现状。恕我直言，像作家胡士华那样在基层、在工人农民中深入采访的人越来越少了。君不闻“一类记者玩股票，二类记者在会上泡（泡红包、泡礼品），三类记者才见报”的民谣吗！民谣虽然不乏夸张之词，但它说的事实却不是杜撰出来的。据我了解，当今的新闻界相当一部分人势利味、金钱味过重了，被“孔方兄”牵着鼻子走，甚至到无利不起早的地步，写新闻要“有偿”，写新闻的目标在于“淘金”。对比之下，对有关国计民生的重大问题，对群众的喜与怒、苦与乐，早已冷漠，不在选题之中。我相信。在胡士华之前，知道农民卖粮得“白条”的记者绝不会没有，但却未理睬，这不是很教人深思吗！

写出具有巨大震撼性的、具有轰动效应的、能拿一等奖的新闻，公平地说，是每一位新闻工作者所追求的目标，就是一部分热衷于“淘金”新闻的人，也不会没有这个愿望。然而愿望与实践之间横着一条沟，只有跨过这条沟的人才能到达彼岸。这条沟不是自然界的，而在人的心灵中间。回忆新中国成立后新闻媒介报道过的有影响的人物，如孟泰、王崇伦、焦裕禄、董存瑞、黄继光……至今仍为人念念不忘，仍有他的魅力。当年采写这些普通人的记者，没有一个是被金钱驱使而为之的。他们具有的是使命感、责任感，是为共和国的兴盛，为宣扬人间的正气而深入工农和战场的，甚至不怕吃苦和牺牲，用一颗纯真的心灵写出了这些灿若星辰的人物，给祖国给人民留下足以为楷模的闪闪发光的先进人物。现在新闻界也不乏这样的记者，沿着红军长征路线采访的罗开富，只身完成以中国边疆全程采访的女记者范春歌……他们在艰难险阻中写出了许多脍炙人口的篇章。

新闻工作者的最高使命，就在于写出给人以激励、以信心、以希望的作品，为达此目的，唯有深入普通百姓这个“虎穴”者才能获得“虎子”。泡在会议上，邀宠于可取得回报的大款和有权有势者之中，靠文件获取灵感，我断言，他们只能得到一些小利，而永远写不出流传永久的作品。

常言说，文如其人。新闻工作者也不例外，有什么样的追求，写出什么样的作品。追求，是映现人的灵魂的一面镜子，文章体现着一个新闻工作者的人格和道德。“白条新闻”反映了胡士华的高尚追求，体现了他关心国家和农民百姓的高尚人格。窃以为这一点对新闻工作者来说，应是最有裨益的启迪！

（《新闻写作窗》1995 年第 1 期）

多务实多成果

案头上有这样几条新闻，常常引起我的一些思索，摘录出来供大家品评。

江西成为福建的主要生猪供货地，年供商品猪近百万头。但运猪车辆在进入福建后，公路上关卡林立，有卡就罚，700多公里路程平时只需20个小时即可到达，因路卡太多，司机除了被罚款外，20个小时的路程要走37个小时，造成生猪大批死亡，运猪车不仅不盈利，还要亏损上千元。《福建经济报》为此组成专题采访组，搭乘运猪车跟踪采访。连续发了6篇报道，引起福建省有关方面的重视，采取措施，撤除滥设的关卡。使这条运猪路畅通无阻。这篇报道的眉题是：《赣猪入闽路难行——闽记上路探究竟》，主题是：《一组报道排除万难》。

今年6月4日。是个双休日，《浙江日报》四名记者来到钱塘江南岸的之江度假村。这里每逢双休日房价就上涨，“枕潮轩”一个标准房间每晚480元。140个床位全客满。记者从登记单上注意到一位以“省工商银行”名义登记的客人，未写明姓名，只有“俞先生”三字。这位“俞先生”一家6人，6月3日住进，6月4日离去，在24个小时内共花去萧山之江工具集团3683元。一顿晚餐即达1285元，一顿午餐1226元。“俞先生”是工商银行浙江分行营业部办公室主任。记者的曝光，使这位“俞先生”既丢了官，又赔上全部开支。

中央电视台有支名为“中华之剑”的摄制组，这支摄制组被称为“以生命换取的视点”。摄制组随缉毒人员进云南、广西边境线上，历经艰险，在缉毒人员与贩毒犯展开搏斗时，摄制组分兵四路拍摄，把生与死完全置之度外，终于拍摄到缉毒人员大智大勇的精神风貌。8集大型纪录片《中华之剑》播出后，在社会各界产生了强烈的反响。

我不厌其烦地摘录了这么多报道，只想说明这样一个认识：有使命感、责任感的记者，为写出有益于社会进步，有益于人民群众利益的报道，不怕牺牲个人的生命，不怕受到打击报复，不怕千辛万苦，追踪社会上发生的热点和难点，为解决实际问题而鼓与呼。这就是上面提到的几篇报道给我的最深的印象。

使命感、责任感，是新闻记者事业成败的核心问题。当今新闻界，相当一部分同志使命感、责任感已经相当淡薄了，表现出相当浮躁的心态。这浮躁的表现特征主要是心理失衡，心理失衡最大的冲击波来源于个人的得与失上。有的人专跑“官场”，以巴结报道某某“大官”为饵，目的在于钓鱼——钓个一官半职；有的人嫌贫爱富，专挑那些大款、大腕为采访对象，图个有吃有喝有外快，而从不想沉到被称为中国脊梁的工农群众中去；有的人看不惯这些浮躁的人与事，不想浮躁，但也失去了干一番事业的信心，情绪消沉。原不想浮躁，殊不知消沉也是浮躁的一个特征。

今年中华全国新闻工作者协会开展了在全国新闻队伍中评选“百佳”活动，可以说，当选的“百佳”，不论人品、文品，都堪称新闻队伍里的模范。他们脚踏实地，不浮不躁，追求着为国家为人民写出振奋民心的力作，写出催人上进的报道，写出为新事物鼓劲的作品，写出针砭时弊的重量级的“炮弹”。他们对下海发财，捞个什么显赫位置，连想都没想过。人品和文品向来都是成正比的。

如今的中国，正处于一个伟大的转折时代，是个充满生机与活力的时代。时代为每一位新闻工作者都平等地提供了一个极好的社会大环境、大舞台，只要对社会增加了使命感、责任感，把心收回来，多些务实的追求，少些浮躁，我相信，我国的新闻事业将更加兴盛繁荣！

务实者必有丰厚的收获，浮躁者将一事无成。

（《新闻写作窗》1995 年第 4 期）

新闻也要打假

想出这个题目,不是危言耸听,也不是生搬硬套,这几年假、冒、伪、劣新闻,在传媒上可以说是屡见不鲜,已引起读者的憎恶和不满。

如今的假新闻,称得上林林总总,千奇百怪,如果分分类,我想大致可以做如下归纳:

一曰故意编造的假新闻。例如《屠户使尽招数肥猪百杀不死》《新年交好运喝酒喝到三万元》《我市发生"拍花"案十岁儿童被拐走》《兰溪老翁喝墨汁》《"东方水下色情好莱坞"覆灭记》等等。由于这些新闻编造得离奇、荒诞,很适合某些读者的猎奇心理,被许多传媒炒来炒去,影响很恶劣。

二曰新闻发布会上发布的假新闻。别误会,我不是说新闻发布会上发布的新闻都是假的,而是指其中少数新闻发布会上发布的新闻有假。近几年新闻界有少数"穴头",专以经营发布会谋私,他们可以把无说成有,把一说成十,把还在酝酿中的说成大获成功,把一个普通的厂长、经理说成大企业家,把伪劣商品吹得天花乱坠。10亿元大骗局的长城公司,就曾在北京饭店举行豪华的新闻发布会,这是发布假新闻的大典型。

三曰"红包"创造出的假新闻。如今的传播媒介,被各行各业的大款和各色的企业家所青睐,他们深知传媒的个中味,唯有传媒才能帮助他们圆梦。10亿元大骗子沈太福曾露底说:"这类宣传和广告,我们耗资已逾千万。"在鼓鼓的"红包"驱动下,为沈太福的长城公司编造假新闻有功的记者们,受贿金额从2万到6万元不等,用假新闻欺骗了广大读者。

四曰金钱操纵下的假新闻。这类情况比发"红包"制造的假新闻更深化了一层。某些企业家或集团,他们的产品并没有"奇效",但先以大价码收买"专家"和名人,然后再找传媒为其评优评奖,或者用高价收买传媒的版面、画面、播音节目和专栏,他们都以赞助的"慈善"面目出现,但这"赞助"都是有条件的,必须发表他们提供的材料,这里面就掺着假、伪、劣货。以金钱操纵新闻最典型的名闻遐迩的禹作敏,有一次他出资10万元赞助全国现场短新闻大赛评奖活动,专家们把获奖新闻评出来了,禹作敏突然提出条件:将一篇有关大邱庄的报道塞入获奖名单,否则不签发支票。看,金钱的能量有多大,他们的资本强大了,就想用金钱左右新闻的走向了!

我们在分析了种种假新闻之后,不难得出这样的共识:假新闻多是新闻界的同仁们写出来的，在假新闻发出的背后，都有社领导、老总的纵容和默许。某报原社长兼总编辑李效时，就是吹捧长城公司的后台，他为沈太福说了几句赞扬的话，就得到 4 万元的回报；某产业报一位副总编辑，就是搞假新闻发布会的“穴头”，每搞一回发布会腰包里就鼓鼓的。由此我们可以这样说了：新闻界打假新闻，首先从单位的头头抓起，这是首要的一环。上梁不正下梁歪，传媒“头头”的言行，对部下是最好的导向，头头自身有了正派的导向，营造一个良好的小环境就大有希望。

对新闻界同仁的评估，应当说大多数同志是好的，为了捞到金钱而不惜出卖灵魂，昧着良心编造假新闻的记者是少数，但这少数人却能搞腥了一锅汤。把假、冒、伪、劣新闻从传媒上清理出去，最要紧的还是加强新闻队伍的职业道德教育。这教育中最见实效的办法，就是好坏要分明，是非要分明，对那些廉洁自律、无私奉献、成绩显著的编辑、记者，要给予重奖，奖得人眼红；对那些职业道德极差，收受“红包”贿赂，制造假、冒、伪、劣新闻的人，则应给予重罚，直至开除公职，绝不姑息。姑息必养奸！

新闻要打假，净化新闻传媒，提高社会主义传媒的信誉，建设一支“四有”的新闻队伍，已是摆在新闻传媒领导和每一个新闻工作者面前极严肃的课题。

（《新闻写作窗》1995 年第 3 期）

且说“曝光”

曝光一词,《现代汉语词典》诠释:使照相胶片或感光纸在一定条件下感光,照相和洗印都必须经过曝光。不过曝光一词,在今天的现实生活中的使用,已脱离了它的原意,而是被借用来揭露、鞭挞社会上的种种不良现象,让那些丑恶的东西在新闻传媒上曝光。例如在反腐败斗争中,对以权谋私、贪污受贿、贪赃枉法、搞行业不正之风、吸毒嫖娼、用公款吃喝娱乐等等腐败现象,都拿来在传媒上曝光。不少领导人在强调曝光时,还有这样的要求:及时曝光、公开曝光、严肃曝光……各级领导人所以看好、器重曝光这一手段,在于深知传媒的舆论监督的强大力量,丑闻一旦在传媒上曝光,便会迅速形成强大的舆论影响,使被曝光者失去藏身之地,如不及时悔悟,痛改前非,将难以照旧混下去。同时也使犯有“同科”的人受到巨大的威慑,促使某些丑恶的东西得到扼制与收敛!由此可见,新闻传媒的舆论监督,在端正社会不良风气中的作用可谓大矣!

时下,我国新闻传媒进行舆论监督的大环境,在各级领导人的重视下,已经相当宽松了。新闻传媒对社会上的丑恶现象,可以及时曝光。领导人重视传媒曝光,应当看到,为新闻工作者提出了一个新的课题:新闻工作者的神圣使命,在于弘扬主旋律,讴歌真善美,这是时刻不能忘记的;同时,记者还负有用舆论的手段对社会上丑恶现象予以监督、曝光的使命。正面报道与采写曝光新闻两手都有不可缺少的作用。正面报道给人以正面的引导,曝光新闻针砭时弊,弃恶扬善,同样可以收到正面的效应。

采写曝光新闻,仅仅完成领导交给的任务,或者从文件上掐头去尾地抄下来见报是远远不够的,而需要记者有高度的社会责任感,下功夫采访,花大力气精心创作,才能写出振聋发聩,有益于社会进步的作品。近年来,写得好的曝光作品经常见诸传媒上,在写作技巧上也有很多可借鉴的地方。例如:用公费出国旅游观光,中央早有禁令,但禁而不止。《工人日报》近日发出《广西公费出国观光旅游禁而不止》的报道,4 月以来已有 600 多县处级领导干部轮流出国,并从深层次上指出:这个出国热由旅游部门与有关厅局、部合谋,由有关下属企事业单位直接下出国“考察”指标,由下属单位出钱。一些领导干部既可用公款出国观光旅游,合办单位还可创收一大把钱。再例如,双休日,在杭州一些旅游景点,《杭州日报》记者发现公车更加忙碌了,记者在现场追踪发现,乘坐高级轿车前来旅游者,多是太太、公子、小姐全家出游,所有景点停车场汽车爆满,有奔驰、皇冠王、本田、大霸王和奥迪，全是公车私用。双休日，也有人用来谋私。

这是我信手拈来的两例，这两例的曝光报道，确能给人不少的启发。写曝光新闻，不论写的是综合、概括性的报道，还是写典型报道，首要之处在于抓住中央和平民百姓所关注的焦点问题，并做深层次的挖掘；其次，采写曝光报道，也要讲求时效性，不失时机。双休日伊始，就出现了用公车旅游，吃喝玩乐由基层掏钱的腐败行为。记者及时曝光。就会收到“杀一儆百”的效果；第三，要写出文采，既要以深刻的内容吸引读者，又要以鲜明、生动贴切的语言，流利的文笔，让读者得到文字的享受。

采写曝光报道，各级领导在关注，读者有渴望。我相信这方面的工作，一旦被记者列入写作计划，受到读者欢迎的好作品就会涌现出来。

（《新闻写作窗》1995 年第 2 期）

老记上当受骗有感

在当今的炎黄子孙中，未曾上过当受过骗的人，即使有，大约也是极个别的。假冒伪劣处处都有，防不胜防，打假斗争年年搞，而假越打越多，人们对假冒伪劣的斗争性也渐渐冷漠、麻木了，不然你一个平民百姓又能怎样呢？打假名人王海又怎么样？不是常常在某某某某法院里败下阵来吗！为什么会这样？人们挖根寻源，找来找去，终于明白了：有地方保护主义在暗中作祟！地方保护主义又指何物？乃地方各层面的大小官员在暗中作祟！

地方某些大小官员对当地假冒伪劣实行的是暗中保护主义，必要时他们也会亲自出马，干出一些使人上当受骗的事情来，特别要指出，他们所骗的人还都是官阶比他大得多得多的大人物，连朱镕基总理他们也敢骗！应当说，假冒伪劣不仅在商品市场经济中泛滥成灾，在基层（到哪个层面不敢妄加猜测）官场中也不是罕见物了。论危害，它比商品交换中的假冒伪劣更大更严重，因为它极为恶劣地损害了党和政府在人民群众中的信誉！

上面的话只是本文的引子，主题在于：在引子中所讲的大气候下，新闻媒介的老记们（对记者的昵称）也有很多人上当受骗，他们本意要宣传真善美，而倒为假丑恶做了广告；他们辛辛苦苦地采访，认认真真地写了假新闻，使受众跟着上当受骗。

记者在官场采访受骗上当写了假新闻，其原委只要留心体察，也不是没有蛛丝马迹可寻。下述场合的“新闻”有很多是官造的，最易上当。

（A）现场参观是官造假新闻千载一时的机遇。现场参观，正好应了那句俗语：耳听为虚，眼见为实。参观者往往这时也失去了警觉和警惕，什么都信以为真，眼见为实。然而造假的官员们恰恰利用的也正是这一点，他们利用手中的权力，把假造得能乱真，因为他们有地方官员这层保护色，不由人不进入他们设下的圈套。仅举一例：湖北省扶贫攻坚会议在房县召开，现场参观窑淮乡养羊基地。为使参观者看到羊群，事先用喷雾器朝草上喷洒了山羊爱舔的盐水，使羊群乖乖地接受“参观”，其实好多羊都是从别的人家借来充数的。会议还要参观一家养羊致富的农户。这家户主不善言谈，乡里就派一位能侃的干部到这家充当户主，假户主对参观者说：这是我媳妇（真户主就在现场），我养了 60 只羊，收入 6000 元，今年发羊财，明年盖新楼。其实这家只养了 16 只羊，其余是“借”来的（不如说是官员强行调来的）。你看这假造的水平有多高，选入吉尼斯世界大全毫不逊色！记者进入这类现场采访，很难不写出上当受骗的假新闻！此外很多要人下基层考察、调研，凡是事先打了招呼由当地官员安排的考察“点”，不说百分之百至少也有百分之八九十是掺了假的，因之随要人采访的记者写的这类新闻水分很大，读者说能拧出水来。

（B）各类大检查是官员进入造假角色的又一最佳舞台。时下的大检查名目繁多，城市卫生大检查，市场大检查，环境卫生大检查，餐饮业大检查，窗口服务业大检查……几乎是季季有月月有，重要节日前的大检查更是调集大批人马开进城市，检查得轰轰烈烈。可是明眼人都知道，这类检查的信息，地方官员事前早已有人打了招呼，被检查的单位该停业的停业了，环境卫生已经换了新颜。检查大员带着传媒记者来到现场看到听到的，全是一流的管理、一流的生态环境、一流的城市卫生、一流的服务，处处全一流，检查大员在现场演说大加赞赏，老记们在笔记本上刷刷地记录，摄像机照相机咔嚓咔嚓地响个不停，消息第二天见诸多种传媒。上面领导说“搞得不错嘛！搞得很好嘛！”可当地受众却得出相反的认识：又造了一回假，老记们又上了一回当！事实总是这样：检查前好了几天，检查后还是外甥打灯笼——照旧！这类大检查大家都知道：骗上骗不了下！骗了上边就出了“政绩”！

（C）一些企业家也跨入了造假的行列。某些企业家造假，其手段与官场不同。官场靠的是权，企业家除了靠钱以外，首要的是善于吹假，这假吹得越大越好，常常吹得令人瞠目结舌，尤其是要吹跟某某要人常来常往（确有些官员傍大款），把自己与某某要人的合影照片广为散发。企业家为了不断扩大知名度，很会取得传媒的青睐，新闻发布会常开，记者常被邀请跟随左右，有的还请作家为其立传出书。而不少记者常到企业家那里写亮点新闻，写主旋律。当然报酬也不薄，当年扬名华夏的长城公司总经理沈太福就是这方面最大的典型人物，其把大型客机都能买进来的某私营企业家，头上戴有多种劳模、先进、人大代表、政协委员等桂冠的某企业家，昨天还在传媒上光彩夺目，第二天跑到了外国，骗去几百万元到国外发财去了！某特殊钢集团匿亏十几亿元，但总经理仍是桂冠加顶的名人。这类大企业家所以在全国赫赫有名，全赖记者大树特树。其中少数记者成为这类所谓企业家收买了的“吹鼓手”，多数记者是被这类企业家的声名“成就”所吸引，未辨真伪上当受骗，而为他们造了舆论！

（D）猎奇受骗。记者采访、写作，都力求一个新字。新闻新闻，不新还谈何新闻！记者求新的愿望是正当的，这一点不容置疑。但也有少数缺乏经验的记者，或者是采访中浮光掠影不求甚解，往往被眼前许多光怪陆离的奇闻怪事所征服，而写了猎奇式的新闻，为谬种流传帮了大忙。一段时间以来，许多报纸相继报道：甘肃永昌境内的骊靬遗址是古罗马战俘安置地，这些报道以当地农民

形似欧洲人作为依据。但经史学家研究后指出,“骊靬与古罗马战俘说”于史无据。将猜测当作事实炒作宣传,是新闻报道工作中的败笔。不是吗?报纸上曾经多次炒作“耳朵认字”“隔墙认字”的特异功能,多处出现“怪坡”“肥猪百杀不死”“四川黑竹沟有了死亡之谷人进去不见生还”“明星出家”等等等等。这类“新闻”新是新了,但全是子虚乌有。我敢断言:记者只要一踏入猎奇之门,没有不上当受骗的!

(E)编造“新闻”诱你上当。社会上编造假新闻的人多种多样,他们或为权,或为钱,或为名,或为了情爱,五花八门,形形色色。有的“新闻”老记们易于洞穿,有些“新闻”则编造得相当的巧妙,往往老记们听了就上钩,以为抓到了“亮点”。某市有个白玫瑰酒家发出广告,招聘退休老教授当服务员。这个广告一出,老记们趋之若鹜,抢发“亮点”,新闻一经发表,全国报纸纷纷转载。过了不久报上又登出更正,这条“新闻”原是酒家为了扩大知名度而编造的!有位姓马的人给某报打电话提供了一条特新的新闻线索:一位12岁的小女孩只身万里走天下的传奇经历,被众多媒介连续报道,赞誉如潮,这位小女孩被誉为是素质教育的典型。然而媒介万没料到,这个小女孩的事迹竟是她父亲(即向某报打电话提供信息的人)一手“制造”出来的。写到这儿我自问:假若我得到这样的新闻线索,我也必会相信无疑。因此我很理解曾经上当受骗而写了假新闻的老记们!只是我鄙视那些被人用金钱收买而写假新闻的人!

如果把现实社会上的骗术搜集起来写一本骗术大全,我想一定是一本益智众人的好书。当然,即令有了这么一本书,受骗者也不见得就少了多少,因为骗子深谙“兵不厌诈”之说。上当受骗可以说不可避免,然而记者受骗不同于普通平民百姓,老百姓受骗是“一人受骗一人当”,而记者受骗写了假新闻,就要使更多更多的人受骗,影响所及深而且广。因此记者如何做到不受骗或少受骗,当是个很值得研究的话题。

解决的方法可以列出许多条条来,但其中必有主要之点,其一,写新闻应时刻不忘实事求是之意,不可有哗众取宠邀功邀名邀利之心。记住这点,记者辨别是非真伪的能力就在其中了。其二,记者的职业要求,采访中不可人云亦云,更不能人家说什么就信什么,有些事眼见都不一定真实可靠。记者要养成单独“侦察”、多渠道“刺探”真情实况的本领。其三,摒弃追求功名利禄的邪念,不写溜须拍马溢美献媚的文字。假若这个“六根”不净,上当受骗则是必然的了,诚然,也有甘愿上当受骗的老记,人家的“隐私”不必披露。

老记上当受骗有不可避免的一面,但我们首先应“君子求诸己”。王海打假的精神和丰富的知识,对老记们来说不是很好的榜样吗!我更希望老记们,当你侦察到制造骗局的人和事时,不妨写个“内参”什么的,给骗人者“一匕首一投枪”,仅仅自己不受骗还不能算个完全的老记!

话还得说回来,如果细究根源,官场造假,商品中的假冒伪劣层出不穷,旧的去了新的又来,一茬接一茬,没有穷尽,其原因在于法治的扫帚不到,造假者护假者都平安无事,有的造假有功,还更上一层接,升了官儿,你说这样下去在中华大地上,造假的人能根除吗?老记写假新闻也就不足为奇了,我想只能要求老记尽力少写假新闻,已为高明!

(《新闻写作窗》2000 年第 1 期)

小说、散文

兄弟之间

秋风还没吹黄北京的树叶，小兴安岭已经披上白色的冬装了。送完了爱国公粮的农民，又拿起鞭子，赶上爬犁，来到了盛产各种珍贵木材的小兴安岭。

在套户入山这天，林业工人们敲锣打鼓，扛着巨幅的红色标语，排队迎出老远来欢迎。归楞(注一)工人王山，也和所有的工人一样，老早的就出来欢迎入山的套户了。他扛着巨大的标语，站在队伍的最前面。套户们满脸笑容，赶着爬犁走在欢迎队的夹道中，皮鞭子在空中不时地发出"卡巴""卡巴"的清脆响声。在队伍的后面，衬托着起伏不平的山峦，地上铺着白色的"地毯"，成行的马套子(注二)伸向森林的深处。所有这一切，构成了一幅美丽动人的图画。

在套户的队伍里，王山突然看见一个熟悉的面孔，从他面前走过。这个面孔是这样的眼熟，但一时又想不起来他是谁。当王山想起来的时候，要想赶上去打招呼已经来不及了。

王山想起了这个人的名字叫李才，同时也想起了和这个人曾经闹过的一场风波。

这是在1952年冬季运材中发生的事。当时楞场摊了尖饼(注三)，眼看着大批的木材拉不进楞场，乱七八糟地扔在运材道上。归楞这个活就是这样，"尖饼"摊的越多，就越不好上垛，它可以直接造成完不成任务的后果。在这个紧要的关头，归楞工人的心情是万分焦急的。作为归楞小组长的王山，由于责任心的驱使，比起别人来，更是急上心头。他一方面责备自己未完成国家交给自己的任务，一方面也恼恨某些套户不体谅归楞工人的心情，只顾自己挣钱不为国家着想。不想办法把木头送到指定的地点，总是乱卸，给工人在困难上加困难。王山想起了这些，气得两眼冒火星子，就像森林里多年的槽干木一样，沾火就会燃烧起来。

有一天，一个套户拉来一棵直径六十多公分的大红松。当来到楞场旁边的时候，在一个小坑凹的地方打了悮。套户拼命地打马，把马都打"竖巴掌"了，但爬犁纹丝没动。套户回顾一下四周，索性就把这棵木头卸在打悮的地方了。

就在卸完爬犁的这个当儿，被王山发现了。这个套户成了导火线，把王山的"炸药"引着了。他三步并做两步冲过来，不由人分说，狠劲地把马龙头从套户的手里拽过来，非叫套户把木头重新装上送到指定的地点不可，不然就不放爬犁。

显然他的举动太鲁莽了,激怒了套户。

“这不是出于我本心往这卸,你为什么这么横呢?”

“胡说,反正你们只知道赚钱,我们完不成任务你们不放在心上。”

“你这是扣帽子,我就不听那个邪!”

“不拉就不用想赶走爬犁。这若是在头几年,我非用扒门(注四)揍你不可,把你这个死落后的……”

“你为什么骂人!……”

……

两个人已经完全离开了拉木头的事,干脆变成你我之间的纷争,越吵离题越远,谁也不服谁,后来大家好容易才算劝住。

这场风波闹过以后,王山受到了大家的批评。但并未完全解决思想问题。以后王山再看见李才的时候,总是不用好眼睛瞅,而李才呢?也不让劲,有时借着打马的由子,指桑骂槐地说上几句不干净的话。王山忍了又忍,总算没来第二次火。

经过国家在过渡时期总路线的学习,王山才从思想上解决了问题。但事情已经整整过去了一年了,要想当面和李才说出心里的话,似乎已经不可能。

事情竟是这样凑巧,没想到李才今年又来到了这个林区。

王山迎接套户回来,心里七上八下地翻腾着刚才的一刹那。当时为什么不迎上去和李才谈一谈呢?真叫人后悔!

冬季运材一开始,就十分紧张。如果拖迟了完成运材任务的日期,不但直接影响国家的建设,而且也将影响到农民来年的春耕。扔在山上的木材,就会变质,给国家带来难以估量的损失,即使困难也要完成任务。

工人明白这个理,套户也不含糊,因为总路线是不能白学的。所以今年冬季运材一开始,和往年就大不相同,跟战场上的冲锋一样。

冬运工作的繁忙,加上不知道李才住在哪个宿舍,所以王山找李才谈心的想法,就没头没绪地拖下来了。

森林里的大风雪,比平原上频繁得多,不断地刮着下着。但落下来的雪花,在运材道上一点也存不住,都被大风给刮到山坡和树根下去了,运材道被爬犁脚给磨得晶光,像一面光滑的镜子。特别是在高山角的地方,更是滑上加滑,人走在道上一旦跌倒,要想在中间停住站起来,确是难事。套户的爬犁,都挂上了滑圈(注五),马掌过不上两个星期换一次。就是这样,爬犁溜坡(注六)事故还经常发生。

但溜坡事故是吓不住人的。刚强的套户们,提出了“不扔一棵木头”的口号。国家关怀着每一个套户和每一匹马的安全。从工人中抽出有经验的人去修道。王山是被抽调的一个，并且还是组长。

自从有了专职的修道组，光滑的运材道上，撒上了薄薄的一层烟灰；在较高的山角上，砍出了楼梯样的浅台阶，溜坡事故在一天比一天减少着。

这是一个风雪交加的早晨，在空中，在树海间，在运材道上，雪花随着呼啸着的狂风，卷向森林的深处。树海里发出呜呜作响的声音。

王山凭着长期的森林生活经验，预感到在这样的天气里，是可能发生事故的。他们小组把下场子的时间又提早了半个小时。

套户们在大风雪中，照常地出爬犁了。

修道组的工友们，巡回在高山角的前后，随时检查和修理着不妥当的地方，也帮助套户们拥爬犁。

突然从上面，从高山角的地方，传来了"溜——坡——啦"的喊声。王山听到这个声音并不惊慌，他镇静地加快了脚步，奔向发出喊声的地方。但因大雪过猛，打得睁不开眼睛，还不能很快发现溜坡的爬犁。正在他集中目力往前搜索着的时候，在呜呜叫的大风雪中，又隐约传来"溜——坡——啦"的喊声，但这个喊声已不如前声那样响亮了。王山顺着声音努力地搜索着，但在这以后，既看不见爬犁也听不到喊声。"这是怎么回事呢，停住了？不容易呀！"王山在估量着。果然不出所料，在前边不远的地方，一张两马的爬犁装满着原木，顺着山坡溜下来了，像脱了弓的箭那样迅速，两匹马已经失去了自制的能力，乱了套。在爬犁的后面，王山发现有一个人在雪地上拖着。这使他不能像方才那样镇定了，不由得冒出了一身冷汗。粗大的木头推得两马停不住蹄，向前奔腾着。两手空空的王山，用什么能制止住这奔腾的惊马呢？爬犁后面拖着的人，不允许王山再想出更妥善的办法。人往往是在最紧急的关头，想出最紧急的办法来。王山把光板的羊皮大衣从身上扯下来，照着爬犁脚下塞去；跟着一大步冲到马前，扯住了马笼头。但因雪道过滑，王山跌倒了，马从王山身上踏过去，但拽着马笼的双手，却并未松劲，爬犁、马、人还是向下滑着。

光板羊皮大衣减轻了爬犁的滑度，修道的工友赶上来拽住了马。爬犁终于停下来了。然而王山和后面拖着的套户，都已经昏迷不省人事。大风雪仍然在若无其事地吹着、落着。

第二天王山从昏迷中醒来的时候，觉得脸上和身上都箍得紧帮帮的。睁开眼睛一看；原来是缠上了绷带，躺在山上医务所的病房里。在床上，坐着一位穿着棉袄的人，在注视着自己。王山马上又疲乏地合上了眼。刚合上，又马上睁开了，大声地问道：

"爬犁伤着人没有？"

"没有，你放心，你看我不是好好地坐在你的身边吗？"

“你，你是李才！”王山看清了对面人的面孔。

“是我，我是李才，是你救了我的性命。”李才从桌子上拿过来水果、烟卷，“这是我特意带来给你的。”

王山沉默着，小小而简陋的病房里，十分宁静。李才以为王山疲乏了，还有很多要说的话没说出来。

“老李！”王山忽然紧紧地握住李才的双手，“你还记得去年冬天的那回事吗？我该向你做检讨啊！”他终于说出压了一年的话。

“过去的事就算过去了，还提它干啥。要说检讨，我应该狠狠地检讨一下自私自利的思想呢！”

两个人都谈出了心坎上的话，在两双手的中间，都握出汗水。

正在他们两个唠得开心时刻，党委书记和套户大队长及一些套户同志们进来了。前面的两个人，一个抱着一套新棉衣，一个拿着一面长方形的红旗，上面有用白布做成的四个大字——“工农弟兄”，下面落款是全体套户。他们是全体套户的代表，来慰问王山。

王山头一次经历这样的场面，倒不知怎样应付合适了，只是连连地说：“我应该这样做，我应该这样做。”

李才又一次握住王山的手，两眼湿润着，对王山说：“我要出爬犁了，明天有时间再来看你。”

同志们看着他们的举动，都以为这是很自然的事情。但谁又知道他们之间曾经有过的那段隐情呢？

李才走出门口不远，护士小田从屋里叫呱呱地跑出来。

“王山叫你把这件棉袄穿上！”他说，“开花棉袄是经不住林子里的大风雪的。”小田把棉袄塞给李才，也不听一听李才说些什么，回头就跑进屋了。

1954 年 10 月 14 日

注一：即是抬木头的工人。

注二：即是马爬犁。

注三：楞即堆积木材的地方。拉进楞场的木材没垛起来，而扔得到处都是，林业工人叫摊尖饼。

注四：抬木头用的工具，一米来长，中间粗两头细的一根木棒。

注五：是用铁做成的，带有锯齿形的牙，起闸的作用，是防滑设备。

注六：木材过重，雪道过滑，从山上溜下来，马失去了自制的能力。套户把这叫溜坡。

（《黑龙江文艺》1954 年第 4 期）

师徒之间

一

初秋的黄昏,森林里的景色是多么美丽啊!

太阳的余晖,给万紫千红的山峦抹上了一层淡淡的金黄色。清澈的溪水,从山顶上潺潺地流下来,流向呼兰河去。工舍里的炊烟,像早晨乳白色的浓雾,在森林的上空回绕着……

喧闹了一整天的森林,渐渐地安静下来。分布在各个林场的伐木手们,陆续地收工了。

老伐木手柴玉贵,看着自己亲手撂倒的红松、黄花松……一棵棵驯服地躺在山坡上,心里充满着喜悦。他收拾起钢锉,树楔子……装在工具袋里,拎起大斧,扛起锯,顺着弯弯曲曲的山路往工舍走去。他走在途中忽然听到有人在呼喊,柴师傅不由停住脚步,仔细一听,是徒弟小赵的声音,便急忙地奔向小赵的现场。当他赶到时,小赵有些慌张,低声说:

“柴师傅,出事故了!”

“出什么事故了?”柴师傅一听出了事故马上脸色变了。

“你看,”柴师傅顺着小赵手指的方向看去,一切都明白了:一棵白松稳稳当当地挂在一棵大青杨上。小赵看着柴师傅那严峻的面孔,心怦怦地跳起来。

当柴师傅帮助小赵把挂摘下来的时候,森林里已经渐渐黑了。

静静的森林里,只剩下他们师徒两个人默默地走着。工舍的灯光在闪耀着。柴师傅突然打破了沉默说:

“小赵啊!我左右考虑了这次的事故,我看不必向工队报告了。”

“不报告了?”小赵惊讶地问。

“嗯,这是个小事故,一没伤亡,二没损失浪费,把挂摘下来,事也就没了。”

“那哪能行呢?”

“现在竞赛正在火头上,你要知道第三组成绩已经和我们肩靠肩了,要是把这次事故报上去,咱们小组可就……”

“柴师傅!不能这样做,在竞赛中我们更不能这样做啊!”

“小赵!我这是为了你,为了小组的胜利,如果你不愿意这样做,你就去报告;不过,你得为全组着想。这个责任要由你一个人来负!”

小赵觉得柴师傅的话里有话。

“柴师傅,在竞赛中我们可不能产生个人主义思想啊!”

“个人主义思想?你真能扣帽子!”柴师傅有些激动。

“柴师傅你知道竞赛不是为了奖励啊,是为了提前完成五年计划。”

“叫你这么说,我们就不必争取胜利了,红旗,奖励也就取消了!”

“争取胜利不是为了红旗和奖励,是为了多生产木材。”

“小赵!我是为了你,你想想是你出了事故,我还闹了个人主义。”

“出了事故我检讨,我改正,可是我不能隐瞒事故!”

就这样师徒俩不欢而散了。

二

冬天提前来到了林区。树木的硬度发生了很大的变化:夏秋,树木是里生外熟;冬天,则是里熟外生。锯子如不能适应这自然的变化,干起活来就会费力。

小赵来林区还是第一个冬天,在这个问题上遇到了困难,于是他的伐木量开始下降。加上上次出了事故,所以他们小组已被第三组赶过了,小赵非常焦急。

一天晚上,工舍里像个小型的俱乐部,留声机的旁边,围着一圈人,欣赏着那悠扬悦耳的音乐;有的在打扑克,有的在学文化,还有些人脱了外衣,只穿一条小裤衩,在通红的铁炉旁翻过来掉过去烤着,据说每天临睡前这样烤出一身透汗,就可以防止风湿病。

柴师傅坐在自己的床铺上修理着锯。小赵拿着自己的弯把子锯来找柴师傅,一方面想向柴师傅请教锉锯上的技术问题,一方面也想搞好师徒关系。

“柴师傅,你看看我的锯有什么毛病,这几天使着发沉,干费劲不出活,可我还摸不着毛病在哪?”

柴师傅无动于衷地说:

“不行啊,你没看我忙着?再说我的技术也不高,我这可不是个人主义呀!……”柴师傅又继续用锉嗤嗤地锉起锯来。小赵听了这些话心里很窝火,想发作,又忍住了。

小赵感到柴师傅太不好团结了。从此师徒的关系更疏远了,像两个陌生人一样。

三

在竞赛中是不容许不团结的,青年团的支部书记帮助了小赵。当团支书给小赵指出缺点以后，他起初感到有些委屈，后来想通了就高兴地说：

“支部书记同志，是我的方法不对头，你今后看我的行动吧！”

小赵说完便和团支部书记告了辞。

十月的小兴安岭，已是冬天的景象，白桦、水曲柳、椴木的叶子都飘落了，唯有松树和柏树仍然是绿绿的。

中午的阳光在照耀着。小赵提前收了工，在林子里拣了一大抱枯松枝，到小组指定的休息室，把炉火烧起来，又把柴师傅和大家的饭盒，干粮集中在一起烘烤着。他把水壶灌满了水，放在炉火上烧着，为大家准备午饭。

小组的工人们先后来吃饭了，最后柴师傅也来了。小赵倒了满满的一茶缸开水，送给他。这时临号第三组的小吴跑来对柴师傅说：

“柴师傅，上午我把树楔子打飞了一个，费了九牛二虎力气也没找到。听说你多带了一个，下晌借给我使使吧，不然今天的日计划就完不成了。”

柴师傅一看是第三组的小吴，立刻想到：现在他们已经赶上了我们，若是借给他，岂不是使自己小组更落在后面了吗？于是他想说没有多余的了，可是小赵在旁抢着说：

“柴师傅你吃饭吧，我给他拿。”说着，他就在柴师傅的工具袋里把树楔子拿出来交给了小吴，小吴高兴地拿走了。柴师傅这时有话也说不出了，他对小赵有些不满，嘴没说，心里想：什么事都少不了你。

柴师傅饭也没吃好，拎起大斧就上场子了。小赵留在最后面，熄灭了火才走。刚出休息室，迎面碰上了柴师傅，只见他垂头丧气地背着工具袋，提着大斧往工舍走去，小赵奇怪地问：

“柴师傅，你怎么往工舍走？”

“嗯，大斧砍在石头上了，不能干啦。”

“那咱们两个用我这一把吧！”

柴师傅像没听见一样，一直回工舍了。小赵猜不透因为什么。

晚上收工回来，小赵进屋一看，柴师傅还在床上蒙头大睡。大斧放在床下，斧刃上出了很大一个口子。晚饭后，小赵首先把柴师傅的大斧拿过来，点上一根自备的蜡烛，在屋中修理起来。他一会用钢锉咔咔地锉一阵，一会在磨石上嗤嗤地磨一阵。这斧子锛得太厉害了，小赵足足用了两个多小时的工夫，才修理好，然后又把柴师傅的弯把子给掰上料。当他修理完了柴师傅和自己的斧锯后，已经是深夜了，工舍里的人们都睡了。

四

第二天早晨，工人们都到食堂吃饭去了。唯有柴师傅还没有起床。小赵以

为他身体不舒服，便到食堂买来了较好的饭菜，放在他的床边，轻声地说：

“柴师傅，起来吃点吧！”

“啊，我不吃了。”柴师傅蒙着头回答。

“柴师傅，你是不是不舒服了，请大夫看看吧！”

“不！我没有病，我一会儿就起床。”

“那你起来吃饭吧，要不下场子干活挺不住啊！”

“今天上午我不下场子了，在家修理大斧。”

“大斧我已经在昨晚给你修理好了。”小赵顺手把大斧拿出来给他看。他突然掀开被子，大斧已经像没坏过一样。这时柴师傅有些难为情，半天也没说出话来，低着头不知怎样才好。

这时突然小吴从外面吵吵嚷嚷地跑进来，不问三七二十一地冲到柴师傅床前，握住柴师傅的手说：

“柴师傅，柴师傅！黑板报表扬你了！”

“表扬我？”

“是！表扬你在竞赛中发扬了集体主义精神，把工具借给了我，使我完成了日计划，我们一定要向你学习呐！”

“这……这……”

这时工人们都吃完饭回来了，大家围在柴师傅的床前，你一言，他一语地称赞着柴师傅的集体主义精神。这固执的老人，深深地受到了感动，他觉得无法承担这样的荣誉：

“这光荣不该是我的，应该表扬的是小赵。”

“这光荣是属于党和大家的！”

“得啦，别推让了，师徒还客气哩！”小吴不知道其中的秘密，在旁逗着笑话。大家在一旁哄笑着。过了一会。柴师傅高兴地说：

“别扯了，该下场子了。”

“你得吃点饭呐！”小赵提醒他。

“不吃了，咱们还得撵上第三组哪！”

柴师傅和小赵肩靠肩地走出工舍。

“能赶上吗？落的太多啦？”小赵问。

“再多也要赶上去！”柴师傅有信心地回答。

师徒二人高兴地往林场走去了。

（《黑龙江文艺》1956年第9期）

草房的主人

在县里就听说，我们要去的那个生产队有位“老骨干”。她——一个50岁开外的老人，从土地改革时的积极分子，农业互助组的组长，农业初级合作社、高级合作社的主任，到现在人民公社的生产队长，十几年来，在前进的道路上，一直保持着勤奋的革命激情。在队里，人们不喊她姓名，也不叫她队长，都叫她“老骨干”。“老骨干”，这是一个多么美好的称呼！又是一个多么高尚的奖励！我被这传闻撩起了敬仰之心，急着去拜访她。

黄昏时分，距生产队还有里把的路程，迎面走来一位身材魁梧的老汉，晚霞映照，满面红光。他直奔我们一行人走来，走到对面，先开口问我们可是从县里来的客人。我们回答了他，他亲亲热热地同我们紧紧地拉住手，拿过手提袋，问寒暖，道劳累。我们边走边攀谈，从谈话中知道，他是“老骨干”的老伴，是生产队的义务通讯员。他这是受“老骨干”的委托来迎接我们的。

这是一个有二十几户人家的小村子。“老骨干”家住两间草房，坐落在村子的中央。秫秸夹起的短篱笆，窗前有两株齐房檐高的杏树，缀满紫红的骨朵。东房山有鸡窝，西房山有猪圈。房门前悬着一块大红的匾额，上有楷书“军属光荣”四个大字。院内干净整洁。一进院就给人一个美好的印象：这是一个干净利落的农家。

“老骨干”的房中，正在开老农会，炕上地下坐了一屋子人，烟气腾腾。老通讯员说，“老骨干”带着社员下地播种小麦去了，老农在研究大田轮换茬口的事。见我们进来，开会的人们纷纷起来招呼，十分热情好客。我们想退身出来，怕打扰了他们的会议，但他们无论如何不让，一个个地离开了房间。屋中最后只剩了一位年轻的姑娘，看样子大约有二十岁上下，梳短发，大眼睛，胖墩墩的身段。她整理好了纸张、账簿，放在靠北墙的描金花柜里，然后轻盈地收拾桌凳，洒扫堂屋，为我们斟水。老通讯员说，这是他们队上的会计小张。这时我才发现，老通讯员不知什么时候已经系上了一条白围裙，在外屋做起晚饭来了。小张开始还有些拘谨，但说过几句话以后，那开朗的性格就完全显露出来了。

老通讯员曾说过，队上原是有间房子做办公室的，但人们却很少去，开会、办事都到“老骨干”家来。屋子是小张的“办公室”，“老骨干”结婚时陪嫁的描金花柜，如今腾出来一半做了小张的“卷柜”。人们到这里来，就如同在自己的家，困了就躺在炕上睡，饿了有饭就吃，渴了，暖水瓶里经常有热水。我问小张，

人们与这间小小草房的感情是怎么建立起来的？小张说起“老骨干”的事迹来，侃侃而谈，如数家珍。

1946年的冬天，土改工作队进村。一个操陕北口音的女队长在这间草房扎了根儿。“老骨干”是串联积极分子的引线人。多少个白天，多少个夜晚，多少个“穷棒子”从这间房子进进出出。土改斗争的风暴先在这里酝酿成熟，继而在全村掀起了暴风骤雨。1947年冬天，在土改工作队离村前一天的晚上，在一面绣着锤子镰刀的红旗下，“老骨干”宣誓终身为共产主义事业而奋斗。她是这个村子最早的一个共产党员。

成立第一个农业互助组，办起第一个初级农业合作社和第一个高级合作社，人们也都是先在这间草房商量的。在农业合作化的道路上，“老骨干”学着土地改革工作队女队长的榜样，主持各种各样的会议，传达党的指示，讨论政治、生产和生活中各种各样的大事小情，同多少人在深夜里畅谈思想，有多少人在这间草房里解开了思想疙瘩，也曾经为年轻人做过“月下老”。人们对这间草房已有十几年的深厚情感，这间小草房是全村人的一颗明珠。

这间草房自从土改工作队女队长住过以后，十几年来客人不曾间断，有来自北京和省里的首长，也有来自市里、县里的工作组同志，它更是公社党委书记下乡落脚的老“根据地”。

小张是带着深厚的感情作这番介绍的。看得出，她在为他们队上有这么一位“老骨干”而自豪。而我则更是怀着尊敬的心情聆听，也更想更多地了解这间小草房的一切。我连着问小张：

“老通讯员为什么还加上义务二字呢？”

“问这个吗？也有一段来历呢！”

老通讯员今年刚满六旬，比“老骨干”大五岁。从外表上看，他魁梧健壮，其实他有内在的残疾——那是年轻时给地主扛活累伤力了，如今担一担水还要喘半天。解放前他就不能下地劳动了，被地主赶出深宅大院。“老骨干”带着幼小的儿子挑起维持家庭生活的重担。闹土改的时候，他是这间草房对外联络的通讯员，给工作队做饭烧水，送信跑腿，一直到现在。村上的人们要给他补助工分，但“老骨干”拒绝了。这十几年来，“老骨干”带着社员下地生产，老通讯员在家主持家务，养鸡喂猪，耕种园田地，更兼招待客人。他成了“老骨干”的一只臂膀。

小张正说着，“老骨干”从地里回来了。

“老骨干”生就一副壮实的身体，中等身材偏高，红黑的脸膛，一双大眼睛，穿着一身青色棉裤棉袄，头戴一顶男人的鸭舌帽，把散发塞在里面，脚上穿了一双大靰鞡，手里提着一支拐杖。“老骨干”前脚进屋，后脚就跟进来一头金黄的小牛犊。“老骨干”见了客人，真诚朴实，一见如故，不多寒暄，便张罗着叫老通讯员开饭。

“老骨干”到外屋换鞋、洗脸，喂小牛犊去了，我又问那小张：“这晚已是春天，‘老骨干’下地为什么还穿着靰鞡、拄着拐杖呢？”小张说：“这是‘老骨干’提出来和社员们订下的制度。”我如堕万里云雾之中，颇为难解。机灵的小张大概看出了我的窘态，接着告诉我：“穿靰鞡踩格子面积大，踩得实，再拄上一根棍儿，身子不晃，踩出来的格子质量就好。”我忽然看见小张做了个鬼脸，大概是在笑我的不在行了。我一点也不理会这些，还是向她提问：“小黄牛为什么总是跟着‘老骨干’呀？”小张未说话，倒先扑哧一声笑了，反问我：“你怎么尽挑这些有来历的事问呢？”

小张告诉我，今年春节前，队上一条母牛生了这个小东西以后因病死了。那小东西像有灵性似的，望着它妈妈的皮哞哞叫唤。“老骨干”看它怪可怜的，就抱到家里来喂养。在风雪严寒的冬季，每天夜里三番五次地起来喂它饭米汤、小米粥，一勺一勺地把它喂大。有一次它生了病，是“老骨干”抱着它走了四五里路到公社找兽医治好的。还有一次它到井边水槽喝水，被淘气的孩子吓得掉在井里。“老骨干”闻讯赶来，解开柳罐，把井绳系在身上，叫人把她送到井下，冒着危险把它救了上来。从那以后，“老骨干”老是把它带在身边，晚上就睡在外屋草堆上，惯得它整天不离身，在屋里走来走去。

吃罢了晚饭，已掌上了灯。我们同“老骨干”、老通讯员坐在炕上天南地北地闲谈。说话间，社员们三三两两的，有的披着棉袄，叼着长管烟袋，像有人召集的一样聚到“老骨干”家来，会计小张当然来得最早。大约有一袋烟的工夫，屋子里炕上地下，有男有女，有老有少，坐了十来个。“老骨干”向来人询问当天地里的生产情况，他们也主动向“老骨干”谈论这一天的劳动，进度快不快呀，质量好不好呀，哪个小青年调皮呀，无所不谈。会计小张关心的是评工记分有什么问题。小黄牛犊也会凑热闹，屋里屋外悠闲地走进走出。我坐在炕上的灯影里，把这一切全看在眼中，不禁心中暗下思忖：此情此景，多么像闹土改、办农业社、建立人民公社时的景象！

小小的草房中，充满着农村春天的喜悦，热气腾腾，爽朗的笑声不绝于耳。这时不知是谁突然问“老骨干”：“今晚还接着念《红岩》吗？”“念。”“老骨干”回答。会计小张从她的“卷柜”里拿出用画报包了皮的《红岩》，喝了口水，坐在小煤油灯下，便颇有感情地朗读起来。刚才还是喧闹的小屋，此刻变得十分宁静。读到江姐、许云峰、“老疯子”、双枪老太婆、成岗、刘思扬这些革命先辈的时候，人们的脸上流露着敬佩的神情。读到国民党反动派卖国求荣、卑鄙无耻的所作所为的时候，人们充满着愤怒。我也沉浸在这美好的享受中了。

夜深了,“老骨干”叫小张打住,催大家回家休息,明晚再接着往下读。这一次我没有问小张,但小张却主动地告诉我:“老骨干”虽然识字不多,但她很爱书。她每到省里、县里开会,回来总是要买些书的,有通俗的政治理论读物,也有农业技术方面的书籍,也有青年修养,也有《红楼梦》、《三国》、《水浒》,这次买了《红岩》。老农们受了她的影响,吃罢晚饭到这儿来听书,很多人成了习惯。

睡在热乎乎的炕头上,令人全身舒展,但不知为什么,我辗转反侧,久久难以成眠。小张对我讲述的一切,又清晰地浮在我的眼前,把我引入了遐想中。想着想着,我忽然想到松树。一棵高大的松树,枝叶繁茂,要有粗壮的躯干支撑;我又想到人,一个人所以能血肉丰满,是因为有坚硬的骨骼;由此,我又想到“骨干”和党的事业……

(《辽宁日报》1962 年 9 月 14 日)

奔驰在森林里

太阳已经偏西了,山上的树林都罩上了一层黄金色。

一列运着木材的森林列车(俗称林区小火车),轧轧地沿着山下漫湾的铁道开过来。

这是6点10分,徒白塔车站出发往玉泉去的一零四号火车;车轮急躁地响着,山峰、树木和草地都飞快地留在后面。穿过一片森林,已经看见积雪的山头;再前面就是向左拐的陡壁了。

王永瑞刚刚添完煤,就一边擦着汗,一边向刘翘昌说:

"小刘!你看那面的大柞树都发绿叶了。"

司机林永清正向前面看着铁道,他听到这句话就接过来说:

"这两年柞树结的橡子再也没人吃了,他妈的!小日本鬼子时代吃橡子面的罪可真够受。"

机车声音很大,加上车身带着风,他的话好像并没有被两个司炉听见。林永清也没在意,又转回脸来,仍然聚精会神地向前注视着。

林永清穿着帆布工作服,上面沾满了机油的污垢,戴着破了边的帽子。红色圆胖的面孔,落了一层煤灰,两只眼睛,显得格外有神,像一个英雄的坦克手。

林永清在1948年3月,来到森林铁路上当学徒工。他很虚心地向技师学习,工作上也很努力,不但技术进步很快,而且阶级觉悟显著提高,工作也越发进步和积极了。因此,在1950年"五一"劳动节那天,就光荣地被提升为副司机。

天已经黑了,山峰都为灰黑色的气雾笼罩着。离开银矿洞车站已经有二十几公里了。他们的车滑过一大慢坡以后,又该往前面的上坡爬了。

一股股带着湿气的风吹进窗口,林永清感觉无限愉快。但他突然发现灰暗的前方,有一个黑色东西迎头驰来。他顿时紧张起来,连忙落了闸,注目看着,是火车吗?是,他急忙对两个司炉说:

"你们看,前面跑来一列车!"

刘翘昌和王永福正在往炉里添煤,被他一叫,连忙迎声向前看去。

"是!"两个人一齐转过头来。

"鸣笛!"

刘翘昌迅速地把笛子拉得山响。

越看越清楚，前面来的是一辆满载着大木头的车，可是没有车头。

“老林！这咋整？”

笛声震着耳朵，林永清没听清这话是谁说的，他耳朵里只响着团支书的话：“在抗美援朝的时候，咱在森林里就像在前线一样，咱要积极生产，更要保护机车！”他叫刘翘昌停了笛，沉着地说：

“我们退！”

他用他熟练的技术控着闸。车已经明显慢下来了，可是那列车还不停地前进着。

那列车已经离他们的车越来越接近了。他用力地把住闸，几乎对着小刘和老王喊道：

“你们两个赶快跳下去！由我一个人保护机车。”眼睛还是不断地注视着前面的车。

小刘和老王都坚决地说：

“不！我们不能跳！我们也要一同保护机车。”

“不能同时牺牲三个人，赶快跳！这是命令！”

“快！”他的声音是那么坚决、有力，使人不可抗拒。他俩只好慌忙跳下去了；这时火车已经要停住了。

满载大木头的无头火车，已经仅仅离林永清的车剩100米左右了，他脸上的汗珠子一个劲儿地淌着，心里跳动得激烈起来，眼睛闪着火花。

渐渐地大木头车更近，70米，60米……这时他的车已经停下来了。当火车刚一停止，林永清猛烈地搬开“力把”，机车迅速地开始倒退了，那迎面来的大木头车还是紧紧追着。

2分钟，3分钟，林永清的车退到了上坡路，无头列车的速度渐渐慢下来，终于停止向后退去了。

林永清这才松了一口气，喘吁着，他攀住了闸，很快地从机车上跳下来，就向木头车跑去。

这时候两个司炉也跑到他跟前。

“多危险啊！老林！”

林永清拭去额上的汗催促着说：

“咱们快去看看这车是咋回事？”

他们一同朝载木头车的前边跑去。

“这么长一列！”小刘走过了几节车之后，惊讶地说。

这列车，像一头刚刚恶斗过的猛兽，疲力地停止在黑暗里。他们拿着手电筒，一直向前跑着。

"呵——是 18 台。"林永清快走到头的时候回过头来向王永瑞说：

"为什么没有车头呢？"他们都闹蒙了。

手电筒的光，在车前、车后、左面闪动着。

"车上也没有人。"小刘在车那面说。

"真怪！"

"我们挂上闸，推着住前走吧？！"王永瑞像提出问题似的说。

"我们的 18 台加上 18 台，再说前面又是上坡，那还有个走？"小刘不同意。

"那咋办呢？我们也不能不走啊！"王永瑞用手挠着脖子。

林永清考虑了半天，突然想起来一个办法，大声说：

"哎！咱把后面的车摘下，顶着这 18 台车走！你们说行不行？"

"行！到车站上，给白塔挂上电话就不怕了。"

他们三个刚想往回走，忽然听见前边又有机车声，而且不停地鸣笛。

"这回可糟了！这是怎么搞的呢？"小刘这回可没有了主意。

林永清从怀里掏出表来，看了看说：

"这时候也没有从玉泉子来的车呀?！这大概是来找这 18 台车的？……"

小刘和王永瑞也同意这个意见说：

"对！要不他咋会一劲鸣笛呢？"

果然，那车越跑越慢，汽笛也不再鸣叫了；只听车上有人喊着，但是在喊什么听不清楚。

不一会儿，这车已经近了。铁道在探灯的光亮中，像两条青筋，闪闪发光，仔细一看，只是一只车头，上面攀着许多人。

"你们是从哪儿来的？"林永清问道。

"你是老林呵！我是老李，机车碰上了没有？人有伤着的吗？"

林永清一听，就大声地说：

"我是林永清！车没碰上。"

车头喘息着，一群人和穿着白大褂的医生都赶忙下了车跑过来。

林永清和他们经过谈话，才知道，原来大木头车因为装车工友装完后没掩住，从山坡上溜下来了，发觉以后玉泉站就给白塔挂了电话。可是——车已经从站上出发了；大家都以为这下非发生大事故不可，就连忙派了车，携带了医生和急救药品来了。

大家谈着、笑着——

"哎呀！老林！你救了 2 列机车和 3 条命！"赶来救急的司机老李感激地说。

几分钟以后，新来的机车带着木头车；老林也上了他的车，安全地开到玉

泉子。

林永清安全防止事故的英雄行为,被报告给分局后,第2天,分局就召开了庆功大会。全局所有的人,都热烈地和他握手,前后拥塞着,欢腾的气氛洋溢着会场。

林永清在会上,得到一套崭新的棉制服、毛巾、香皂……光荣地被提升为正司机。

李局长在大会上提出了号召:“我们在保家卫国运动当中,要更进一步提高工作效率,减少事故的发生,我们要向保护国家财产的英勇的林永清司机学习。”全场掌声雷动。

从此,林永清更加努力了。他驾驶着一零四号机车,像坦克战士,为了完成运输任务,不怕严寒和酷热,奔驰在小兴安岭的森林里。

(东北文联《群众文艺》1951年第6期)

拉风匣与送风机的故事

（一）

吴厂长知道烘炉组的组长方春贵是个二十来年的老翻砂工，工作肯干，是厂子的质量模范。因此吴厂长常来找老方谈，叫老方带动工友们找窍门，把人拉风匣改成用机器送风。

要说老方为这个事不着急那是胡说，人家别的小组、车间找窍门找得热火朝天，窍门记录板上的小飞机（宣传鼓动形式）直往前窜，自己小组的小飞机仍然原窝没动。自己想起来毛主席领导翻身做主，想起志愿军不怕牺牲流血保卫住的好生活，真是于心有愧！每当走到窍门记录板前，都不敢抬头。

前两天吴厂长说又下来一批化铁活，如果用人拉风匣，恐怕再加上三个人拉也完不成任务。从这以后，每当老方看见那三个满脸淌汗拉风匣的工友的时候，就像一根针刺在心里一样——他倒不是讨厌那三个拉风匣的工友——而是他心眼里往外“膈应”这个不科学，费力不出活的风匣。你看：三个拉风匣的工友，被火光烤红了脸颊，豆大的汗珠子一个跟着一个地往下淌，胳膊上红黑色的肌肉起伏着，三个人一天拼命地拉！拉！……才能化出六七百斤铁水；质量还不达标，与厂方的需要量还差得很远。

找窍门这一运动在厂子里，已经成为工友们的口头禅了，一见面就是唠的找窍门。老方为了这个事，简直就怕工友问他，连墙上贴的“人人都能找窍门，就看你找不找？”的大幅标语老方都不敢看。拉风匣的事就像有个大疙瘩结在心里似的，他总觉得不解开这疙瘩就像是块病。同时他也想到：都是同样的工人，为什么人家能找出窍门，烘炉组就不能？

时间是不体贴人心的，11 月份的任务怎样还说不准。吴厂长这些天常常鼓励老方团结工友，动脑子找窍门，发挥工业潜在力。小组的老宋和徒工小王也总提这个事，也知道老方着急。

老方心里记得很清楚，算上这回，吴厂长已经和他谈四五次了，工会高主席也谈过。老方一想起找窍门的意义……不但个人多得工资（计件工资），重要的是给国家创造财富……老方越来越觉得应该尽早解开心里这个疙瘩——找窍门的事，已经占据了老方整个的心。有时做梦都记起吴厂长的话：“用机器代替人拉风匣。”

这天晚上老方躺在床上，就画了一个送风机的图，吴厂长也同意了，他和工友们高高兴兴地把送风机做成，安在机器上，代替了人拉风匣，产量质量都提高。他高兴得要命，他要喊起来，一声没喊出来，倒喊醒了，原来是做梦。

（二）

10月中旬的一天早晨，老方从公交车上下来，一路奔工厂走去。当他走到厂子门口时，汽车司机小梁正在修理大卡车。汽车上的机器盖揭开着，汽车一着火，机器前边的"风扇叶"就急速地转着，随着"风扇叶"的转动，带起呼呼的风声。老方不由得心里一动！他停住了脚，又仔细地看了"风扇叶"的前、后、左、右。要不是上班的汽笛召唤他，他还要看下去。

老方虽然照常干活，可是"风扇叶"的转动，却在他心里留下了很深的印象——在他的眼前展示了找窍门，不用人拉风匣的希望。这使他心情奔放，好像离开水的鱼，又回到水里一样的快乐，心里的疙瘩也不像前些天那么紧了。

老方晚上下班回家，连饭都没吃，把电灯拉得低低的，伏在桌子上连头都不抬地画起送风机的图来了。一张画坏了，就画第2张，3张……。可是心里要画的图仍没画成。一个人的能力是有限的，他想起了住在隔壁同一小组的老宋，又有了希望，三个臭皮匠，顶个诸葛亮。他刚推开门往外走，方大嫂睡醒了一觉，气愤地对老方说：

"三更半夜的不睡觉，还往外走干什么去？"

"我心里有事！"老方连头没回，门砰的一声关上了。

老方来到老宋门口一看，屋里的灯已经熄了，老方有心去叫门，可是又一想叫门还不大方便，只好回来等明天上班再说。

老方进屋一看，方大嫂还没睡，老方不等老婆开口，就心平气和地说：

"喂！你先睡吧！我一会儿就睡。"

"什么事这么要强，你看都几点了！"方大嫂知道老方的脾气，什么事都是办完了才能放心，所以也就没说别的，自己又躺下睡了。

老方被老婆一说，才想起看墙上的挂钟——小针正指在2点上。

老方还不死心，还要画图，连着两张又废了，他这才醒悟到：是白天由于过于高兴，没能研究透彻，所以现在画不成。只好留着明天去和工友们研究，再找技术员帮助。

老方上床躺下，挂钟当当当敲了3下。

（三）

老方在第二天上班前，就把创造送风机计划告诉给吴厂长，并要求吴厂长允许到汽车上研究。

吴厂长不但允许了，而且还鼓励了老方，最后又告诉老方两句话：

“要记住，什么事离开大家是不行的，还要团结技术人员，大家一齐来找窍门。”

“好！吴厂长，我一定按着你的话干！”老方觉得浑身又加强了力量。

下班的汽笛鸣过了以后，老方与全组的工友和肖技术员，一同到汽车上研究“风扇叶”，好创造送风机。

起初大家的意见一致，说是送风机比“风扇叶”大 1~2 倍就行，有的说就和“风扇叶”一般大。老方为了做得合适，又和肖技术员及工友们实际到烘炉研究了一次，根据烘炉情况，大 4 倍合适。在风车里面装上风轮，用机器厂的轴槓带动，由烘炉附近挖出地沟，安上铁管子，自动风由铁管子通到烘炉。大家的意见统一以后，还是由老方画图，大家动手来做送风机。

（四）

送风机安装上以后，自动风很正常，燃烧迅速，不但可以自然开关，而且火大火小也可以自然调配……

头一天就化出了 2800 多斤铁水，超过以前人拉风匣的 4 倍，还节省了 3 个人工，倒出活来还不出砂眼。

带腿的电话（指人）比没腿的电话都快。老方找窍门创造送风机的消息，一阵风似的传遍了全森林铁路工厂，大家都被老方这种钻研的精神所感动。

吴厂长知道这个消息后，立刻亲自把厂子的贺功信写好，随同工友们送给烘炉组。厂子的黑板也换上了大字标题，赞扬老方找窍门的精神。

老方向着贺功的工友们说：

“这全凭厂长领导得好和工友们与技术员的帮助，才创造了送风机。”

吴厂长说：“老方是找窍门的一面旗帜，要大家学习他！多给国家创造财富！”

（五）

从这天起，老方心花怒放，满面春风地走在窍门记录板前，看着烘炉小组的小飞机，已经走在最前面。他心里暗自想到：

“这不过是刚开始，决不能骄傲，继续前进！”

（《哈尔滨公交》1951 年 12 月 9 日）

夺 红 旗

4月10日下午,二号闸组长刘志成从工会开完竞赛总结评模大会回来,平常都是先笑后说话。今天却没笑,声音放得很低。他将会上的情形传达给全组工友后,连晚饭也没吃,躺在床上翻来覆去睡不着,弄得床板子直嘎吱。

想着想着,就想起开会的情形。在会上工会贾主席不是说得很明白吗?从上山刨冰,开头一闸那天起,二号闸就用5个人,给国家节省2个人的开支,干的比7个人还强。可是在4月8日傍黑前,发生了一次跑闸水的事故,耽误了一闸水,少流300多米木头。因此,这次3号闸占优胜了,被选为模范看闸小组。想着想着便沉沉地睡去了。

一

二号闸是怎么把"看闸模范"丢了的呢?原来是这码子事:

流送工友刨完冰,在4月6日开始推河,头一天就顺利地推了130多米木头。可是到4月8日下午,夕阳斜照在西山角的时候,刘志成小组关完第三闸水后,回屋去吃晚饭。进屋不到30分钟的工夫,忽听闸门子轰一声开了!刘志成急忙跑过去,只见滚滚的河水里,未推完的零星几棵大木头向前奔流着。

"怎么的啦!组长?"

"出事故了!"老刘回答了一声老郭。王凤和在一旁机警地说:"咱们'抠一抠'事故的老根吧!""对!"大伙也都赞成。

检查结果是:关完闸往闸板上"沿"沙子的时候,有小石头溜到滑竿窝里去了。滑竿窝又浅,小石头被水冲得来回滚,将滑竿滑开了,事故就是这样发生的。因此,评模就没评上。

二

大家被这次事故所教训,都深深地体会到事故是生产上最大的障碍。但,他们并没有灰心,贾主席在大会上讲的话,一直记在刘志成的心里:"工人阶级是不怕碰钉子的,是百折不挠的……"这些话在老刘的心里就变成了力量。

"这一出事故不要紧,咱们把红旗丢了!"老王说。老郭说得更有劲:"咱们不蒸这口馒头,也得争这口气。"

刘志成这时也说话啦:"从3号闸评上模范以后,我说琢磨,咱们快要换游荡滚了，这是一个损失，我就留上心了。现在提出个办法，咱们研究……"

这回大伙可乐啦！都催他说下去。刘志成便接着说："这个办法是要改造游荡滚——在游荡滚上的后面，离地一尺多高，钉上'扒居子'，用绳子穿上，在开闸的时候，分左右吊起来。"又说："这样跑木头的时候，就撞不着游荡滚了。"

这时大伙都想：闸上的游荡滚，开完闸任凭木头撞，把棱撞没了，就上不上闸板，一个月得换两回。2号闸两空，一共4根，3个月得换12根。如果真的改造成了，能两年多不换，这可真是新纪录啊！

三

4月13日，放第4闸开始试验。所长、工会主席都来了。结果试验成功啦！这消息马上传遍了小伊吉密河。

4月15日的2号闸可热闹了，锣鼓喧天地，原来是工会贾主席给2号闸送大红旗来了！这时刘志成的全组工友，满面春风地出现在小伊吉密河的2号闸河畔上。工会贾主席给全组的工友都带上了大红花，震人的锣鼓这时敲得更欢了。大红旗也被春风吹的呼啦呼啦直响……

"让红旗永远在2号闸上扎根吧！"大伙都充满了信心。刘志成乐呵呵地说："哈哈，红旗到底夺回来了！"

（《东北林业工人报》1951年5月1日征文三等奖）

辛衍富机智救机车

3月6日下午5点多钟,材林站给银矿洞车站打来电话,告诉不要发车了,上边已经顺着下坡道跑下来18辆装着木头无火车头的重车。可是一三零二号机车,已经从银矿洞发出去5分多钟啦,站长一听,当时就吓得冒了一身冷汗。

吉林省黄泥河子林业分局调度所接到银矿洞的电话以后,马上向张局长报告,张局长也急坏了,寻思:非出大事故不可啦。可是,也没别的办法,只好跑到医务所,告诉大夫马上准备急救药品,回头又准备单机送大夫。整个分局都被这个消息给吓住了,谁也没法阻止这撞车事故的发生。

森林小火车运木材的司机辛衍富,驾驶着一三零二号机车,刚出站一公里左右,就发现了从前面跑过来的木头车。他知道这下子坏了,非出乱子不可,就在这时候,他想起平常大伙常说的"咱们要爱护祖国的财产"这句话,马上就打定了主意。可是又一想:"牺牲自己的性命倒不要紧,可不能叫两个司炉也陪着冒险呐!"他就跟司炉说:"你们两个赶快跳下去,我来保护机车的安全。"两个司炉一看也没办法,只好跳下去了。

眼看对面黑乎乎的木材车冲过来了,这时,老辛忽然急中生智,赶忙把"力把"扳过来。机车正跑得有劲,叫它猛地往后一倒,可就在原地方打起空转来啦。老辛脸上的汗珠子就像黄豆似的直往下滚。他忘了自己的死活,只是一心要把机车救出来。这时木头车由80米到60米、50米……

机车打了几个空转就开始往后倒,木材车就往前追。过了7~8分钟,线路渐渐地平了。老辛看木材车的劲小了,就把机车慢慢地迎上去,挂住了木材车。

银矿洞的站长,正急得在外头打转转,忽听机车汽笛叫唤:"哎!真奇怪,机车怎么还能拉出笛来?"他正在纳闷,只见一三零二号机车拉着一列木头车稳稳当当地倒回来了。老辛刚一下车,站长就把他紧紧地抱住,不知道说啥好啦!

接着分局也接到了电话。大伙都被辛衍富这种英雄行为,感动得跳起来,工友丛宝丰说:"老辛!要是个女的么,可就出来第二个赵桂兰啦!"

(东北《劳动日报》1951年4月4日爱国故事征文三等奖)

女 外 柜

赵明和崔颖"恋爱"三四个月了,两个人挺热火。可是赵明调动工作不到三天,崔颖忽然对赵明疏远起来,赵明约她看电影也不去了。赵明感到很奇怪,不知到底是咋回事。

崔颖是光明奖章工厂的女外柜,也是有一个股的股东。今年二十三岁,在"伪满洲国"时上过中学,她虽然长的丑,但是擦上粉、抹上红,却也娇艳。提起她"恋爱"的次数,恐怕不下"一打",所以有人管她叫"破鞋"。她专门用"恋爱"这个"法宝"来拉干部下水,光明奖章工厂就是这样从一个小工厂,在几年里头变成了一个数得着的大工厂。

赵明是某产业工会的一个干事,去年七月,接到了做一大批工人证章的任务。他到附近光明奖章工厂去讲价钱,看样子,一来二去地和这个女老板认识上了。在做这批证章以前,赵明听说工会还要做几万个工会会员章。他和崔颖谈话当中,就无意地把这事说出来了。女外柜一听,觉得这又是一笔发财的生意。

有一天,赵明下班后,又顺便到奖章工厂看样品,崔颖对他特别亲热。老板梁德坤从里屋走出来,扯扯拉拉地要请赵明去看电影,崔颖也要陪着去。赵明也没拒绝。

到电影院,崔颖紧靠着赵明坐下,梁德坤买了不少糖、苹果、梨……过了一会对赵明说:"我有点急事要回去办,你俩在这看吧。"

后来崔颖探听到赵明还没结婚,就三天两头地打电话,找赵明看电影,遛马路。崔颖还把自己的"英格"表、衣服料子啥的送给赵明。

机关证章做完后,赵明向上级汇报说:"咱们在光明证章工厂做的证章,不但价钱便宜,质量也好。"他又提议说:"咱们下次做会员章也到这家做吧!"领导平常很信任他,就说:"好吧,这次做 5 万个,是给全市产业工人做的,质量一定要好!"赵明有把握地说:"我知道!"

光明奖章工厂把 5 万个会员章做出来了。赵明在收货时,发现字不清楚,有的一碰就掉漆,有心挑出来不收,一看崔颖用眼睛盯着他,也就没好意思挑,就这样稀里糊涂地收下了。

会员章发下去不久,各地工人普遍反映:"会员章做得太糟糕,戴上不几天,不是字掉,就是脱色。"

会员章做完没几天，因为工作需要，赵明被调到工会一个基层组织去。他调动工作后，去找崔颖谈订婚问题，崔颖冷淡地说："你放明白点，谁要和你订婚来的？……"她冷言冷语的，一摔袖子走了。

反贪污、反浪费、反官僚主义运动展开了，赵明思想斗争得很厉害。经过党和领导同志的教育，他知道自己已经被资产阶级的"糖衣炮弹"打中，上了那个女外柜的当。他坦白了，并且检举了光明奖章工厂偷工减料，牟取暴利的事。

（东北《劳动日报》1952 年 3 月 5 日）

悠悠江水女儿情

1989年7月初,我回故乡黑龙江采访。16日零时,从佳木斯市坐船去我国最东北部的抚远县。在佳木斯的码头上,在朦朦胧胧的昏黄的灯光下,有位女同志来引我们上船。她,胖墩墩的身材,个儿不高,穿了件极普通的深色短袖绸衫,朴实得像位来自农村的中年妇女。只是那双深邃的眼睛炯炯有神,透出刚毅的性格。在握手寒暄时有人从旁介绍:她是龙客201轮副船长刘秀琪,是个已有30年船龄的女船长了,曾荣获过"五一"劳动奖章、省劳动模范、明星船长……闻听这样的经历,我心中不禁油然涌起无限的敬意。作为交通行业的新闻记者,我深知:在我国海洋和内河航运史上,船长这个职业向来是男人的世界,而刘秀琪在船长的位置上一干就是30年,这该是何等不平凡的经历啊!

她不像有些人那样,当个人在事业上有了点成绩时,就说从小就怀着什么什么远大抱负,似乎生下来就有异于凡人。刘秀琪,黑龙江海伦县人,16岁初中毕业考入哈尔滨航运学校,学的是驾驶专业。她进航校,只是想着"国家需要,干什么都行"。当时他们这个班上有8位女同学,到1960年毕业的时候,只剩下2位女生了,她是其中的1个。毕业后,她分配到黑龙江航运局工作,开始在岸上,可她执拗地要求上船。她的内心想法一如其外表,朴素得很:"学的是驾驶,丢了那点知识,枉对国家的培养教育。"

浑黄的松花江水,悠悠东流,一去不复返。刘秀琪如愿以偿上了船。先是实习,后又任三副、二副,1967年就任"三八"号客轮代船长和船长。这条150座的小客轮,每天从哈尔滨开往北涝洲,往返130公里,朝行夜归。初登客轮的旅客,对船上的旅行生活不无新奇之感,然而长期在船上工作的人,却另有一番滋味。轮机整天地轰鸣,单调、寂寞、枯燥……毫无欢乐可言。年轻的刘秀琪偏偏使自己适应了这样的生活和工作环境,几十年如一日,不厌倦,不逃避,甘于寂寞和枯燥,从无怨言。若说她的乐趣,就是每当船靠码头时,她目送旅客下船,平平安安地到达了目的地,再迎来一船新的旅客。

1965年,刘秀琪结婚了。女船长的爱情和家庭生活,又是别有一番甘与苦,这是常人难以理解和想象的。刘秀琪所爱恋的人,偏偏也在船上工作。结了婚,两个人便你归我往,你在船上他在地上。没有星期天,没有节假日,两个人一起去看场电影,一起去逛逛公园,一起去逛逛大街压压马路的机会,都很难寻

找。但他们两人却心心相印,谁也不曾埋怨过谁。他们的爱情有一半儿搁在船上了!

生儿育女,对女船长来说,更是一个艰难、苦涩的跋涉历程。刘秀琪的3个孩子,从做胎那天起,就跟母亲在船上当班了。生老二的时候,头一天从船上下来,第2天孩子就降生到人间;老三是在下船第4天生的。当年女船长挺着高高隆起的肚子在驾驶台驾驶,旅客们看了无不投来敬佩的目光。中老年女乘客,深谙女人怀孕中的细枝末节,瞅机会嘱咐女船长要当心身子……那话语充满着怜爱之情。每当此情此景,女船长的眼眶里便泪花旋转……

做母亲的,都疼爱自己的儿女,愿把母爱全部奉献给下一代,只愿他们顺顺当当地长大成材。然而女船长却不得不把这爱分给船上、分给旅客一部分了。刘秀琪生了3个孩子,都是休完56天产假便上船当班去了。她早出上船,夜晚回家。白天,孩子托付给邻居、亲戚照看,晚上尽做母亲的天职。丈夫在船上,靠不上,她从不曾要求他也来分担家务,倒常常为自己不能给他更多的爱而自责,宁愿自己把这生活中的苦涩咽到肚里。

也许是吃了刘秀琪乳汁的缘故,也许是受了母亲一言一行的熏陶,也许还有亲戚、邻居爷爷奶奶们的影响,刘船长的3个孩子从小就善解人意。大儿子牛鸣镝,从七八岁起,就能一边上学一边照看弟弟妹妹。早晨吃罢了母亲备下的早点,即送弟弟上学送妹妹进托儿所,晚上放学再接他俩回家,等候母亲从船上归来。老大上了中学,功课紧了,老二又接了班,送小妹上下学。3个孩子的脖颈上都挂着开门的钥匙。最让人难割难舍的,是刘秀琪离家上船时,3个孩子天天如是地提醒她:"妈妈,下船早点回家!"她答应着,扭头即走,她的心够"狠"的。开航期的星期天节假日,她是不过的,她不到位,船不能起航。可小女儿毕竟不知其中味,几次嚷嚷着妈妈带她去看电影。刘秀琪看着小女的哀求,内心说不出有多少酸楚。她自知,美丽的太阳岛就在松花江的北岸,可自结婚至生儿育女,一次也没有同爱人一起带着孩子去游玩过。每当想到这些,她内心涌塞着欠疚,欠丈夫的,欠儿女的感情债太多了,她自责是个不称职的妻子和母亲!

每年到11月中旬,黑龙江航运开始封航,然而船不航行了,船上的职工却进入了另一个繁忙期:培训、维修船舶……船靠在江边,待"冰冻三尺"时,再一层层地在船周围凿出一个船坞来,以便检修。零下30摄氏度的严寒,女船长要带头凿冰、修船,日出而作,日落而息,常常是披着一身冰花返家,到第2年的4月开航上船。日复一日,年复一年,刘秀琪伴着悠悠的江水,度过了30个水上春秋。到今年年末,她已到了知天命之年,按照航运业的规定,她将要退休了!回首船上度过的岁月,虽有艰难困苦,但她无怨无悔,在事业与生活之间的选择上，她向前者“倾斜”了，值得。古人说：“月有阴晴圆缺，人有悲欢离合，此事古难全。”问她退休后将做如何安排？她答道：“我该尽一个妻子和母亲的义务了！”听了她朴实无华的内心袒露，我想借用那位古人的名句祝刘秀琪船长：“但愿人长久，千里共婵娟！”

（《中国交通报》1990 年 3 月 7 日）

酸　奶

——甘南草原散记之一

1987年7月下旬,我从暑热难挨的北京来到兰州。在老朋友吴国平、钟承祥的怂恿之下,决定到甘南藏族自治州做一次长途旅行,领略甘南高原的民俗风光。行前,两位朋友特意从家里带来了几件毛线衣和毛线裤,往手提包里塞。我脱口说:"带它何用?"二位朋友不无狡黠地说:"到了地方你就会明白的!"

早饭后,我们驱车上路,顺兰郎(兰州至郎术寺)公路南行,中午在临夏公路总段进餐,稍事休息后又驱车踏上行程。到达甘南自治州首府合作(原名黑错,藏语羚羊之意)已是下午3时许。从兰州到合作,驱车200余公里,二位朋友相告:"这儿已是海拔近3000米的甘南高原了!"下了汽车立刻领略到高原气候的异变,身穿短袖衫和的确良裤,顿有高处不胜寒之感,极目天高气爽的蓝天白云,酷似北京深秋才有的景观。虽然凉意袭人,但心中却荡漾着无名的新奇和喜悦。

我们夜宿甘南公路总段招待所。二位朋友立即取出带来的毛线衣裤,让我穿了,他们二位得意地说道:"怎么样,这东西不多余吧!"果然不错,穿上毛线衣裤后才觉得适应了这里的气温,内心不免暗中感慨:凡事当你不了解情况时,还是少抛"手榴弹"为妙,不然就难免出洋相。

晚餐后,二位朋友陪我到合作市漫步,来到市中心广场,在一座羚羊雕塑前摄影留念。当我们返回招待所刚刚坐定,主人用托盘端来酸奶数碗,另加一碗白砂糖,劝我们尝尝味道如何。一是刚吃过晚饭,腹中胀胀,二是酸奶乃凉物,怕吃到肚里弄得从心里往外发凉。主人看我迟疑,对我解释道:"这东西很有些奇效,一能消食化胀,二能暖肠胃,这是高原人必备的晚点!"吴、钟二位朋友,早已捧碗在手,用汤勺大口地吞食起来,似在为我示范解疑。我壮着胆子端起酸奶,撒上一层白砂糖,先是试着吃了几小口。几勺下肚,说来也怪,立刻被这酸奶所征服,接着便狼吞虎咽地把这碗酸奶一扫光。这高原的酸奶堪称奶类食品中的珍品,雪白雪白的颜色,酿得不稀不稠,一勺盛起,颤巍巍地,送到嘴里,细腻、醇香、爽口,一点儿也没有膻味,尤其佐以白砂糖,在口中细细地咀嚼慢慢咽,更是余香无穷。

一路上奔波疲劳,盖上厚厚的棉被很快地进入了梦乡,一觉醒来天已大亮。起床后在窗前院内洗漱,忽然一位年轻的藏族姑娘向我走来。她身穿大红色金丝绒长袍，外罩一件黑色藏服，头戴一顶礼帽，右手提一陶罐，操一口流利的汉语问我：“买酸奶吗？”因我已尝过合作酸奶的美味，对卖酸奶的姑娘油然生起敬意，便同这位美丽的藏族姑娘攀谈了几句。原来住在合作的藏族家庭，虽迁居城市，但世代仍保持着吃奶食的习惯，尤其酷爱酸奶，几乎家家酿制，几乎每日必食，连汉人也随藏俗了。姑娘告诉我，酸奶不但储存时间长，味道鲜美，而且易吸收消化，又问我：“这奶是上好的奶子制成的，你买一罐吧！”我问她这一罐值多少钱，她答：“八角钱！”这么好的酸奶，一罐（可盛四碗）才八角钱，确实称得上物美价廉了！晚上，主人又请我们吃了酸奶。我向主人讲述了今晨遇到了卖酸奶的藏族姑娘，夸赞了酸奶的甘美，更由衷地赞美了藏族民情之醇厚，一如酸奶的芳香。主人却习以为常地说：“甘南的民风朴实厚道，做生意童叟无欺，在内地大城市怕是没有了！”

我怀念甘南醇香无比的酸奶，更怀念甘南藏族世代相传的淳朴民风。

（《甘肃交通报》1990 年 11 月 29 日）

浪　山

——甘南草原散记之二

当我们一行驱车走进甘南大草原时，恍如闯进了一个童话世界。极目远眺，俯首脚下，全是一个绿字，葱茏青翠，纤尘不染。唯有兰郎公路似一条金黄的缎带，缠绕盘桓于大草原上，然而它却更烘托出甘南的壮美。我们从喧嚣嘈杂的大城市出来，走进这个绿色的童话世界，大脑一下子被净化了，大有超然物外之感，全身心地放松、安适、恬静。人是大自然的儿女，大自然净化了人的心灵！

突然，一个紫黑色的帐篷在公路旁映现，似一颗黑珍珠降落在茫茫的大草原上。这是个藏民放牧的帐篷，离公路约100米左右，我们停车造访。刚一下车，两只一黑一黄的大猎犬朝我们狂扑而来，凶猛地吼着，吓得我们赶紧往后退。一位藏族老妇吆喝了几声，那猎犬乖乖地退却了。看来有这两只猎犬做守卫，牛羊当安然无恙了！

藏族老妇客气地引导我们进入帐篷，帐内一老者坐在一只椅子上，对我们的访问，木然无任何表示，只是安静地摇他的经轮。帐内还有一位年轻的藏族妇女，见生人进帐便躲到一个角落里，低下头去，目不斜视。这帐篷内用城市现代生活的标准看，太过于简陋了，帐篷中间开一条天窗，帐中有一烧牛粪的火炉，炉火燃燃，帐中靠里侧筑一土台，上铺长毛羊皮，大约就是炕了，再细看已没有其他东西。老妇不会讲汉语，我们只能用手比画，谁也不清楚对方比画的是什么。帐篷外，有大群雪白的绵羊和少量的牛，正在悠闲地吃草。按照这户牧民饲养的羊牛估算，一年的收入已相当可观，可他们为什么过着这样清苦的生活呢？吴、钟二位好友见告：藏民普遍笃信佛教，他们平时省吃俭用，积蓄了一大笔钱后，每隔二三年便举家千里跋涉去西藏拉萨朝圣，把钱花光了再积攒，再朝佛，世代如是。佛教徒对世上别无所求，只求精神上有个寄托。世界上的许多事情果然是不能用常理推断啊！

告别了这家放牧的藏胞，头脑里一时不知所思，亦不知有何感想。驱车前行，忽然在墨绿的向阳山坡上，发现成群的白帐篷，似美丽盛开的雪莲花，装点在在万绿丛中，再往前行，又有一群白帐篷映入眼帘，国平告诉我：7月是甘南四季中最美好的时光。风和日丽，多年来放牧的藏民趁这个好天气，带上白布帐篷，带上锅碗瓢盆、干鲜果品和好吃好喝的，选个洒满阳光的山坡安营扎寨，一家人休息娱乐一周左右的时间，藏语称这种游乐为“浪山”。机遇难得，我们决定到附近浪山帐篷做一次访问。

这显然是一个美满的藏民家庭。祖孙三代，一位年老的妇女，端坐一旁，大夏天还穿了一件厚厚的无面的羊皮袍子。还有一对年轻的夫妇以及两个十岁上下，打扮得如花似玉的小姑娘。全家人正喝着奶茶，吃着油炸的果子，一台收录机正放着音乐。我们的造访，使这个家庭喜出望外，好客的主妇殷勤敬茶，但因语言不通而有些沉闷。为打破语言的隔阂，我们请小姑娘唱歌跳舞，主人理解了，引我们到帐篷外的草地上，两姊妹轻歌曼舞，全家人笑声朗朗，其乐陶陶。我们也很受感染，拍手伴舞。藏族同胞虔诚地信奉佛祖，但更热爱生活，也很会生活。如今甘南草原上的汉族同胞，每当7月下旬也纷纷效仿藏民，家家户户从城里来到草原，扎上帐篷，欢欢快快地过个浪山节！

我们乘兴驱车南行，来到甘南著名的大湖——尕海。这尕海一望无边，正当下午3时，湖上风平浪静，蓝天白云落入湖中。我们的到来，惊起一群水鸟鸣叫着飞向远方。我们席草而坐，人手一瓶，对天“吹喇叭”，喝着甘南特产沙棘饮料，海阔天空地一通神聊。在这美好的大草原上，也做了一次一生中难逢其时的“浪山。”

（《甘肃交通报》1990年12月6日）

藏族养路工班长的爱情故事

——甘南草原散记之三

汽车在甘南大草原上疾驰，一直向南，向兰郎公路的终点——郎木寺驰去。途中路过阿木去乎道班，我们顺便去访问了高原养路工。

阿木去乎是草原上的一个小镇。道班一溜红砖平房，有个宽敞整洁的院子，在小镇上可算是比较像样的单位了。由于我们是远道而来的客人，又是交通系统的同行，班长热情地以茶相待。班长约有30岁左右的年龄，脸色黝黑，典型的高原肤色，面部棱角分明，给人以精明强悍的印象。他讲一口流利的汉语，若不是他自我介绍，真看不出他是藏民。他的名字叫罗卜藏，降生在阿木去乎一个牧民家庭(不如说降生在放牧的帐篷里更贴切)，四岁即跟着哥哥到寺庙里当了和尚(即我们常说的喇嘛)，18岁还俗后参军，当了几年步兵，复员后进道班当养路工。因为他有些文化，会说会写藏汉两种语言文字，干活不藏奸，且有些组织能力，不到一年就当了养路道班班长。道班10个人，藏族汉族各5人，养护11公里公路，好路率在80%以上。罗卜藏领导的道班，路养得好，同当地左右四邻关系处得融洽，很受镇上人们的尊重。

说起罗卜藏的恋爱婚姻，还有一段罗曼史呢！他复员回来，小伙子仪表堂堂，又当了国家职工，很得阿木去乎藏族姑娘的青睐。家里给介绍一个姑娘，他相不中，却堕入另一个姑娘的情网，而家里则很不满意。罗卜藏硬是违了父母之命，闹了婚姻自主，宁愿做了倒插门女婿。罗卜藏自由恋爱，在偏远的甘南大草原的小镇上传为佳话。婚后，小两口恩恩爱爱，甜甜蜜蜜。罗卜藏在道班养路，媳妇在家中耕田放牧，侍奉老母；一年后喜添千金，又一年后再添公子。道班与家庭隔着一道山，然而翻过这道山竟有20公里路。除了是大风暴雨或大雪纷飞，罗卜藏贪黑起早往返道班与家庭之间。他对我说，“我岳母年老体弱多病，妻子太劳累了，我得回去帮她一把，再说每天都想回去看看那两个小东西！”他又说：“当然我也抽空回去看看父母。老人看我日子过得还不坏，早就不生我的气了。父母哪有不原谅子女的！”这个发生在甘南大草原深处一个复员兵身上的罗曼史纯朴无华，很有一点时代的传奇色彩，耐人寻味。

与罗卜藏握手告别，驱车上路，很快就到了甘南著名的郎木寺。郎木寺为甘肃最南端与四川接壤的一个大市镇，主要街道上店铺鳞次栉比，街上人来攘往，称得上是个繁华的地方。可是当我们步行街上，发现最引人注目的，倒是身披绛红色袈裟的喇嘛。这种红颜色在街头处处可见。我看到这样的情景：穿红袈裟的和尚大多是10岁上下的儿童，他们成群结队在街头漫步，好一幅优哉的派头，更有一群群红袈裟围在街头打台球，你一杆我一杆，笑声朗朗，玩得极开心。据说输家还得有所表示。我问一位汉族老人："这群小和尚整天都这么自由自在么？"他答道："不，他们要学经，要干活，闲了就上街玩玩。他们也还是贪玩的孩子呀！"是啊，罗卜藏不是四岁就当了和尚吗！

既然到了郎木寺，自然是不能不前往游览的。可当我们来到寺前，正值脚手架高矗于前，在大兴土木。原来这座甘南的大寺庙毁于一场大火，现在正进行修复。我们不无遗憾地怏怏而回。再去甘川两省交界处观圣泉，所谓圣泉，不过是在山边上的一个小泉眼。这个泉眼不知已发现有多少岁月了，它一年四季，不分春夏与秋冬，常年不停，汩汩外流。这个小泉虽属大自然的恩赐，乃极平常的自然现象，但也有了很浓的佛教色彩：一位年老的和尚身披褪了色的袈裟，打着赤脚守在泉边，每有人到此手捧泉水喝入腹中，他便合掌躬身，口中念念有词，大约为你能喝到圣水而祝福。我们当然不会错过喝圣水的良机，边喝边接受老和尚的祝愿。喝毕微笑向老和尚致意，他合掌还以满面的笑容。

甘南大草原之行，结束在老和尚的祝福中。

（《甘肃交通报》1990年12月13日）

青藏公路之父

——慕生忠将军筑路史话

1985年8月,历时12载修筑而成的青藏公路竣工剪彩。这条平均海拔4000米的公路,穿越了“生命禁区”昆仑山、唐古拉山,蜿蜒2100公里,被称为世界筑路史上的奇迹。可是世人不知,如今筑成的这条中外驰名的黑色油路,是在一条原有的简易公路的基础上修建的。修建这条简易路的英勇的拓荒人是慕生忠将军。人们敬称他是青藏公路之父!

慕生忠,陕西人,1933年入伍,历任红27军的团政委、第一野战军民运部长、西北军区运输总队政委等职,1955年授少将军衔。

那是1953年的春天,慕生忠奉命带领1200名民工,拉着4000多峰骆驼,为西藏军民运军粮,从甘肃的敦煌起程向拉萨进军。这是人间的壮举,也是悲壮的历程。骆驼在雪山上难以生存,改用牦牛运粮,但杯水车薪,供应不上西藏军民的急需。这时,慕生忠产生了一个修路的大胆设想。他急如星火地到了北京,找到交通部公路局长,但因财力、人力不足没得到批准。他旋即叩响了抗美援朝胜利归来的国防部长彭德怀元帅的家门。彭总很赞赏他的设想,立即呈报周恩来总理,周总理批准了修路的要求。彭总在大幅的中国地图上用手从甘肃北部到西藏的南部画了一条线:路要从这里修起。作为军人的慕生忠理解了,这条线不仅可以运粮,还有国防意义。

慕生忠向彭总要了10辆10轮大卡车和10个工兵,1台吉普车,加1200名民工,以青海的格尔木做起点,开始了震惊中外的青藏路的修建工程,时为1954年5月11日。到7月,仅用2个多月的时间,公路向前延伸了300公里。但资金用尽,人力不足,特别是技术力量不足等等问题接踵而至。慕生忠又一次进京请示彭总。彭总给慕生忠增派1000名工兵,100辆汽车,增加资金200万元。慕生忠如虎添翼,带领筑路队伍披荆斩棘,劈山架桥,战胜了天险和高原反应,历尽艰辛困苦,到1954年12月15日,只用了7个月的时间,1200公里简易公路神话般地修进拉萨。12月25日,在拉萨人民广场,3万余藏汉民众集会,举行了隆重的通车典礼。慕生忠身穿藏青呢大衣,手捧洁白的哈达,成为万人瞩目的英雄。

后来,慕生忠应召到京向彭总汇报工作。彭总平时从不请客,到了午饭时间,慕生忠要求在彭总家里吃一餐便饭。席间彭总给慕生忠敬了三杯酒,说了一句从内心涌出的话:“人就应该有这种大无畏的创业精神。”彭总从不送礼,慕生忠临行时向彭总要了一台苏制军用收音机,彭总高兴地说:“你喜欢啥就随便拿吧!”

荒无人烟的青藏高原,过去没有路,更没有地名,慕生忠把路修到哪里,就在哪里取个名字。望柳庄、曲水河、开心岭、小南川、西大滩……每个名字都饱含着一段不平常的来历。如今这些名称早已标在中国的版图上。

1958 年西藏上层反动集团筹谋叛乱时,朱德、彭总、叶帅以及杨成武、洪学智等高级领导人,先后来到格尔木视察。彭总在慕生忠的陪同下登上昆仑山口。陈毅元帅去西藏,走的就是慕生忠修的这条路。

1956 年,根据毛泽东的批示,由邓小平同志主持会议,决定改建青藏路。会前,小平同志派专机把慕生忠接到北京,听取他对公路改建的意见。毛泽东接见了慕生忠,饶有兴味地听慕生忠讲述筑路情形。慕生忠说:山再高,山顶上也是平的,有野兽和鸟类出没,人就能生存,昆仑山不是生命禁区。毛泽东称赞慕生忠的认识很符合辩证法。不久,慕生忠被任命为青藏公路工程局党委书记兼局长。然而 1959 年庐山会议后,慕生忠这个昨日的功臣,一夜之间成了彭德怀的“黑干将”,横遭批判,强令检查。由于毛泽东主席的批示,慕生忠党籍不动,工资不动,军衔不动,这样才使他免于悲惨的结局。之后,慕生忠在甘肃省交通厅挂了个副厅长的职衔。如今已进入耄耋之年的慕生忠将军,在兰州安度晚年。

(《中国交通报》1988 年 9 月 7 日)

导航的罗星塔

我很喜欢阅读描写传奇人物的作品。这类作品读来意味深长,它使你感受到历史的风云变幻,启迪你思索人生的哲理。可是这传奇仅仅属于人类专有吗?在自然景物中就没有传奇吗?我想是有的。我国名山大川之中的一石一木,佛寺宝刹中的片砖只瓦,不都有曲折离奇的传奇故事吗?可极富传奇色彩的塔,倒是少见。建于福州马尾港附近的罗星山上的罗星塔,堪称传奇塔。

我曾游览过祖国的许多地方,观看过各式各样的塔。它们除了结构、造型各有千秋之外,都称作佛塔,均为藏舍利和佛家经卷而建。唯罗星塔是个例外,它不藏舍利,亦不藏经卷,全然与佛事无缘。它藏的是令人浮想联翩的传说。

罗星塔有三个名称,这本身就很奇特了!罗星塔建在闽江岸边的罗星山上,名叫罗星塔倒也没有什么奇怪,它奇在另外两个名称上:有心塔和中国塔。

我的一位友人,从严寒的东北来到“火炉”福州落户已30余载,可算是一位福建通了。老友重逢,邀我乘船游闽江,既可避去9月福州的溽暑,又可饱览沿江景色,观赏罗星塔便是其中的一景。友人热情而健谈,一路上向我讲述着罗星塔的传说。

相传在宋代,浙江有位书生到福州投亲,盘缠用尽,未遇亲人,一时轻生,遂投闽江以求一死而了。但他却被罗星山下的一位富翁所救。富翁怜爱这位书生的才貌,便将爱女丽娘许配与他为妻。婚后夫妻恩爱绵绵。为求取功名,老翁给书生备足川资,送他进京赴试。书生与丽娘挥泪而别信誓旦旦。但这位书生金榜题名,却改变了心肠,一去十载不归,音信皆无。痴情的丽娘,风风雨雨朝朝暮暮,一日三次登上罗星塔望夫归舟,郁闷成疾,一病不起,憔悴而死。乡邻们崇尚丽娘对爱情的纯真,鄙视那个负心的书生,用福州方言骂那个书生没有良心。久而久之,罗星塔又称为有心塔了。

友人讲完,不以为然地议论道:“丽娘和有心的书生,历史上不见经传,不过是人们的杜撰罢了。”可我却偏有些痴,我愿把这传说当成真实的故事听。我想,这传奇之中,不正寄寓着人们的审美情趣吗!丽娘,是人们理想的真、善、美的化身,丽娘将借塔而万古流芳;书生则成为假、丑、恶的化身,因有心而遗臭万年。我对友人说:“这故事虽不见经传,但它却给后人留下了一笔宝贵的精神财富,但愿把它世代相传!”

罗星塔原为北宋年间所建,全部由石建成,8角7层,高达31.5米,通体银灰色,婷婷然耸立于浓绿的罗星山上。烟江迷蒙,金色的阳光辉映塔影,罗星塔秀美壮丽,气象万千。那么它为何又称为中国塔呢?

据史料记载,明代罗星塔下的马尾港已是繁华的口岸,中外船舶到港集散,当年号称万船云集。传说在明代末叶,有一只荷兰船在闽江口外遇到台风,驶进闽江口到马尾避风,在罗星塔下抛锚。这是欧洲人第一次航行到中国,他们在海图上找不到这是中国的什么地方,叫什么名称,但他们看到了高高挺立的罗星塔。这塔在夜幕降临后,还发射出闪闪的灯光,为夜航的船舶导航。这群荷兰人兴奋异常,在自己的海图上标明:某年某月某日在“中国塔”下避风。由此,中国塔的名称神话般地传到欧洲各国。直到现在,各国船舶的航海图上仍有中国塔的标记。更令人惊奇的是,在世界邮政史上,中国塔已成为一个著名的邮政地点,世界各国寄往福州马尾的信件,在信封上只写明“中国塔”三字便可寄达。由此可见,我们的中国塔——这个传奇的塔,在世界上知名度之高了。

友人讲完了中国塔名称的缘由,感慨油然而生:“中国塔的传说我是相信的,塔身上至今还保存着大量的灯龛,说明罗星塔是座导航的灯塔,被各国海员传为美谈佳话,给罗星塔涂上了神秘的色彩。它在世界各国航海和邮政界驰名就一点不奇怪了!”我很赞赏友人的高论。可我更想到,把导航灯设在古老而美丽的塔身之上,不啻是导航史上一件极为罕见的珍品,难怪外国人对罗星塔的倾倒,并给予它特殊的赞美和喜爱!

傍晚,舍船登岸,友人陪我登上了罗星塔的最高处。我俯瞰滔滔东去的闽江,晚霞映照,停靠在马尾港码头上的条条巨轮,正在装卸货物。登高远望,心胸顿时开阔起来,千百年来,传奇式的罗星塔,给后人平添了多少遐想,使多少游人从中得到启迪,为之神往。而如今作为开放口岸的马尾经济区,作为开放“窗口”的马尾港,人们不正用自己的辛勤汗水编织着更新更美的传奇吗?

(《中国交通报》1987 年 11 月 25 日)

古城与牌坊

1986年春暖花开的时候，我到兴城海员疗养院疗养。每日除洗温泉澡和做理疗外，常去逛古城，给我寂寞的疗养生活添了不少乐趣。

兴城，古称宁远，始建于明朝宣德三年（1428年），呈正方形，城墙外面用大青砖、里面用巨石、中间夯土筑成，城顶用青砖铺面。底宽6.5米，顶宽5米，城高10米。老城1568年毁于地震。当时任宁远道监军的大将袁崇焕，为防后金军努尔哈赤的进攻，历时2年重筑宁远城。袁崇焕凭借古城，于1626年重创努尔哈赤的10万后金军，努尔哈赤负重伤死于退军途中。袁崇焕因宁远大捷被擢升为右佥都御史，但因崇祯皇帝中了清朝皇太极的反间计，袁崇焕被崇祯处死，宁远城于崇祯十三年失守。

古城南街现在还耸立一座高大的石牌坊，俗称祖氏石坊，立于公元1631年。祖氏为兄弟二人，哥哥祖大寿、弟弟祖大乐。祖大寿当时任明朝总兵官左军督都。明朝末代皇帝崇祯，以祖氏兄弟守卫辽西抗清卫明有功，默许祖氏兄弟在城内建牌坊两座。南为“忠贞胆智”坊，是为祖大寿所立；北为“登坛骏烈”坊，为祖大乐所立。现存的石坊为祖大乐的“登坛骏烈”坊，石坊高11.5米，为青花岗石筑成，高架凌空，结构严谨，气势雄伟，雕以精美的花纹，两侧依柱有4只石狮，常引游人驻足观赏。但皇上崇祯被蒙在鼓里，为祖氏兄弟建牌坊时，兄弟二人暗中早已降清，把辽西重地锦州拱手让出，使宁远失去前哨屏障。

如今古城与石牌坊并立已有数百年，忠心耿耿保卫大明的袁崇焕被处死，而阳奉阴违、做了叛徒的祖氏兄弟却立了功德牌坊。崇祯皇帝糊涂至此，不上吊自杀才怪呢。

（《中国交通报》1989年1月7日）

简从·礼让·周全

偶然在一家杂志上读到已故漫画家丰子恺的一首小诗，现在把它抄录于后：泥龙竹马眼前情，琐屑平凡总不论。最喜小中能见大，还求弦外有余音。因受这首小诗的感应，把我一年前东渡日本时有关交通的几则日记略加整理，记述出来。文中没有虚构，也无夸张，读者或许会从中求出一点弦外之音。

一

日本国号称发达的经济大国。但日本人在接待异国客人时，却非常的简朴，甚至有些"吝啬"。我们到了东京，外出少不了要乘车的，但主人却很少派专车，经常派人带着我们乘地铁、电车和公共汽车。有天晚饭后，主人邀我们去观赏繁华的新宿商业区夜景。一路上几次转换地铁、汽车，在人群中拥来挤去，而不叫出租。不过也有例外，有一次夜间，主人叫出租车送我们返回饭店，然而在一辆车上竟安排了五个人，主人只说了声"请多关照"而已。前排坐了两个客人，虽然觉得挤了一点，却很欣赏日本人不讲阔绰的简朴风格。

二

我们在日本逗留数日，到了东京、京都和大阪三个城市。说来令人惊诧，这三个城市车流如水人如潮，但几乎没看见过交通警察手持指挥棒站立街心，车辆、行人全靠街头的红绿灯和路标指挥，秩序井然。有一次在箱根风景区的一条小巷里发生车辆堵塞，不到一分钟就排起了车的长龙。只见几位司机下车聚在一起商议一番，然后由一位司机指挥，很快就把车疏通了。司机们没有争吵，更没有污言秽语，过往行人也绝无围观者。

我们有时在小巷上漫步，经常在路口遇到突然驶来的轿车，一时搞得手足无措，然而每次都是司机戛然煞车，用手示意行人先走。他们是车等人，绝不与人抢行，也不按喇叭，给人一种默契、和谐之感。

日本大约是骑自行车人少的缘故，不分男女一律用女式车。他们在人行道中穿梭，但你不必担心，车速不快，很少发生撞人事件。

三

工作之余，主人为我们安排了两次游览活动。第一次去迪士尼乐园，乘坐

公共汽车。几经转车之后,我们到了发车站,只见一位手持小黄旗,头戴小红帽身穿红衣裙的年轻小姐在车门恭候,见了人口中不停地说"您好,谢谢"。发车后,这位小姐背靠司机座位一边站定,微笑着面对乘客,沿路介绍东京著名的风景名胜,使你饱赏东京的风采。

第二次去风景胜地箱根,路途较长,车上装了录放机和扩音话筒。有饮料,还备有雨具。开车的司机途中每遇公厕便主动停车,请乘客下车方便。日本的公厕清洁卫生,无异味,均备有自来水和免费手纸,十分方便。清洁员竟是一位"大姐"。

有人说"半瓣花上说人情"。记述以上点点滴滴的琐屑小事,能说明什么呢?只有请读者去玩味了。

(《中国交通报》1987 年 12 月 5 日)

养路工雕像前的遐想

1990年6月20日,是个值得纪念的日子!

这一天,辽宁省新金县养路工人雕像举行揭幕典礼。我很荣幸,目睹了我国公路史上这最神圣的时刻。

这一天,新金县城普兰店镇沸腾了,以雕像广场为中心,彩旗招展,鼓乐喧天,人群熙攘。全镇数万人,凡能参加这个盛典的,都涌出了家门,普兰店镇完全是一派过重大节日的喜庆气氛。然而,我却观察到,人们的面部无疑也凝聚着庄严与思索的神韵。

人们在思索什么呢?是企盼领导人揭幕的那个庄严时刻吗?还是急着观瞻被红绸遮挡的雕像?我也在思索着:纵观我国5000年的文明史,横看960万平方公里的华夏大地,为古代的近代的和现代的政治家、军事家、科学家、文学家……树碑雕像,人们早已不鲜见了。然而为普普通通的养路工人矗立雕像,试问天下可还有第二家!

我在紫铜色的雕像前流连许久,我仰视那高大、健美的养路工雄姿,我抚摸着雕座四周表现养路工与大自然搏斗的群体浮雕,思绪不能自已……

一

火焰山上的养路工浮在我的眼前。

1990年的夏末,我们从乌鲁木齐出发,逆兰(州)新(疆)路作古丝绸之路行。出吐鲁番35公里,便到了闻名于世的火焰山。火焰山果然名不虚传,她横卧在吐鲁番盆地中部,全长100公里,一般高度为500米左右,因山石颜色发红而得名。山状奇特,或呈古埃及的金字塔型,或呈一道道皱褶,斜阳之下,红色山峦宛若条条火焰腾空而起。这里的地表温度最高可达77摄氏度,盛暑过后仍可达40摄氏度左右。古代著名边塞诗人岑参曾两度到过新疆,作《火山云歌送别》一首,对火焰山作了形象逼真的描述。诗中写道:"火山突兀赤亭口,火山五月火云厚。火云满山凝未开,飞鸟千里不敢来。"虽有诗人的夸张,但我们在火焰山上确实没有看见飞鸟和别的动物。可是我们的养路工却一年四季劳作在这常年无雨,几乎寸草不生,沙中可烤熟鸡蛋的火焰山上!烈日下,无遮无挡,任凭"火焰"的烤灼,汗水刚从体内渗出,就被烧灼皮肤的干热蒸发了,他们从不知"汗滴禾下土"为何意!

《西游记》描写的唐僧师徒去西天取经，路过火焰山，被火焰山上的火焰所阻，孙悟空向铁扇公主三借芭蕉扇，扇灭了火焰才过了火焰山。小说的描写更给这世上罕见的火焰山蒙上了一层神奇的面纱。火焰山令人向往，给人遐思，叫人流连，但都是匆匆的过客，匆匆的旅游者，唯有我们的养路工，才是火焰山永久的伙伴，给火焰山以生机，给火焰山以活力。

二

我怀念起白山黑水间的养路工。

我是在严冬季节来到了长白山下。那是怎样的一个千里冰封，万里雪飘的世界啊！气温最低可达零下40摄氏度。据气象部门记录，长白山每年9月即开始降雪，年降雪140余天，是我国降雪时间最多的地方。人说瑞雪兆丰年，那是以农业生产而言，可雪对于公路来说，却是自然灾害。严寒的冬季，大雪飘飘，飞飞扬扬地撒向大地，无声无响。可是我们的养路工，看见纷纷飘落的雪花，就像战士听到了冲锋杀敌的军号声，凌晨即起，扛着铁锨、扫帚上路了，从不要人号召，也不要上级下达命令，全是职业的使命感、责任感所使然！冰雪笼罩的长白山，已是千里鸟飞绝，唯有养路工在公路上。他们把每人养护的约一公里的公路，先铲出米黄色的路肩，让过往的司机不致把车开到路肩下面去，然后再一锨一锨地铲除路中间的积雪。大雪封住的一公里路，人们步行还感十分吃力，可是我们的养路工，却要一锨一锨地把雪铲去，该是何等的艰难！一公里路，从凌晨到傍晚，铲个不停。他们厚厚的棉衣后背上，升腾着从体内蒸发出的热气，这热气又结成了一层薄薄的冰层；渴了，抓一把雪塞到嘴里；饿了，从怀里掏出一个带着体温的馒头充饥。在这一天里，这一公里路的积雪不铲完他们是不回家的。每当有汽车从他们身旁驶过，司机们都按出有节奏的"嘀嘀"、"嘀嘀"的喇叭声，向养路工致意，用喇叭连声说"谢谢、谢谢"。养路工同志，你听见了吗？可他们仍在不停地铲雪……

人说一方水土养一方人，这话富有哲理。白山黑水陶冶的养路工，铸造了与冰雪严寒搏斗不息的性格！

三

我想起了台风挟着暴雨残酷袭击公路的情景。

有一年的夏季，我到闽、浙两省去，正遇上刮台风。台风登陆，伴着暴雨同行。公路两侧的行道树硬是连根拔起，横躺在地上，大雨淹没了公路。狂风暴雨中行驶在公路上的汽车，都想尽快驶离风雨而去，喇叭声此起彼伏，行人，以及牲畜，夹杂在汽车的前后左右，公路陷入混乱之中。这时候，只有我们的养路工冒着风雨苦斗在公路上。他们锯断倒树，清除路障；挖边沟，疏通水流，引导汽车、拖拉机通过。公路上沧海横流，更显出养路工英雄本色。

台风过去了，沙砾路自不必说，即是沥青路经过雨水几天的浸泡，再经过汽车、拖拉机几天的折腾，原本平整如镜的公路已是千疮百孔了！水火竟如此无情！面对着百孔千疮的公路，养路工不敢有一天的喘息，将付出比平时多几倍十几倍的劳动，要经过几个月以致半载的时间，才能把水毁路修复。然而行路的汽车、拖拉机，行路的人们，在路上遇到堵塞的时候，竟口出不逊，恶言秽语，把气往养路工人身上撒。可是我们的养路工，不怨天不尤人，没有怨言，没有牢骚。他们不是不会骂人，他们不是不可以解释，可他们没有那个时间，一分一秒都是宝贵的。公路早一个小时修复了，就是为社会多贡献了一分光和一分热！

人世间还有比这更美好的心灵吗！

四

我在雕像前盘桓着，遐想着……

我很钦佩新金县领导人的卓识与魄力。新金县城乡经济在改革开放中得到了长足的发展，县的领导人看到了养路工人的作用与贡献。他们决计为养路工人塑一雕像，用以表彰养路工的业绩和精神。应当说这是养路工的一个殊荣，要比金钱、物质奖励要高尚得多！

新金县的养路工获得这样的荣誉，可以说是当之无愧的。自 1978 年至 1988 年，经过 10 年的艰苦奋斗，县级以上公路按二级路标准普遍进行了改造，乡级公路全部达到了三级路标准。能达到这个等级标准的，在全国两千余个县中还是“独一处”！

五

这是雕塑家的匠心经营，在雕像的上方塑造了一条半圆形的彩虹，围罩着养路工。我仔细思量，才读懂了她的内涵：原来这条彩虹分三个不同的形状，分别代表着国道、省道和县乡道路。多富有想象力的创作！

在我们中华的大地上，密如蛛网的公路已有上百万公里，凡有公路的地方，就有养路工人的汗水；凡行人、车辆通行于公路上，都得益于养路工人的辛勤劳动；每一处城乡经济的繁荣，都有赖于养路工人的劳作。然而养路工却是社会上的无名者，他们个个都属于默默无闻的奉献者！

这些年来，我曾在大江南北，黄河上下，访问过无数个养路道班，无数个养路工。他们谈得最多的是公路，从不渴求攀龙附风，更不知功名利禄为何物；他

们只求把人生都奉献在公路上,渴望着“车行千里路,人马保平安”！有了这些就已足够!

养路工雕像矗立在辽东半岛的新金县,但荣誉当属于全国百万养路工!

我在雕像前流连着、遐想着……

(《人民公路报》1992 年 5 月 17 日)

"玉兰"良宵

卡拉 OK 是个新玩意儿,舶来品,在一些大城市里流行着,据说颇得青年男女的青睐。我这个花白了胡须的老头儿,自认为属保守型,自然没有兴致去领略她的风骚。然而没想到,在一次偶然的旅行中,却也去观赏了一回卡拉 OK,并且给我留下了不错的印象。

今年 3 月最后一天,我因公从广州去海南,乘广州海运局在全国颇有些名气的客轮"玉兰"号。

从广州到海口,324 海里的航程,走南海,跨琼州海峡,如果不遇风浪,26 个小时即可到达目的地。我们很幸运,这天海上风平浪静,阳光和煦,海风吹在身上凉爽爽的。白天在海上航行,赶上无风无浪的好天气,旅客们都很高兴。但当夜幕降临,海天一色,黑茫茫一片,漫漫长夜,却是旅客最寂寞难熬的。玉兰轮真不愧是能体察旅客心迹的良友,广播喇叭通告旅客:19 时在餐厅举办玉兰同乐晚会,敬请各位光临,共度良宵。副船长吴亚拉邀我参加晚会。

船上共载 500 多名旅客,餐厅里一下子涌进来 300 余人。彩灯滚动,音乐悠扬,人声沸沸扬扬。晚会开场曲,是玉兰轮的女服务员们唱自己创作的玉兰之歌,表达了全船职工全心全意为旅客服务的决心。接着,一位来自西北的姑娘,接过麦克风,高歌了一曲《黄土高坡》,她把强劲的西北风刮进了南海,西北风引起了震耳的喝彩声和掌声;一位来自东北的青年,未开唱却先有一番深情的道白:"我离开了生我养我的故乡,离开了我的恋人,但我还是来了,我要到海南,到天涯海角闯一番事业!"有道是未曾开腔先有情,他放开喉咙高唱了一曲珍重之歌,祝大家各自珍重。

在晚会上,我曾请教一位青年。我问他:这个晚会是否有点卡拉 OK 的味道?他做了肯定的回答:是的,有音乐伴奏,但无专业歌手,全是与会者即兴而歌。此时,晚会上又传出了新的旋律。一位年轻的女服务员登场,她要演唱黄梅戏《夫妻双双把家还》,要请一位男士同歌。一位男青年勇敢地抢先上场,两人在电子琴的伴奏下声情并茂地演唱了一曲。接着,一位青岛的壮汉表演了吞针穿线的戏法,挺叫人开眼界的。

要求登场演唱者,竟在台下自觉地排成队,都要在这里用歌唱来宣泄、抒发自己的内心世界,也要试一试自己的唱歌才华。

晚会进行到深夜 11 时,大家在一场欢快的迪斯科舞后,才恋恋不舍地回到

自己的船舱。第2天上午9时,我约晚会的操办者、客运主任何志刚小谈。我称赞这台晚会办得很成功,不亚于北京城里的卡拉OK,小何却显得很平静,他对我说:“乘船26个小时,旅客疲劳寂寞,我们就要想方设法给旅客一些欢乐,让大家在娱乐中度过长夜。”几年来,玉兰轮来往于广州和海口,每晚必有一台晚会,从未间断过。为了这每夜一次的晚会,客运部的船员们个个都付出了旅客们想不到的辛劳,小何在广州自费学了弹奏电子琴,服务员小姐们也都学了流行歌曲、粤剧、黄梅戏和交谊舞,各有自己的保留节目。这些事说来平常,但旅客们不晓得,船上每增加一项服务项目,就意味着服务员要付出更多的劳动。一台晚会下来,旅客们躺下睡大觉去了,而船员们要整理、打扫餐厅,忙到子夜。这晚会全是义务服务,不收分文。

小何在服务工作中,运用了旅客心理学、行为学等方面知识,他是个有心人。我问他办晚会这个主意是怎么想出来的,他说:“这是调查研究的结果。当今的旅客成分与过去相比发生了很大的变化,特别是海南建省,开辟为大特区,内地大批知识分子涌向海南,到海南出差的干部也是知识层的人士居多,就是跑生意的小商小贩也不是文盲‘老冒’了。这些人上船来,要吃得好,玩得好,更需要现代文化娱乐,仅仅玩玩象棋、电子游戏,听听音乐已远远不能满足需求了。”我为小何的这番见解所折服。当今的客运服务工作,已不仅仅是送茶倒水、拖地板一类简单劳动了,旅行需要文化,需要高情趣的娱乐!假如我们的长途火车,汽车和江、海客轮,都给旅客创造一个卡拉OK式的多种多样的文化活动,那么赌博、酗酒、庸俗无聊的“侃大山”等低级、有害的精神刺激,岂不都见鬼去了吗!

这次海南之行,有机会乘坐玉兰号,给人留下可思索的东西太多了,我赞美开拓了旅行文化这一有益之举的玉兰号。

(《中国交通报》1989年7月19日)

草原风情

内蒙古大草原，一句“风吹草低见牛羊”，就足以使人无限向往；而草原上的蒙古包，则更具神秘的传奇色彩，诱人探奇览胜。在今年的六月下旬，我与内蒙古公路局的同志，有幸在蒙古包小住一宿，饱览了草原风情。

这个蒙古包群，是内蒙古达茂旗兴办的草原旅游点，蒙语叫“格根塔拉皎色隆”，由二十座包组成，中间有座特大的包，是餐厅，又是游艺场和舞厅。到这里来旅游，可以骑马驰骋草原，可以乘骆驼漫游，也可以坐草原特有的牛拉的大轮勒勒车，还有骆驼拉的草原轿车——五颜六色的大篷车。虽是盛夏六月，这里的气温颇有深秋之凉意。

我们被引进一座蒙古包，服务员送来了香喷喷的奶茶，桌上备有炒米、点心、白糖和盐。包内装饰华丽，被褥洁白，一尘不染，无蚊无蝇。我们在五彩缤纷的地毯上盘腿而坐，抒发一路之上的感怀情致。

傍晚，我们应邀进晚餐。夕阳返照，大草原披上了彩色的霞光，晚风习习，青草依依。壮美无比。久住喧嚣的北京城，忽然走进静谧的大自然的怀抱，恍如来到脱俗超尘的“世外桃源”，顿感有语言难以形容的心旷神怡！

餐桌上摆着四样凉盘，几瓶啤酒诱人大开胃口。刚饮一杯啤酒下肚，一位漂亮的蒙古族姑娘光临桌前，她手里托着一条天蓝色的绸哈达，右手端着一只镶了金边的银碗。她先是深深地一鞠躬，然后用浑厚的女中音唱起了敬酒歌。旗长知我不懂蒙语，告诉我，姑娘唱的歌词大意是：尊敬的远方的客人，欢迎您来到我们美丽的草原，请您喝干这杯香甜的美酒……姑娘边唱边把酒碗举到我的面前。我赶忙起立接过酒碗。我对烈性白酒，平日是一滴不沾的，端着酒碗有些为难了。姑娘以为我客气，又唱起了欢快的草原民歌。坐在身边的旗长悄悄地嘱我：“这酒是一定要喝的，不然她会不停地唱下去。”同桌进餐的人也拍手鼓励。我只好壮胆饮酒，姑娘才笑容可掬地接回酒碗转向他人。

敬酒的姑娘离席，我才如释重荷。可是不一会儿，又换了两位男生先后来敬酒了。第一位是青年接待科长，第二位是老经理巴特尔。他们的敬酒，全是男子汉的风格，不像姑娘那样温文尔雅了。他凑近你的身边，几乎把酒碗送到你的嘴唇，歌儿的曲调奔放而真挚，不容你有半点的推辞。我被这炽热、真诚、友善的歌声所动，把醉酒置之度外，不再胆怯了，接过酒碗即饮。我忽然发现，这三位敬酒人都有一双会说话的眼睛，向你敬酒时那双眼睛是那样的真诚；当

你举杯踌躇时,那双眼睛又那样热切的期待;当你举碗干杯时,那双眼睛又是那样的喜悦。同行的老“内蒙”们,大约也是“近朱者赤”吧,不但善饮,竟也能对歌。我这从北京来的客人,既不能歌,又不善饮,真有些相形见绌了。餐桌上,以歌敬酒,以酒助歌,歌、酒、情融为一体,真乃独具风采、十分快乐的晚餐!

“这是旅游点的敬酒,比起牧民的敬酒大大地逊色了。”同行的一位“老内蒙”事后告诉我。我问他:“牧民敬酒该另有一番情趣吧?”

他酒后话浓,给我讲了许多牧民敬酒的故事。

内蒙古大草原上的牧民,是一家一包式的生活,相隔数十里,平日往来甚少,偶尔有客人到来,都是“相逢何必曾相识”,以贵客相待。白天由女主人烧奶茶,吃奶豆腐、炒米和点心,傍晚男主人放牧归来,宰羊备酒,一定要痛饮一场。

喝酒的时候,他们双手把酒碗高高地举过头顶,唱起草原特有的、曲调千回百转的敬酒歌,假如客人不饮,他就双手捧着酒碗长跪久唱不起,直到客人干杯为止。有人形容,到蒙古包做客,你就要准备长醉一宿,主人才认你为知己,真正的朋友。到蒙古包做客,事前是要问问民俗的。你若不善饮酒,不管主人怎样敬酒,你一滴不饮,真诚地表示不饮酒,万不可象征性地饮一点点,只要酒沾了唇,主人就饶不过你了。有经验的人,都是端过敬上之酒,用右手食指沾酒,对上对下各弹一次,让天地做证,确实不能饮酒,主人才理解了你的诚意。倘若你是个歌手,可以同主人对歌,你的歌胜过了主人,主人将十分钦佩你。不过这样的歌手,在牧民面前还难得见到。粗犷、饶勇、勤劳、古朴、能歌善饮的牧民,是大草原养育的骄子,只要你同他们相会、对饮,哪怕是短暂的一宿,莫不为他们的友谊和真诚所倾倒:到这里才能体味到人际间最纯净最美好的情感!

(《中国交通报》1986 年 9 月 27 日)

大 桥 节

——黔东南纪行之一

大凡到过苗乡的人，都知道苗家节日多。三月三，六月六，九月九，一年四季，春夏秋冬，节日不断。苗家的每个节日，不仅可以探寻出历史上的渊源，并且都有个美丽动人的名字。然而我却参加了一个无名的、盛大的节日，还给她起了个名字——大桥节。

那是 1985 年 7 月 30 日早 6 时许，我同贵州记者站的同志一行 3 人，从黔东南苗族侗族自治州首府——凯里市出发，驱车 100 余公里，去剑河县参加剑河大桥通车典礼。然而当我们 10 时半到达县城时，典礼已过。典礼的盛大仪式未及目睹，但参加典礼的群众却仍在街头流连忘返，我们的汽车在人的洪流中，像蜗牛一样爬到桥头。

初到苗乡，这里的山山水水，少数民族的穿着打扮，都给人以新鲜感。而人群中最引人注目的，则是苗家青年男女。年轻的姑娘们，身穿蓝色、绛紫色的衣裙，颈上戴着银项圈，耳垂上挂着银圆大的耳环。她们三五成群，在街上、桥上悠然自得，缓缓而行，笑语盈盈。中老年妇女的穿着，几乎同姑娘们是同一色调，只是不挂项圈、不戴耳环。但不分老幼，手里都撑着一把五光十色的折叠晴雨伞。这些绚丽多姿的雨伞，给古老的城镇平添了一丝现代生活的色彩。

苗家的节日，是青年男女对歌、跳舞、谈情说爱的最佳时机。小伙子们也三五成群，穿着已很少有苗家特色，多是穿蓝、绿或青色的青年装，脚踏塑料凉鞋，专在姑娘群中穿行，寻找时机上前搭讪，或者赠送一支冰棍，或者赠送一瓶汽水。看得出，他们是慕大桥之名而来，实则有点醉翁之意不在酒啊！

在桥头，我也注意到老年男女。他们在桥上往返徘徊，看看桥下的潺潺流水，又抬头远望岸边的青山，飞架剑河南北的大桥，怎么也看不够。一位苗族老汉，双手不时地摸摸桥上的水泥栏杆，又摸摸涂着红颜色的"剑河大桥"四个大字，蹲在那里久久不语。我被这深情的举动吸引了，上前问道："第一次看见大桥吗？"他用不大熟练的汉语说："我今年七十三岁了，一辈子头一回在桥上过江。一年前，剑河涨水，我老伴乘渡船过江看新生的外孙，可渡船翻入江底，老伴她再也……"老人说到这有些唏嘘、哽咽了。

回招待所吃过午饭，县交通局长刘荣钧告诉我，下午 2 点钟有斗牛，是群众活动的高潮。从北京到苗乡，机会难得，不可不看。

下午，顶着盛夏的烈日，我走进人的洪流。在一片开阔的河滩地上，已是人山人海。突然间，阵阵鼓声频起，人群闪开一个缺口，24 条水牛被 24 个男青年牵入场内，斗牛开始了。

斗牛，是苗家比较重要的节日才有的“节目”。今年同时有 12 对水牛上阵，更为罕见。州交通局魏局长告诉我，苗家不分贫富，寨寨养斗牛。斗牛是不耕田的，并且要吃精饲料。养牛的花销由各家分摊，再穷的人家，也情愿出钱。以前斗败的牛要当场杀掉，牛肉大家分着吃。现在也“改革”了，斗败的牛不再屠宰，而是让它进行劳动“改造”。

12 对水牛在场中角逐，犹如 12 对黑色的猛虎，有攻有守，有进有退，或四角相抵，僵持不下，斗得难解难分。大约相持一二十分钟的光景，有的牛已体力不支，节节败退，胜者穷追不舍。其紧张、激烈的搏斗，令人惊心动魄。胜利者引牛绕场一周，接受观众的喝彩，败者则悄然离去，也颇令人惋惜和同情。

观看斗牛归来，一位副县长来看我们，对我们说：“真是大大出乎意料，举行通车典礼，既没广播，也没通知，可消息不胫而走，竟引来了 10 万人进城（全县 20 余万人），有些人步行 40 多里来看大桥。群众自发的搞了一个星期的庆祝活动。”说到这儿，这位县长感慨很深地又继续说道：“一座普普通通的大桥，竟这样深得民心，使我们看到了自己的责任，加快老、少、边、穷地区的交通建设，意义深远啊……”

是的，这座普通的水泥桥，全长不过 150 米，但它在各族人民的心目中，不啻是一座丰碑，是高耸在人民群众心中的碑。但愿在祖国各地，更多地竖起这样为民造福、百世流芳的丰碑！

（《中国交通报》1986 年 5 月 21 日）

道班小憩

——黔东南纪行之二

我们一行3人，于7月31日晨7时告辞了红军长征时曾经路过的剑河县，返回凯里市。记者站的同志建议不走回头路，从另一条路上往回返，让我多看看高原山区公路。

汽车在黔南山区公路上行驶。白色路面的山区公路，蜿蜒在青山峻岭中，像一条白色的丝带缠在千山万壑的腰间。我们的汽车则像一叶扁舟，在山谷浪峰中忽上忽下行驶。我在车中想到了贵州是“天无三日晴，地无三尺平”这句俗话，确实是对贵州山水的高度概括。

记者站的同志告诉我，这条公路还是抗日战争时期修筑的，只相当于现在的四级公路的标准。不过由于山区车少，加上养路工人的精心养护，虽然弯多坡陡，但路面平整，车速可达40余公里。只是时逢盛夏，车上没有空调，闷热难当，打开前后车窗，沙土飞扬，弄得人人灰尘满面。在时近中午的时候，我们决定找个养路道班休息一下，喝口水，也顺便看看山区道班工人的工作和生活情况。

真是有点无巧不成书了。说话间汽车驶进一块平坦的开阔地，路边上有位少年摆了个茶水摊，我们下车后就奔这茶摊而来，在一个长条木凳上坐下喝凉茶。茶摊上还坐着一位三十多岁的中年男子，他生有一幅清秀的面庞，身材不算魁梧，但透着山区人的健壮，正悠闲地看小人书。我们边喝茶，边同这位同志攀谈起来。当我们问他这附近可有养路道班时，他打量着我们一行3人，先是问我们从哪里来，找道班有什么事情。大约因为我们是从北京来的人，又是交通系统的同行，这位同志由开始的淡漠，一下子热情起来，说：“我就是道班工人，路北的三幢房子就是我们的道班。”

路上，来往行人不断，苗、侗族妇女三五成群，撑着花哨的折叠伞，不时来到茶摊前，少年忙着斟茶、洗杯。青山环绕，稻田青青，穿着鲜艳的苗家妇女，多么恬静的山区，分明是活脱脱的一幅农村风俗画。

“今天是墟日，现在道班工作不忙，都赶墟去了！”道班工人对我们说。我问他：“这位小伙子是你的儿子吧！”他答道：“是的，现在放暑假，赶墟日行人多，我叫他摆个茶摊。”“一天能有几块钱的收入啊？”我顺便问了一句。“说不上什么

收入,只求为行人添点方便罢了！我们道班工人常年在路上干活,最理解行人口渴的滋味!”听到这话,我有些惭愧了,我的世俗眼光看低了眼前的父与子。

在闲谈中了解到,这位道班工人高小毕业,已有10年工龄,一家4口人。妻子务农,这位卖茶少年正读六年级,在10里外的小学住读,放寒暑假回家小住。还有个6岁的女儿,一家就住在路北侧的道班房里。这位工人的月工资60多元,一家人的生活与当地农民相比,属于中上水平,是个幸福的家庭。

喝了两杯凉茶,全身凉爽了许多,我到路北的道班房看了看。这个道班有3栋平房,坐北朝南的5间是旧房,住了几户工人。在北房的东西分别建了一栋厢房,各有5间,刚建成,还没装修。这位工人的一家住在旧房里的1间。我不经邀请便进屋串门,他妻子正在做针线。屋里光线不太充足,放满了床铺和什物。这一间不到14平方米的房子,显然很拥挤。

“4口之家住1间房,不大宽敞啊!”我对这位道班工人说。他却爽朗地地答道:“挤是挤一点,不过新房建起来了,除公用的以外,我们也能有点改善。人要是向前看,心里就宽敞!”

养路工的生活是清苦的,工作是劳累的,每人分担着一公里的路段。这里没有机械,全是体力劳动,手刨肩挑,平时尚好养护,一旦发生水灾、路坍,就得昼夜苦干。听到这些情况,我说了一句:“养路工作很辛苦啊!”道班工人却说:“已经习惯了,倒觉不出什么苦和累,就怕路养护不好,叫人不舒适!”

与道班工人握手告别,汽车又在公路上飞驰起来。在这海拔一千公尺以上的高原山区,公路养护得这么好,哪一寸路面不渗透着养路工人的辛勤汗水!我们安稳地坐在车中,每当看见道班工人撒石、铺路,心中不由得产生深深的敬意!

(《中国交通报》1986年5月23日)

勿忘航标情

——长江游记

初次乘船走三峡，真如刘姥姥进了大观园美不胜收，感慨万千。我手拿长江旅游图，忽而在船的左舷，忽而在船的右舷，“按图索骥”，唯恐遗漏一山一景一奇。结伴同行的一位长江上退休的老船长，看着我会心一笑，淡淡地说：“我给你做向导，你还怕丢了什么好景致不成？”

这是九九重阳的一个艳阳天，无风、无雨、无雾，船从重庆港起航，人就仿佛被带进了历史人物的画廊，神话传说的世界，更有那以天下雄、秀、险著称的长江三峡。

船出奉节，时光好像倒流了一两千年，犹如闯进了三足鼎立的西蜀国。云阳的琉璃彩墙、金碧辉煌堪称“巴蜀一胜境”的张飞庙。白帝城传说是刘备托孤在此，城内尚有托孤的“永安宫”遗址，甘夫人墓犹存。在奉节城东的沙洲碛坝，传说有诸葛亮摆的“八阵图”，在巫峡集仙峰下的绝壁上，刻着“重岸叠嶂巫峡”六个大字，传说为孔明所刻，故称“孔明碑”。在兵书宝剑峡，又传说孔明晚年著有兵书一部，藏于江边的悬崖峭壁之上，留待有才智的后人获此宝书。张飞在云阳被部下所杀，令人惋惜而又发人深思；刘备兵败彝陵，郁闷身亡，白帝城托孤着人感伤；唯诸葛亮留给后人的才是智慧和神明，使人崇敬不已。船行至此，忽然有人触景生情，吟咏起唐代大诗人李白的千古绝唱：“朝辞白帝彩云间，千里江陵一日还，两岸猿声啼不住，轻舟已过万重山。”这诗句又使人遐想翩翩，抒情荡怀，心境为之一振。

在历史人物的画廊里，有两个人是十分引人怀念的。船到秭归，便到了战国时代的伟大诗人屈原的故里。这儿有屈原坟和屈原庙，还流传着屈原投身湖南汨罗江而后大鱼吞尸还故乡的动人传说，反映了历代人民对爱国诗人的深深怀念与爱戴。船再下行不远，又到了汉妃子王昭君的故乡——香溪。大诗人杜甫唱出的“群山万壑赴荆门，生长明妃尚有村”，就是指香溪上游的明妃村。历史越千年，但如今在内蒙古呼和浩特市南部约十公里的昭君墓，年年还吸引着千千万万的中外游人前往凭吊。“昭君出塞”的故事常为人们津津乐道。

走出了历史人物的画廊，又进入了神话传说的世界。船至瞿塘峡下游，有个叫对错山的地方。相传古代有12条恶龙在这儿兴风作浪，危害百姓，西王母娘娘小女瑶姬手挥巨雷，将恶龙劈死江中。船到巫峡，神女峰最叫人翘首引颈，

争睹神女的丰采。相传这神女峰就是瑶姬的化身，她降临人间，伫立山头，为人导航。

“也许是在长江上漂泊了大半生的缘故，对历史上的名人轶事，对虚幻的神话传说，早已不那么动心了。”老船长看我不停地写笔记，自我感喟起来，“我们这些跑长江的人，脚踏船板，最爱看的是尘世人寰！”

“这话怎讲？”我有些不解其意了。

“你瞧，游人的注意力在于凭吊古人，冥想神话传说，感叹三峡之险秀，而船员则专注于险滩急流，注目于航标。想的是航向、安全，务让游人一路平安！”

老船长的一席话，蓦地把我的思绪由历史神话中唤回到现实生活里来。我观急流，看航标，看着看着，我才忽然悟到：游三峡不看航标，当引为一憾！

那航标灯在白日里，平淡无奇，只是默默地漂浮在沿岸的江中，或挺立在岸边。游人是不会注意到她们的。然而老船长一谈起航标，却是那样的挚爱情长。

“这航标虽是不会言语的物件。但她比人还恪尽职守呢！”老船长发出了来自内心的赞叹，“你看她日夜坚守在岗位上，狂风吹不动，恶浪打不翻，她对人无所求，只求奉献自己的光和热。”我被老船长的深情感动了，在脑际中好像忽然涌现了什么。啊，是的，这航标绝非是无情感的物件，她有灵性洒向人间。

你看，在浩浩荡荡的长江之上，哪里有暗礁浅滩，哪里就有她的身影；哪里有急流险峻，她就以身护卫在哪里；哪里弯陡江狭，她就在哪里站岗放哨。在奔腾的大江之中，在雄伟壮丽的群山之间，她很渺小，也显得有些粗俗，甚至不引游人一顾。但她从不自轻，她自信，她自豪，她愿以自己的身躯做航船和游人行旅的忠诚卫士。长相随，祝平安，是她的夙愿。你注意到了吗？当航船在她身旁走过时，行船激起的余波把她轻轻地摇晃。她就频频地向你点首微笑致意，祝你航行一帆风顺。西王母的爱女瑶姬化成的神女峰，曾几何时为你导航？怎能与航标的忠贞相比！

午夜，船在江中顺流而下，两岸青山已由青翠变为黛墨，像游人一样，也进入了甜蜜的梦乡。由于舱中闷热，我辗转不能成眠。忽然老船长轻轻地拍我肩头，约我去船头看夜景。

深夜里的长江，安谧而恬静，微风给人以无限惬意。

“你看，游人都在梦中了，而航标灯却正在庄重地工作着！”老船长又谈起了他所热爱的航标灯。啊，夜晚的航标，多么光彩照人，白的、红的、绿的，在江中、在岸上一闪一闪地发射着光芒，江轮穿行其间，接受她的迎送，江中泛着美丽的灯光倒影。老船长指着不同颜色的航标对我说：“这是过河标，那是沿岸标，这是左右通航标，那是示位标，她们有着极严格的岗位分工责任制！”“航标竟有这么多的区别呀?”“是的,一共有十种航标,还有六种信号标。有了她们各司其职,长江天险才变为坦途。从前没有航标的时候,江上有骇人的‘白骨塔’,‘鬼门关’,不知吞噬了多少游人、行旅和江上渔民!”

我这时才深深地理解了老船长对航标的一往情深,难怪他不止一次地对我说:“我这个跑船人,安全航行30余年,当了什么安全标兵,上级、旅客表扬我。其实,这功劳应有航标的一半儿。然而人们却往往忘记了默默无闻的航标!”这次我不全然同意他的意见了,我驳他说:“准确地说,应把功劳分给航标工人一半儿!”“不!我把航标看作是航标工人的化身,你说不是吗?她比神女更值得人们的尊敬!”

游长江,走三峡,寻幽探奇,凭吊古战场,饱览祖国锦绣河山,吟哦前人的千古绝句,壮志咏怀,实乃人生中的一大乐趣。然而不知为什么,我又忽然有些怅惘了,往事如烟,总觉得离现实又那么遥远,甚而渐渐淡忘了。而唯有那熠熠闪耀光辉的航标灯,却长久地留在心中!

(《中国交通报》1987年3月21日)

羊皮筏抒情

出中宁县城，往西20公里，有个地方叫沙坡头。这个沙坡头，是宁夏回族自治区的一个旅游点。古老的黄河在这儿呈S弯向东流去，黄河两岸绿树婆娑，堪称是沙漠里的一块绿洲。这沙坡头还有个奇观（据说世界上也为数不多），人从呈45度角的沙坡上坐着滑下去，耳边就响起嗡嗡的钟声，名曰“沙坡鸣钟”。从沙坡上滑下去，黄河边上有骆驼队供游人骑乘。黄河、沙漠、绿树、驼铃叮咚，游人在这里可以品味到独特的诗情画意。难怪这里近年来中外游人逐年增多。

但是很遗憾，我们在6月25日上午到沙坡头时，雨后初晴，沙面潮湿，滑下去也听不到钟鸣了！然而到了黄河边上，忽然发现了早已闻名的羊皮筏子，这又使我们的游兴欢快起来。

排子工们（划皮筏的人）见有游人到来，十余人一齐上前，兜揽游人乘筏一游。体味一下乘皮筏的滋味，是我所高兴的事，但我更想知道一些羊皮筏子的常识轶事，便找了一位身披棉袄的老汉聊起来。自然，我事先出了安民告示，聊完了一定乘坐他的筏子。

这老汉名叫童开祥，中等身材，虽然已是61岁的年纪，但满面呈红铜色，泛着黑黝黝的光，上唇蓄着密密的月牙胡须。一眼就可看出，是黄河里的浪花铸就了他这硬朗的身子骨！他在黄河上有46年的划筏史了，是他告诉我很多有关羊皮筏子的知识。

我问老汉：“这羊皮筏子是从什么年代兴起来的！”他有些为难了，略微思忖一会儿，告诉我说：“有一千年，还是几百年。我说不清楚，反正我们黄河边上的老百姓，世世代代的男人都会要筏子。不会要筏子，算不了黄河边上的男子汉！”老汉流露着自豪的神情。

这羊皮筏子产生的年代，据说要追溯到秦汉，唐宋元明清到解放前以至解放初期，在宁夏的黄河段上，皮筏子是黄河里的主要运输工具。据老汉回忆，他年轻的时候，每年的春、夏、秋三季，黄河上顺流而下的皮筏子不断线。当年过着闭塞、贫困生活的黄河两岸的人民，运输粮食、煤炭、烟叶、服装、布匹，以及锅碗瓢盆、油盐酱醋，哪一件也离不开皮筏子。黄河两岸人民与羊皮筏子有着深厚的感情。

请君不要瞧不起羊皮筏子，当年还有很多要筏子的运输“专业户”呢！他们以牛皮筏子做运输工具，从宁夏出发，满载着烟叶、驼毛、羊皮等当地土特产，直航天津进海河，一次可运出两吨多的货物。经过千难万险，筏子到了天津，把货物卖出后，同时把牛皮（或羊皮）卖掉，然后轻装乘车或步行返回故里，再筹划下一次的远航。

说话间，我请老汉把筏子从水中拉上岸来，很想看看它的真面目。老汉手牵麻绳，轻松地把筏子拉上岸，竖立在我的面前。啊，这真是人间的奇迹，就像14只活羊攀附在木栏杆上，这是多么聪明而又奇妙的艺术创造啊！假若把它竖立在北京街头，人们看到它一定会惊叹不已！

"用什么方法能把一只活羊制成皮囊呢？"老汉看我是初见皮筏，便细致地告诉我制筏的全过程。老汉又颇自豪地对我说："黄河边上的男人，人人会做皮筏子，不会做筏子就寸步难行哩！"据老汉说，他们这里家家户户都有皮筏子。

做筏子要先制囊，用的是山羊皮，质地柔韧。与众不同的是宰羊有特殊的方法。羊宰了以后，把头和四只小腿砍掉，在羊的肛门处开一条口子，把羊皮从尾部到头部完整地剥下来，用麻绳把羊的腰部和四肢紧紧地系住，形成一个完整的皮囊。每只囊里灌进350克胡麻油和250克盐水，这样经过三五天的时间。羊毛全部脱落，在皮囊的内部形成一层油膜，再翻过来朝外，不怕水浸又耐腐蚀。我们看到的供游览乘坐的筏子，都是用14只皮囊做成。皮囊头尾交错，采用河边的柳树枝做挑杆，横18根，竖4根，帮杆2根。这样的筏子一次可乘8个游人。看着不断有游人乘筏下水，我忽然产生了不安全的感觉，问童老汉："皮筏子这么轻，坐那么多人，遇到风浪怎么办？"老汉听出我的用意，对我说："这东西比坐船还保险哩，在河里就是破了三两个皮囊，筏子也照样游。从前我划筏子运煤炭，两个筏子连在一起，大风天照样下河，浪花打在身上，在风浪中用力向前划，那才叫威风哩！"啊，难怪有人把羊皮筏子称作不沉之舟啊！

羊皮筏子充气也很有趣味。人们不用气筒，像儿童吹气球一样，完全用嘴充气。一只皮囊吹12口气就足够了。当然。吹气人要善用力，吹1只皮囊也要憋得脸红脖子粗哩！这也是耍筏人特有的本事。这皮囊与自行车的内胎相似，充气不能太饱，不能在阳光下曝晒，不然它也会爆炸的！

"现在羊皮筏子用场不大了。"童老汉忽然发出了感叹，"每日里招几位游人坐坐，高兴高兴，不像从前那么热闹了！"老汉的喟叹，我理解了，时代在前进，羊皮筏子总要被火车、轮船、汽车所替代。但现代生活就是这么有趣儿，宁夏交通厅在中宁县修建黄河大桥，干部、工人来到工地，往返渡河，还是羊皮筏子立下了新功！据说解放战争时期，不但许多战士乘筏渡河，还有几位将军也乘过羊皮筏子呢！如今羊皮筏子供中外游人乘坐游览黄河胜境，不也证明羊皮筏还有存在的价值吗！真不好意思再耽误老汉的时间了，他还要做生意。他搀扶着我

们一行四人登上了他的羊皮筏子,老汉蹲在筏子的前头(有时还要跪着)划桨。羊皮筏确实是个神奇的东西,人坐在上面,就像坐地毯上在水中漂行,极富弹性,没有浪花,没有声响,只见两岸青山缓缓向后退去,而感觉不到筏子在顺流而下。在不知不觉的谈笑间,走完了千米的航程。老汉先跳上岸,又扶着我们下筏。只见老汉拉起一根麻绳,一抬手就把筏子扛在肩上,再回到出发点上揽新的生意。我问他:“这筏子很重吧?”他说:“不重,也就有百十来斤吧!”

与老汉握手告别。这是有生以来头一回乘上了羊皮筏子,回到北京仍忘不了乘筏的难忘情景。然而更使我难以忘怀的,却是黄河边上的老汉——这位黄河浪里的耍筏人!

(《中国交通报》1986 年 8 月 16 日)

鞭策·回答

——我的两天日记

4 月 10 日。

4 月梢，北京早已进入了艳阳春的季节。冰雪消失，街头的杨、柳、梧桐，吐出绿色的嫩叶，桃花、杏花正含苞待放。

与北京相隔数千里的小兴安岭，此时还是冰雪笼罩，一片晚冬景色。

早饭后，忽然有人通知：去伐木场的森铁客车开车时间有了变动，由早九点改为早八点。听此消息，我们一行四人立刻忙乱起来，匆匆地整理好行装，便急急忙忙地往森铁车站赶去。

从森工局招待所到森铁车站，足有 8 华里的路程。现在时间已近 7 点 30 分，如果徒手跑步，还来得及。可是我们每个人都扛了一个大行李，又怎么能在 30 分钟的时间内走完 8 华里的路程呢？我们焦急的很。这时，小火车的汽笛声远远地传来。这笛声叫得我们心如火燎。不知是谁，突然想出了一个主意：从贮木场院里走，能近一半路。

我们几个扛起行李，小跑着来到贮木场的大门前。一个持枪的年轻警察拦住了我们，向我们要通行证。这可糟了！我们没有通行证呀！怎么办？时间又过了 10 分钟。我忽然把党委写给伐木场党支部的介绍信拿了出来，交给警察，并以求援的口吻，向他述说着我们几个人的来龙去脉。

这位年轻的警察看了看介绍信，又听了我们的自我介绍，他犹豫了一刹那，然后肯定地说道：

"你们过去吧！"他看着我们几个着急的样子，伸手瞧了一下手表，带着焦急的神情向我们说，"哎呀！你们跑着去也赶不上了！"正在这时一个推着一台空斗车的老工人从身旁过去。

"老张头！"这位警察立即喊道，"快来！把这几个同志赶快送到森铁车站去，他们是从北京下放到伐木场去的干部。"这个推斗车的老工人，忙刹住了平车，和警察一起，帮助我们把行李放到车上，然后，推起车像飞一样的跑起来。我们几个在后面奋力追赶，还是拉掉老远。

到了车站，还差 5 分钟就 8 点了。紧张了半天的心，才算松弛下来。可是这时，老工人已把行李卸下来，推着车干他的工作去了。远远看去，他正在用手帕一次又一次地揩着头上的汗水。我们望着老人的背影，心里责备着自己，竟

连句感谢的话都没来得向老人家说。

事情真是出人意料，刚刚费了九牛二虎之力准时赶到车站，小火车却出了事故，到伐木场去的车明晨 8 点才有。这可难住了我们，在这人生地疏的大森林里，上哪里去吃饭，去住宿呢？心中不仅生起一丝懊恼。几个人你看看我，我看看你，想不出办法来。

正在我们为难之际，一个头戴鸭舌帽，身穿一身满是油污的工作服的中年人来到我们面前。也许他从我们的穿着上看出了我们不是当地人（我们之中有三个人穿着深蓝色的棉猴大衣），上前问道：

“同志，你们从哪来，到哪去？”

我们如实相告了。他一听我们是中央下放到这里的干部，就像见了久别的亲人一般，与我们热烈地握手，然后说道：

“没问题，跟我来，保证有你们吃，有你们住。”说话间，他又喊来了几位工人，七手八脚地把行李搬起来，向一个红砖房走去。我们在后面跟着，互相传达着惊奇的眼光。

进屋来，他为我们倒水、点烟，盛情款待，又给每一个人安排了一个舒适的床位，又送来了吃饭用的粮票、饭票。他一边忙着，一边询问着北京的一切情况，就像关心着自己的亲人。在闲谈中，我们才知道，他原来是森铁处主任。方才在我们心中产生的一丝懊恼，此时已忘得烟消云散。

我们在这里舒舒服服地睡了一宿，比在家里还好。

4 月 11 日。

早饭后，我们回到屋中准备搬行李上车，可是回到屋一看，行李已不见了。正在这时，森铁处主任走了来，他微笑地说道：

“同志们，上车吧，行李已经搬到车上去了。”我们连连地向他表示谢意，可是他说道：

“不要这样说，你们是响应党的号召才来林区的，我们有责任给下放的同志一些方便。”

小火车拉了一声长笛，告诉人们，就要开车了。这时，森铁主任带着一个青年来到我们车厢，他指着这个青年人对我们说：

“这是本次列车的车长，路上有什么事情尽管找他。”年轻的车长接着说：

“无论什么事情，我都将尽力来办！”

森林小火车慢慢地蠕动了，一点一点地加快着速度，把我们带进原始森林。列车开出老远老远，还看见主任在站上招手告别。

列车飞一般地向前疾驰，绕过一山又一山，忽高忽低，列车一会儿升上云间，一会儿又深入山谷。我欣赏着这美丽富饶的祖国大好河山，心中却回忆着这一两天来的人和事。一股温暖的感情，在全身涌起，我思索着：为什么人们对下放干部这样热情呢？啊！我明白了：

这虽然是些小事，却表明：党的英明的干部政策，得到了全国人民的热烈欢迎。这一切对我们下放干部说来，都是最实际、最具体的教育与鞭策。我们要以实际行动来回答党的希望和工人同志们的欢迎。

（《中国林业工人报》1958 年 5 月 30 日）

我的师傅

下放到双子河西卡尔泰伐木场劳动锻炼，一晃就是20多天。每当我回忆起这段劳动生活的时候，有两件小事，总是萦绕在心间。

雨　　衣

4月下旬，小兴安岭的大森林里，冰雪刚刚开始融化。第一声春雷，赶走了漫长的寒冬。春天，姗姗来迟。

4月25日早晨5点多钟，我和我的师傅（一个平时话语不多的青年人，先进生产者，共产党员）一起去上工。天上下着大雨，我们虽然都穿着棉衣棉裤，和国家发给的蓝色雨衣，可是冷风袭来，身上还是一阵阵地打战战。

来到山场，发动着机车，我们一天的劳动开始了。

这雨天好像故意与我们为难，一直下个不停，雨水打在脸上，凉冰冰的，雨衣也快要淋透了。拖拉机集材就是这样，不管是严冬的风雪，还是夏季的雨水，生产不能停歇。我虽然穿着雨衣戴着雨帽，还是满身湿淋淋的。穿着雨衣干活，有些碍手碍脚，可是我无论如何也没舍得把它脱掉。我怕雨水打湿了我的棉衣。

电锯手伐倒的木头，在山坡上到处都是，我拿起两条索带，准备去捆已经选好了的两棵大落叶松，谁知脚下一滑，雨衣被一根松枝挂了一下，一脚没站稳，把我跌了个大跟头。我还没从地上爬起来，我的师傅来到身边，和蔼地对我说："把索带给我吧！穿着雨衣干活不得劲儿。"说着话，他已从我手中拿过索带，向山坡走去。

从地上站起来，我忽然发现我的师傅和他的助手已脱了雨衣，任凭雨水淋打。他走着满是松枝、坎坷不平的山冈，是那样的敏捷利落，捆索带又是那样的熟练，好像一点也没意识到天上正下着密密的大雨。我从他的背上看出，雨水已经浇透了他的棉袄，从体内往外蒸发着热气。

看到这些，也不知是一股什么力量促使我，也来不及再想一下，我悄悄地把这虽能遮雨，但却妨碍工作的雨衣脱下，又拿起两条索带，按照师傅教给的方法捆木头去了。说也怪，方才穿着雨衣还怕雨怕得要命，可是现在脱了雨衣，对雨也不怀一丝畏惧了。我的师傅看我这样，在雨水下，大声地对我说："老李，注意呀，别感冒着！"从他的话里，我感到了一个师傅对徒弟的关怀和鼓励。

泥　　水

春融以后，下过几场春雨，拖拉机集材主道，泥水一天比一天多起来了。山上的稀泥淤积到山下的主道上，主道被拖拉机履带压的和木头拖的，足有一二尺深。对拖拉机集材不利的季节来临了。

一天中午，头上一大块黑云，连阳光还没遮住，可是却飘起雪花来了。雪花落在地上，立刻就化了，弄得集材道上到处是泥水。

我们的机车绞了一大车红松，估计也有10米左右。拖拉机喘着粗气，吭哧吭哧地从山坡上开下来。师傅挂的是一闸，机车走得非常慢，我知道，师傅在防备着出故障。

当机车刚走到山坡下拐弯儿的地方，也就是正好走在稀泥淤积最厉害的地方，只听里面的履带咔嘣一声。我的师傅立刻刹了车，从舵楼里伸出头来查看。我跟机车下山，急忙从后面跑到车前。师傅对我说："履带针折了。"

从师傅的这句话里，我听出，是叫我把履带针换上一个新的。可是我一看陷在稀泥里的履带，能有没膝深。我前看看后瞧瞧，没有下脚的地方。这可难坏了我这个在城市走惯了柏油路的人。我正想挽起裤腿和袄袖，准备下去，只见我师傅从舵楼里出来，一声没响，只是迅速地扫了我一眼，便扑哧地踏进稀泥里去，把手伸到泥水中干起活来。师傅的眼光，像一道闪电，使我惊慌；又像一根针刺在我的心上，一股热血涌上我的全身，我只觉得脸发烧，羞愧得抬不起头来。我顾不得什么干净肮脏了，上车取下大炉钎子，也跟着跳进没膝深的稀泥中去，捆起履带，帮助师傅把履带针换上。泥水又脏又凉，可是我对它全然失去了感觉，只是急着想让机车快点把木头送到装车场，也只是感到我的师傅在一步一步地引导着我往又红又专的道路上前进。

（《中国林业工人报》1958年8月7日）

交通琐议

何必修饰

向上级领导人汇报工作,大约很多人都经历过。不管是哪一级领导人来了,只要原原本本地汇报实情,有喜报喜,有忧报忧,不加修饰,不说假话,尽可能使领导人听到看到真实情况,应当说,这件事不难做到。然而事情并不这么简单,越是向高级领导人汇报工作,事情往往就越复杂,有时可以把人弄得啼笑皆非。

最近,一位基层企业家对我讲了一件事:国务院一位负责人要来企业视察工作,他们那个地方的最高宣传部门,给他准备了一个稿子,让他汇报时照本宣科。届时,由于言不由衷,稿子念得结结巴巴,领导人听不下去,把脸转过一边看天花板,念稿人十分尴尬。幸好他急中生智,大胆脱稿,说的是真情实意,讲得生动活泼。领导人把脸转过来,听得津津有味,不时插话,谈笑风生。

这件事很耐人寻味。不是经常有这种情形吗?上级领导人来了,各级干部前呼后拥一大帮,看的是经过选择的“样板”,讲的是处处莺歌燕舞。原来有些人把接待上级领导人当成千载难逢的良机,千方百计要给上级留下“美好”的印象,其用意自然是很明白的了。因此,不惜刻意修饰,装潢门面,而把实事求是丢到一边。其实,这种事并不新鲜,只报喜不报忧,成绩有八分讲十分,甚至弄虚作假,在“大跃进”和“文革”中不是俯拾即是吗?这是一种很不好的风气,有悖于党的实事求是的原则,应当引起注意并加以改正。我以为,改正也并不十分难,只要去掉私心就行了。

(《中国交通报》1985 年 6 月 1 日)

不该发生的道歉

在日常生活里，由于某种原因做错了事，向对方赔礼道歉，这是当今人们交往中常有的事。但也有例外，自己本来做得对，却向对方道歉，这就值得加以分析了。

事情发生在一家航运公司。一位年轻的办事员工作责任心差，出了差错，损害了公司的声誉。一位副总经理严肃地批评了这位办事员。然而谁也没想到，这位经理在第二天竟向这位青年道了歉，并说：不知道你是××长的儿子。这位经理的180度转变，使原来佩服他的人无不困惑。

这位经理出此下策，着实令人惊愕。但细细想来，也委实有令人同情之处。眼下一些著名的公司企业，常常是首长太太、公子、小姐云集之地，人事关系盘根错节，经理们办事就得学会找平衡，否则一招不慎就会捅到上边去，结果可能是吃不了兜着走。

当然，这位经理这样做也有保乌纱的潜在用意。这一点不但不能令人同情，而且令人失望。鉴于此，还是振奋精神，坚持原则，秉公执政，以正压邪，才是上上策。

（《中国交通报》1988年10月12日）

救济史上新的一页

中国幅员辽阔，正因为如此，年年自然灾害频仍，边远地区生活在贫困线上的民众长期需要救济。

救灾扶贫大体有两种方式：一为输血式，从上往下发放钱、粮，救水火一时；一为造血式，开展以工代赈，组织群众生产自救，靠自己创造未来。

新中国成立后，救灾扶贫为各级政府所重视，尤其对老、少、边、贫地区的民众，至今仍年年发放钱、粮、物，扶贫济困。但这种输血式的救济，30 年来不但未能使其脱贫，反而使一部分人养成了衣来伸手、米来张口，不思进取的惰习。

1985 年国务院动用库存粮、棉、布，开展以工代赈，组织贫困地区的群众修县、乡公路，为我国赈济史写下了新的一页。笔者在宁夏回族自治区固原地区（六盘山老革命根据地）看到，凡以工代赈修建了公路的乡村，民众精神振奋，对脱贫充满了信心，商品意识兴起，造就出许多修路筑路的能工巧匠，一扫过去年年等、靠、要的心态。以工代赈修了路和桥，诚然可贵，但更可贵的是当时民众精神的奋起，用库存粮、棉、布以工代赈修筑县乡公路，无疑是一次恰到好处的赈济，它避免了恩赐的弊端。救济，济了人心才济到了点子上。

（《中国交通报》1989 年 2 月 5 日）

日本盒饭的启示

前些日子,看日本电视连续剧《茜嫂的盒饭店》,引起了对盒饭的美好回忆。

去年冬季,笔者到日本出差,在东京、京都、大阪参观了几家工厂,每当中午,主人便留我们在工厂用餐。每次都是在会议室稍候片刻,服务员把盒饭送到面前,每人一份,主人同客人一起进餐,边吃边谈,既亲切又随便。这样待客,只有厂领导一人参加,工作人员不在位。

日本的盒饭,各处大同小异,有二三两米饭,三支油炸大虾,两三块生鱼片,还有两三块萝卜一类的小菜,一小碗清汤。据介绍,工人也大都吃这种较便宜的盒饭。

在国内,招待客人吃饭,特别是招待领导干部用餐,已成为工厂企业领导人的一大难题。有心请客,纪律不许;到食堂就餐,又怕不礼貌,甚有左右为难之感。其实,只要肯于改革一下,问题也不难解决。日本人请客人吃盒饭的方法即可借鉴。每当留客人用餐,或者由服务员另开一桌,或者由服务人员从食堂把饭菜送到会议室来,一菜一汤,或者两菜一汤,每人一份。餐后照价收款,岂不是既俭朴又不失礼仪吗!

我国素以礼仪之邦著称。但旧的礼仪中有许多应该革除的陈规陋习,像借待客之机大吃大喝的奢侈风气,像"来客一人,陪客一群"的借机抹油的作风,就在革除之列。兴起俭朴、大方的待客之道,实在大有必要,这不仅是待客方式的改变,实际是对靡费、奢侈之风的挑战。他山之石,可攻玉乎?

(《中国交通报》1986 年 4 月 30 日)

且莫只作笑谈看

4月9日午夜，湖南湘潭短途汽车站门前，突然响起了噼噼啪啪的鞭炮声和嗷嗷的猪叫声，同时燃起了纸钱香烛。这是什么庆典么？不是，是在杀猪祭鬼神，祈求保佑出车安全！这一闹剧的演出有个前因：自3月11日至5月3日，该站连续发生6起重大行车事故，死亡7人，重伤2人。在处理一起事故时，因寿衣买小了，有人说这是不祥之兆，还会出死人事故，便采取了杀夜猪祭鬼神的“安全措施”。可是祭鬼神后又发生3起死亡事故（详见本报6月15日三版）。

看了这条新闻，没有人不感到荒唐。但我倒觉得荒唐的确荒唐，可且莫只看作笑谈，荒唐之中却能探测出世态人情。

我猜想，想出杀猪祭鬼神这个主意的人，未必真的信神信鬼。民间不是有“心到神知，上供人吃”这样一句话么，出主意的人以祭鬼神为幌子，从而达到吃的目的，恐怕这不一定冤枉人。

我相信多数人对祭鬼神之举，可能是采取无所谓态度，你搞你的，灵不灵并不放在心上，看看热闹也无妨。

值得探究的是拍板人。我不相信他真的是个虔诚的迷信者，他一定知道，杀猪果能感动了鬼神，能保佑行车安全，那么大家都杀猪祭神，全国的行车事故岂不早已绝迹了吗？但他为什么拍了板呢？可能是出于这样的心态：迫于舆论压力，对安全工作又没有良策，只好屈服，当然也不排除鬼神可能显圣的心理。

透过以上的剖析，不难看出在祭鬼神背后的人情世态。信鬼神的人不多，但谁也不出面制止，宁愿在一旁看热闹，这同流氓当众行凶，行人围观一样，说明人的精神支柱严重倾斜了。精神支柱倾斜的结果，就是社会上出现了好人不香，坏人不臭，向丑恶现象斗争的人反被说成傻子的反常现象。

杀猪祭鬼神祈求安全，确系个别现象，一笑置之亦无不可。但如果从这个现象举一反三，不能不令人想到：改革开放，大至国家，小至工厂企业，都需要有一个强大的精神支柱，这个支柱一旦倾斜了，就难免要演出几多荒唐事。这类荒唐事对改革开放将产生怎样消极的影响，那是不言而喻的。因此，我说且莫把杀猪祭鬼神只作笑谈看，要紧的是把倾斜了的精神支柱端正过来。

（《中国交通报》1988年12月3日）

请多多关照

日本人有句口头语,叫作“请多多关照!”现在我想把这句话借用过来,用于杨怀远同志。

杨怀远在广大旅客中早已享有盛名。中央及地方报刊,先后宣传了他的先进事迹。杨怀远是个名人了!对于像杨怀远这样的名人,大家学习他的先进思想,有机会乘坐他当班的客船,与杨怀远见见面,交谈交谈,这都是可以理解的。但事情不能过分,过了就有很大的副作用。现在,杨怀远已有很多难言之隐了。开航前有找他买票的;开航了,有找他签名留念的,拉他到甲板照相的,围观的,无事也来攀谈的;下船回家了,邀他做报告的,采访的,送审稿件的……船上船下,已经很难应对了。

杨怀远十分感谢这些同志的盛情,但笔者却想为他说几句话。杨怀远在船上有干不完的工作,下班回家后既要休息,还要看书写作。仰慕、学习名人,精神可嘉,但还要注意爱惜名人的时间与健康。一个人的精力是有限的,希望大家多多关照。

(《中国交通报》1985 年 12 月 4 日)

黄蓝白车牌与不正之风

根据各种不同车型，目前我国使用三种颜色车牌（外国使馆车除外）：卡车、大型客车、拖拉机挂黄牌，小轿车挂蓝牌，军用车挂白牌。对于颜色不同的车牌，本来没有什么好议论的。但却常听人说，三种车牌有三种不同的"车风"：黄牌软、蓝牌硬、白牌不要命。对于这种说法，乍听起来近乎笑谈，可是仔细观察，又确实能传递出某些社会信息。

挂黄牌的多是生产用车，没有什么"来头"，司机一般都比较谨慎。挂蓝牌的轿车，特别是豪华型的轿车，多是首长用车，司机腰粗气壮，有时即使违章，只要找人打个电话就把车要回来了。白牌车是军用车，军务在身，自有它的方便之处。这样一分析，它们的车风不同就一点也不奇怪了。

三种不同的车风，实际上反映了社会上的某些不正之风。一是少数司机有特权思想，二是有的领导机关仗势说"情"，三是民警和公路监理人员执法不严。

看来，解铃还要系铃人。其中有的司机和有的领导机关，应克服特权思想，司机违章不要说情，要做守法户。而执政人员则负有主要责任，执法要严，要为端正社会上的不正之风做出贡献，不可小看执法不严的危害！

（《中国交通报》1986 年 3 月 1 日）

“告密”奖

看了这个题目，可能有的读者不理解笔者是褒还是贬，或者以为笔者在故作耸人听闻之笔。然而，这却是实实在在的事。事情发生在某汽车运输公司。有部分司机出车揽私活，捞外快，长期有禁不止，经理便想出这个告密奖：凡有人告发捞外快的司机，即给以奖励。

告密奖的出现，是思想上好走极端的一个反映。“文革”期间，搞政治挂帅，把物质鼓励和奖金视为禁区，政治挂帅成为万能。如今实行权力下放，恢复奖金制度，又有些同志把思想教育抛到九霄云外，把奖金视为万能，凡事以经济手段作为杠杆。不是这样吗？现在有些企业的奖励，名目繁多，五花八门，甚至每当派活，必先宣布奖金数目，才能把活计落实下去。

当然，我这里不是一概反对奖励。要说的是作为企业领导人，在物质奖励与思想教育的关系上，不可走极端。当你实行各种奖励时，同时要把思想教育工作跟上去，做到奖励与思想教育同步进行。离开思想教育，一切以奖金挂帅，无疑是引导人们向钱看。

可以想见，搞了告密奖的经理，不但不能有效地禁止司机捞外快，而且，会造成职工的不团结，思想工作将更加难做。

思想上好走极端，是我们思想方法上的一大弊病。但愿我们从告密奖的问题上得到一点启迪，想问题办事情时，让我们的思想方法更全面一些。

（《中国交通报》1985 年 9 月 4 日）

雪中送炭

去年11月下旬,长春市已是白雪皑皑,地冻天寒,最低气温已降至零下16摄氏度。天气虽然寒冷,但室内的温度却高达近20摄氏度。因之,东北人并不觉得严寒的可怕。

冬日里最苦的怕是乘长途公共汽车的旅客了。车内的气温同车外在一个温度线上,双脚冻得猫咬了一般,疼痛难忍,只好不停地原“坐”踏步。多少年了,人们把冬季乘长途客车视为畏途。

长春市公路客运公司体察旅客的甘苦,在大连六六二型和黄河客车上,利用余热装了暖风管,车上温度可达到10余摄氏度,已有70%的长途客车有了暖气。旅客们称之是“雪中送炭”。

从长春归来,在中国交通报二版的《交通信息窗》专栏,又读到客运卧铺车在云南省昆明市问世的消息,并云已于去年11月15日正式投入营运,受到旅客的热烈欢迎。长春的暖风车和云南的公路卧铺车,虽然一个在天南,一个在地北,但为长途旅客雪中送炭的精神,却是息息相通的!

由此联想到某些人,乐为少数领导人搞锦上添花,名为领导服务,实为自己的腾达搭桥;而对于群众则又是另一幅面孔,表现出十足的势利眼。笔者认为,为少数领导人锦上添花不宜多,为广大群众雪中送炭多多益善。

(《中国交通报》1989年1月28日)

拦 车 女 郎

经过加强教育和管理,公路上岗哨林立的现象有了明显好转。但眼下又有新的花样翻出,在有的路段上,竟出现了“拦车女郎”这样咄咄怪事!

据《浙江交通报》载,长兴县雉城镇小东门外宁杭公路,在不到 300 米的路段上,有 15 家个体饭店,饭馆门前有 20 多位衣着华丽的年轻女郎站在公路中央拦车,半推半偎地拉司机吃饭。有的女郎乘司机进餐之机,还干出偷盗车上货物的勾当。有位拉鱼的司机饭后出来,发现车上的鱼被盗去半筐。

在公路边上开饭馆,做生意,靠路生财,于人于己于社会有利,政策允许,但做生意应当走正道,合法经营,不允许有损人利己的行为。雇佣年轻女人拦车拉生意,甚至偷盗车上货物,这就是违法行为了。这么干可能得到利于一时,但从长看总不会有美妙的结果!对这类搞不正当经营的个体商贩,有关部门应进行管理,不能任其蔓延发展!

(《中国交通报》1987 年 2 月 25 日)

公路上的人祸急需解决

说起公路上的问题，人们都知道车祸的厉害，按照有关方面的统计，全国大约隔几分钟就有一起车辆事故发生，每年给国家和人民造成巨大的生命财产损失。因此，车祸被列为世界最大的公害之一，人们形容车祸是没有枪声的战争。

但是在我国的公路上，几年来不仅车祸有增无减，而且又增加了一档子人祸。这人祸不仅危害国家财产和旅客生命安全，而且严重地破坏着社会风气。说人祸已成了我国公路上的公害之一，绝不是笔者危言耸听，《中国交通报》一个时期发表的大量读者来信，可以充分说明这个问题的严重性。

抢劫旅客钱财和货车上的货物，已由暗变明，光天化日之下，明火执仗地干。有的犯罪分子埋伏在荒林野山，当客车行近时突然上路截车，手持凶器强行抢劫旅客钱财；有的埋伏车上，车到了荒无人烟之处，突然袭击，把旅客洗劫一空，扬长而去，如遇反抗者即进行惨无人道的残害；对运货车上的物资由小偷小盗到结伙哄抢，司机和押车的货主深受其害。

公路上有那么一部分人靠敲诈勒索而成了万元户。有的不法分子身带少量薄荷油一类物品等候在公路上，一旦遇有汽车或拖拉机经过，便摔倒在车旁制造事故，以赔偿损失的薄荷油相要挟，一次即可敲诈数百元以至上千元，河南平县蔡寨回族乡有两个人合伙干此勾当，不到半年就成了万元户；还有的人确实因事故受了些伤，以治病为由纠缠不休，极尽敲诈钱财之能事，也是河南内乡县某粮管所的一个干部，因事故撞掉了3颗门牙，住院1年零3个月，车主被敲去2万多元，一颗牙价值近7000元。

公路上还有以金钱美女为诱饵攫取钱财者，这类人多为公路边上的饭馆旅店的老板。他们专在汽车司机身上打主意，雇用打扮得花枝招展的青年女人出面，拉拉扯扯地把司机拢住用餐，不但不收费，反而送上名烟名酒或数张大团结，目的在于从几十名旅客的身上敲竹杠。单行的货车司机尤其成为旅店猎取的重点对象，用拦车女郎留下陪吃陪住，老板则在夜里大偷车上的粮、煤、化肥等紧俏物资。金钱美女严重地败坏着社会道德，某地对长途货车司机做体检时，查出一部分人已染了性病，部分司机家属投书报纸，呼吁整顿以色相做诱饵的不法饭馆和旅店。

长途客车上的赌博风愈演愈烈。以设赌为营生的赌徒，用扑克牌、红蓝铅笔等做赌具，几个人结伙设成圈套，引诱旅客上钩，很多旅客上当受骗，少则输

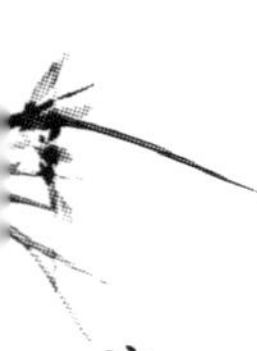

了数十元数百元，多则数千元，输光了盘缠和公款，有的寻了短见。在车上如果旅客拒赌，或司售人员劝阻，这些红了眼的赌徒便来个"图穷匕首见"，强迫旅客参赌，为此被伤害的人不少。

此外，破坏公路和公路上的设施，故意毁坏汽车公物，无端殴打养路工、司售人员和旅客等人祸，亦是屡见不鲜，不做赘述。

据笔者从《中国交通报》的读者来信和有关资料中了解到，公路上的人祸绝非个别现象，具有相当的普遍性，其中尤以河南、湖南、山东、安徽各省的偏僻地区为最严重。广大旅客、司售人员和货主，对公路上的人祸横行深为忧虑，感到人身安全在受到威胁。

人祸在公路上的出现和蔓延，是有其客观和主要原因的。从客观上分析，全国100万公里的公路，多数在荒山野岭间，这里前不着村后不着店，不法分子作案后极易逃匿，即使事后被告发或信息传到有关部门，早已是时过境迁，不易追查。我们再从主观上分析，现在公路管理体制不适应形势，一条公路上多家管理，一旦人祸发生，公路部门、交警、公安派出所，都可以管又可以不管，各有各自的充足理由，工商部门也鞭长莫及。因此，许多受害者有投诉无门的苦楚，称公路是治安管理的"真空地带"或谓"空白区"。当然，我们也不讳言，个别地区人祸横行长期得不到制止，不法分子与个别执法人相互勾结，也是一个原因。

公路上的人祸已到了不容忽视和非解决不可的时候了。我们经常听到这样的回答：公路上的治安需要综合治理。综合治理一词不能说不对，但综合治理终究需要有一个以谁为主的问题，总是要有个牵头的，现在人人都说综合治理，谁也不牵头，综合治理就成了一个扯皮、推诿的遁词，终究是无补于事的！公路管理的体制改革远未完成。

公路上的人祸令人不安和焦虑，它造成的危害不可忽视。广大公路客货车司售人员和广大旅客盼望尽快治理公路上的人祸。恢复公路上的平静和安宁，理应引起重视。

（《中国交通报》1989年7月1日）

万变不离其宗

这个题目，在当今之世，很可能令人生厌，抑或是怀疑作者是冥顽不化之徒。其实，文章的标题极似商品的包装，里面商品的质地如何，唯有剥去了包装才能看得真切。

改革开放近20年了，倘若选个恰当的字来形容中国的变化，大约一个“变”字是最合适不过的了。而今，物质生活的丰富多彩，文化生活的多滋多味儿，思想观念的日益更新，尤其是由计划经济向市场经济转型的发展过程中，社会各方面的变化之快，大有令人跟不上前进步伐之感。

按照辩证唯物主义的观点，世上一切事物每时每刻都在变，不变只是相对的。这个命题自然不会过时。但是，世上也确有不能变的东西，例如为人民服务的宗旨，在我们国家就是永远不能变的。这个宗旨一变，社会上就会杂草丛生，良莠混杂，人心迷茫……此乃本文题目的由来。

然而不幸的是，确乎有那么一些大大小小的“公仆”，在社会大变革中，把为人民服务的宗旨抛到九霄云外去了，由公仆变成了危害国家和百姓的罪人。别的暂且不提，单说北京的陈希同、王宝森、铁瑛，他们就是因为背离宗旨而成为反面典型的。他们在人前是“为人民服务”的正人君子，暗中却干着损害人民利益的勾当。可见，为人民服务对每一个公仆来说，无异于命根子，丢了它就会变成人间的魑魅魍魉。

陈、王、铁背离宗旨，也有个逐渐演变的过程，只是他们在量变渐进时未能回心转意，最终变成人民的罪人。时下，有那样一些公仆，虽然还未完全、彻底抛弃宗旨，但至少也是抛弃了一半儿。他们“上班汽车轮子转，中午宴席盘子转，晚上围着裙子转”，这种半心半意的公仆们，如不及时改弦易辙，离完全、彻底抛弃宗旨只有一步之遥了！

有位哲人曾在为人民服务的宗旨前面，加上了“全心全意”四个字。实行全心全意为人民服务，产生了极大的向心力、凝聚力，打败了腐败的蒋家王朝，把旧中国变为新中国。把全心全意为人民服务，说成是兴国安邦的命根子，说成是公仆的生命力，是一点不为过的。

当今是改革开放、社会转型的大变革时代，万事万物都在变化之中，唯独全心全意为人民服务这个宗旨不能变，这叫万变不离其宗。谁改变了这个宗旨，谁就伤害了老百姓的感情，结果自然是不会美妙的。

（《中国交通报》1997年6月15日）

警钟敲响了

——全国公路养护与管理工作会议札记之一

近几年来，公路路况出现了明显的滑坡。部工程管理司杨盛福司长在作会议总结时指出："忽视面上养护，现有公路路况出现了滑坡现象，教训十分深刻，这次会议开得及时，敲了警钟，今后必须处理好建与养的关系，做到协调发展。"

10年来，我国公路建设取得了突破性的发展，到1989年底，全国公路总里程首次突破100万公里，列养公路里程已达94.1万公里，全国平均好路率已从1981年的52%提高到68.8%。

但是也毋庸讳言，近几年来在一些地区重建轻养的思想有了明显的抬头之势，对这一点，参加会议的同志取得了共识。

在公路部门出现重建轻养的现象，主要原因在于对建养关系的认识失之偏颇，对养护工作的重要性有所忽视。为振兴当地城乡经济，方便群众旅行，尽力发展公路建设，特别是搞些力所能及的高等级公路建设，这样的动机和愿望不能说是不对的。兴建高等级公路，作为专员、县长、交通局长的"政绩"之一，也是无可非议的。问题是公路建与养是个整体，哪一个也不能忽视。一条公路建成了，就是向社会提供了一个产品，保持这个产品的社会效益长期的有效性，必须从交付使用那天起，就认真负责地养护起来。倘若忽视了道路的养护，公路里程和效益肯定会大打折扣。一条公路建、养、管三位一体，三者并重，才是全面的科学的观点。

摆正公路建、养、管三者的关系，对从事公路工作的同志来说，并不是什么新观念。但为什么会出现重建轻养的问题呢？就记者在会上所闻所见，恐怕和国内近几年急于求成、急功近利的思潮影响有关。现在适时提醒摆正建、养、管三者的关系，调整思路，公路部门把养护与管理放在首位，务求建、养、管三者持续、协调发展，当是公路工作今后长期坚持的方针。

会议对重建轻养问题敲响了警钟。这个警钟告诉人们：公路工作建、养、管是个辩证关系，三者必须统筹兼顾，长期坚持，谁违反了这个辩证法，谁就会受到惩罚！

（《中国交通报》1990年8月1日）

“小高速公路”

——全国公路养护与管理工作会议札记之二

在会议上，记者头一回听到“小高速公路”的说法，甚感新鲜。所谓小高速公路，原是按 GBM 工程实施标准建养的公路。

GBM 工程是公路标准化、美化的汉语拼音缩写。钱永昌部长在报告中指出，推行 GBM 工程，“是建设具有中国特色的标准化、美化公路，提高公路通过能力和科学管理水平，突出公路特有的建筑美和景观美，推进公路现代化的重要措施。”

会议有个安排，到大连市新金县公路实地考察，看他们的科学养路法和庄河县的机械化养路操作，同时也看看已实施 GBM 工程的路段。真是不看不知道，GBM 工程真“奇妙”。大连市近两年共修养 GBM 工程路段近 200 公里，汽车行驶在 GBM 工程路段上，通畅，舒适，安全。路两侧绿树成行，标志、标线、路沿石整齐清晰，快慢车基本上分道行驶，路容路貌大大改观，时速由原来的 38 公里提高到 54 公里，国道 107 线可达 60~80 公里，取得了明显的社会效益，被群众称赞为“小高速公路”。

“小高速公路”的建设成功，不仅提高了公路通过能力，改善了公路环境，而且为建立一套公路建养标准化、规范化及科学、系统管理制度提供了范例。对实施 GBM 工程的重要意义，与会者认识比较一致，但对于付诸实施却疑虑重重，特别是经济比较困难的地区，更表现出畏难之意。

推行 GBM 工程，当然首先要有资金，没有资金寸步难行。资金从哪里来？从大连市的经验看，主要渠道不外两条：其一，从养路费的使用上划出适当的比例用于 GBM 工程。目前养路费的使用，存在着安排基建配套工程偏多，安排养护工程较少的现象。还有的把大量养护力量抽到公路工程工地，这样做的结果必然从资金到人力削弱了养护管理。其二，实行群策群力的方针，发挥国家、地方和动员群众力量三个方面的积极性，即能收到少花钱多办事的效果。

（《中国交通报》1990 年 8 月 4 日）

走科学养护的路子

——全国公路养护与管理工作会议札记之三

走科学养护之路，是这次会议提出的又一个重要课题。强化科学养路意识，引起了与会者思想上的重视。

推行科学养护，是当今经济发展对我国公路养护工作提出的尖锐使命，特别是经济比较发达的地区，对这一点的体会尤其深刻而急迫。大连市交通局在全市推行科学养护，就是在这个大形势下审时度势，先行一步，适应了新时期的要求。

科学养护的内涵，主要是通过科技措施、机械化手段和现代化管理方法，提高养护质量，巩固路况，扩大通过能力，改善路容景观，增进社会效益。大连市的经验就包含了以上各点。他们对砂石路面的养护，以预防坑槽、"搓板"、提高路面平整度为重点，实行了"八步扫浆法"、坚持日常回砂、及时调拱，保证了砂石路好路率稳定在90%以上；对黑色路面的养护，主要解决坑槽、啃边、龟裂、油包等，他们推广了预制块补坑槽、应用乳化沥青搞稀浆封层，油路与土路肩结合部扫浆、回砂养护等一系列科学养护方法。他们从1979年起，在庄河县进行养路机械化试点，经过10年奋斗，形成了扫浆、回砂备料、油路养护、绿化等5个系列的配套机具，并且大部分具有一机多用、适应性强、易于操作、造价较低的特点。记者随与会议者一起到现场参观新金、庄河两个养路段的养护表演，整个养护工作似工厂的生产流水线一样，道道工序衔接，一环扣一环。工人操作结束后，便养护一段标准的路面，给人留下的印象是：他们实现了科学化、标准化养护法。

推行科学养护法，最主要的还是一个更新观念的问题。传统落后的头痛医头的养路方法，还大量存在着，特别是经济较落后的地区，还缺乏紧迫感，甚至说等到经济发展起来，车流量大了以后再搞科学养护也不迟。

实行科学养护，是改善路况，使好路率保持在较高水平的发展方向。全国94.1万公里列养公路，特别是国道、省道干线公路，实行科学养护已是刻不容缓的问题。看不到这个大趋势，势必影响当地国民经济的发展，也不利于群众的旅行。

实行科学养护是一次养路观念的变革，这个观念的变革，首先是公路部门各级领导同志的变革。各级领导充分认识了科学养护的重要性，列入工作计划，并且分别轻重缓急，脚踏实地有计划有步骤地坚持推行下去，科学养护工作经过10年努力，终究会收获到巨大的成果！

（《中国交通报》1990年8月8日）

养护与管理密不可分

——全国公路养护与管理工作会议札记之四

会议上，大连市新金县的旧路改造、庄河县的机械化养路，犹如两颗耀眼的明星，令与会者刮目相看。

新金县的旧路改造，始于1978年，到1986年底，按二级标准基本完成县级以上公路改造，幅宽达到12米；到1988年底，按三级标准基本完成乡级公路改造，路幅宽达8.5~10米。经过10年艰苦奋斗，全县共新建、改建等级公路52条，近千公里。会议代表驱车行驶在新金的公路上（不论砂石路还是油路），平整、舒适、美观，堪称走在"小高速公路上"。新金县被誉为"全国县级以上公路按二级标准普遍进行技术改造的唯一的一个县"！

庄河县的机械化养路，始于1979年，到1989年经过10年的艰苦探索，几经曲折磨难，终于研制出各类养路机具27种，形成扫浆、回砂、备料、油路养护、绿化等5个系列的配套机具。这些机具大部分具有一机多用、适压性强、容易操作、造价低的特点。这独具中国特色的养路机具，受到亚太地区低价筑路机械专家的较高评价。现在，庄河县养路段砂石路面日常养护作业量的70%、油路日常养护作业量的90%是由机械完成的，大大降低了养路工的劳动强度。

新金、庄河的成功，告诉我们一个真理：公路养护与管理是一项长期、延续、稳定的工作，脚踏实地、扎扎实实，日积月累是养护工作的特性，来不得半点虚假，要不得半点花架子。既不能"零打碎敲"，也不适于打"歼灭战"，各地各级交通、公路部门，需要有一个长期发展战略规划。交通部在会上提出了1991~2000年10年《公路科学养护与规范化管理纲要》，就是为今后公路养护与管理提出了一个全国性的战略规划，它体现了科学养护与管理工作的基本规律，是个范本。

科学养护与管理，是振兴我国经济的百年大计、千年大计。今后10年我国经济经过调整和治理整顿，必将有新的发展。我国公路养护与管理，必须是个新发展的10年。相信我国百万养路大军，发扬新金、庄河长期艰苦奋斗精神，经过10年苦战，必使我国百万公里公路呈现出一个崭新的面貌。

（《中国交通报》1990年8月11日）

从企业的“保护神”说起

从前逢年过节,家家户户有迎二神的习俗:一迎财神,二贴门神。迎了财神,据说可以一年财运亨通;贴了门神,可以驱鬼邪,家家保平安。其实,二位神爷并非真能如此,这只是民间的习俗,无非是人们想表达一种愿望,给节日增加一点喜庆气氛罢了。

前不久,本报载文介绍河北省邢台汽运公司依法办企业,标题是《法律顾问成为企业的“保护神”》。读后很有启发:这个保护神非财神、门神可比,他的神通可是实实在在的,是企业看得见摸得着的真“神”。

“保护神”之说,是依法办企业的一个比喻。邢台汽运公司自 1985 年起建立企业法律机构,法律顾问室参与办理各种官司 168 起,为企业挽回或避免损失 275 万元,为企业收回外欠款 140 多万元。此外,法律顾问室还成为企业领导在经营决策、重大经济谈判的得力参谋和顾问,保证了依法经营企业。

办企业需要“保护神”,办事业也同样要请法律这个“保护神”。2 月 23 日,本报一版有则消息:贵州省望谟县养路费征稽站,经县人民法院批准,在征稽站内建立“望漠县人民法院征费执行室”,有力地查处了拒交或拖欠养路费的案件 7 起,追缴养路费 46000 多元,罚款 2200 余元。更可喜的是由此引来了多数车主自觉上门交纳养路费,营造了逃征和拖欠现象已基本消失的良好工作环境。

依法办事,在我们交通系统已逐渐被重视起来,建立了法律机构,聘请了法律顾问,各项经营、管理工作正一步步纳入法制的轨道。显而易见,从经济效益上看,法律这个“保护神”,为保护企事业单位的经济利益,堪称功勋卓著。从政治意义上看,对克服经济活动中的违法违纪行为,净化人们的心灵,维护社会安定,必将产生巨大的影响。可见法律这个“保护神”的神威之广远!

(《中国交通报》1991 年 4 月 16 日)

功德无量

山西省晋城市交通局副局长陶恩德，经过3年的探索，终于研究出采用互助基金办法，解决农民养路工老有所养问题，使他们的生老病死有了社会保障，解除了他们最大的后顾之忧（详见6月23日本报一版）。读了这条消息，不由得想到这么一句话：陶恩德做了一件功德无量的好事！

近些年来，全国公路部门（包括大多数港口）相继雇用当地青壮年农民做养路临时工。说是临时工，实际上却成了长期“临时工”，有些人成了养路骨干，有的还当了班长。久称临时工似乎觉得名不副实，渐渐地就改叫了农民养路工，或叫农民协议工和农民代表工。不管怎么称呼，反正是长期在公路上干活的临时工。他们平时享受固定工的待遇，但没有退休后的保障。这样时间一长，农民工工作积极性受到很大影响，对国家不关心他们的退休后生活而不无怨言。

据笔者了解，从农村雇用农民养路工（港口叫农民装卸工），是在改革用工制度中兴起的，新闻媒介对这项改革曾予以介绍推广。这项改革是很有意义的：一则补充了公路养护、港口装卸工人的不足，解决了因这些工种工作艰苦招工困难的难题；二则吸收、消化了农村大量富余劳动力；三则使这部分农民有了固定工资收入，改善了家庭生活；四则公路、港口工资及生活福利支出比固定工节省不少；五则对表现不好的可随时辞退。

但是，这项用工改革利虽多，也有它的弊处，即农民工为公路、港口出力多年，最后落个“净身出户”，退休后已年老体弱，生活失去保障，觉得心寒。我们是社会主义国家，我们一切工作的出发点和归宿，都是为人民群众谋利益，对待农民工也不应忘了这个立党立国的根本宗旨。对他们不能采取需要时即招来，用过了即推出去不管的态度。因此，要关心他们的“后事”，使他们免去后顾之忧，当是每个用工单位必须认真加以解决的问题。这个问题解决了，无异于用事实体现了社会主义制度的优越性。

陶恩德探索的互助基金会的办法，为此开了一个好的先例，值得效法。但愿所有招用农民工的单位，都来做这种于国于民功德无量的实事！

（《中国交通报》1990年10月6日）

漫话“高速意识”

在我国，公路建设史上，第七个五年计划取得的成就，是很值得大书特书的。“七五”建成29条主要干线公路，二级以上高等级公路发展速度较快，比“六五”增加24000公里，其中尤其需要突出写上一笔的是，高速公路在我国大陆实现了零的突破，达到524公里！

高速公路的诞生，结束了我国大陆没有高速公路的历史，标志着我国公路事业进入重点建设高等级公路的新阶段。已经投入使用的高速公路，时间虽然不长，却已充分显示出巨大的社会效益，得到社会的肯定。

高速公路在我国大陆实现了零的突破，使国人多年的梦想变成了现实，可喜可贺。然而在欣喜之余，从已投入使用的高速公路上反映出来的问题看，又有些令人担忧之处。这担忧之处主要是交通安全问题。据报载，在几条高速公路上都发生了多起人员伤亡的交通事故。分析高速公路发生的交通事故，一个主要原因是由于“高速盲”造成的。

汽车上了高速公路，除了时速要达到80公里以上外，路上还有一套全新的行车标志和管理措施。例如，驾驶员在高速公路上处于高速运动状态，需要完全按指引标志驾驶，遇紧急情况要懂得应急措施。再如司机和乘客要系安全带，汽车轮胎气压要适应高速行驶，预先准备好交费款等等。这都是在普通公路上跑车所没有的新情况，如果驾驶员对这些一无所知，发生事故就在所难免了。

高速公路在我国大陆还是个新事物，对新事物要有新观念去适应，这新观念就是大家说的“高速意识”。不少司乘人员不知什么是“高速意识”，上了高速公路，仍按走普通公路的老习惯开车，并且错误地以为：高速公路全立交全封闭，开快车保险。岂不知这个观念无疑是拿自己和乘客的生命当了儿戏！

司乘人员初上高速公路，不了解高速公路上的规矩。改变这种“高速盲”的状况，使“高速意识”尽快养成，关键在于宣传教育工作，要靠管理部门大力宣传、普及高速公路知识，同时与严格管理相结合。只要把工作做到上路的每一位司乘人员，“高速意识”是能够树立起来的。

“高速意识”的形成，必将推动驾驶员开文明车走上一个新台阶！

（《中国交通报》1991年2月9日）

给假警车曝曝光

现在，在城市的大街小巷，以至在城外纵横交错的公路上，常见安装警报器和标志灯的小轿车飞驰而过。稍遇有不顺，警报器便呜呜哇哇尖叫起来，路上的车辆和行人怀着恐惧的心情赶紧躲避一旁，唯恐撞死白送一条性命。

不知个中底细的人，以为凡装有警报器和标志灯的车都是警车或在执行紧急任务，其实这里头隐藏着很大的虚假成分。在这些安装警报器和标志灯的车里，有公安部门的真警车，但也有相当一部分是假警车。乘坐假警车的都是些什么样的人物呢？当然是手握权力的各级政府官员，其中有大干部，也有乡镇级十来品的小官。辽宁省新金县唐家房镇的冶炼厂，厂长就乘坐一台警车在公路上鸣警招摇过市，弄得路人惊恐避让(详见8月15日《中国交通报》三版)，为自身安全而捏着一把汗！

怎么解释政府官员坐警车这件事呢？依笔者之见，毫无道理可谈。一，你不是执行治安任务的公安人员；二，非公安人员的轿车安装警报器和标志灯已违反了国务院的有关法规。唯一可以谈出口的就是“工作需要”这一条了。其实这一条站不住脚。难道不坐警车就影响你的工作了吗？如果这一条能成立，照此类推，岂不是每个政府官员都要配一台警车吗！

政府官员坐警车是很不得人心的。每一个政府工作人员都说自己是人民的公仆，人民的勤务员，与人民群众平起平坐。可有些人做起事来却和说的相反，住房要高墙独院，不愿和群众同住公寓；坐车要坐进口的、豪华的；这还不够味儿，还要装上警报器、标志灯，处处要高人一等才觉得体面。一言以蔽之，这不外是特权思想在作怪！坐假警车不但脱离群众，而且假警车在城里、在公路上狂呼乱叫，也给人一种社会不安定的感觉。这与党中央一再提倡的干部要密切联系群众的号召相去甚远，也绝不是瞧不起眼的鸡毛蒜皮。这么一曝光，假警车是到该取缔的时候了！

还应该提到，政府官员的假警车是从哪来的呢？当然是当地公安部门给装的或默许的。前文提到的那台假警车，是治保会和冶炼厂集资购买的(怪哉，还能买到警车)。可见取缔政府官员的警车，还得系铃人去解这个铃。相信只要公安部门按国务院规定去办，政府官员就不敢视法规于不顾！公安部门取缔了社会上的假警车，实际上是做了一件得民心的大好事，何乐而不为呢！

(《中国交通报》1990年11月3日)

路宅分隔是篇大文章

河南省获嘉县公路段,新近在一段乡镇公路上做出了一篇大文章,一举解决了路宅、路市不分的老大难问题,令人钦佩。

这篇文章是这么做的:新(乡)济(源)公路横穿黄堤乡大街,多少年来,沿街住户在路肩、路面土堆放粪土柴草、建筑材料等各种杂物,且逢七在路边举行农贸交易大会。这段路上车辆堵塞和交通事故时有发生,路政管理十分困难。县公路段自筹资金 4 万元,建成了长 900 米、高 1.5 米的公路隔离网,形成了半封闭式路段,把长期以来路宅、路市不分的交通混乱状况根除了,保证了路产路权不受侵占,也保障了公路畅通(见 2 月 23 日本报一版)。

中国人历来有个习惯,乡镇民宅、饭馆、旅店沿路建筑,农贸集市沿路摆摊设点,一图上路方便,二图借路生财。这在历史上或许是正常的现象,那时没有机动车,只有行人和牛马大车,对交通影响不大。可是到了今天,特别是实行改革开放的十年来,汽车、拖拉机等机动车拥有量大幅度上升,农村集市贸易空前活跃,这就给乡镇临街公路的畅通添了很大的麻烦,使国有的路产路权受到了损害,成了路政管理的“老大难”。

为解决这个问题,各地路政管理人员虽然做了很多工作,但难以根除。公路建设者在设计路线时,采取了尽力避开城市和乡镇的措施,虽然有效果,但用不了多久,农民又把住宅,集市追到公路边上来,再次出现新的路宅、路市不分的问题。这种公路沿线上发生的社会问题,可以说是难以避免的社会现象,采取事后管理或者避开的办法确实不易彻底解决问题。

解决工作中遇到的棘手问题,采取治标的办法只能解决问题于一时,采取治本的措施才能取得从根本上解决的效果。获嘉县公路段采用建隔离拦网的方式,使路宅分家,不失为一个治本的手段。这个工程的建成已获得了预想的效果,很值得借鉴。

路宅不分,沿街设市,每个县都有多处。以此类推,全国 2000 余个县,该有多少处这类情况,是不难想象的。如果全国各县仿效获嘉县公路段的办法,使路宅、路市分离,将会产生巨大的社会效益,既造福国家、社会,也有益于人民群众,因此,我说这是篇大文章!

在已建的横穿乡镇的公路上建分隔拦网,虽是“亡羊补牢”,但为时未晚。那么新建的横穿乡镇的公路,事先即视需要建起路宅、路市分隔拦网,来个未雨绸缪,岂不免去了“亡羊补牢”之苦吗！此话未知然否？

(《中国交通报》1991 年 3 月 9 日)

国家投资不是“唐僧肉”

吃唐僧肉的故事，本是作家创作的神话，历史上并无其事。然而在80年代的今天，却有人把国家重点公路建设投资看作是唐僧肉，都想吃上一口，给国道改建工程人为地制造了重重困难。今天本报发表的记者来信，就生动地描绘了现代吃唐僧肉的情景。

交通建设是国家战略重点之一。列入国家重点项目的国道改建和建设工程，均是国家的重要交通动脉，也是为人民群众造福的公益事业。这个道理并不难理解。但在某些县、区和乡政府的某些干部中，却存有一种偏见，以为国道建设与当地的切身利益没有直接关系。

由于受这些政府领导人的错误思想的影响，有相当一部分农民把购地、拆迁看成是发财致富的良机，漫天要价，无理刁难，百般纠缠，甚至提出了什么灰尘“污染费”等等，严重地影响了国道建设的进程。农民为什么有这么大的胆量？因为他们知道当地政府某某领导站在他们一边，有恃无恐。这又进一步说明，教育农民顾全大局固然重要，但更重要的还是县、区、乡各级政府的领导人，首先把思想摆正。只要各级政府领导思想对头了，没有不通情达理的群众。

当然，想吃唐僧肉的不止农民一家，修路拆迁中碰到最多的还有三杆：电话线杆、电力线杆和广播线杆。这些有关部门都想在拆迁中多吃几口唐僧肉，借机提出各种超出有关规定的过高要求。

国家拨给交通部门的建设投资是有限的，要求我们精打细算，务求使有限的投资取得最佳的效益。国家的建设投资不是唐僧肉，借机敲国家竹杠的思想是极为错误的。已给国家建设造成严重损失者，应当按党纪国法进行严肃处理，对那些用敲竹杠的手段已经吃到嘴的唐僧肉，应当叫他们吐出来！

（《中国交通报》1987年8月22日）

多给农民一些方便

有报道透露：京通快速路自发生行人横穿公路被撞死的惨痛事故后，横穿高速公路的事仍时有发生。据称公安交警已上路加以治理。

从报道中可以看出如下问题：一是部分行人是“高速盲”，为了抄个近道而冒险穿行；二是辅路正在整修，“中巴”无路可行，冒险上高速公路导致在高速路上下客。从这个简单事实中不难悟出，目前高速公路的建设，对沿线农民日常生活考虑得不够，因而多数高速公路出现过京通高速那样的血的教训。

修建高速公路可以最大限度地满足客、货运输的高速运行，适应了现代经济的运行需要，它的经济效益是普通公路所无法比拟的。沿线农民也是高速公路的受益者，这是毋庸置疑的。但是，农民从直观上对自己的利益似乎看得不那么直接，他们直观看到的倒是高速公路给他们造成了许多交通的不便利。高速公路拦腰切断了旧的通道，许多农民耕作、赶集、探亲访友要绕很长很长的路才能到达目的地，就是农民的拖拉机、牛马车、自行车过高速公路也是很不方便的。这么说来发生在高速公路上的交通事故，全归咎于农民是“高速盲”是不全面的。

农民血染高速公路的交通事故，给高速公路的设计者和建设者提出了一个尖锐的问题：多考虑给沿线农民创造一些方便条件。其一是辅路必须畅通，不能修了这一条丢了另一条。其二是在较大的村、镇多修几座简易的立交桥，让农民可以就近过路，不要使高速公路成了他们过路的“隔离带”。当然，这么做可能增加一点投资，但为了高速公路的安全通畅，为了沿线农民百姓的安全与便利，就是多花一点钱也是应该的。

（《中国交通报》1996 年 9 月 7 日）

有感于挥泪送别

美联社达累斯萨拉姆11月7日报道，坦桑尼亚总统尼雷尔离开了他的办公室，开始过退休生活，成千上万的坦桑尼亚人站列在大街的两旁送行，其中许多人流着眼泪。

读了这条新闻，不知为什么，忽然由国外想到了国内，想到了过去人民群众挥泪为干部送行的情景。工农红军时代，八路军、新四军时代，土地改革时代，很多干部在完成了特定的任务以后，要同群众分别了，人民群众与干部依依难舍，流着眼泪，送了一程又一程。这是为什么呢？因为他们不怕流血牺牲，为人民做了有益的工作。

但是也想到了事情的另一面，现在就有这样的干部，他们工作平平庸庸，但善弄权柄，很会以权谋私。"有权不用，过期作废"便是他们的哲学。他们离休或退休时，群众不但没有惜别之情，反而大有高兴之意！俗话说，一条鱼腥了一锅汤，党风就被这样的人给弄坏了！

人流眼泪，原因各异，不好一概而论。但泪水从眼眶里流出来，大抵都是人的真情实感的流露，这恐怕是不错的。一个干部调职、离休或退休，要求群众挥泪送别，或者要求干部在位时都做出流芳千古的大事业，不切实际。但要求干部在调职、离休退休时给群众留下一些美好的、值得怀念的记忆，起码不留下骂名，这个要求还高吗？

（《中国交通报》1985年12月7日）

学 改 创

这里有一段耐人寻味的小故事。二机部设计院运用模拟计算机,是从清华大学学来的,并且有了改进,超过了清华大学,建筑工程设计院闻讯到设计院来学习,学后又有改进,超过了设计院;天津市建筑工业设计院到建筑工程设计院去学习,学后又有新的创造,后来居上,走在建筑工程部设计院的前面。往后又怎么样,我们自己可以猜测。对这件事,设计院冯院长风趣地说:“昨天我们还是先进的,一夜功夫就变成了后进。”

“昨天我们还是先进的,一夜功夫就变成了后进”,一语道破了我国“大跃进”的时代风格。

一切事物的发展运动,都是由浅入深,从低到高,不断发展,不断完善。人们对客观事物的认识,也是如此,从不知到已知,从现象到本质,从个别到一般,以至无穷,永远没有完结。技术革新和技术革命也不例外。今天掌握的技术是先进的,明天就会变成后进。科学技术的发展,是无止境的,技术革新和技术革命,也永远不会到头,必须是不断革新,不断革命,不能有片刻的停顿。

这段故事所以耐人寻味,还因为它启发人怎样才能争得上游,这恐怕就是“学、改、创”三字了。

闹技术革新和技术革命,“学”字很重要。学能使人开阔眼界,增长知识,得到启发和鼓舞。不能设想,一个不学习别人的先进思想和先进经验的人,会“闭门造车”地“革”出“新”来,事实上,我们今天的一切发明制造和革新,没有一件不是继承和发扬前人的劳动成果的。

学字很重要,然而光是一个学字还不够,学中还要有“改”有“创”。不是吗?二机部设计院学清华,有改进,赶上了清华;建工部设计院学部设计院,又有改进,超过设计院;天津市工业设计院学了建工部设计院,又有创造,走在各单位的前面。以后谁再学天津市工业设计院,可以断定,只能比他们好,而绝不是相反。

改革的时代,要求人们不断地前进;人们不断地学习先进思想和先进经验,学中有改,改中有创,永不停止,又推动着历史高速度前进!

(第二机械工业部《跃进报》1959年)

碑文小考

中国人喜好树碑。上自秦皇汉武，下至明清历代皇上，凡有巡幸之地，多有石碑耸立，铭记着“圣上”的“功德”。上有好者，下必甚焉。各方的官员、富豪以至百姓，也纷纷效仿。什么功德碑、贞节碑……处处可见。树碑是中国历史上留下的“特产”。当然，由于碑石众多，对后人考证历史大有裨益。

在我国公路、桥梁建设史上，路、桥建成后，也沿袭了立碑的习俗。这类石碑上铭刻的碑文随着时代的不同而内容各异。吉林省扶余县万善石拱桥，筹建于1911年，因缺资金，由长春岭粮栈财东、商会会长兼慈善会首吴老常出面募捐，历经九载桥始建成。建成后，树碑六块，标榜了吴老常等人的功绩。对捐款50吊以上者，把其姓名镌刻于石碑之上，捐款50吊以下者则公布于墙头，上不了碑文。这种碑文，摆脱不了历史的局限，自不必苛求。

1987年和1988年，宁夏回族自治区在黄河上相继建成中宁和石嘴山两座黄河公路大桥。桥建成后，在桥头亦各树石碑一座，碑文除记述工程概况外，重点记述了建桥工人的英雄伟绩。石嘴山大桥的碑文颂扬大桥建设者“踏冰雪，战洪峰，终成殊勋”，对建设者充溢着深深的敬意，一改为个人立传的旧俗，这个碑文堪称开了新风。

何谓碑？乃刻着文字或图画，竖立起来作为纪念物的石头也！然而碑文如何撰写却颇有讲究。改旧俗，推陈出新，为时代的呼唤！

（《中国交通报》1989年2月22日）

免征养路费与买“码头票”

近读报纸上的两则消息，不禁产生一些联想。其一是10月11日《中国交通报》一版有条简讯，去年初广东省取消了救护车免征养路费的待遇，结果不少救护车因交不起养路费而被迫停驶。为此，省政府于今年加以纠正，从国庆节起对医疗单位有固定装置的救护车，恢复免征养路费的待遇。其二，10月12日《新民晚报》一版发表了一封读者来信，批评上海港十六铺客运站0409号服务员态度蛮横，文中透露送客人进入候船室要买五分钱一张的“码头票”。

一个免征养路费，一个要买“码头票”，两厢对照。发人深思。广东省政府以社会公益为重，及时改变原有规定，这种精神可嘉可贺。上海港客运站实行买“码头票”的做法，实不敢恭维。倘以上海港的做法类推，仅以交通系统为例，进公路长途客运站候车室要买“候车票”，进了客轮上的阅览室要买“阅览票”，如此等等，岂不是有点“要从此路过，留下买路钱”的味道了吗？

目前，各行各业滥收费问题，愈演愈烈，已使群众苦不堪言。对这种只想着本单位、本部门的利益，而不顾社会公益的滥收费的做法，应当进行清理，凡无国家、政府规定，属企业、单位私立的“土政策”，都应该免除，维护广大群众的利益，同时对企业、部门来说，免除不该收的费用，也正是维护了自家门面的声誉，岂不是做了一件一举两得的好事吗！

（《中国交通报》1986年10月29日）

别吃丢了人格国格

一位远航归来的船员，经常把国内国外的见闻讲给人听。有一次谈到国内某港口的海关和边防人员在船上吃饭一事，便做了一番比较，听来发人深省。

不论到美国、巴西，或到丹麦、比利时，船抛了锚，海关和移民局(似我国的边防)的联检人员便很快上船。办完了各种手续，一般仅需半小时。办完公事，连杯茶都不喝，立即离船。而国内少数港口海关和边防人员在上船时间上是很有一点“准确”性的，一般在上午10点半钟左右。到了船上，先到船员休息室吸烟、喝茶、聊天，然后才是办公事。办完了公事，时间已近午餐，船长已心领神会，即告管事加菜留“客人”小酌。身着制服的海关、边防人员，代表国家上船执行任务，庄严神圣。但少数人工作磨时间，在船上白吃白喝，可能自以为得计。但在外国船员的心目中，却吃丢了人格国格。着实叫人感到可怜又可悲。但愿常到船上蹭吃蹭喝的人，以此为镜，并决心改正！

(《中国交通报》1987年4月1日)

地方“割据”应治理

“有路大家走车，有水大家行船”，这是交通部向全国交通系统提出的一个重要口号。几年来的实践证明，这个口号对发展交通运输，促进商品流通，起了很大作用。但现在在一些地方，却出现了地方“割据”的现象，搞得跨省、市行车难。

对这一点体会最深的莫过于汽车司机。某国营运输公司有位司机，身上带着驾驶证、养路费收缴证和运输管理费统缴证，奉命跨省运输，但在外省几个县里受卡搁浅，有的要验保险证，有的要验跨省运输证，最叫人哭笑不得的，有的还要验营业执照。每过这样的关卡，少则几个小时，多则三两天不能行车。最终总是罚了几张“大团结”才能放行。

这种随意设卡“割据”行为，不是始自今日，过去虽然不断治理过，但总是刹一阵好一阵，而不能根治。司机们呼吁：全国应有个统一的政策和法规，只要司机带全了必需的证件，任何地方不得拦阻，违者应受到惩治，以保证切实做到“有路大家走车”。

（《中国交通报》1987年3月7日）

喜闻山间铃响马帮来

据《云南交通报》载，地处滇中山区的双柏县，消失了十余年的马帮运输又活跃起来了，清脆悦耳的马铃声又回荡在山林之间。

马帮运输的恢复，在交通运输战线可谓区区小事，但它却很能启迪人们的思想。搞交通的人都知道，各种运输工具都各有所长，又各有所短。不在于运输能力的大小，而在于各有各的优势。万吨巨轮代替不了夫妻船，大吨位的汽车代替不了马帮。马帮运输的重新出现，启发我们一个认识：你真的要把交通搞上去吗？那你就要认真实行多家经营的方针。

对于实行多家经营，有的同志并不是全力支持的。他们多年来已经习惯了独家经营，各部门、各行业、各地区，集体的、个体的运输发展起来了，他们的怕字也就出来了，一怕夺了生意，二怕“乱”了运输市场。他们明里不说反对，但在行动上则采取“挤”、“赶”的做法。应当说，这种思想是不合乎放宽搞活政策的！

交通运输实行多家经营，是从国情出发的。国有运输是主导，但它不能“包打天下”，发展集体、个体运输，各部门、各行业、各地区参加运输，补充国有运力之不足，是国家的大计，也是民生的必需。凡搞交通的人，特别是搞国营运输的同志，应当顺乎这个潮流，热情地迎接它，促进它。国家、集体、个体一起上，各种运输工具一起上，开展一个为四化服务的竞争，走出一条具有中国特色的发展交通的路子！

（《中国交通报》1984 年 11 月 7 日）

王二柱的悲剧

石家庄市井陉矿区王二柱，在振兴交通的热潮中，欢欢喜喜地贷款买进汽车，干起了个体运输。但由于他经营无力，负债累累，由喜变忧，寻了短见，演出了一场悲剧(见本报7月20日一版)。

对于王二柱的轻生，我是不赞成的。但他的死却给我们提了个尖锐的问题：他为什么走上绝路？除主观原因之外，从交通行业管理来说，也不是没有可以指责的地方。各地个体运输户发展很快，随之而来是激烈的竞争。而目前的竞争多是自发性的，能者富起来了，失败者则出现了王二柱式的悲剧(虽然是个别的)；同时，运输市场也有点“乱”……

孟子曾经说过：“行有不得者皆反求诸己。”从交通行业管理的角度来“反求诸己”，可以说管理工作十分的软弱无力。怎样进行行业管理？现在还没有经验，这是事实。但大家都在等待、观望，经验又从那里来呢？等待不是办法，不如从王二柱的血的教训中振奋精神，就从抓个体运输户的管理做起，把国营、集体、个体都管起来，由少到多，由点到面，实现全行业管理，使交通战线出现活而不乱，管而不死的大好局面！

(《中国交通报》1985年9月4日)

辽宁日报、沈阳晚报杂谈

五个指头不一般齐

同样是完成一项任务，或推广一项先进经验，常常因为各地区、各单位的历史习惯，工作基础，自然条件，群众觉悟程度等的不同，而出现各种不同的工作方法，工作进展也不一样，这本来是正常的现象。但是，有的人却不是这样看。他们不管做什么工作，总是喜欢各地区，各单位，甚至每一个人，都要一模一样地工作，什么都要求一律，这种想法和要求能不能行得通呢？看过下面的故事却会给人很大启发：湖北省宜都县新场区，1960年种秋麦时，在全区推广了宽行条播的耕作方法。对这个新方法，有些人还有怀疑，想再看一看，比一比。三星公社联盟大队第二生产队队长丁青年，和本队一伙社员暗中又搞了20亩撒播麦子。麦子露苗后，被大队党支部书记丁万品发现了，他很生气，当时就叫丁青年毁了改种。区委书记龙书印同志认为不能这样处理，他说："既然群众要求再来一次对此试验，把它保留下来只有好处，没有了不起的害处。"并鼓励丁青年把这20亩麦子管好。丁青年对这20亩麦子格外加肥加工培育管理，结果产量比宽行条播平均每亩多产6斤半。但却耽误了种棉季节，被迫改种了15亩晚粟谷和5亩籽瓜，产值只合880元，如果按原来计划种上棉花，产值可达2000元左右，减少了1000多元的收入。他们后悔不及，第二年秋天，丁青年和本队社员们都成了宣传和推广条播的积极分子。（见1962年6月29日《人民日报》）

事实告诉我们，人们对一项新经验或新事物的认识，不可能完全一致。因此，对那些一时还不想采用新经验的人，不必急着叫他们采用，要允许他们用老办法。老办法和新经验一比较，孰优孰劣，便会立见分晓。正确的、先进的事物，总是比不正确的、落后的事物显示出鲜明的优越性。事实会教育人接受新经验，并且会促使原来不相信新经验的人，成为运用新经验的积极分子。

当一个人自觉地、高高兴兴地去做一件事时，工作效果，总比不自觉地、别别扭扭地去做一件事好得多。道理说来谁都懂，可是做起工作来，有些人为什么又忘掉了人的自觉性，而强求一律呢？原来是他们有一种顾虑，他们怕本地区、本单位行动不一致，怕出现"落后"和"保守"部分，怕被这"落后"和"保守"部分拖住整个地区或整个单位工作的后腿，而达不到预想的百分之百。其实，这种顾虑是多余的。事实上，什么工作都要在一个时间达到百分之百那是不可能的事。一个地区或一个单位，在工作中经常有一小部分，比较起来属于"落

后”，原是正常的现象，同时，也因为它只是一小部分，所以，它没有力量拖住一个地区或一个单位的工作向前发展。何况，先进与落后也是相对而言，不是一成不变的。因此，那种要求所有的人都一律的百分之百的先进的愿望，是不实际的。谁都知道：在运动场上，参加同一项目竞赛的人们，绝不能都同时到达终点，总是有第一、第二、第三……的区别。做工作又何尝不是如此呢！至于如何使这一小部分“落后”快一点赶上先进的水平，那又是另外一回事了。

一般地说，新经验总是比旧的、已经落后的方法先进。但是由于新经验刚刚出现，还未经过一定时间的考验，往往又是不完整的；还有的新经验本身就是不正确的。那么，用什么方法来检验新经验的不完整或是错误呢？允许采用不同的方法（包括被否定的老办法），就可以起这种作用。不同的方法经过比较，既可以补充新经验的不足部分，也可以纠正错误的所谓的新“经验”。如果不允许采用不同的方法，都一律推广不正确的或部分不正确的新经验，没有对立面做比较，错误的或部分错误的经验，就不能得到及时的纠正与补充。因此，不能一律把采取不同方法的人，说成是“落后”、“保守”。不允许不同的工作方法存在是不对的。但对不同的工作方法不做调查研究，也就失去了不同的工作方法存在的意义。只有在调查研究中进行比较，才能看清哪个是正确的，哪个是不正确的；哪个是部分正确，哪个是部分不正确。

具体问题具体分析，是马克思列宁主义的活的灵魂。不管处理什么问题，对待什么工作，都要以时间、地点、条件为转移。对于工作方法的要求，对于各项任务完成得快与慢，好与坏，在不同的地区、不同的单位，甚至同一单位不同的人，都要区别对待，不能强求一律，更不能采用“一刀切”的办法。要“活”一点，不要把工作做得那么“死”。俗话说：五个指头不一般齐，更何况对待客观世界千差万别的万事万物呢！

（《辽宁日报》1962 年 8 月 7 日）

治标与治本

中医治病讲究治标与治本。标是症状，本是病因。一个病因可以有几种症状，一个症状可以有几种病因。但是，只要消除病因，一系列症状也就随着消失。因而，中医特别强调治本。比如伤风感冒的原因是感染风邪，症状有头痛、咳嗽、鼻塞，但医生处方不用止痛止咳和局部治疗药品，而是针对风邪（病因）及其性质处方，从根本上治疗。这是从整体出发，辨证论治的有效方法。

工作与治病虽然有性质的不同，但却能从工作方法上给人以不少的启示。我们做工作也有“标”与“本”的问题。任何事物都有本质和现象两个方面。日常所经常发生的大量事务，是客观事物本质的反映，即现象，如中医所说的标。这些现象的发生，都有其内在的本质原因，如中医所说的本。中医强调治本的医疗方法，对于我们做工作也是适用的。

说起工作中的日常事务，往往令人头痛。许多人都极力想摆脱日常琐碎事务的羁绊。琐碎的日常事务在这些同志看来，都是些鸡毛蒜皮，不关大体的小事。然而他们越是想摆脱它，越是摆脱不开。结果，工作方法是“头痛医头”，“脚痛医脚”，工作十分被动，忙忙乱乱多，卓见成效少。

一个医术高明的医生，从不想摆脱对各种各样症状的观察了解，对每一个症状都要“望、闻、问、切”一番，总是能通过各种各样的症状探求出致病的原因，以达治本的目的。一个善于处理日常事务的领导者，从不想摆脱日常事务，他总是能够通过处理日常事务，发现工作中的重要问题。一位公社党委书记讲过这样一件事：几个种水稻较多的生产队，常常为水的问题发生争吵，特别是遇有天旱缺水的时候，几个生产队的干部，三番几次找大队、公社解决上下游用水问题。有人认为，在种水稻的生产队中发生争水的问题，是年年有的，是由于各队都有本位主义所致。因此，对各队用水问题，争吵一次，就动员说服一番，但水的问题却总是发生。这位党委书记不这样处理这个问题。他一面同各队研究合理用水问题，一面到各队进行调查研究。从调查中发现，这几年各队水田面积增加了，一些社员因为水稻高产，把一部分自留地也由旱田改水田了。原来用水并不发生问题，而因为水田面积增加，使水的问题突出了。病因找到了，怎样处理它？有人主张兴修水利，有人主张减少水田面积。兴修水利固然可以从根本上解决用水问题，但条件暂时还不具备，结果各队都适当地减少水田面积，使水的问题从根本上得到解决。

种水田的生产队缺水问题，只是问题的现象，如果单从调解纠纷这一点上来处理，即“头痛医头”“脚痛医脚”，而不寻找起因，问题是难以从根本上解决的。如果把为水而发生的争吵只看成日常小事，而不加以重视，甚至摆脱它，其结果是不难想象的。不管做什么工作，都免不了要经常碰到各种各样的日常事务。各种事务发生了，即是问题的本质开始暴露了。问题暴露出来，就给人以认识问题的线索。各种各样的事务，各种各样的“小事”，无不是客观事物本质的反映。所以，做工作不要怕日常事务，不要讨厌日常事务，更不要把日常事务看成“小事”。而要像医生一样，学会从症状找原因，从日常事务找问题的根源，即从现象看本质。要善于“顺蔓摸瓜”，从小事中发现大问题。从现实生活中、生产中发生的事务，哪怕是细小的，琐碎的，都是值得重视的。

重视日常事务，而不陷于事务主义之中，这是一种领导艺术。达到这种境界，是同一个人的思想修养，工作作风紧密地联系在一起的。刻苦、勤劳、深入、细致，不拒绝小事情的工作作风，能在纷纭复杂的日常事务中争得主动，从根本上一个一个、一件一件地解决问题。不艰苦，尚空谈，不愿做小事情，飘飘浮浮的作风，在大量千变万化的日常事务中，只能“头痛医头”，“脚痛医脚”，只能陷于事务主义之中。毛主席说：“我们看事情必须看它的本质，而把它的现象只看做入门的向导，一进了门就要抓住它的实质，这才是可靠的科学的分析方法。”这是我们每一个人都应该常记取的。

（《辽宁日报》1962年7月24日）

伟大寓于平凡

一个革命者的一生，可能是在疾风暴雨的斗争中度过，也可能是在日常平凡的工作中度过。尽管每一个革命者，从他献身革命的那一天起，就有志于像董存瑞、黄继光、邱少云等同志那样，为革命壮烈捐躯，立下丰功伟绩；但是这样的英雄行为，在生活中毕竟是不常见的，也不是每一个革命者都能够经历的。而平凡的工作，在生活中却是大量的、经常的。在平凡的工作中，怎样做出一番不平凡的事业来，未必为每一个同志所注重。

雷锋同志短暂的一生，是在平凡的工作中度过的。他并没有创造出什么丰功伟绩，也没有什么惊险曲折的英雄奇迹，然而他的一生，却是光辉的一生，伟大的一生。雷锋同志的伟大人格，崇高的道德品质，正是寓于他的平凡之中。他在工农兵三条战线上，分别做过拖拉机手、推土机手、战士和班长。所有这些，都是极其平凡的岗位，极其平凡的工作，然而就是在这些平凡的岗位上，平凡的工作中，他做出了不平凡的贡献。因此，先后获得了劳动模范，先进工作者、五好战士、模范共青团员等光荣称号。这些光荣称号告诉我们：雷锋同志不论在哪里，不论在什么岗位上，也不论是做怎样平凡的工作，他都做出了伟大的贡献。我们每个人都在做着和雷锋同志一样的平凡的工作，为什么我们没有做出雷锋同志那样的成绩来呢？这是值得我们深思的。

壮烈的英雄行为，可以表现一个革命者共产主义觉悟的高低；平凡的工作同样可以表现一个革命者道德品质的优劣。对待生活中的小事，又何尝不是一个革命者灵魂的写照！雷锋同志的伟大，也表现在生活中的小事上。战士乔安山的母亲病了，请假回家探亲，他拿出自己的钱买了一包饼干送给他母亲。乔安山回家后发现饼干包里面还有十元钱。一个星期天轮到他休息，他给班里的同志洗了五床褥单，补了一床被子，打扫了室内卫生，又帮炊事班洗了六百斤大白菜。在春节的假日里，他来到繁忙的火车站，在候车室里扫地，给旅客倒水，背着包袱扶着老太太上车，用自己的钱帮助丢了车票妇女买票。按规定部队每年发两套军服，而他两年才领一套。中秋节领到了四个苹果和四块月饼，他送到医院去慰问病伤的工人兄弟。这些都是生活中的平凡小事。但是，这些事情都发生在一个人的身上，就不是平凡的小事了！雷锋同志伟大的一生，正是由这些无数的平凡小事构成的！这些平凡的小事，是每一个人都能做到的，但我们为什么没有做得那么多又那么好呢？这也是需要我们深思的！

雷锋同志平凡的一生,使我领悟到“伟大出于平凡”这句名言的深刻意义!一个人能够在平凡的工作中做出伟大的成绩来,是很不容易的。这个不容易倒不在于平凡的工作难做,而是因为它平凡,所以往往引不起人们的重视,甚至有人鄙视它,不屑于做它。古人说得好:“千里之行始于足下”“勿以善小而不为”。要想使自己的一生有所作为,要想为人民做出一番伟大的事业,就首先从平凡的工作开始吧!一天做一件有益于人民的小事,一个月即做三十件,一年即做三百六十五件,十年、二十年……以至一生,一点一滴,日积月累,该做出多少有益于人民的小事!我们的生命该会放射出多么灿烂的火花!

伟大的行动,产生于伟大的思想。伏案深思,雷锋同志所以能在短短的一生中发出那么多的光和热,那是因为他具有远大的共产主义理想,离开这一切都是不可能的。雷锋同志在日记中写道:“我就是长着一个心眼:我一心向着党,向着社会主义,向着共产主义。”平凡的工作可以是平凡的,也可以是不平凡的,这就要看我们能不能也有雷锋同志那样的“心眼”。

(《辽宁日报》1963 年 3 月 11 日)

运动场上的联想

我有个朋友，是位善于长跑的运动员。他参加竞赛时，常约我去观阵。看他几次长跑，每次在起跑后我都要为他那种稳稳当当、不紧不慢的速度而担心，可是，每次竞赛的结果，他的成绩却总是出我意料地名列前茅。后来，我便问他其中的奥秘。他说："你看，有的长跑运动员，开始速度很快，也有可能暂时领先，但是跑不过一半的里程，就不得不慢下来，什么原因呢？他没有按照自己的体力来安排速度。而有经验的运动员则相反，长跑开始时，他的速度可能慢于别人，但他是按照平日锻炼的速度跑的，速度是逐渐加快的，到最后，还有进行冲刺的余地。所以结果他总是跑得不坏的。"

朋友的一席话，引起了我一些联想。做工作不是与运动场上的长跑很有些相似吗！每当接受一项新的工作任务时，就像听到起跑的枪声响了一样，要闻声而动。但怎样动，动了以后要求标准是什么，这就是颇有些讲究了。

完成一项工作任务的过程。就是人们对客观事物认识的过程。工作的开始，即是对客观事物的认识过程的开始。这时，人们对客观事物的认识，还是处在"懵懵懂懂"的阶段，不可能那么全面、深刻，而必然要经过由浅入深，由低到高，由不全面到全面的过程。在这个时候，重要的不是着眼于如何快和"抢先"，而首先是应该认真学习党的有关方针政策，领会其精神实质，并对实际情况进行调查研究，力争对新事物充分认识。在对客观事物的认识还没有把握时，要谨慎，要稳当，宁肯先慢一点。开始慢一点也正是为了以后前进得快一些。

看一项工作完成的好坏，既要看进展快慢，更要看效果怎样。工作进展很快，尽管能"暂时领先"，但到头来效果不好，那"领先"是无意义的。开始工作慢一点，但做得扎实、细致，到头来效果好，质量高，这才是真正的先进。当然，有些工作比较单纯，情况又明显，条件又具备，有把握一开始就做得快、做得好，那自然不必在准备工作上花费更多的时间，还是做得快一点好；但是，在条件还不具备的时候，决不能打无把握的仗。要有把握，就要有准备，而且要有充分的准备。我们做工作应该扎扎实实，以讲究实效为先。

（《辽宁日报》1962 年 10 月 13 日）

将心比心

售货员讨论了“假如我是一个顾客”，售票员讨论了“假如我是一个乘客”，服务员讨论了“假如我是一个旅客”，工作无不有新的起色，“假如我是一个……”的讨论，在不同的行业中，为什么能有这样共同的效果呢？我想，一个重要的原因就在于，它使人们“将心比心”了。

干部和群众将心比心，干部首先应做到知道群众的心，以群众之心比自己的心。群众在政治上、在生产上、在生活中的愿望、要求和意见，就是群众心思的流露。做干部的只有深知和经常熟悉群众的这些心思，才能算是群众的知心人。要想了解群众的心，靠坐在办公室里空想是不行的，而必须经常地到群众中去，同群众一起在耕耘中流汗，事事向群众请教，反复同群众商量，直到彼此有了一致的见解，再决定去办。这样就会“众人一条心，黄土变成金”，把事情办好。

了解群众的心，只是将心比心的一个方面，另一方面，干部还必须随时向群众交心，要使群众经常了解自己的心，把自己的心敞开给群众。一个革命干部的心，应该是最坦白、最明朗的。党的各项政策的精神，贯彻执行党的政策的措施，对生产领导的要求，安排群众生活的计划，在这些方面都应该了解你的打算，彼此披肝沥胆，心心相印，能这样，可以预言，你的工作肯定是错不了的。

将心比心，对每一个忠诚的、全心全意为人民服务的干部来说，并非十分困难的事，但也有些人做不到。有“官”气的人做不到，因为他总是高高在上，不可能知群众的心，更不能将人心比自心。有骄傲情绪的人做不到，因为他总是过高地估计自己，目中无人，更看不见别人的心。重于个人利益的人做不到，因为他关心的只是个人利益，体会不到别人的心。事务主义者也做不到，因为他只习惯于忙忙碌碌地做些身边的琐事，不能深入下去洞悉人们的心。上述人等，因为他们不是群众的知心人，所以他们也得不到群众的心。不得人心，也就不易做好工作了。

由此看来，干部和群众能不能做到将心比心，关键在于干部。读《红岩》有一句话使人久久不忘，这就是华蓥山纵队政委彭松涛说的：“你把群众当作自己的父亲，群众才把你看成自己的儿子。”一个革命干部对待群众如果没有这个态度，就无法谈到将心比心。

（《辽宁日报》1962 年 8 月 30 日）

从夜郎自大说起

汉朝时候的夜郎国(在现在的贵州省境内),国土本来很小,只有汉朝一个县的地方那么大,而且出产也非常少,甚至连牲畜也不多。可是国王很骄傲,自以为他的国家地面很大,物产很丰富。当汉朝的使臣去访问的时候,他竟不知高低地问:“汉朝和我夜郎国哪个大?”

这个从古代流传下来的故事,告诉人们这样一条真理:坐井观天,故步自封,那就一定要落后。只有走出自己的小天地,才会发现天外有天,山外有山。对比之下,才会觉悟到自己的短处,由此,便将激励起赶先进、争上游的劲头。

要想经常地保持着永不满足、永争上游的革命精神,根本之点,是对于自己的工作要有个全面的估计:这就是不论在什么条件下,都要用马克思主义的辩证分析的方法,把自己的工作一分为二,既看到成绩的一面,也看到不足的一面。在工作落后于别人,或者工作平平常常的时候,放下架子,采取虚心学习别人先进经验的态度,就会鼓起精神争得上游;在工作取得成绩的时候,看到自己还有不足之处。就会在新的基础上取得新的成绩。

正确地估计自己的工作、正确地把自己的工作一分为二,单靠自己闭门估计是办不到的,而必须经常地对外地进行比较,这样才能保持头脑的清醒。工业战线上的比学赶帮运动和农业战线上的找差距、学先进的活动,都有成功的经验。这就是既立足于自己的工作中,看到自己工作的成绩,又要走出自己的小天地,为自己寻求一个学习的榜样。凡是一个革命精神振奋的人,在自己的心目中,总是有一个追赶、学习的榜样,总为自己设计一个更高的标准。“学然后知不足”,越是向先进者学习,向高标准看齐,越会觉得自己的不足。认识到自己的不足,革命的干劲就不致衰退。倘若自己的心目中没有个追赶的目标,没有个学习的榜样,而把自己只局限于一个狭隘的小圈圈里,两耳不两门外事,两眼不往门外瞧,对外在的先进经验视若无睹,对外在的一切事物都不感兴趣,只关心自己这个小天地里发生的事情,孤芳自赏,故步自封,骄傲自满,这就会使自己步夜郎国国王的后尘,对自己的工作只见成绩,不见缺点。久而久之,思想就会僵化,革命的志气也将一点一点地消失,直到陷入保守落后的“泥坑”而不能自拔。这是多么值得深思和警惕啊!

流水不腐,户枢不蠹。人的思想应该像永流不息的江河,吸取一切溪川流水,断不可成为一潭没有源头的死水。经常地到外地呼吸一点新鲜的空气,学

习外地的新经验，人的精神就会避免感染毒菌，从而吸收各种有益的养分。只有站得高才能看得远，视野开阔；只有胸襟扩大，才能兼收并蓄，振奋起革命的精神，永争上游。

有志于为祖国的社会主义建设贡献更大力量的人，总是为自己树立正、反两面镜子，以正面的镜子做为自己学习的榜样，从它身上汲取力量，鼓舞斗志，向高标准看齐，永争上游。以反面镜子做为自己的鉴戒，警惕自己，不覆前辙。这样，我们就会经常地保持着革命化的精神，永不自满，不断前进。

（《辽宁日报》1964年2月）

做革命的牛

牛，驯服、耐劳、不贪精饲料。这些可爱的天性，人们向来是给以赞美的。正因为如此，每一个忠实的革命战士，都以做人民的“牛”为乐。“俯首甘为孺子牛”，是鲁迅先生的夙愿；王若飞也曾说过：“对人民来说，我们就是一头牛”。可见，做人民的“牛”，做革命的“牛”，是每个革命者的最大光荣。

其实，不管在革命战争年代里，还是在社会主义建设时期，这种甘为革命的“牛”的人，是数不胜数的。大庆油田的黄友书同志，就是其中的一个。黄友书是个三十来岁的复员军人。到大庆以后，他当过瓦工、勤杂工、保管工，磨过豆腐，喂过猪。后来，领导上派他去给职工们掌鞋，黄友书又愉快地接受了任务。之后，他跑了好多地方去找修鞋工具。他每天挑着担子下现场，一边给职工们修鞋，一边注意收拾废旧碎皮，拿回去洗净揉好，用它来给职工们掌鞋。当他看到职工们穿着他修好的鞋，跑遍油田的时候，心里竟乐开了花。就是这个修鞋工，每年都被评为全矿区的标兵，被职工们誉为忠心耿耿为人民服务的“老黄牛”。

那么，到底是什么思想，使得一个工作岗位屡次变换的勤杂工，干啥都干得如此出色呢？且听黄友书对修鞋这件事的想法吧：“战士没鞋穿打不了仗，工人没鞋穿搞不好生产，谁离得了鞋啊！给工人们修鞋，这也是革命工作。”关键正在这里。“给工人们修好鞋，这也是革命工作！”这是一个自觉的革命者内心的流露，树有本，水有源，一个革命者只有有了这样一颗全心全意为人民服务的心，才能把自己的工作与革命事业联系在一起，才能不管干什么工作，都能意识到是革命的需要，因而干起来就有了动力，就有了力量的源泉，就能吃大苦，耐大劳，就能浑身是劲，就能排山倒海，过得硬，天塌下来也能顶得住！倘若没有一颗全心全意为人民服务的心，干什么都是“我”字当头，合意则干，不合意就不干，或者勉强干了，而身在岗位上，心却在“我”的圈圈里，不愿做革命的“牛”，这样的精神世界，这样对待工作的态度，是做不好革命工作的。因此，在他的生命中，就发不出热，放不出光。因为他还不是个自觉的革命者。

我们都有自己的岗位，但不管在哪一个岗位上，要自知这是在干革命，这只有成为一个自觉的革命者才能做得到。而这种革命的自觉，是来自自己的思想改造，要成为自觉的革命者，首先要革自己思想的命，把一切资产阶级思想的影响革掉，把自己的一切都与革命联结在一起，把自己的一切都献给革命。唯有如此，才能由不自觉变成自觉的革命者。

（《辽宁日报》1964年6月24日）

把业余生活丰富充实起来

从前，我总认为“业余时间”是生活小事，做什么由己，无关大体，所以，下班以后，常常是游公园，逛商店，打“百分”，抓“娘娘”。直到反复读了雷锋日记以后，我才受到了启发和教育。

雷锋同志把自己的业余时间，大部分用在学习上，尤其是用在苦钻毛主席著作上。他到弓长岭工作之后，在日记中写道：“每天早晨学习一小时，晚上学到深夜十到十一点钟。”他参军后，是汽车兵，经常在外边执勤，这对他的学习是不利的。可他却想出了办法：给自己弄了个书包，里边装的全是毛主席著作，抓紧一切空隙，走到哪里就学到哪里。几年来，他就这样学完了《毛泽东选集》一至四卷。

除了学习，雷锋同志的业余时间，都用在为人民服务上了。他在火车上，为旅客倒水，找座位，扫地，擦玻璃。1961 年 5 月 1 日，这天是假日，他在日记中写道：“没有上街看热闹，把房前、屋后，室内、室外干干净净地打扫了一遍。帮炊事班洗菜、切菜、做饭”。星期天他还为同班战友洗床单、洗被单；他利用休息时间，到驻地附近生产队参加生产；午休不睡觉，到理发馆去学理发。他在日记中写道：“到了星期六或星期日我就忙不开了。”

雷锋同志的业余生活，不是学习，就是去做些有益于别人的事情。由此使我想到：一个人在政治上的进步，马克思列宁主义的修养，工作业务水平的提高，完全靠每天上班后的八小时是很不够的。在很大程度上，要靠在业余时间里不断努力。雷锋同志的业余生活，完全与党的事业联结在一起，过得丰富而充实。有益于党的事业，有益于人民，有益于提高自己的政治和业务水平的事情，他总是孜孜以求之。雷锋同志的业余生活，就是这样鲜明地贯穿着一条红线，他总是使自己生活在高尚的气氛中，他的业余生活，也有着鲜明的革命的倾向。因此，他在政治上能很快地成熟起来，在工作上能很快地熟练起来，就不难理解了。

怎样度过业余生活，在业余时间爱好什么，追求什么，对一个革命者说来，绝不是一件可以忽视的小事。自然，在业余时间看看电影，打个百分，逛逛公园，只要适当，对人是有益的，也可丰富生活，这倒无可非议。但如果沉湎于这些爱好之中，入了“迷”，成了癖，可就不是小事了。古人说“玩物丧志”，是很有道理的。

一个人的一生，是短促的。倘若把为人民服务（包括学习在内），仅仅局限在每天的八小时工作，生命则更是短促了。雷锋同志把业余时间都用在为人民服务之中了，他把自己的生命延长了，他不止活了22岁！我们既要学习雷锋同志那样庄严地为党工作，也要学习雷锋同志那样严肃地对待业余生活。珍惜时间，不虚度青春，把生命投入到无限的为人民服务之中。

（《辽宁日报》1963年12月7日）

踏踏实实地做“笨”事

聪明人不做“笨”事,做“笨”事在聪明人看来,是傻,是呆,为聪明人所不齿。

猛一听这话,颇有几分道理。不是吗?天下人谁愿做“笨”事,谁不愿做聪明人,谁不愿做聪明事!但是,肯用心思的人只要仔细一想,从辩证法的观点来看,就是片面的。真正聪明的人才做“笨”事。不愿做“笨”事的人才是真的傻子,呆子。

凭什么对聪明与笨发出如此的议论!这要用事实来回答。

我想起了解放战争时期的土地改革运动,工作队进村发动群众,不是首先召开群众大会做动员工作,而是个别地访贫问苦。谁的苦最多,就住在谁的家里,睡在一铺炕上,在一盏小油灯下,彻夜长谈;白天下地一起劳动生产,劳动归来,打扫庭院,担水做饭……这样交一个贫雇农的朋友,培养一个积极分子,往往要几天甚至十几天的工夫。一个积极分子培养起来了,这个积极分子就到群众中去串联扎根,像滚雪球一样,从少到多,越滚越大,愈来愈多。因为有了众多的积极分子为骨干,土地改革的风暴,从群众中自然而然地掀了起来。工作队这才抓住时机,召开群众大会,斗土豪分田地。这种发动群众的办法,曾经有人讥之为“笨”,其实这才是最大的聪明。历史早已证明,只有这样串联,根才能扎得深,叶才能长得茂,群众发动得才彻底,这才叫真正地贯彻执行了群众路线。因为世界上一切事情都是具体的,这样,就要求我们对具体问题要踏踏实实去解决,只有这样,才能把问题解决得深,解决得透,也才能不断地推动事物向前发展。而那些超越这个“笨”做法的工作队,进村就开大会,企图一个早晨,“一呼隆”就把群众发动起来,其结果并没有把群众发动起来。因为对群众没有做耐心的、细致的思想政治工作,群众觉悟没有提高,这样,就不能把党的方针政策和号召变成群众的行动。这方面的经验教训是不少的。

搞阶级斗争发动群众,贯彻群众路线,要扎扎实实地做些像土地改革那样的“笨”事。与大自然进行生产斗争,同样需要踏踏实实地做“笨”事。

这使我想起了筑堤抢险中的打夯和种庄稼。筑堤抢险是火烧眉毛的特急事,然而打夯的人们却不慌不忙,唱着有节奏的平稳的“嗨哟嗨哟”的号子,总是一夯夯、一遍遍地打下去,每一夯都扎扎实实地落在泥土里才重新提起。在那些不愿做“笨”事的聪明人看来,这又是做“笨”事了。而其实这正是聪明人做的聪明事。试想，筑堤倘不如此扎扎实实地打夯，老老实实地做“笨”事，仅仅把泥土叠到一定的高度和宽度，何以能经得住狂风暴雨、惊涛骇浪的打击！夯打得越实，夯打得遍数越多，做得越“笨”，才能挡得住越大的洪水。

种庄稼的道理也是如此。大自然对人是慷慨的；但也是吝啬的，你不扎扎实实地做“笨”事，它就不给你较好的收成。施肥、铲趟、灌溉、田间管理……这些“笨”事都要一桩桩、一道道、一遍不少地去做，一点也含混不得，并且做得越“笨”越好。你不付出那么多的代价，企图不做“笨”事，它就不与你“等价交换”。

这个“笨”并非愚笨而是实质上的聪明，这个“笨”，就是我们党一向提倡的刻苦勤劳、实事求是、按照客观规律办事的思想作风的具体表现。民主革命和社会主义革命就是靠做了无数的“笨”事成功的；进行伟大的社会主义建设，也有靠扎扎实实地多做“笨”事。业精于勤。聪明与笨是对立的统一，没有笨就没有聪明，聪明是由于踏踏实实地做了无数“笨”事的结果。事情要一件一件去办，工作要一项一项来做，工作要越做越细，不愿扎扎实实地做“笨”事，习惯于“大轰大擂”“大呼隆”的工作方法，粗枝大叶华而不实，其结果，正像俗话所说的，“聪明反被聪明误”，是会误了大事的。不敢做“笨”事的聪明人，什么都喜欢用“大呼隆”的工作方法，这不是我们党所提倡的思想作风，不符合毛泽东同志实事求是的思想，是万万要不得的。

（《辽宁日报》1962 年 1 月 19 日）

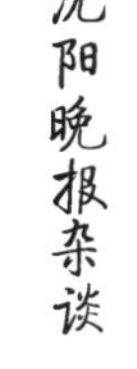

听忠言不怕逆耳

在《史记》上有一段记载听取别人意见的故事。

陈留高阳人郦食其，家境贫寒，好读书，很有谋略，在乡里当个看门的小卒。当陈胜、项羽率领起义军经过高阳，听说他们不肯听取别人的意见，他就躲避起来，不愿见他们。后来刘邦到了高阳，郦食其听说刘邦能礼贤下士，善于团结人，听取别人意见，就去看他。刘邦正坐着叫两个侍女替他洗脚，见了郦食其不打招呼。郦食其很不满意，只对他作揖，而不下拜，并且劈头就问刘邦："你是要帮助秦国打仗，还是想去打秦国？"刘邦一听很不高兴，说："你这个书呆子，今天全国一致反秦，怎么还敢说是帮助秦国打仗呢？"郦食其回答说："你既然要与大家去攻秦，就不该不尊重长者。"刘邦听了，脚也不洗了，"道履迎之"，请郦食其上坐，并向他道歉。郦食其向刘邦谈了战国时六国合纵攻秦的故事。刘邦听了很高兴，问他破秦的计策。郦食其说："你率领的只不过是不满万人的乌合之众，要攻打强秦，无疑是去探虎口，非败不可。陈留这地方是秦国的粮仓，你先拿下陈留做根据地，慢慢发展力量。"刘邦接受了郦食其的意见，占领了陈留，使军队有充足的供应，并得到了训练。后来郦食其还为刘邦献了好些计策，做了许多事。

这是两千多年前的故事。古代帝王将相的事业与今天伟大的社会主义建设不可相提并论。但从祖国的历史上吸取教训，对我们还是有益处的。

在我国有句俗话，叫作"忠言逆耳"。所谓忠言，一般地说是出于好意批评缺点。听不得批评缺点的人，对于忠言听来自然觉得逆耳。他们喜欢听赞扬，阿谀奉承。我们党经常教导我们，听忠言不要怕逆耳，人民群众越是批评我们的缺点，我们越要倾耳细听，要有"闻过则喜"的精神。能够听取忠言，听忠言而不逆耳，才能从中吸取有益的营养，修正缺点错误，才能团结大多数人，调动大多数人的积极性，人民群众才敢于和愿意向你进忠言。听忠言不逆耳，就得到了人民的拥护、爱戴，工作才能不犯或少犯错误。自然，不可能要求人民群众的每一个意见都是正确的。问题是我们做干部的，要善于从人民群众的意见中吸取养分，善于集中正确的意见。

党又教导我们，不管我们在工作中取得多么伟大的成就，都不要被一片赞扬声所陶醉。工作越是有成绩，越要去听取人民的批评意见，你越是能听取人民的批评意见，你的成绩才会越大。在工作中如果不能经常地听到不同的意见，一切工作都是一片赞扬的声音，并不是一种好现象。因为世界不存在没有缺点的工作，只是缺点的大小、性质不同而已。“虚心使人进步，骄傲使人落后。”毛主席的教导是千古不朽的真理。如果不能虚心听取人民的意见，听忠言就逆耳，其结果一定会和人民群众疏远，你的工作失去了人民的监督，犯错误的可能性就增大了。

听忠言而不逆耳，同一个共产党员的党性修养，同一个革命干部的政策观念、群众观点的强弱，紧紧地联系在一起。人民群众对我们的工作提出批评意见，是我国实行人民民主专政的政权所规定的人民的民主权利。听取人民群众的意见，正是尊重党纪国法的具体表现。有人认为，一个领导干部听取人民群众的批评意见，有损于自己的威信，其实这是一种误解。我们听取别人的意见，并不以提意见人的职业高低、学识渊博与否为标准，而是以真理为准绳。谁的意见站在真理这一边，我们就听从谁。服从正确的意见，绝不会有损于个人的威信，而只会提高自己的威信。别人的意见不正确，一个领导者有责任去耐心地说服解释，向其宣传正确的意见。一时说服不了，也不要紧，可以叫人们保留意见，将来持正确意见的人总会说服持不正确意见的人。一个领导者，自己的意见不正确，就要立即放弃，或者是发觉已经决定的问题不正确，甚而造成了损失，就要虚心地向人民群众做自我批评，并接受他们的批评。

（《辽宁日报》1963年4月3日）

登门道歉意欲何为

一位朋友讲了这样一件事,一天他去某副食店买排骨。只见一女售货员先挑选了一些肉厚的放在柜台底下,然后才售货,排队的顾客十分不满。这位朋友出面劝止,言犹未尽,这位售货员却大嚷大叫起来,强词夺理,摔得称盘叮当响。事后,这位朋友给报社写了批评稿,报社打出小样送这个商店核实。商店经理见后,立赴报社,除承认批评属实外,要求报社告知批评者的单位姓名,定要登门道歉。经理到了这位朋友家,在赔礼道歉后,却委婉地提出,希望打个电话给报社,就不要登报了！出了朋友的家门,经理又立回报社,向报社的编辑同志报告了赔礼道歉的情景……可是,据知情人讲,这位领导并没有在店里针对顾客的批评做什么教育工作。于是这位朋友从这位经理穿梭式的道歉活动中,得到一点启示,原是醉翁之意不在酒呀!

领导者登门赔礼道歉的事例,近来屡见报端,有的甚至不远千里而行,其意大都是真诚的。但这位经理的道歉活动,却是值得引起注意的,即切不可把登门赔礼道歉搞成走过场,摆形式,而代替了扎扎实实的思想政治工作。倘若以道歉为名,而行护短之实,则不啻是拿了不正之风去“克服”不文明行为,那是无济于精神文明建设的。

(《北京日报》1983 年 5 月)

因小见大

骑自行车，在生活中本是司空见惯的小事，但有的同志，却从骑自行车上发现了令人深思的大问题。

那是今年春耕大忙季节，我到农村去了一趟。发现某生产大队党总支书记，把新买的一辆自行车锁起来不用，到生产队去都是步行。我对此颇是不解。一天夜间闲谈，我问起此事，他给我讲了这么个故事：

没买自行车以前，下乡都是步行。只要天气好，很少走大路，多是抄小道。走小道一是路近，二是接触群众方便。走在小道上，常常看见干活的社员，随时可以接触群众，与群众一起干活，在劳动中了解情况，发现问题就蹲下来，摸个水落石出。可是有了自行车以后，方便是方便了，但也有了问题：骑车当须走大路，一些路不好走的生产队去的少了。路是跑多了，但接触群众少了，情况了解的也不多了，更严重的是参加劳动减少了。为此，这位书记把自行车锁了起来，除非必要，下队不再骑车了。

由于工作的需要，到上边开会或下队工作骑自行车，只要有利于工作，有利于接触群众，有利于参加劳动，这并没有什么不好的。但如果因为骑自行车而接触群众少了，参加劳动少了，这就不是骑不骑自行车的问题了，而是关系到一个干部的工作作风和思想意识的大问题了。

一个革命干部脱离了群众，脱离了劳动，精神世界就会变得空虚。不劳动，不接触群众，问题了解得就不会多。思想上没有工作问题可思考了，可钻研了，思想就会松懈、懒惰，慢慢所追求的东西，就可能由为工作转而为吃得好，占有更多的生活资料，进而贪图安逸和物质享受。人的思想，是没有真空地带的，不是往高尚的境界升华，就是往变质的方向滑去。馋、占、贪，都是由于不参加劳动，由于懒而引起的。一个革命者，一旦脱离了劳动，对劳动发生了厌恶之情，那就危险了，思想就要变质了。

密切联系群众，经常参加劳动，就能成为群众的知心人，群众将无话不对他们说，群众中发生的大事小情，群众思想脉搏跳动的强弱，都逃不脱他们的眼睛。劳动归来，他们吃粗茶淡饭，就会倍觉香甜，在群众中是最吃香的人，甚至睡觉也香甜得很。这样就能使人脑子里经常装着各种各样需要解决的问题，精神世界将异常充实而丰富，所追求的是高尚的目的，是为人民做更多的工作。这样就能使人变得兢兢业业，刻苦勤奋，生龙活虎，永不疲倦，永葆其无产阶级

的革命品质,永不变色。

听了这位党总支书记的一席话,我得到许多启发。他从骑自行车上发现了问题,真可谓有心人。自行车不是不可以骑的,但问题在于如何有利于干部参加劳动,接近群众。愿我们都做有心人,把影响自己参加劳动的各式各样的不利因素排除掉,那将使我们一生永葆政治上的美妙青春,生命放射出更加灿烂的火花!

(《沈阳晚报》1964 年 9 月 5 日)

有朋自远方来

上周末,“有朋自远方来”。老朋友相见,又是在星期六的晚上,确是叫人“不亦乐乎”。一壶绿茶相伴,敞心交谈,坐着谈疲倦了,就躺在床上谈,直到“雄鸡一声天下白”才朦胧地睡去。这一夜畅谈,叫人难以忘怀。

我那朋友本是回乡探亲的。据他介绍:回到阔别的家乡,父老乡亲,童年时代的朋友,左邻右舍,接踵登门来访。他们谈了家乡这些年的变化,谈了党的政策在乡里的贯彻情况,谈了干部作风,也提了许许多多这样那样的问题。我那朋友深有所感地说:回乡是个多么好的调查研究的机会和方法呀!由此,也启发了我的一点联想。

据我所知,有些搞调查研究的同志,尽管有“向群众寻求真理”的真心诚意,但总是有点不得其门而入的苦衷。其中最大的难题,是找不出引导群众畅所欲言的方法。这个方法,我那朋友回乡探亲找到了。乡亲朋友相互间“不亦乐乎”,谈起来自然是畅所欲言。但由此想开去,一个革命者与群众何尝不可以做到如此地步呢?

搞土地改革的时候,土改工作队进了村,便一头扎到群众中去,访贫问苦,扎根串连,与群众同吃同住同劳动,经过若干的时间,与群众有了交情,成了朋友,群众才把地主的盘剥和盘托出。工作队从群众的内心深处掌握了大量的材料,才发动群众掀起轰轰烈烈的土地改革的高潮。

我还想,朋友,人皆有之。但朋友的范围万不可局限在日常交往的几个人之中,应当到群众中去多交些工人、农民朋友。朋友多了,你搞调查研究才能比较顺利地寻求到真理。然而要想真正交几个群众朋友,必须先有正确对待群众的态度和方法。其根本,要发扬党的密切联系群众的优良传统,学习土改工作队的优良作风,到了工厂或农村,同群众生活在一起。一同劳动,让群众先了解你,认为可以交你这样的朋友,对你才会敞开心怀,你的调查研究才能收到回乡探亲或朋友相见“不亦乐乎”的效果。

回乡探亲式的调查方法可以采用,但更为重要的是使群众见到你的时候,有“有朋自远方来,不亦乐乎”之情。如果说调查研究有什么“窍门”的话,我想这就是。

(《辽宁晚报》1962 年 3 月 30 日)

谈“考验”

一个人的一生，不管你生活在那里，从事何种职业，总免不了要遇到各种各样的考验。这考验，有些是严峻而尖锐的；有些乍看起来，并不那么分明，但仔细想去，却包含着深刻的意义。

我们的前辈方志敏、王若飞同志，在敌人的监狱里，在敌人的法庭上，表现了一个革命者“威武不能屈，贫困不能移，富贵不能淫”的高尚的无产阶级的品德，这是一种考察；女共青团员（现在已是共产党员了）徐学慧，只身一人，同几个手持刀枪的匪徒搏斗，保护了人民的财产，而自己身受数十处刀伤，以致失去了双手，这也是一种考验；上海青年工人王林鹤试制一万伏的“高压电桥”，试验了370次都失败了，却没有就此而止，终于在371次试验成功，这又是一种考验；朝阳地区今年从春耕到夏锄，将近7个月基本上没有降雪降雨，有的地方井水都干涸了，大地龟裂，甚至寸草不生。这种百年未遇的大旱，对公社的社员们该是何等尖锐的考验！但人们在党的领导下，七毁八种，顽强不懈，终于夺得了满意的收成。

日常生活中有些“小事”，把它说成是对人的考验，似乎未免有些言过其实，但仔细想一想，确是考验。比如，这3年，我国遭受了严重的困难，对我们的生活有些影响，但是，当遇到一些“不愉快”，感到一些不方便的时候，你是用一种什么样的感情去对待它？谁能说这不是考验呢！

对生活“小事”的考验，因为它不能置人于死地，所以往往不被人所注意，似乎只有在战场上，在敌人的刑场上，才有考验。这种看法不仅是错误，而且是很危险的。古人说，“合抱之木，生于毫末；九层之台，起于累土；千里之行，始于足下”。能经得起生活“小事”考验的人，才能经得住严峻的考验。否则，一旦遇有考验，必然是想走“回头路”。事情就是这样，你在考验中畏缩一次，就会后退百次；能经得住无数次小的考验，将来一旦需要，就能经得起更大的考验。

考验虽然有种种的区别，有生与死，有艰难困苦，有成功与失败，有生活“小事”，但它对人却是一样严峻而无情，每一次考验都是革命性坚定与否的试金石。而人总是在考验中成长，在考验中前进。

（《沈阳晚报》1962年1月2日）

"举例"种种

世界上的万事万物。虽然各有其自身的特征,但又都有其共性。人们对客观世界的认识,不可能,也不必要样样事事全部亲身完成,而只要从个别中寻找出具有共同性的规律就可以了,不必为了了解麻雀而去解剖普天下的麻雀,所谓窥一斑而见全豹。

每一个事例,都是客观规律在某一方面的反映。只要例子举得贴切,就可以真正反映事物的本质。但是,写文章做报告举例要举得不准确,却能造成假象,模糊人们对事物本质的认识。倘若依据不准确的事例去做分析、判断,做处理问题的依据,就可能把事情弄颠倒过来,把白看成黑,把黑看成白;把正看成反,把反看成正;把丑看成美,把美看成丑;把恶看成善,把善看成恶。

事例可以是客观事物本质的反映,但也可能不能完全反映出事物的本质,而只是反映了事物本质在某个发展阶段的某一侧面,甚至事例本身就是假象。倘把个别的先进事例看成全体,并以此认识问题和解决问题,推而广之,必然脱离实际,产生主观主义和急躁情绪;倘把个别的后进事例看成全体,并以此认识问题和解决问题。推而广之,必然落后于客观事物的发展,而产生尾巴主义和失去时机。对待生活中发生的事例,要具体问题具体分析,既分析它的准确程度,又要分析它在某一事物中所占的地位,把握其数与质的关系,断不可把个别当全体,把少数当多数,把现象当本质。

写文章做报告的举例,尽可以取其生动活泼,但应力求事例不失之于真实。道听途说,望风扑影,人云亦云地对待事件,是不严肃的;夸张渲染,想象描绘,耸人听闻地"创造"事例更要不得。

(《沈阳晚报》1962 年 6 月 12 日)

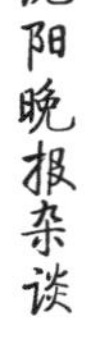

“出水的莲”

一天，灯下翻阅去年12月份的《沈阳晚报》，读到12月2日一版“待人和气热心为顾客服务，朱翦炉商店第七商品供应站营业员发扬优良作风”的新闻后，很是发人深思。先人后己、一心为公的商业工作者的形象跃然纸上，令人由衷敬佩。

被人赞美为“公道老”的朱翦炉食品杂货商店第七商品供应站主任、市劳动模范、共产党员焦鑫仲，在工作中以身作则，公私分明，按党的政策办事一丝不苟。他经常对营业员们说：“我们商业工作者要像出水的莲一样，滴尘不染，办事公道，一丝不苟，要时时刻刻关心群众利益，勤勤恳恳地为群众服务。”

主任是“公道老”，像“出水的莲”滴尘不染，他的行动影响着营业员。营业员米长胜的母亲，觉得自己的儿子住商店，应当优先买点好商品，但是米长胜对母亲说：“应先让群众买，咱住商店的抢先买，怎称得起好的工作人员呢？”

瞧！这是多么高尚的共产主义美德，多么令人赞美！

一个商店，每天接待成百上千的顾客。这个商店的风格高低，哪个营业员的服务态度好坏，顾客是十分清楚的。在旧社会，一个从乡下进城的农民迈进商店的门槛，心情就忐忑不安。这是因为旧社会，“商人”这个字眼就意味着欺骗、敲诈。但是，在新社会，社会主义商业制度要求它的工作人员却是先人后己，办事公道，大公无私。我看到，在一些粮食供应店的墙壁上都挂着一杆“公平秤”；在一些百货商店售布的柜台上，都放着一把“公平尺”。这公平秤、公平尺，就是社会主义商业工作者大公无私的写照。

做好商业工作的基本一条是以“公”字当先。这个公字对商业工作者说来，有双重的意思：一是先人后己，先公后私，把商品优先供应给群众，公私分明，做“出水的莲”才能滴尘不染；二是公道合理，像公平秤、公平尺一样，对任何人都是买卖公平，不分亲友，不分高低，一视同仁，就像焦鑫仲同志所说的：“办事公道，一丝不苟。”

做“公道老”是受人们赞美的。但在某些特定的情况下，在商品供应中，为主持公道，也可能受到一些亲朋故友的非难，得到的却是党的信任，人民的尊敬。“近水楼台先得月”“人不为己，天诛地灭”那是旧商人的哲学，是与社会主义商业工作者的高尚品德水火不相容的。而大公无私，全心全意为人民服务，才是我们党的光荣传统。“出水的莲”就是对所有毫无自私自利之心的商业工作者的赞歌。愿这美好的“莲”开在所有的商店里，开在所有的商业工作者的心上！

（《沈阳晚报》1962年2月3日）

决心与方法

听说有这样的单位，在比学赶帮活动中，决心很大，要使产品质量来个大"革命"，赶上先进水平。但他们都不大注意学习方法，不是采取一项项解决问题的办法，而是企图一下子解决所有问题。结果是欲速则不达。

下决心赶上先进，这种精神是可嘉的，完全无可非议。但决心大，还要方法对。方法对了，事情就会办得好些，就可能收到"事半功倍"之效；如果方法不对，则可能是"事倍功半"或者"事与愿违"，甚至可能使决心变成泡影。市捻织厂就有这样的教训。开始他们决心很大，但方法不对。他们到了上海以后，先到几个车间走走、看看、听听、问问，光从表面上学习了一下，就企图解决各种问题，结果所获无几。第二次他们又到上海，这次改变了学习方法，采取跟班劳动，边干边学，"亲手栽花"的办法，一项一项地学习，终于取得显著效果。可见，方法也是很重要的。

做一切工作都要注意方法问题，开展比学赶帮活动也不可不注意方法。在学习和运用别人的先进经验时，企图一下子解决所有问题是不现实的。所以学习别人的先进经验，要眼观六路，耳听八方，从问题后面找问题，挖掘原因，一个环节一个环节地检查，一道工序一道工序地找毛病。这样顺藤摸瓜，对症下药，才能赶上先进水平。在学赶先进中，还需要从基础上一点一滴地下苦功夫，扎扎实实地解决学赶先进活动中的问题。只有在有了决心之后，又注意方法的单位和个人，才能在学赶先进的活动中取得实际的成效。

（《沈阳晚报》1963 年 12 月 24 日）

“巨龙”巨变令人深思！

市缝纫机厂生产的“巨龙”牌缝纫机，由过去的“无人问津”一跃而成为市场上的“快货”，变化之大，质量提高之快，是出乎人们意料的，也是十分令人深思的！

“巨龙”何以有此变化呢？其根本原因，则在于市缝纫机厂有革命志气。革命志气，乃是无产阶级意志的反映。这种志气，充满革命的热情和科学的求实精神，它合乎人民的需要，合乎事业的要求。改变企业面貌，建设社会主义强国，没有这种共产主义的伟大革命志气，是不可能实现的。“巨龙”牌缝纫机过去质量不好，厂子并不是不知道，他们也曾想提高质量。但开始有些人想的是增加投资，增加设备，除此之外，似乎毫无办法了。等认真参观学习上海等地之后，他们发现设备是需要“过关”，技术是需要“革新”，但是他们的思想更需要“过关”，更需要“革新”。从此，他们大长革命志气，发扬了奋发图强、自力更生的革命精神。结果，许多“长了胡子”的老关键，都迎刃而解了，这就为提高质量创造了条件。

“巨龙”发生巨大变化的令人深思之点，就在于：条件差，技术力量弱，这对于提高产品质量，赶上先进的水平，是有困难的。倘若在这种情况下，自卑了，气馁了，不敢赶先进了，奋发图强、自力更生的革命精神没有了，那结果必将是作茧自缚，永远也不会突破困难，永远不会前进了，而甘心把自己摆在落后的地位。“巨龙”的变化，是从奋发图强，自力更生的革命精神的变化开始的。精神状态变化了，有了革命志气，才引起产品质量的变化。从这里使人想到：在比学赶帮活动中，总是觉得自己条件差，技术力量弱，无信心赶上先进的同志们，应该首先想一想是不是自己奋发图强的革命精神“差”了！是不是自己自力更生的革命精神“弱”了！是不是自己革命志气“少”了！一个真正的革命者，在任何情况下，革命志气是一时一刻也不应该少的！否则，只能是一事无成。

（《沈阳晚报》1963 年 12 月 11 日）

用什么尺子量

对自己的产品，经常以什么样的尺子来衡量，不同精神状态的人，则有不同的答案：大庆人给自己提出："以当代世界先进的技术水平当尺子。"为了攀登这个高度，他们不畏一切艰难困苦，曲折迂回，敢干，敢闯，敢拼，敢冲，赴汤蹈火，上刀山下火海，在所不辞，不达目的不罢休。与此不同，还有另一种尺子，他们的眼睛不敢或者被什么东西遮住了视线，而看不到最高峰，却常常俯视低处。这便是人们常说的"比上不足，比下有余"，闹个中游便觉知足。因此，他们任凭当代先进技术的冲击而稳坐钓鱼台，产品多年来总是老样子，而很少进步。

伟大的革命精神，并非无源之水，它来源于革命的世界观。人们在三大革命运动中，不管是自觉的还是不自觉的，都在受着一种哲学思想的支配。以辩证唯物论武装起来的人，最懂得这条哲理：一切事物的发展都是无止境的。当他们的产品还在低水平的时候，他们有勇气向最先进的水平冲击；当他们的产品达到一定水平的时候，他们并不满足，而以此做前进的阶梯，继续向最高峰进军；当他们达到世界先进水平的时候，他们知道这并不是事物发展的终结，又以此作为新的起点，继续前进。相反的，沾染了形而上学的人，在困难的、低水平的时候，他们看不到光明前途而气馁；在洋产品洋设备面前，他们因为自己"土"而妄自菲薄，陷入见物不见人的泥沼；当他们的产品达到一定高度，取得一定成就时，又以为事物发展到了顶点，因而故步自封起来。他们常常是不易摆脱片面、绝对的圈子，因而使自己碰了钉子。用这种形而上学指导自己的行动，是没有不跌跤的。这种思想方法，"拿了律己，则害了自己，拿了教人，则害了别人；拿了指导革命，则害了革命。"（毛泽东：《改造我们的学习》）。

这个问题，归根到底，是能不能以毛泽东思想为统帅的问题。大庆人以毛泽东思想武装了自己的头脑，以"两论"起家，以"两分法"为武器，不断前进。他们时时处处用毛主席教导的辩证的方法认识事物，分析情况，解决主观、客观问题。因此，他们的思想总是能够符合客观实际情况的。他们的思想最活跃，没有框框、套套，生气勃勃，攻无不克，战无不胜，永远立于不败之地。在大庆，什么气馁、迷信、技术到顶等等，都没有立足之地。

用高标准还是低标准的尺子来衡量自己的产品，是一个令人深思的问题。要想使自己的产品向着当代世界先进水平冲击，就要牢牢地、自觉地掌握住毛泽东思想这只最锐利的“尺子”，经常量一量自己在思想上、行动上，是否沾染了形而上学。永葆思想上的青春，才能保证跨进当代世界先进技术的最高峰！

（《沈阳晚报》1966年2月）

老实人不吃亏

有人说，老实人吃亏。我说，老实人不吃亏。老实人吃亏与不吃亏，这要看在什么样的社会。

在人剥削人、人压迫人的旧社会，老实人确是吃亏的。他们受尽了三大敌人的欺凌压榨，曾经吃过数不清说不尽的亏。由此，他们从切身的经验中，得出了老实人吃亏的论断，这是合乎常情的。

在社会主义社会，老实人吃亏的认识论，已经是“旧皇历”看不得了。说老实人吃亏，反面的意思就是不老实的人才占便宜。这显然是违反常情的谬论。虽然生活中也有这样的情况：老实人在某个问题上，在某个时候，因种种原因，可能吃亏，但这是暂时的，就长远来说，老实人是不吃亏的。不老实的人，一时可能占便宜，但不会长久占便宜。毛主席曾经说过：“一切狡猾的人，不照科学态度办事的人，自以为得计，自以为很聪明，其实都是最蠢的，都是没有好结果的。”（毛泽东《整顿党的作风》）

老实人也有各种各样的。有的老实人，认为做老实人吃亏，羡慕不老实人暂时的便宜；有的老实人，他们虽然说真话，做老实事，但对周围说假话的，做事不老实的人，以“事不关己，高高挂起”的态度相对，不抵制，不斗争；也有另外一种老实人，他们不仅自己说真话，做事老老实实，而且对说假话、做事不老实的人，进行及时的抵制和斗争。

不用说，前两种老实人，不是我们所提倡的，我们所称道的是后者，这是具有高度的共产主义觉悟和道德的新型老实人。这新型的老实人，是实事求是的人，他们心底纯正，做事光明磊落，对待党所交给的任何工作，不管在任何地方、任何情况下，都忠心耿耿，兢兢业业，从不做亏心事，从来都是老老实实，是怎么做的就怎么说：做出一分成绩绝不说二分，也绝不把黑的说成白的，“一步一个脚印”。在他们的思想、作风里，永远放射着珍珠般的光彩。做个这样的新型的老实人，是党所期望，人民所爱戴的。我们应以毕生去追求！

（《沈阳晚报》1961 年 12 月 6 日）

婚礼小议

周末,参加一位朋友的婚礼归来,虽然已是深夜,但思绪不能平静。婚礼上的所闻所见,引起了我深深地思索。

有这么三件事:其一,参加婚礼的人,大多随了礼,多者三五元,少者一二元不等。

其二,这位朋友为庆祝自己完婚,不但包了彩车,请了吹鼓手,而且在一家有名的饭店,花几百元要了四五桌酒席。

其三,婚礼是在饭店举行的。墙上贴着五颜六色的贺词。其中当然不乏内容严肃的,但也有些"贺词"十分庸俗无聊。在婚礼上,自然有不少客人为新婚者做了意味深长的祝愿。但某些人,也使出了一些令旁观者作呕的花样。说句老实话,这个婚礼情调是很不健康的。

参加朋友的婚礼,是为了向新人表示祝贺。邀请朋友参加,是为了使自己的婚礼更喜庆。举行婚礼收礼金,参加婚礼要出钱随礼,这在旧社会是堂而皇之的事情。旧社会人与人之间的人情往来,无不被金钱这层面纱所笼罩。但在社会主义的今天,举行婚礼,竟也出现了收礼金、随礼的事情,岂非咄咄怪事!这一收一随之间,岂不是把朋友间的关系变成了金钱的关系了吗!

举行婚礼,邀朋友来参加,在婚礼上,只要不失朴素的原则,招待以简单的烟茶糖果,是无可非议的。但是,倘若借此机会显示自己的阔气,大摆宴席,这不但是极大的浪费,也使婚礼散发了腐败的气味。如果以为只有请朋友大吃一顿才像个样子,这就把革命同志的情谊降低成酒肉朋友了。

应该说,举行婚礼是件极为严肃的事情。虽然在婚礼上免不了有开玩笑的地方,但这玩笑是应该有分寸的。决不应该借开玩笑之名,而贩卖资产阶级腐朽、庸俗的私货。

我们不反对结婚时举行婚礼。但是用什么样的思想感情来举办婚礼,在婚礼上应该充满着什么样的情趣,却是必须严肃对待的。

伟大的社会主义革命,已深入到生活的各个角落。但旧社会的习惯势力,腐朽的资产阶级的思想,并未销声匿迹。它不能在社会上公开地施加影响了,就通过各种人们习以为常的形式表现出来,用隐蔽的方法,披着合法的外衣,影响人们的心灵。思想战线上的阶级斗争,就是这样复杂而微妙。我们倘若疏忽大意,就可能给资产阶级思想的侵蚀提供条件。从这位朋友的婚礼上,我们不是可以得到这样的启示吗！

伟大的社会主义革命，也要求我们对一从旧社会遗留下来的风俗习惯，例如举行婚丧嫁娶这类事情，都应该用社会主义思想重新审核，重新认识。有益于社会主义革命的，我们就认它为合法；应该充实新内容新思想的，我们就要在来一番变革之后再加以利用；至于那些已经腐朽了的恶风陋习，我们就应当坚决地把它们抛到垃圾箱中去！

（《沈阳晚报》1964 年 11 月 22 日）

差距要从革命精神上找

前些日子去一个工厂参观。这个厂子的产品,已超过了先进水平。参观中,一位老师傅讲了一句颇为发人深思的话。他说:“产品达到了先进水平,叫人高兴,可更叫人高兴的,是人的革命精神在赶超先进的过程中得到了锻炼,这比搞出一件先进产品更宝贵!”

产品由落后到先进,是一个飞跃。在实现这个飞跃的过程中,常常需要冲破一个又一个的关卡。每一道关卡,都像试金石一样,在考验着人们的革命意志、革命品质和革命精神。这关卡,往往伴随着赶超先进而来。有的人与先进相比,大有可望不可即之感,认为自己的设备旧,技术水平低,相形之下,而无信心;有的人看人家是个大厂子,而自己是小厂,便得出了不能赶超的结论;有的人则以行业不同,而觉得无从赶超。凡此种种,还未行动,就被关卡所阻挡。也有另外一种人,他们各方面条件确实不比人家好,但他们能透过客观条件,从人家制造先进产品的革命精神上得到启发。他们以人的因素第一,把客观条件放在第二位,首先从革命精神上找差距,进而得出结论:有了奋发图强,自力更生的革命精神,才能有先进产品的诞生,客观条件是可以改变的。我们去参观的这家工厂,就经历了这个过程。他们说:赶超先进重要的因素不在客观条件好坏,而在革命精神高低。从客观条件上找差距,越找越使人泄气;从革命精神上找差距,才能从根儿上解决赶超先进的问题。

当然,立下了赶超先进的雄心壮志,走过了见物不见人这一关,只是有了个好的开端,能否实现赶上并超过先进的愿望,在实践的过程中,还会碰到各样的新的关卡。有的人以为只要有了赶超先进的决心,便会马到成功,心中没有准备着还会有失败,因此,一旦失败,便动摇了信心;有的人也想到了会有失败,但他们只准备失败一两次,没准备失败多次,如果出了点“漏”子,便觉得大事不好。如此等等,在赶超先进的中途碰上了关卡。也有另外一种人,他们在赶超先进的问题上,只要看准了方向,不管碰到多少困难、曲折,失败多少次;不管要搞一年还是半载,或者是三秋五春;不管担多少“风险”,出什么“乱子”,都能顶得住,跨过一个又一个的关卡,试验,失败,再试验,再失败,直到最后成功。

物质变精神,精神变物质,而人的革命精神更宝贵。生产上的赶与超,实际上也是人们革命精神的比赛。在我国社会主义社会中,一切先进产品的诞生,都是革命精神的结晶。先有大庆人，而后才有大庆油田。经常从革命精神上找差距，以革命精神为本，就能赶超出一条道路来，赶超出一个高水平来，赶超出一个"后来居上"。宏伟、壮丽的第三个五年建设计划开始，让我们以高度的革命精神，把我们的工农业生产推向一个大跃进！

（《沈阳晚报》1966 年 1 月 10 日）

青春之花为革命而开

城市知识青年去农村安家立业，到祖国最需要的地方去，这正是一个革命青年应走的道路。但也有人说："别看'朝阳沟'那么好，也赶不上城市。"是什么赶不上城市？无非是农村的条件不如城市。这种代表着旧意识的城乡观念，在城市青年下农村这一新鲜事物出现的时候而出现，是一点也不奇怪的。但好逸恶劳，惧艰苦而好享乐这个陈旧的坏东西，对一些青年，并不是没有诱惑力的。我的一位朋友的女儿，就是这样。她尽管在家闲着无事，却不愿去农村，原因不外是舍不得城市的生活条件。

在人生前进的道路上，常常不是一马平川、垂线笔直的，往往碰到各种各样的关卡。在每一道关卡面前，都可能摆着几条不同的道路。何去何从，选择哪一条道路，是不能掉以轻心的，一步走错，就可能使美丽的青春减少光彩，甚至使它黯然失色。我就为我那朋友的女儿担了一份心思。她在家里虽然不愁吃穿，但生活是平庸而空虚的。在家躺在床上看小说，睡大觉；到街上去不是逛马路，就是游商店。一天 24 小时，如是而已。这种无聊的生活，对她的思想已发生了不好的影响，手不想提，肩不能担，白白消磨着自己的青春。我担心的是将来，当人们问她为祖国、为人民贡献了什么的时候，我想她会无言以对，感到无限内疚的。安逸，在一个人的前进道路上就是一道关卡！

我们从不讳言，农村的条件虽然在解放后已有重大改变，但仍是很苦的。唯其艰苦，才需要有志的青年去革命！我们所以说那些上山下乡的青年，是怀有远大抱负的革命青年，就是因为他们分明知道农村条件艰苦却不回避，而是挺身而去！艰苦的条件，从表面看来，似乎是件坏事，但切莫忘记，越是艰苦的条件，越能锻炼一个人的革命意志。战胜了艰苦的条件，就将获得安逸生活所得不到的收获。温室里的鲜花尽管色彩动人，但只能欣赏。高山上的松柏，因为经历了风雪严寒，才长成质地优良的大树。农村这个广阔的天地，在阶级斗争、生产斗争和科学试验三大革命运动中，将造就出千千万万个有志的革命青年，我国农村光辉的未来，就是属于那些不畏艰苦的人们的。雷锋说："我活着只有一个目的，就是做一个对人民有用的人。"为个人的安逸而生活，是渺小而可悲的。一个人的生命，只有与革命事业联结在一起，才有价值，才有光彩。

安逸的生活，从表面看来，是好事。殊不知，贪图安逸，往往可以使人变质。

好逸恶劳，是寄生者的人生哲学，对它发生了兴趣，岂不十分危险！有人说好逸恶劳，是使人思想变坏的根源之一，这话颇有见地。这条道路是每一个有进取心、要求进步的青年所不取的。

青春是美好的，但美丽的青春只有在艰苦创业的革命斗争中才能放射出灿烂的光辉，青春之花，只为不畏艰苦的革命青年而开！

（《沈阳晚报》1964 年 8 月 17 日）

从穿着看人品

在太原街头，一个小女孩的穿着打扮，颇是引人注目。这个小女孩看样子不过五六岁的光景，穿了一件黑绸布拉基，没有袖，袒露着大半个胸脯。头发烫了个飞机式，脸上擦了红胭脂，抹了红嘴唇。从身边走过，一股浓浓的香水味迎面扑来。

这样小女孩的穿着打扮，我还是第一次见，当时觉得有些异常，觉得她与我们的时代气息是那么不协调，但是，又觉得孩子年幼无知，因此，并未引起深思。回家来与同志们闲谈，一时大家议论纷纭，都认为这一现象，正反映了她的家长或为她打扮的什么人的思想感情和生活情趣。由此使我想到有加以议论的必要。

人民的穿着打扮，本是生活中的小事。但从社会风尚上说，却又是件大事，不可等闲视之。

在那少数有闲者掌权的时代，社会上的寄生者——地主和资产阶级，过着花天酒地、纸醉金迷、荒淫无度的糜烂生活。穿着打扮，也成了他们的精神刺激之物，他们要借助穿着，显示自己的荣华富贵；也要从奇装异服，如飞机头、窄裤腿、口红、香水之类，显示自己的风流和美貌，在穿着打扮的背后，恰恰是地主阶级、资产阶级腐朽的审美观、人生观的流露。他们对于子女，即从小就如是打扮的。

在难得温饱的旧社会里，无产者的穿着，是谈不到什么打扮的。但求不在冬夜里做路上的冻死骨就算大幸了。但在今天，人们已有条件改善自己的穿着打扮了。尤其是对于孩子，总是要在可能条件下打扮得好看一些。这只有在社会主义社会，才可做到。然而工人阶级和其他劳动人民对于穿着，绝不追求什么精神刺激，鄙视奇装异服，讲究穿着的朴素、美观而大方；注意修饰边幅，但不追求花里胡哨，妖里妖气。工人阶级的审美观，不在于追求穿着的奇与异，而是朴素的美。

在从资本主义过渡到社会主义的今天，偶尔看到几个奇装异服的人，是一点不奇怪的。因为，旧的社会制度，虽然已经死亡，但资产阶级的人生观、审美观，并未销声匿迹，资产阶级思想影响，在一些人的身上还有市场。

但在红旗下长大的青年人，则是应当注意和抵制这些东西的。从穿着看人品，并非没有道理。一个人一旦对奇装异服发生了兴趣，这就说明，他的思想感情和生活情趣，开始沾染上资本主义的灰尘了。要警惕啊！

这一番议论，是从那小女孩的穿着打扮引起的。小女孩还不懂得人生的是非，不该责备，但是做父母的千万不能用资产阶级的情趣打扮孩子，以免毒害孩子的心灵！

（《沈阳晚报》1964年）

火葬及其他

我有位朋友，他父亲患了重病，住在医院里。医生告诉他，老人的病已经不可挽救，要他早些准备后事。我的朋友原打算办得简单一些，既不买寿材、寿衣，而且实行火葬。但不料这一主意，不但遭到了母亲的百般反对，还受别了老亲故邻的非难，说我那朋友破坏了多少年代的规矩，火炼老子，大逆不道，一时弄得他难下决心。言下之意，他颇有些怕了。他怕亲友的压力。

什么时代，有什么样的风俗。立新风破旧俗，是社会主义革命在意识形态领域中的重要的一部分。每一个革命者，都将这一场兴无灭资的思想斗争中，受到这样或那样的检验，这是丝毫含混不得的。

自然，移风易俗有它的难处。难就难在反对者不是乡亲父老亲朋故友，便是多年的邻里。我那朋友说，就是这些人的谬论叫人难挨。

亲朋故友的话，固然不能一概置之不理。正确的还是要听，并且能办到的也可以照办。但是，错误的，哪怕是父母妻子，也是不能迁就的。为革命，为新生事物的成长扫清道路，我们总是应当以无产阶级利益为重。在这个原则问题上，是不能只顾情面的。其实，我们立的是新风，破的是旧俗，有益于革命，有益于兴无灭资；经过时间的考验，经过耐心的说服教育，那些一时不赞成的人也会明白，新风新俗对他们也是有益的，那有什么可怕呢！或许有人以为，在移风易俗这一类事情上有些迁就，似乎不必把它看得过分严重吧？不！移风易俗不是件小事。旧俗不破，不但新风不能立，而且它还起影响、腐蚀作用。事情就是这样，你不影响它，它就影响你。

移风易俗，是思想战线上的社会主义革命，切不可等闲视之！

（《沈阳晚报》1964 年 5 月 31 日）

干劲使在刀刃上

要说什么是革命干劲,我想先说一说复县老虎屯公社磊子山大队。

磊子山大队地处山区,多年贫困。过去每年要国家供应30000~35000斤粮食。但自从农村实现合作化以后,特别是公社化以来,磊子山的人们,在9年的时间里,没放一炮,没用过机械,只凭一双手,一把镐,一根扁担,一副筐,把全村大小43个山头,改造了36个。社员们用从地里刨出来的石头砌成梯田,墙埂高的五六尺,低的三四尺,加在一起,有五六百里长。据粗略统计,9年间人们用双肩挑运了12万担土,使1400亩瘦土地改变了成分,加厚了土层。近7年来不但不要国家供应粮食,而且还向国家交售商品粮300万斤,仅1963年即卖了42万斤。9年的时间,在历史的长河中,只是短暂的一瞬。但对于磊子山的人们说来,这变化可不小啊！他们胸怀愚公移山的雄心壮志,革命干劲九年如一日,顽强不息,坚持始终。磊子山的人们,是有远大理想,又脚踏实地的实干家。43个山头,一个一个地治理,治一个就成功一个。他们干得那么扎实,每前进一步,都会取得一定的成果。

革命干劲,是革命人干革命的法宝。凭着它,再加上正确的领导,就能够移山填海,让高山低头,河水让路,无往而不胜。

但如何使用干劲,却大有学问。什么是真正的革命干劲?还是磊子山的人们给出了正确的答案。这就是:一、为革命,胸怀大志,有着远大理想和愚公移山的毅力,长年如一日,顽强不息,不怕任何艰难困苦,不怕曲折失败,坚持,再坚持,一直坚持到胜利。二、革命干劲与严格的科学态度相结合,脚踏实地。扎扎实实,一个山头一个山头地夺取,夺取一个就占领一个,绝不半途而废,绝不做空有其名而没有实际效果的事情,绝不浪费一点干劲,把每一点干劲都使在刀刃上。

干革命,总是干一辈子的事情。干一辈子革命,就要保持一辈子干劲。一辈子如一日的干劲,才叫真正的干劲。干劲不能像气球,吹上气就圆圆的,放了气就是一张皮。三天打鱼两天晒网,那不能算是干劲。干劲不该时紧时松,而要时时刻刻,日月年年,不管是在工作顺利的条件下,还是工作不顺利的情况下,总是那么精力充沛,热情饱满,勤勤恳恳,兢兢业业。对于革命干劲,断不可做片面的理解。以为革命干劲就是意味着不分昼夜,拼体力,无节制的加班加点,这是不正确的,这样的干劲是不能持久的。事物总是一分为二。假若一个

人日夜工作，不睡不息，顶多能坚持个三天两日！过了这个三天两日，由于精力的大量集中消耗，工作将被迫停顿下来。突击得来的一点点成绩，将被工作停顿而抵消，而人的精神也将因此而受到挫伤。应该怎样使用干劲，毛主席告诉我们："睡眠和休息丧失了时间，却取得了明天工作的精力。如果有什么蠢人，不知此理，拒绝睡觉。他明天就没有精神了，这是蚀本生意。"

干革命，我们从来不吝惜自己的干劲。但是，我们也要学会正确使用干劲，不浪费干劲。革命越需要我们发挥干劲的时候，我们越要珍视干劲，越要注意把干劲用在节骨眼上，要让每一点干劲都得到应得的收获。

(《沈阳晚报》1964 年 6 月 11 日)

其他

辽宁日报“文革”中的内部“珍闻”

1969年8月,我从农村“五七”干校调到《辽宁日报》社工作,到1977年末调离这家报社,历时九载。这是个不平常的九载,在“文化大革命”中干新闻工作有种种不平常的“珍闻”掌故,现在把它当“古董”记述出来,年轻的新闻工作者看了会觉得不可思议,但这完全是那个不可思议的年代所派生出来的“产品”,权当我国新闻史上的一段小插曲,对今天的新闻工作有无裨益,全由读者去浮想联翩。

一、对版式对字号

调进这家报社后,我被分配到总编室做夜班编辑。每天从下午19时上班到夜里12点新华社电稿结稿为止,二三版早已付印,一四版安排完电稿后付印,大家去吃3角钱标准的夜餐,无事即可回单身宿舍(因家远不能回家)睡觉,早8时照常上班。那时值夜班,由一位报社革命委员会副主任值班(当时已取消了总编辑副总编辑的职称),若是中央没有什么大的活动,仅是新华社一般性电稿,夜班即可顺利结束。可那个年代事儿多,值夜班最怕新华社电稿结稿时发出通知:有重要新闻勿关机。这肯定有最高指示,或者是“副统帅”的最新指示或江“旗手”的指示,或者中央文革小组有什么活动。涉及这些指示和活动,都是新闻媒介第二天早晨的头条新闻。这类头条新闻,值班副主任一般不敢擅自做主,一旦头条位置高低、字号大小跟“两报一刊”不一致,就可能犯政治性的错误。不过不要紧,那时各有各的高招与中央保持一致。那就是立即通过自己的渠道和平时的关系,给《人民日报》《解放军报》《光明日报》夜班打电话,询问版式怎么安排的,字号多大,是黑体字还是明体字,问得十分详尽,除非关系特好,一般还不泄漏天机,特别是《人民日报》一般不外传,只说你们自己酌情安排吧!这条路走不通就另找一家,不问出个眉目来不付印,总要问出个一二三来。各地、市报纸,则想方设法跟省报对版式、对字号。所以第二天从中央到各省报纸到地市报纸,一版版式头条字号都像从一个模子里倒出来的,一模一样,千报一面,确实演出了一场上下高度一致的奇妙活报剧。然而这只是追求形式上的一致,而不追求内容上的一致。广大读者十分厌恶这种愚弄人的丑恶表演,只以不屑一读为抗议,而不能说出来,一旦说了就会被戴上现行反革命分子的帽子!

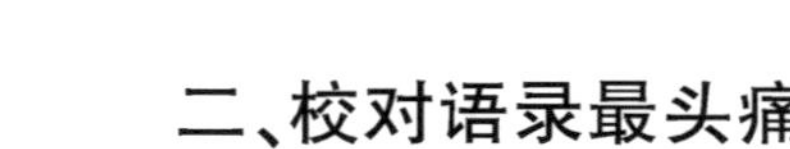

二、校对语录最头痛

那个年代发行量最大的书是《毛主席语录》。这本“小红书”,全国城乡人手一册,城里的干部、大中学校的学生何止一册,有的虔诚者手中搜集了数种不同的版本,最多者有十册以上。这语录的价值之大已经捧到了无以复加的程度。历史上有“半部《论语》治天下”之说,当时盛行“一本《语录》治天下”之赞语。人们开会讲话、发言要引用语录,写新闻写文件要引用语录,连打电话也要先引一段语录后再说正题。这语录被誉为时代的“最强音”,对语录的崇拜已登上喜马拉雅山的最高峰。说到当时新闻媒介的报纸,报上所发的消息、通讯、特写、小故事、言论甚至包括文艺作品,篇篇都引用语录,可以说不引语录不成文。这报纸引用的语录全用黑体字印出,十分醒目(文件更是如此)。打开一张报纸从一版到四版,读者看到黑压压一片。那时报纸上已取缔了广告,所有报眼上也被大黑体字语录占领,每天换一个不同内容的语录,一年360天不重样。至于读者看不看,那是另外一回事儿,谁也不必去过问。反正办报人紧跟上时代“最强音”就行,政治上没风险才是目的。

读者看到的是报纸上语录多多,很是热闹,却不知道为语录印出来不出差错,可苦煞了校对科和值夜班的人。这语录印到报上是绝对不许出错的,否则即使不是犯了杀头之罪,这壶酒也够你喝的。为保证语录不出错,校对科的同仁煞费苦心,每条语录至少要校对四遍以上。版式大样到了夜班编辑手里,还要校对三两回。值班副主任在旁不时提醒:语录好好核对,要万无一失。夜班编辑最头痛的事儿是有的语录出处难觅,手中几个版本的语录也找不到,急得如热锅上的蚂蚁一样。有位同仁在这方面有悟性,突然喊了一句:找到了!几个夜班编辑和值班副主任如释重负,转忧为喜,校对完了签字付印。一般地说毛主席语录还难不住人,最头痛的是那位“副统帅”和江“旗手”的语录,没有现成的“小红书”(“副统帅”后来也印了语录),校对起来很棘手,有时宁可晚付印也要犄角旮旯里抠出来,绝不马虎。后来为省时省力,由那位核对语录有悟性的同仁专司此职,果然有效果,他被称为语录专家。现在回想起这一幕幕往事,不免教人感慨良多,那几年在语录上硬是没出错,是政治压力的结果,还是编辑的责任心使然?还是其他什么原因?我倒回答不上来了!反正语录狂热已成为历史,今后还会不会有这种狂热呢?我亦回答不了?

三、语录引出的风波

在引用语录狂热的年头,报社编辑部里也不是人人狂热,多数同仁为形势所迫,写稿或编稿时有引用少数语录,免去出什么麻烦。但确实有极少数语录狂，他们随意往稿子里塞语录，据我观察，他们是醉翁之意不在酒，而在于仕途之间。

有这么一件事，一天早晨上午班后，贴在评报栏里的刚出版的报纸的头版右下角上，有人用红笔从一篇不到500字的消息中勾出来在空白处写道：这条消息引用的语录与内容不吻合，下面没有署名。原来这条消息反映的是农村春耕生产的事，除了有"抓革命促生产"的语录外，还有一条讲阶级斗争内容的语录，这位评报者所指的不吻合即指这条阶级斗争的语录。大家看评报时没有议论，但多数人点首同意评报人的看法。下班后这张报纸上又出现了一行用红笔写的字，上写：原稿上没有这条语录，用红笔把那条讲阶级斗争的语录勾画出来。这时才有人问道：这就奇怪了，是谁给加上去的？这次评报活动到此为止，后来才知道这条语录是一位部门副主任加上去的。

说起这位副主任还有点来历。他不是报业的科班出身，而是革委会成立后从省公安部门调到报社的。"文革"中他在社会上还真有点影响，因为上书批判"走资派"而有名气，在报社选拔笔杆子时便看中了他手中的那支笔，调到报社不久便由编辑提拔到副主任一职。这位仁兄很聪明，他对编辑编好的稿子大删大砍，随意变换主题，当然更是随意往稿子里加语录。由于他的政治性很强，很得上级的重视。这次加错了语录，大约是一时疏忽所致。我离开这家报社后听说这位语录"大王"升迁到副总编辑（粉碎"四人帮"后恢复了这个职称）的职务，时隔不久调整报社领导班子又被贬下去了。这位仁兄所以给人留下很深的印象，是他那敏锐的观察时势风雨的本领，确实出类拔萃，听风就是雨，跟得快跟得紧，这样的"人才"是当时很受上司青睐的。

四、谁也不当唯生产力论者

以阶级斗争为纲的年代，谁也不愿当只顾低头拉车（抓生产）不抬头看阶级斗争的唯生产力论者。不论你抓工业生产还是抓农业生产，都可能为唯生产力论者遭到批判，谁都想当个阶级斗争论者。某县某公社报道组的一位通讯员给报社《党的生活》版送来一篇小故事（当时时兴送稿，千里迢迢到省城给报社送篇三五百字的消息，虽然没有稿费，但见了报也可出出名，再说了都是公费报销，为什么不送到省城去逛一趟呢！），讲的是一位公社社长不讲阶级斗争，春抓春种，夏抓夏锄，秋抓秋收，公社党委书记找他谈心，帮助他提高阶级斗争意识，用阶级斗争促生产。没想到这个小故事发表后，这位社长可有点沉不住气了，狠批了一顿通讯员不该把他写成唯生产力论者，同时给省委书记毛远新写了一封上告信，状告报社发表那篇稿子不符合实际，说明他是阶级斗争论者，不是唯生产力论者。这信下转到报社党委，党委书记找原稿看了，又立即派人去公社

调查,查清了稿件确是通讯员写的,编辑没有从中做什么大修改,事情也就没再追查。现在回想起这件事,令人觉得十分的滑稽,又十分可笑,公社社长抓生产何罪之有?阶级斗争又为何能促进生产?然而那个年头硬是出了这样荒唐事。报纸上还曾出现过"宁要社会主义的草,不要资本主义的苗"这样的奇谈妙论。真是怪论奇出的年代。

五、白卷旋风

秋季高考(考工农兵学员,多数是基层单位推荐)刚过,年轻的省委第二书记给报社转来一封高考落第者的信。信的大意是:那些为了上大学而日夜备考不干活的大学迷们(指下乡知识青年),考分当然比较高,而他是在乡青年,要整天下地劳动,根本没有时间备考,因此高考只能交白卷。这位白卷先生在信中对那些大学迷深恶痛绝,大加挞伐。就是这么一封信,上头批示:这封信有造反精神,要在《辽宁日报》头版头条发表。报社当然遵旨照办,以大字标题发出。这封信全文见报后,犹如一瓢冷水倒进了滚开的油锅里,在全省以至全国炸开了锅!有的省报还全文转载,刮起一场白卷旋风又刮起了一阵台风。在媒介上一个高潮接一个高潮,热热闹闹,而报社却连续收到不少匿名读者来信,批评白卷先生的信颠倒是非,他交了白卷就诬蔑别人是大学迷。报社内部也有"胆大妄为"者,编辑们窃窃私语表示异议,在那个政治高压下敢于有这些不同表现也算是难能可贵了!在那个年头里如此不讲道理,是非颠倒的事不胜枚举!白卷旋风只是其中一个典型事例。当时的媒介也有自己的苦衷,办报只能当传声筒,只能照上头的旨意办事,哪敢有自己的主意!政治高压下扼杀了一切有益的新鲜的创意!

六、到社会上找"靶子"

这里说的找靶子,是指找大批判的靶子。"文革"中一切以大批判开路,可以说年年批月月批天天批,不批怎么能称为"文化大革命"呢!那时候报纸上大批判,大都是从上面(指中央或省里)传下来什么精神,或是什么大人物有了什么最新指示,或者说了什么话,作为舆论阵地的媒介即要闻风而动甚至是不过夜。大批判得有靶子,有时从大量预先排出的"小样"中能找出个什么靶子来,有时小样里找不到,就得派记者去找靶子。当然记者下去之前心中已有"精神"在胸,下去用胸中的"精神"去套靶子,实在找不到时便用胸中的"精神"去"引导",反正得把大批判的"靶子"给找回来。有一次批判"右倾"翻案风,记者下去采访,恰巧某一位工业局长大谈工业管理,大谈整顿企业,而很少谈"文化大革命"和阶级斗争,这是明显的"右倾"观点。记者连夜写出报道,报社以这个靶子为“导火索”开展了狠批“右倾”翻案风的斗争。因为那位工业局长不是“右倾”分子,报纸上未点名批判还算网开一面。就是这样那位局长深悔多嘴多舌讲了真话,大有言多必失之慨叹。这次批判“右倾”翻案风,媒介搞的轰轰烈烈,但是这种大批判人们口服心不服,却使上面领导人得到了精神上的满足与陶醉,谁管它于实际有补与否!

七、报社内部也找了靶子

报社有个政治生活部,这个部有位“理论家”主任。这位“理论家”原在省委党校做行政事务工作,由于他人挺精明,口才也不错,被选送到中央党校理论班学了原苏联出版的《政治经济学》,回来后成了“理论家”,“文革”中调进报社当了个部主任。这位主任不懂新闻业务,但政治嗅觉很灵敏。报纸上批评“右倾”翻案风,他在政治生活部也找了个小靶子开展了批评。政治生活部有位编辑,“文革”前毕业于中国人民大学新闻系,很有才华,擅长通讯写作。批“右倾”翻案风之前他到一家医院采访,写了长篇通讯,报道了这家医院大刀阔斧整顿医院体制和医疗作风,其中把医生当护士,护士当医生的错误做法纠正过来。这篇通讯发表后在社会上得到广泛的共鸣,可“理论家”却从中嗅出了异味,认定这是篇为“右倾”翻案风唱颂歌的坏作品,先在部内党员中动员,又找非党员同志谈话,提出要在部内开展批判活动。批判会开始,“理论家”从理论高度进行动员,然后由作者谈认识。这位编辑坚持他的观点,认为医院工作人命关天,不整顿不行,特别是护士也可以诊病是绝对行不通的……然后是大家发言,全部的编辑们先是沉默,而后则顾左右而言他,就是不切正题。“理论家”几次把跑了题的话往回拉,硬是拉不回来,当时人们对于不论什么事情都“上纲上线”都与“左”“右”挂钩,无非是一种整人的政治手段。何况那位编辑写的那篇通讯本来就是正确的。最后“理论家”做支部总结,说大家“提高”了认识,收获不小,草草散会。“理论家”是如何向报社党委上报的“战果”大家不得而知,但有一点大家心中有数:这类不懂业务,不办实事,只会紧跟更会整人的“理论家”,都是那个时代的最有前途“尖子”,那时候的“伯乐”专选这类人当“掌门人”。人们常常感喟:一朝天子一朝臣,有什么样的天子就选什么样的臣!

八、我被人当众“揭发”了

总编室当时有 6 位编辑,有 3 位值白班,处理各部发来的小样和已编的稿件,有 3 位值夜班。这 6 位同志在“文革”中虽观点不同(或者站队不同),但相处的还算和谐,没什么大的矛盾。这大约是都属知识阶层,都想保持一个体面的工作环境,谁也不想破坏它。但是有一次我被一位青年同志在会上当众揭发了。

事情的起因是这样的：有一天办公室里只有我和那位年轻同志在，闲聊中我提了个问题，即总编室值白班的可以不要了，大家都值夜班，增加夜班力量，效率可以更高些。这个问题并不是我首倡，别的同志就提出过，我只是重复别人的意见而已。我已不记得当时这位青年同志是赞成还是反对了。万没料到，在一次总编室全体人员会议上，这位青年同志挺激动地揭发我，说我不应该跟他单独谈那样的问题，容易影响团结，语气中暗含着我在搞"派性"活动。搞"派性"是个不小的政治帽子，在当时是个极敏感的问题，非同小可。我在会上稍做解释，主持会议的同志倒还公道，说研究工作嘛，没什么！事情就过去了。"文革"中揭发、告密、打小报告成风，不知道有多少好同志因此而蒙冤受屈，甚至倍受磨难。我以为，经常向领导揭发别人，上领导那儿给别人暗中"扎针"，甚至不惜捏造不实之词，这是我们政治生活中的一大劣性。

顺便说一句，事后不久我就被调出总编室，免去值班编辑的职务，到政治生活部编辑《党的生活》专版，是否因被"揭发"而调离不得而知。会上宣布时说我血压过低，这是实情。而那位揭发我的青年同志，因暗中拿走过期的废报纸卖破烂而大失其风采，不知是什么人揭发了他。听说这件事我不免为他惋惜！

九、写违心评论

我调进报社不久，一天晚上值夜班，手头没有什么急活，几个人聊闲天，当时值夜班的一位革委会副主任对我说："给你找点活，明天头版头条有篇通讯，你找来小样看看(当时我负责三版)，限你在晚 12 点准时交一篇本报评论员文章。"我看看表已是晚 9 时。这位副主任是那位老报人，"文革"前他任这家报社政教部主任。那时我曾写过一些随笔、杂谈类的小文章，经这位副主任审阅发表，我调进这家报社还是这位副主任推荐的。他让我写这篇评论员文章，我想也是对我的一个小小考验，同时我也自知：我在"文革"中属保守一族，在报社处于少数人的位置，不敢推辞。我找来一版小样一看，脑瓜皮就有点发炸，原来这篇通讯写的是这样一个故事：一次某县某公社某大队召开批判地富反坏右分子大会，会上批判到激烈处(大约是动手打人了，文章里没有交代)，一个地主分子顺手抄起放在地上的一把大铡刀向正在发言的一个女青年头上砍去，女青年抬起右胳膊向上一挡，这只胳膊被砍断了。这是一起轰动一时的地主分子恶毒报复事件。为这个事件配发评论，说些什么才符合大形势才符合上头精神呢？我提出请副主任授意我执笔，副主任说你先写个稿子出来再议。我看看表，到晚 12 时还有 3 个小时，拿出 1 个小时翻看《人民日报》《解放军报》《光明日报》上的评论文章。那时候写评论或写文章有句顺口溜：小报抄大报，大报抄梁效(梁效者，即中央党校和北京大学两校大批判写作组的笔名，梁效即两校的谐音）。这样互相抄出来的文章政治上保险，无人考虑文章要有针对性，要有的放矢等等。我反复“参照”（实际是抄）大报上的评论，最后确定一个主题：从那个地主分子搞阶级报复事件谈到阶级斗争正在逐步深入，提醒人们提高警惕。当然，评论里大大地表扬了那位进行大批判的女英雄人物。从大报上找到了理论根据，我用两个小时写出了一篇1200多字的“本报评论员”，送那位副主任审查，他说基本可行，又送革委会主任审定（主任是军代表，老新闻记者出身，他每晚睡在办公室里）。两位领导只作了个别文字上的改动，第二天在一版左腰位置上发表。这是我值夜班时奉命写的唯一一篇评论。我说这是一篇违心评论，因为那时真正按照个人观点、见解写文章是很不安全的，“文字狱”很厉害，把媒介的宣传完全禁锢在“梁效”画出的死框框里，谁敢不抄梁效就可能成为大批判的对象。新闻工作不从实际出发，不为读者需要写作，言不尽意，闭门抄文章实在是我国新闻史上的一大悲哀！小报抄大报，大报抄梁效，是“文革”中降生的畸形儿，但愿今后不再给这个畸形儿有复生的时间和空间！

十、报社的“克格勃”

报社编辑部专门设立了一个内参部，集中了一批从各大学挑选出来的大学生和少数有些功底的中层干部任主任，其实力强于报社各部的力量，由此可见报社领导对内参是极为重视的。内参部不定期出版《××日报内参》。这份内参印数不多，主要送省委、省政府、大军区主要领导参阅，也分别不同内容送党中央、国务院、中央军委领导参考。这份内参在报社内部也只有少数领导每人一份，编辑部的编辑、记者没有看本报内容内参的资格！平时只见内参部的记者们进进出出，忙忙碌碌，但大家见面只谈“今天天气真晴朗”，而从不涉问人家都写了什么内容的内参。当时报社内参颇有些神秘！

我虽然在总编室当一段短暂的值班编辑（这个职称是从解放军报学来的，总编室主任、副主任都称值班编辑），但无资格看本报内参。报社内参到底都发了些什么东西，是在粉碎“四人帮”以后，从省委宣传部长的讲话和一些批判文章中，才有些了解。

报社内参所报道的内容，涉及较广，工业、农业、文教卫生、思想文化等部门的新动向都作及时报道。此外，内参对结合进“革命委员会”（简称革委会）的老干部特别关注。因为这些老干部是从“旧营垒”里选出来的，他们在思想上对“文革”的新形势还有许多的格格不入，难免“穿新鞋走老路”，他们的言行常常成为内参记者捕捉的“独特”对象。报社内参很有杀伤力，一些老干部的言行一旦上了内参，轻者不被追究，重者就有可能被内部批判，或者被赶出革委会。粉

碎“四人帮”后，当时任省委宣传部长的一位老干部尖锐指出：《××日报》的内参是“克格勃”（原苏联特务机关的简称），专门搜集老干部的情报整人。这话说的有些尖刻，但实质上并不冤枉。

新闻媒介出版内参是个好传统，内参对领导了解下情，对重要问题做出正确判断，都能起到公开报道所不能起的作用。内参既要报喜更要报忧，报道一些不宜公开发表的重要人物的问题和事件，这本是正常的。然而“文革”中的内参以整人为目的，成为“克格勃”则是不冤枉的。

十一、无冕之王挨训记

“文革”内乱时期，精神生活是荒凉和匮乏的，物质生活更是贫乏难当，每月每人 3 两油半斤肉，其艰难程度可想而知。那时候记者下乡采访，县委和公社的接待同志，很体谅记者在省城生活的困境，常常主动地帮记者买上 10 斤 8 斤猪肉或 10 斤 8 斤鸡蛋（记者个人出钱），偷偷地拿回家改善一下生活。为什么说“偷偷”二字呢？怕领导上知道了挨批，一个人一旦戴上贪图享受的资产阶级思想的帽子，其后果不堪设想。而当时的省以上高层领导人则过着极其优裕甚至奢靡的生活，人家就没有一点资产阶级思想，你说怪也不怪！

有一次我同一位女记者到西部山区采访，临返城时在农贸市场买了 100 多个鸡蛋，1 毛钱 1 个，个头挺大，红红的蛋皮，心中甚是高兴，心想回家后两个上小学的一对儿女一定比我还要高兴，总算能吃到鸡蛋了。然而当我提着鸡蛋离开市场时，突然一位戴红袖箍的中年男管理人员把我叫住，“跟我到办公室一趟”，那口气那神态不容人不乖乖地跟着走。到了一间简陋的办公室，那人拿出一个登记本：“登记吧”。他坐着我站着，我按项目登记完毕，他说话了：“你知道为什么叫你来吗？”我说：“不知道！”他接着说：“县革委会有规定，没完成鸡蛋收购任务，外地人一律不能往县外带！你把鸡蛋放下就走人吧，我不向你们报社汇报就是照顾你了！”我赶紧做解释，因为不了解县里的规定可否原谅这一回？再说明家里老婆孩子身体不好，买几个鸡蛋补补身子！（这是实话）“不行，你们记者当无冕之王被惯坏了，到哪儿都想搞特殊，今天我给你们治治这个毛病！你看看登记本上，不是有个你们报社的记者前几天也被抓了吗？他还不服气，还犟嘴，最后还不是把鸡蛋留下走人吗！”我看登记本上果然有我们报社一位青年记者的大名。这位管理员就这样大训无冕之王，我一声不吭地听训。我心想：等你训够了再求情。这时与我同行的那位女记者把我叫到屋外，低声说她是否到县委宣传部把××部长请来说个人情？我拒绝了：“这事万不可经官儿，官儿来了他说以官儿压人，更不会通融。”我回屋后赶紧说他批评得对，确实家里老婆身体不好，还请管理员多多关照！也许是看我挺诚实，又不犟嘴，又苦苦求情，他的态度也变软，沉吟了一会儿后说："我今天就饶你一回，你可以把鸡蛋带走，但不是给记者搞特殊化，你们这些笔杆子天天搞大批判，净批判别人，别人都是豆腐渣，就你们个个都是大红花，以后少写这些损人利己的东西，别把老百姓当猴耍！"这位管理员虽然网开一面，但还不忘训人。我不管他说什么，鸡蛋没被没收就心满意足了！

弹指一挥间，这件事过去已20多个春秋了，今天回想起来除挨了训之外，我倒觉得那位管理员的训话今天重新忆起，还挺有意思的。记者不论什么都不要以无冕之王自居，更不要搞特殊；更重要的是新闻媒介与读者应是好朋友的关系，不要居高临下，老是读者"训政"，一些重要新闻更不能隐瞒真情，闪烁其词，不说实话，愚弄读者。其实读者不是好"训"的，更不是好愚弄的，谁不解其中味，谁就会失去读者！

十二、说说军代表

我到这家省报工作，是1969年8月，当时正是军代表"执政"。全报社军代表共有4位，一位任党委书记兼革委会主任，一位是革委会副主任，一位是编辑部主任，另一位任报社印刷厂支部书记。前两位军代表都是新闻战线（当时都称"战线"）的老兵，是驻大军区的新华社记者，在军内在当时都有一定的知名度；那位编辑部主任是军区报社的编辑，写过些文艺作品，有小作家之誉。应当说这三位军代表都是新闻界的行家里手，并非是外行领导内行。今天回想起来，按他们的业务水平，办好省报是称职的。但那是在"文化大革命"非常时期，注定他们在办报思想上要走进极"左"的旁门左道。在用人上选的是响当当造反派，进入各层领导岗位；报纸上对走资派的大批判是"主旋律"，月月批天天批，阶级斗争月月讲天天讲，说的是抓革命促生产，实则是只讲革命不讲生产，谁把生产放在主位谁就是唯生产力论，以生产压革命，报上甚至发表过"宁要社会主义的草，不要资本主义的苗"这样的高论；在教育战线上"白卷先生"成了英雄人物，"结合"进革委会的老干部也是常批的对象，主要批他们"穿新鞋走老路"。当时革委会的两位军代表，一把手比较积极地执行上边的"革命路线"，讲话也多有锋芒，时有尖刻之词出口，有时伤人感情。二把手则不那么积极，每日里东走走西看看，有时发点感慨，很少在大会上讲话。编辑部那位军代表把时间主要用于审查稿件、修改稿件上，很少出头露面，人也随和。三位军代表从工作表现上大致如此。粉碎"四人帮"以后，三位军代表都调回部队，一把手（已是正师级）受了一阵子的审查也就过了关，二把手只做点自我检查，编辑部那位军代表很快分配了工作，据说到某电影厂做专业编剧去了。

我这里要说说印刷厂的那位军代表。他是位全国知名的红色连队指导员

（进报社后提拔为团政委之职）。这位军代表可非同一般人物，看样子他要把军队（时称毛泽东思想大学校）那套管理战士的模式移置到报社和报社印刷厂里来，对工人的工作纪律和生活作风像部队一样管理。他经常到工厂的排版车间、铸字房和印报车间巡视。他定了一条严格的"纪律"，报社开大会时，工人要列队进场，按连排的顺序入座。工人与编辑部的座席严格分开，不得混坐。有一次开大会，我们两个初来报社的人不懂规矩，一屁股坐在了工人阶级的座席后面的空位子上，有位老师傅过来悄声提醒我们："二位初来乍到，不了解情况，你们还是坐到编辑部那边去吧！"我们两个人环顾一下四周，向老师傅点点头表示谢意，悄悄地坐到编辑部这边儿来。原来有位老编辑告诉我们："老九不能和领导阶级并排而坐。"他说得我心中窃笑：这真是又一次遇到了新问题。这位团政委平时不苟言笑，老是板着面孔，训人是他的拿手戏。然而不久，这位红色指导员跟一位青年女工干出了那种事！我听说后十分惊讶，红色指导员怎么也"风流"了！

军代表是文革中出现的一种特殊情况下的特殊军管，当初的用意大约是，唯有解放军这个毛泽东思想大学校的干部，才能力挽社会各派混战的狂澜，平稳社会的无序争斗。对军代表的作用，我不想作什么评论，我只想说军代表、工人阶级和知识分子本是同根生的同志，硬是要在他们之间分化出谁是"大学校"的，谁是"旧政权"的，谁正确谁不正确，谁左谁右，谁能领导谁，弄得一家兄弟之间隔膜和争斗，实在是一首狂想曲，其效果只能是不和谐音符的大杂烩。更何况许多掌了地方党政大权的军代表也不给"大学校"争气，有些人还干出了许多"一朝权在手，便把私来谋"的丑行，给社会上留下了不少的话柄，老百姓到今天说起来还怨言不少。我相信军管这类故事再也不会发生了，不再发生的根本条件是社会的安定，不折腾！

十三、说说工宣队

报社的工宣队成员也是 4 位，是从某重型机器厂选派来的。这 4 位老师傅，年龄都在 40 岁以上，其中有位老师傅年龄较大，大约已近花甲了。这 4 位工宣队师傅，给人留下了良好的印象。他们不以"领导阶级"自居，对人特别是对编辑部的"老九"们，态度和蔼可亲，有时按照分工，他们也分别到编辑部各部室，来参加会议和参加讨论，他们一般地只听不说，偶尔也在笔记本上作点记录。会议主持人请他们发言时，他们都说"咱们在办报上是外行，没什么说的"。这也是实话，他们在工厂是干"车钳铣刨"的，如果硬要"指点江山"恐怕就会闹出大笑话来。这几位师傅的言行还是符合实事求是的思想路线的。在那个近似疯狂的年代，身为工宣队的师傅能做到这一点，颇为难可贵了！

工宣队的师傅们主要做思想教育工作。时间长了，了解了一些情况后，有时也找人谈谈心，做些宽慰安抚的工作。有一次我曾主动地找分管总编室的师傅汇报思想。当时的总编室权力较大，各部拟发一版的稿件编好后，发总编室审定后待发。二、三、四版的稿件编好后，全由总编室主管编辑审定后画版式发工厂，总编室分管编辑有权取舍和修改。这样权力集中总编室的体制，分管编辑同各部的矛盾就较多，各部对总编室修改稿件、版式安排、版式美化等常有不同意见。我当时在总编室分管三版，由于我到报社不久，一般对稿件不做大删大改，如有重要改动我都征求有关部门的意见，一个时期相处得还算融洽。可是有一次发了一个整版的关于样板戏的长篇评论文章，发工厂后拼版时还多出300来字，排版工人叫我去车间处理，因为急着成版出清样，我未来得及征求有关编辑的意见，就大胆作了删节。报纸印出之后，有关编辑找我当面提出质疑，认为我不该删那一段文字，那一段文字如何如何重要，我做了一些解释。后来这位编辑把意见反映到报社革委会领导，社领导还算宽容，并未找我谈话。但我当时心存惶恐，把革命样板戏的文章给删了，如果真的删节不当，那可不是件小事，心里老犯嘀咕，总想把郁闷宣泄出去。我不愿找革委会，于是就去找工宣队师傅汇报思想。我真诚地做了些解释，还倾诉了内心的苦楚，这位师傅听了以后，笑了笑，说我想得太多了，没什么大不了的，还对我说了些安慰的话。虽然这是我预料到的，但把话说了出去，内心得到了平衡，精神上的包袱也放下去了。

在“文革”时期，全国很盛行忆苦思甜活动，成为进行阶级意识教育的最佳选择。工宣队那位年龄最大的老师傅，出身贫寒，苦大仇深，给编辑部全体同志讲过，在全社大会上讲过，在整党学习班上讲过。每当进行忆苦思甜教育时，都要制造一种感情氛围，首先大家不许说话，会上先放一段音乐，旋律十分哀婉。还记得歌曲的唱词是：天上布满星，月儿亮晶晶，生产队里开大会，诉苦把冤伸……气氛出来了，老师傅上台诉苦，说到悲伤处，哽咽难言，会场上心肠软的女同志首先不能自已，甚至哭出声来，一二百人的会场上唏嘘一片。诉苦会在悲悲切切中结束，大家又一次受到了阶级教育，政治觉悟又提高了一个层次。是真提高了还是未提高，大家都避而不谈，我相信，诉苦会最大的收获是，领导人精神上又一次得到政治性的满足。

报社因为有军代表执政，工宣队就处在次要地位。当时军代表在全国各行各业都是最高领导者。但是在没有军代表的单位里，如中小学校、商店、文化艺术等等部门，都是工宣队在“领导一切”。说起那工宣队，叫人不寒而栗，他们中有些掌权人，工作业务完全可以算无知，但极善弄权舞棒，斗“走资派”最狠最坚决。别人不动手打，他们自己上阵冲锋，因为他们个个身强体壮，往往把一个单

位搞得乱哄哄的。

军代表、工宣队领导一切的年代已灰飞烟灭，如今说起来，青年人听了会以为是笑谈，但笑谈中却饱含着诸多的精神财富。单说报社的四位工宣队师傅，他们很有自知之明，对己要求很严格，对人很宽容，他们颇有开明领导人的胸怀和气质，给人留下了随和友善可亲可敬的美好印象。

十四、批判“郝剃头”

我写《“文革”中报社内部“珍闻”》，思想仿佛又回到了那个黑白颠倒的动乱年代，许多荒唐事又萦绕脑际，其中也包括自己曾经做过的荒唐事，如今想起来心中仍感到不是个滋味！

“文革”中真真地出现了“舆论一律”的“大好”局面，全国人民所思所想完全一律，语言都是一模一样的，没有不同想法，没有不同意见。谁敢冒天下之大不韪，谁就要倒霉了。有一天报社要开全社大会，批判“郝剃头”，（报社有位理发员姓郝，平时大家都叫他郝剃头，当时已年过50），罪名是攻击文艺“旗手”江青，攻击革命样板戏。当时我调进报社时间不久，总编室的头头让我上台发言，批判郝剃头。我以刚来报社不久，对郝剃头不大了解为由，婉言推辞这次批判发言，实际上我内心对“旗手”其人十分厌恶，对她的种种劣迹恶行，大家只能骂在心中而不敢说出口外，郝剃头敢于在人前蔑视“旗手”、对样板戏敢有微言，亦是十分大胆了。但这位头头大约是想给我一个表现的机会，一定要我代表总编室发言。我调到报社工作本来就有如履薄冰的心迹，处处小心谨慎从事，原因我属于站错队的那部分少数人，因此硬着头皮接受了大会发言的任务。

在几百人的大会上发言批判，这阵势在“文革”中是常有的事，问题是对一个老理发员批判他什么呢？很费思忖。我想大批判天天搞，不就是凡事会上“纲”上“线”就成吗，我怕说走嘴，急忙写了个发言稿，大约有千八百字。观点是现成的，有个逻辑推理就可成稿。在大会上，我批判郝剃头污蔑革命样板戏就是反对文艺“旗手”江青，反对“旗手”就是反对伟大的领袖毛主席，反对毛主席就是反对毛泽东思想……发言完了，我还下台质问郝剃头：你认罪吗？（发言者都是这么做的，有的青工还略施拳脚）郝剃头低头说：我有罪，我有罪。

这次大批判本是“文革”中的一件小事，但今天回想起来，心中想到的多是愧疚。一个江青，竟被捧成至高无上的神灵似的圣人！你说是荒唐还是可悲？二则，所谓的革命大批判无非是整人的一种手段，只许批判者上纲上线，不许被批判者辩护一句。

一个老理发员，说了几句对样板戏不恭的话，被人告密，竟遭到了那样兴师动众的“革命”大批判。而最令我感到赧颜的，是我竟上台作了“革命”大批判的发言,给一位老工人上纲上线,还质问人家认不认罪。说假话,扣帽子,打棍子,抓辫子,是那个年头的一大发明,在劫者难逃樊篱。

"文革"中说假话容易,说真话难,说真话有罪,人们在这样的环境中生活,内心的苦痛无疑像有人用刀子剜心一样。这样的"革命"已成为过去,就让它一去永不复返吧,愿人人生活在安定祥和友善互助的美好环境中!

十五、"编辑老爷"

"文革"中报社内部的"阶级斗争"异常激烈,先是斗"走资本主义道路当权派"的社长、总编辑,接着斗名编辑名记者,他们虽然不是"走资派",但却是"走资派"的"刀笔邪神"、"修正主义的吹鼓手"。在这场"革命"斗争中,工人阶级在"文革"中被推上"领导一切"的至高无上的位置。

我是1968年秋从"五七"干校调进这家报社的,报社内部如火如荼的"阶级斗争"硝烟已基本泯灭,但工厂工人同编辑部之间的"派性"矛盾仍时隐时现,"文革"中把编辑称为"编辑老爷"的裂痕仍未完全弥合。一位排版工人同我讲过一件"编辑老爷"的典型事例:1961年报社新大楼在设计上有个特殊的部位:编辑部在三楼以上办公,排字车间在二楼,轮转机印刷厂在一楼。编辑部所在的楼层,在楼道中间开了一个门,门内有个洞,与二楼排字车间相通。平时洞门是关着的,当编辑往工厂发稿时,编辑把门打开,把稿件放在一个用绳吊着的筐里,按一下电铃,把筐吊下去。工厂听到铃声,知道编辑发稿了,把稿件取出,再按铃通知发稿编辑,回答稿已收到。这个设计不能不说是用心良苦,编辑发稿不必楼上楼下跑,省了很多时间。然而就这么个方便的发稿通道,在"文革"中竟成了"编辑老爷"的一大罪状,这个通道也被工人阶级废弃不用了。我进入这家报社后,还真领略了一回做"编辑老爷"的尴尬。

那时我还在总编室工作,负责三版稿件的编审和划版式,然后送到楼下排字车间拣字排版。由于版式设计过程中,字数常有计算不准确的时候,排版工一个电话打上来,便要即刻到车间去处理,字数多了就删,字数少了再想办法补。一次一位姓李的年轻师傅打电话给我:"下来看看!"我赶快跑到车间,这位小师傅把版样往排字台上一扔道:"你写的字体报社还没铸造出来,怎么排版?"我赶紧看稿件上标的字体,一看是我出了纰漏,把楷体的楷字写成"铅"字,把二楷标成了"二铅",出了个大洋相!小师傅还冷嘲热讽地说道:"字架上全是铅字,用哪个?"还有几位男工女工在一旁看哈哈笑,弄得我脸上发热,赶紧赔笑脸表示歉意,把字体改了过来。我回头离开工厂,小师傅还未尽兴,在后面又说了一句:"大编辑少马虎点,别给我们工人添麻烦!"回到总编室我跟同事们说了这次的遭遇,几个人都劝我别跟他一样,那个小李子就那个德行!其实设计版式

出点小纰漏，哪位编辑都是难免的，怎么唯独给我来了这么一手呢？我思索再三找到了两个缘由：一、我是报社的新人；二、我是从中共中央东北局这个“大衙门”调进来的，并且曾经给东北头号“走资派”宋任穷当了几天秘书，平时就有人暗中指指点点，看我的“风采”，更何况确实工作上出了纰漏。打这以后，我把坏事变成了好事，工作上格外的小心加细心，多做少说，真正的是“夹着尾巴做人”，再也没有做什么授柄于人的事，日子倒混得过去。直到粉碎“四人帮”以后，我被抽到省委清查组去做了清查工作，从此便告别了这家工作了9年的报社。

今天回想当年事，我并不记恨那位青年排版工，倒更加理解他了。自然，如今旧话重提，我想绝不能仅仅看成是趣闻轶事。前事不忘，后事之师，老祖宗给我们留下的这句古训，对我们的启迪作用将是永久不会泯灭的！

（《新闻写作窗》2000年第3期）

《中国交通报》创刊前后的人与事

2014年11月7日，是《中国交通报》创刊30周年纪念日。30年的《中国交通报》已成长为行业中的佼佼者，实实地令人欣喜！

我已是八十有三的耄耋之年了，回想《中国交通报》创刊前后的人与事，可谓百感交集。

办报起因

1981年我在交通部纪检组任检查处长，当年11月同中远公司的财务处长一起，去香港招商局查办一起有关30万美元存入私人账户的案子。调查后我写了个调查报告，由钱永昌部长审处，经过两三次的修改后通过，因此同钱部长初步相识。

1983年夏季，部机关同志对交通部房产分配问题非议较多，钱部长指名要我负责进行调查，这是一件很棘手的差事，我心中甚是忐忑，但部长下了命令只能尽快去办。结果只查出分房不透明、分房不公平等问题。至于大家反映的分房中的贪腐问题，这已涉及深水中的事情了，我曾下水试探，但无果而终。

我据上述几个问题写了调查报告，呈钱部长审阅。钱部长基本满意，并上报国务院事管局得到赞许。

钱部长平易近人，处理问题严谨，思维缜密。调查结束后，有一天在钱部长办公室我提了一个建议：交通部这么大的事业，应当办一张报纸，活跃上下沟通。钱部长点头称是。同时我毛遂自荐，如果办报，我愿去报社工作。我参加工作30余年，有20多年的新闻工龄。

不久，交通部申请办报的报告，得到中宣部的批准，钱部长提名派我到报社工作。从此我与《中国交通报》结缘。

开门三件事

1984年夏季，交通部政治部组织部（此机构早已撤销），从部直属单位抽调了5位同志到报社工作，计有办公室负责人、会计、出纳员，还有另两位同志。我是随后到报社，离开了政府机关，还真有点恋恋不舍之情。

交通部将中宣部批准办报的决定，复印一份给我，这真是一柄尚方宝剑。当时一共办了三件事：一、同事们拿着文件到北京市委宣传部（或文化局）注册

《中国交通报》创刊。二、到北京市朝阳区主管广告工作的部门注册开办广告业务许可证。三、到朝阳区所属银行办理了相关业务。这5位同志顺利办下了几项注册工作。

关于办报资金问题，部领导批示，每年向交通报提供45万元办报经费。这笔经费连续提供四五年。

报社的办公地点在安定门外外馆斜街(当时称黄寺)某职工宿舍的一楼，一套三居室做了交通报社的办公室，《中国交通报》有了安身之处。后来还制作了一块一丈来高的"中国交通报"报牌挂在宿舍大门的右侧，看着颇有点气魄，也是对外宣布此处即《中国交通报》办公地点。

部领导还给报社拨了一台老上海牌轿车，作为报社的交通工具。部领导考虑得周到，很关心报社的工作。

这几件事办得很顺利，但我知道，办一张部级的报纸绝非易事，以后还不知有多少恼人伤神之事呢。

借人办报

第一桩要事，要有一个强有力的编辑部，并且要有各个方面有学识的人才，这样编辑出来的报纸，才会得到读者的青睐！

办报人才从何而来？交通部政治部副主任范仰南同志找我商量，他说："我们现在调配编辑记者，不是短时间能办到的，我们采取借人办报的方式，先解决用人之急。"从《长江航运报》借调部分人员来京办报，可能是个救急的招。我很同意范副主任的意见，通过部政治部的工作，陆陆续续从长航系统调来了10余位同志，并得到交通部招待所齐所长的大力支持，抽出来几间客房，把这部分同志安顿下来，吃住在招待所。

经过了解，在《长江航运报》工作的只有两位同志，一位是即将退休的副总编辑，一位年轻的编辑，其余的均是《长江航运报》的通讯员。与此同时从《上海海港报》借来一位有新闻工作经验的老编辑，从交通部上海海运局借来一位青年编辑，他毕业于上海复旦大学新闻系。

以上借调来的同志，均在水运系统工作，没有公路系统的人员。我同部公路局有关同志商量，希望从各省公路报刊中借调两位同志。公路局很快从《云南交通报》《浙江交通报》借来了两位负责人，一位毕业于北京大学中文系。这两位同志的到来，给工作充实了重要力量。

借调来的十余位同志热情很高地来报社报到，我们热情接待，并做好生活安顿。几位原单位的负责人，安排住两人一间的房子，其余同志只好多人住双层铺的大间。租用房间开销由报社负担。

如何开展下一步的工作？这是件很费心思的事情。当时报社负责人只有我一人。再三考虑后我决定：第一步每天集中学习，介绍交通系统公路、水运、港口、科技、教育（当时交通各大学还是部直属单位）及部机关机构设置等情况。第二步，由我拟了一份新闻报道提要，请大家参与讨论。提要修改后分送部机关部门领导征求意见。随后打印出来人手一份。第三步，搞了一次采访实践活动，意图是让大家到全国各地进行调研采访，了解各地交通行业的不同特色，回来后总结、交流心得体会。

初始工作杂乱无序，我报告政治部范仰南副主任，决定由《长江航运报》《云南交通报》《浙江交通报》及《上海交通报》等几位同志，组成一个临时领导小组，由我任组长。这样就分头负责有关工作，有什么问题亦好商量。

事到此时已进入六七月盛夏季节。钱部长要求 10 月 1 日出报。当时的状况，难度很大。

应届毕业大学生陆续报到

借调人员已到齐，应着手的工作已做了一些，但真正开展办报的具体业务工作还无着落。恰值此时，部政治部组织部给报社调来了一批应届毕业的大学生，他们陆续到报社报到。我当时愉悦的心情难以名状，筹划办报的工作就此进入了实质性的时期。

大学生们是从全国大学调入的，其中只有 4 人是从公路、水运学院毕业的，余者有学中文的、学政治的、学经济的、学法律的，同时有位北京大学中文系毕业生，主动要求到报社工作。

无巧不成书，工人日报社先后有 3 位同志希望到交通报社工作。这几位都有多年的新闻工作经历，各有专长，一位是值夜班的老编辑，一位是北大新闻系毕业的青年编辑，另一位是有才华的诗人，在工人出版社某文艺杂志任编辑，还有一位曾在《铁道兵报》任编辑。这几位同志的到来，确是又一场及时雨，报社编辑迎来了顶梁柱。

刚毕业的大学生，生活负担较重，报社决定每人每天补助一元钱伙食费，其余工作人员每天补两毛钱，奖金一律每人每月二十五元。领导层一分钱的补助也没有，但全社大多数同志以办好报纸为己任，并不计较待遇的高低，精神是很值得钦佩的！

编辑部架构的组成

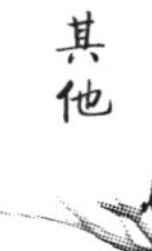

编辑部的组成：总编室负责一版，二版经济部，三版综合部，四版文艺部。另有通讯联络部，还有摄影科、广告科、发行科及校对组。

依据对学生的初步印象,依所学专业为主,分到各部工作,加上从借调人员中调出几人分到各部工作。从《工人日报》和《铁道兵报》来的几位同志,分别任各部门副主任(副处级)。

编辑部各部组成后,我对借调来的同志们远道进京,参与创办《中国交通报》,而不顾对家庭的影响,深表谢意和歉意!这些同志很理解报社的情况,大多数同志愉快地返回原单位了。

初步走上新闻道路的大学生们热情很高,但对新闻知识却知之甚少,对交通业也不大了解。为此,一、组织他们去某单位的学习班学习新闻业务,每人都给买了成套的新闻教材;二、请交通部公路局等部门的领导同志到报社讲交通业务知识。两个业务建设(新闻、交通)是不可或缺的,也成为以后成长的阶梯。

交通部创办《中国交通报》,得到了交通行业各部门的欢迎和支持。大约到1984年的7~8月份,报社陆陆续续收到稿件,并且逐日有所增加。这真是一件让人兴奋激动的大好事,离报纸创刊的日子不远了。

组建报社领导班子

1984年10月,部里还没有调配领导干部的计划,报社的领导班子只有我一人在那扛着。但领导班子的组建已成燃眉之急。我左思右想,决定找些以前的老领导和熟悉的同志做工作,拟请一两位老新闻工作者来交通报社任职。

首先想到《光明日报》,因为刚从《辽宁日报》调到《光明日报》任领导的殷叁同志(副部级),是我在《辽宁日报》工作时多年的上级,在干校劳动时分在一个小组的同学。他调到《光明日报》时,还从《辽宁日报》带来了两位两地分居进京团聚的同志。殷叁同志很随和,叙旧之后,我请他帮一把,给交通报社调一位副总编来。他说刚到《光明日报》工作,人员还都不熟,暂时还有难处,那两位《辽宁日报》的老同事,也以此婉拒了。

我又想起一位从《辽宁日报》考入北京新闻研究生院,刚调入中宣部宣传局工作的一位同志,经电话联系,亦被婉谢了!又想到了一位年轻的同志,他是中国人民大学经济系毕业生,被分配到辽宁西部某县宣传部任新闻干事。我在《辽宁日报》工作时,曾编发过他的几篇议论性的短文,他的文章很有才气。我曾到那个县采访,是他和县委宣传部长接待,彼此有了些了解。我到交通报社工作后,他已调任国务院某副秘书长秘书,我到他办公室商谈过,亦被婉拒了!我由此想到,他们都有了比较理想的工作岗位。人们常说:动一动不如静一静,我很理解他们。

又一次无巧不成书。一次在某公园散步,巧遇老朋友康文田同志。康文田同志是1951年我在哈尔滨《东北林业工人报》工作时的同事。当时都年轻,20

岁左右的年纪。此后在一起工作。1956 年“五一”节,我们一同调到北京中国林业工会创办《中国林业工人报》。1958 年 4 月,我到东北伊春市某林场劳动锻炼,1959 年年初回京,到二机部(即现在的核工业总公司)《跃进报》社工作。由于一些原因,《中国林业工人报》停刊,原报社人员多数调林业部工作。我与康文田同志已分别多年。

这次见面,康文田从林业部调到北京市某局工作。我登门拜访,希望他到交通报社工作,很快一拍即合,事情较顺利地办成。经交通部任命:李长青任副社长,康文田任副总编辑,均为副局级。我们俩分工:我负责全社的统筹工作,康总负责编辑业务。同时成立了报社党支部,李长青任支部书记,康文田等同志为委员。

1985 年 7 月,部里调来了一位副总编,名为戴松成,40 岁,新闻研究生。他的到来令我喜出望外;因我与康总已 50 岁开外。但戴总心不在报社,另有旁骛,后来不辞而别,下海经商去了。我空欢喜一场!

时间已快到 10 月,编辑部各部从自流稿(自然寄来的稿件)中编出了各版的稿件送审阅。康总和我分别粗略地看了送审稿,觉得还可以,但马上创刊还粗糙些,商议后决定先办两期试刊版的《中国交通报》,待稍有经验后再正式创刊。

试刊版出报后,得到了较多的好评,编辑部的同志很受鼓舞。两期试刑后,到 1984 年 11 月 7 日《中国交通报》正式创刊,请钱部长题写了报头,我写了一篇“致读者”发刊的话(经主管报社工作的王展意副部长审阅),给办报主旨定了个基调。

《中国交通报》创刊于 1984 年 11 月,到 1985 年即从周一刊改为周二刊,虽有难度,但由于稿源日增,每日有四五十篇以上,再者编辑部同志业务水平提高很快,报纸的影响力加大,钱部长号召交通系统把《中国交通报》发行到公路道班和船舶。《中国交通报》的有些新闻,被中央人民广播电台摘播,更成为一时的佳话。报价每份 5 分钱(当时的报价大体如此),发行量亦达到万份以上。

创办《交通内参》

报社出版“内部参考”,可以说是中国报刊的特色。《中国交通报》创刊后不久即创办了《交通内参》。在记者采访和来稿中,有的新闻不便于公开见报,有的稿件又涉及行业有关系统或某人某事,也不宜公开发表,适宜发在《交通内参》。《交通内参》仅供部领导和部有关司局参考;同时涉及外系统的内参,即发给有关单位领导参阅,所起的作用也不小。

我记得有几份《交通内参》取得很好的效果。

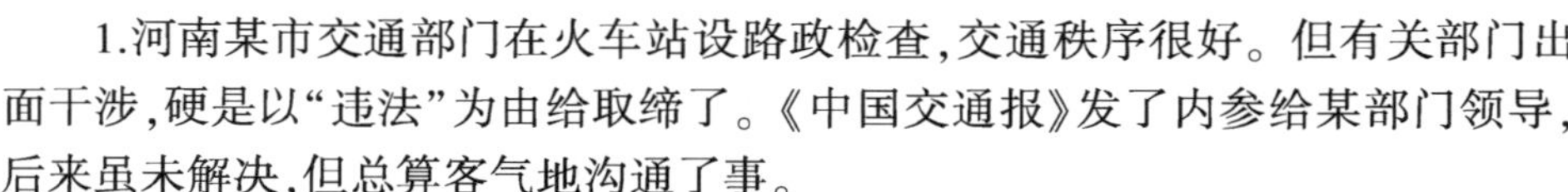

1.河南某市交通部门在火车站设路政检查,交通秩序很好。但有关部门出面干涉,硬是以“违法”为由给取缔了。《中国交通报》发了内参给某部门领导,后来虽未解决,但总算客气地沟通了事。

2.辽宁东沟市交通局,原是全省都有名气的养路器械技术革新的先进单位,对提高养路水平作用很大,后来因资金不足而停止了技术革新。《中国交通报》发了内参以后,得到领导部门的重视,在资金上予以支持,他们的技术革新又活跃起来。

3.有一份《交通内参》报道的问题,得到胡耀邦同志的重视。具体情节已记不清了。

4.林祖乙副部长曾打电话问过我:黑龙江省黑河航运局与河对岸俄罗斯某州开展了旅游事业,但扣除税费、卫生费等支出以后,开一次船几乎没有什么收益。林副部长主管水运,很关心这样的问题。

有一次我到福建公出,恰巧遇到已离休的交通部彭德清部长,闲谈中他问我《交通内参》还出刊吗?我说还出,他问怎么不寄给他了。我回社后给他呈送了全年的内参,并且以后按期呈寄。

以上只是几个事例,说明《交通内参》的参考价值,是报纸上公开报道所不能替代的。

发展党员加强党的建设

中国交通报社 1984 年创刊后,调进报社的大学生和其他同志,陆续提出入党申请,看到这样的入党申请书,我是异常高兴的,我同部里的同志谈起这件事,心情是挺自豪的。经过考察了解,加上来报社后的表现,首批有 4 位同志经过党小组和党支部的培养考察,被吸收到党组织。在党旗面前,我带领他们举行了入党宣誓。后来又有不少青年同志提出入党申请。

对外宣传交通报

《中国交通报》创刊后,急需扩大影响,使交通行业内外更多人了解我们的报纸,支持我们的报纸,我们做了以下几件事:

1.在央视做了一个 30 秒的《中国交通报》创刊广告。

2.请《辽宁日报》来的副总编辑帮助在《光明日报》一版发了一条《中国交通报》创刊简讯。

3.举行《中国交通报》创刊新闻发布会。这个发布会在北京市文化宫礼堂举行,钱部长请来了交通部的前任部长叶飞(时已任国家侨委主任)、孙大光等领导,王展意副部长主持会议,钱部长讲话。中国记协书记处书记江涛、新华出版社社长许邦等同志到会祝贺,会上还有其他有关同志近100人出席。这个会对扩大《中国交通报》的影响有很大帮助。

4.《中国交通报》创刊两周年之际,开展了交通系统各单位的祝贺活动。交通系统公路、内河、港口等部门有百八十个单位发来贺信,祝贺名单在《中国交通报》上发表。《中国交通报》得到全行业的祝贺与支持,全社同志更增添了办好报纸的信心!

创办记者站

借调来的一位老同志几次同我商议建立记者站的问题,我一时抽不出时间,请他先到各地摸摸情况。出乎意料的是,他很快回来高兴地告诉我,陕西省交通厅同意建站,并且指定了记者,这就是《中国交通报》首个记者站的首位记者姜志理同志。过了不久,河北省交通厅也建了站,记者是谭峰生,两位都是大学本科生。由此得到启发,记者站建在各省交通厅是一个极好的选择,我同康总商量,报社可以向各省交通厅发一个建站函,记者站实行双重领导,人选、资金、办公条件等由厅里负责,新闻业务由报社负责。先从长江以北的诸省试点,在泰安市开一个建站会议,河北交通厅李副厅长到会,北方各省派出宣传处长、人事处长或办公室负责人到会。报社提出建站的要求:一是希望得到各省厅的大力支持;二是记者站以宣传本省交通新闻为主;三是记者站设一名站长,可兼职,但应设一位专职记者,就新闻业务与报社沟通,由报社通联部负责与记者的联络;四是记者可以到报社暂住,提升新闻业务水平;五是记者站多做《中国交通报》宣传推广工作。

会后各省陆续建立记者站,由此我们又得到了一个启发,不久在贵州省交通厅的支持下,报社在贵阳开了一个南方片的建站会议,亦取得了较理想的成绩。

全国《中国交通报》记者站基本建立起来了,记者们积极性很高,写来了许多稿件,均是各省重点内容,质量较高,对提高《中国交通报》的质量有很大促进。

为了交流记者的工作情况,也是让各站同志彼此见见面,互相认识,在四川省交通厅的支持下,1985年夏在四川乐山市召开了首次记者站工作会议。交通厅长出席会议,讲了话。会上,我总结了全国建站的情况,并对已建记者站的工作提出要求,使记者站逐步规范起来。康文田介绍了报道要点和提高报道质量等业务问题。会上还对评上先进的记者站和记者给了适当奖励,发了小锦旗。这个会议弄得热热闹闹,与会者高高兴兴。

1986年9月,报社得到福建省交通厅的支持,在福州市召开了第二次记者

站工作会议,交通厅长出席会议并讲话。会上总结了全国记者站的成长历程和成绩,介绍了新闻报道方面的显著进步,奖励了先进记者站和先进记者。

回顾记者站建设,不可不讲一讲那些建站有功的站长们。他们多是兼职,但他们上下沟通,用很多时间帮助记者站解决财力、物力、新闻报道方面的许多问题。有一些站长后来被选拔到局级领导岗位,有黑龙江的王茂、宁夏的刘全智、陕西的姜志理、上海的干观德等。当然,他们担任局级领导岗位,主要以德才胜出,但站长的工作也不能说一点影响没有。还有很多老站长,对记者站的成长都是有贡献的。这些老站长和初期的记者们都是我的老朋友,每次见面都有聊不完的话题,十分亲切。

《中国交通报》记者站的建立与健康成长,应感谢各省市交通厅、局领导的大力支持。记者站已成为《中国交通报》的得力助手,成为《中国交通报》不可或缺的臂膀。

回首《中国交通报》创刊前后的陈年往事,倒不好说我重新回味30年前工作中的酸甜苦辣咸,一个人在一生的工作与生活中,大约谁也摆脱不了酸甜苦辣咸这五味的缠绕,是甜多还是苦辣多?因人而异。

这篇回忆,就作为大家茶余饭后谈资吧!

祝愿《中国交通报》前程似锦!

(《中国交通报》2014年8月24日)

道路交通安全你我他

对现代道路交通，可以用两个不同概念加以概括：亦喜亦忧，或曰喜中有忧。

何谓喜？道路交通之喜，即现代汽车不断更新，向着高速、舒适、节油方向发展，日新月异，成为人类生产、生活每日不可或缺的交通运输工具，越来越受到人们的青睐。

何为忧？即现代道路变通事故日趋呈上升之势，被人们称之为“公路战争”是不为过的。自1886年德国人卡尔·本茨制成世界上第一辆汽车以来，汽车问世100多年的时间，全世界已有2200万人丧生车轮之下。目前，全世界每年因车祸而死亡的人数已超过300万。我国人均汽车拥有量与经济发达国家相比，虽然相距甚远，但每年死于车祸的人数亦在6万以上，平均每天死亡人数约在150人以上。至于全世界由于车祸造成伤残者，在死亡人数的数倍之上，造成的经济损失则无法计量！

我们必须面对现实思索，由于现代汽车拥有量的高速增长，道路交通事故是难以避免的，甚至可以断言，汽车越是现代化程度高，道路交通事故将会随之增多。但是我们也可以说，人类在车辆面前，也并非是无能为力的，人类既然能发明汽车，也能尽最大的努力去减少交通事故，使事故降到最低限度。

尽最大努力降低道路交通事故，最好的办法是不断总结经验，使前车之鉴成为后事之师，使前人血的教训，成为后人的宝贵财富。本文将以我国道路交通事故的种种现象做一简要归纳、分析，采用典型事例总结出一些带有规律性的经验教训，以求为减少道路交通事故的人们提供一点思考。

道路交通事故探原

道路交通事故探原，主要从人的主观方面和客观方面加以剖析。从人的主观方面看，主要是汽车驾驶员、道路行人和乘客因素；从客观方面看，又可从自然灾害，路况、路标以及意想不到的因素等予以研讨。

1.寄语机动车驾驶员

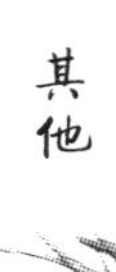

综观道路交通事故的发生，机动车驾驶员是首当其冲的受害者，但也不需回避，多数事故的发生又同驾驶员的过失相关。尽力减少道路交通事故，驾驶员的正确驾驶，将会起到主导的作用。对于这一点驾驶员应有清醒的认识。

因驾驶员的过失而易造成事故都有哪些因素呢？据大量资料表明，以下几点是千万不容忽视的：

（1）酒后勿驾驶

人类发明了酒，酒便成了人们饮食中的佳品。有佳肴必佐以美酒才称得上美餐，正如俗话说：吃香的喝辣的嘛！但酒也同人世间万事万物一样，都有两面性，既有利也有弊。因为酒精能使人兴奋、麻醉、眩晕，以至失去理智。所以驾驶员在驾驶中必须绝对禁酒。但酒的诱惑力很强，加之某些驾驶员受侥幸心理的驱使，还是犯了酒后驾驶的过错，以致屡屡发生酒后车祸。据有关部门统计，1988 年全国因酒后驾驶酿成的车祸达 2.8 万起，死伤 3 万余人。

驾驶员酒后驾驶，不是中国独有，也是个世界性的问题。德国有关调查确认，凡年龄在 19 岁以上的青年人，只要喝 1.6L 罗姆酒，血液中酒精含量就会达到 5%，如果一个驾驶员血液中含有这么多酒精，就极容易发生事故。德国每年醉汉驾车造成交通事故死亡即达 1500 余人。

在加拿大，酒后开车撞死人的案件数是凶杀案件的 4 倍，死于车祸的人数以千计。加拿大驾驶员最担心遇上酒后驾车者，因为你不撞他，他会撞你。

从我国酒后驾车发生车祸的案件看，除存有侥幸心理者外，不少悲剧是从喜庆中来。上海嘉定县嘉丰纺织厂某驾驶员驾驶“丰田”面包车参加同事婚礼，席上饮了酒。途中欲追上前面的车队，两次超车未成，赌气再超，与一急驶而来的货车相撞，车内共 7 人，1 死 6 重伤。

湖北省竹溪县薄木厂某驾驶员，夫妇二人携 4 岁女儿参加朋友的宴请。酒足饭饱后，女儿要坐摩托车回家，该驾驶员向同来赴宴的同志借了一辆摩托车，带上妻子女儿上路。路上与一辆东风大货车相遇，该驾驶员因头脑发胀，一时不知所措，与大货车相撞，一家 3 口离开了人世。

酒后驾车是交通事故的首祸，是驾驶员的大敌，万不可掉以轻心！

（2）勿疲劳驾驶

古人云：文武之道，一张一弛。外国有位哲人也曾说过：不会休息的人便不会工作。对汽车驾驶员来说，在驾驶中保持充沛的精神和体力，是保证行车安全的重要条件。这本是妇孺皆知，不言而喻的事。但大量的交通事故证明，驾驶员疲劳驾驶仍是一个突出的不容忽视的问题。

疲劳驾驶而酿成车祸，有诸多因素，有时是驾驶员自觉而为，有时则奉命不得已而为之，终成惨案。疲劳驾驶多数发生于货车，因为货车与客运车不同，它一般没有到站、发车时间的规定。

谢某某是浙江宁波市某局车队的驾驶员，自以为年轻（29 岁）力壮，已连续数日出车跑长途运货，睡眠不足，一路上精神疲劳。好在驾驶座上有两名装卸工一路上与他闲聊，还可勉强驾驶。中饭后，两位装卸工先后打起瞌睡，并发出鼾声，引起谢某某的条件反射，困意袭来。此时他如果果断停车打个瞌睡后再走，也不失为上策。但他认为还有 10 公里即到达目的地，强打精神驾驶，但疲劳已使他睁不开眼皮。哪知，就这睁不开眼的一会儿工夫，便撞在停于路边的一辆大客车的尾部，一位装卸工当场死亡，谢某某与另一位装卸工重伤，他以肇事罪被关进监狱。

因疲劳驾驶而造成的交通事故，其中个体运输货车又占较大的比例，其原因不难看出，他们主要是为了一个"钱"字，人说他们"要钱不要命"并不过分。苏某是江苏阜宁县某乡个体汽车驾驶员，为了多赚钱，他经常疲劳驾驶。一次他驾驶自购的"金芙蓉"牌四轮农用运输车，装载活鸡驶往上海某市场，因昼夜连续驾驶，身体已十分疲劳，加之车辆灯光效果差而出现判断错误，于凌晨 4 时 30 分撞在一辆停在路边的跃进牌货车上。恰巧"跃进"车车尾还有搭车的数人，一下子将"跃进"车撞进农田，造成 3 人死亡 3 人重伤的重大事故。

疲劳驾驶，如上所述，一因年轻力壮而不在乎，一因一个钱字。也有另一种情形，单位领导因一时急需，又没有后备驾驶员，因而动员驾驶员"加班抢运"而造成疲劳驾驶事故。在黔东南公路上，一辆解放牌大货车，在行进中突然偏离公路，向路边的山谷中冲去，眨眼间坠入谷底，坐在驾驶室 3 人(含驾驶员)命归黄泉。原来这位叫王某的驾驶员，跑了两天两夜的长途后，调度室让他再加一个班，不得已而出车。由于疲劳过度，加上在山区公路行驶，弯多路陡，而酿成了上述的一幕惨剧。

仅上述几例足可以成为"醒世恒言"，驾驶员、单位领导，不论出于何种需要，均不应疲劳驾驶，应以自己和他人的生命为重！

(3)勿超载

不论客车与货车，按设计标准，都有定员和载重量的严格规定，驾驶员对这一点是很清楚的。但在实际运行中，却常常违反这个规定。实际上是违反了科学要求，从而酿出种种超出常规的悲剧。

为什么驾驶员会发生明知故犯的错误呢？我们从种种交通事故中可以窥探出驾驶人员的种种心态，即种种不平衡的心态。驾驶员的心态一旦失衡，大约离发生交通事故就不远了。

陕西延安个体运输户高某某父子，驾驶一辆中型面包车，定员 16 人，但他们从延安驶出后，竟拉客 33 人。当车行至一处山崖时，由于公路弯大，车速快失去控制，面包车翻入 30 米深的崖下，造成 24 人死亡 9 人受伤的重大恶性事故。高某某也未能幸免。经检查认定，造成这起重大事故的主要原因是超载。

湖南沅陵县个体车主向某某，驾驶一辆解放牌货车，竟载客 80 人，驾驶室

挤了5人,左边踏板站了1人,右边站2人,在一拐弯处车翻下溪沟,死亡32人,伤42人。用大货车拉客,造成这样的恶性事故,个体户为了赚钱不顾人的死活,实属可恶;乘客为了赶路,乘大货车也是无知之极。

邱某某是鄂西文斗区的农民驾驶员,受本区个体车主余某某的聘请,驾驶东风牌货车运砖,载重约8吨。途中邱某某去朋友家吃饭,饭后准备发车,见车厢上已爬有20余人搭车去文斗。邱某某告诉车上人:车是重载,不能搭客,并告诉搭车人:路况不好,出了事故负不起责任,动员他们下车。但搭车人苦苦求情,拒不下车,邱某某无奈开车行驶。当车行至龙口石滩路段时,右前轮驶出路肩,车翻进22米深的郁江河乱石滩上,车上的人全部被抛出,16人死亡,3人重伤,驾驶员邱某某当即死亡。经交警现场调查认定:货车超载,搭车人无知,事故责任全部自负。

客货混装是违反交通法规的,对这一普通常识驾驶员很清楚。但是一场惨剧却发生了。

广西贺县某林场驾驶员蔡某某,驾驶一辆解放牌货车,装了约10立方米木材,高高的原木上又违章乘坐了15个人,晃晃悠悠,其危险已显而易见。蔡某某一向胆子大,不顾道路狭窄,不料一处路基松软,汽车左后轮压塌了路肩,车辆失控,翻下黄洞河中,在“轰隆”一声巨响中,当即有两人死亡,多人受伤。

(4)警惕无形的“杀手”——一氧化碳中毒事故

现代化的大客车小轿车,日益追求舒适、豪华,空调逐渐普及,车上密封性能好。然而这类高档大客车和小轿车,却伴生着危险作用,驾驶员如果不加警惕,便可能发生无形杀手教人死亡的悲剧。

夏季使用空调汽车须注意。据有关专家测试,发动机转速在每分钟1500~2000转时,排出的废气中含有过量的一氧化碳;而发动机在慢速运转时,由于燃油燃烧不充分,在排出的废气中往往含有大量的一氧化碳。当空调机工作时,这种含量过高的一氧化碳,经空调和车辆底盘缝隙等处渗入车内。由于空调车门窗紧闭,外界空气不能与车内空气对流,这样车内人员有可能发生一氧化碳中毒,使人们在不知不觉中“舒适”地死亡。特别是停车时使用空调,驾驶员和乘客在车内较长时间休息不为人注意,就有可能“一睡不醒”。所以能发生无形杀手杀人的悲剧,罪过不在空调,而在驾驶员使用空调不当。制止无形杀手杀人,驾驶员使用空调时,特别是停车使用空调,务必使门、窗留点缝隙,保证车内空气对流,或在一定时间内打开车窗换换车内空气。同时要经常检查汽车底盘有无缝隙,一旦发现应及时检修。这样即可制止无形杀手乘隙而入了!

有两起无形杀手致人死亡的教训;

其一,河南新乡市某驾驶员,下班后将车开入车库,由于天气寒冷,他钻入车内,打开了空调取暖休息,只顾一时的惬意,忽视了发动机在运转下排放的一氧化碳等废气。由于车库内大量含有一氧化碳的废气逐渐增多,虽然他关闭了车门,但时间一长,大量一氧化碳进入车内,无形的杀手夺去了他的生命。其二,安徽省庐江县一小车驾驶员芮某某和本单位李某开车送人回单位,返庐后芮、李二人吃罢酒饭,将车开进车库,芮打开暖气,二人想在车内休息一会儿。由于车窗车门紧闭,发动机开着,渐渐地发动机散发出一氧化碳散于车内,空气不能对流。待李某感到胸闷时,想打开车门出去,但已丧失自救能力,力不由己。两个不到30岁的青年就这样被一氧化碳夺去了生命。

(5)车上高速公路学问多

高速公路最早出现在1933年的德国,这条高速公路全长3876公里。从1933年至今的60年间,世界上已有50多个国家和地区修建了高速公路,总里程达12万公里。

高速公路所以能在各国兴起,主要因为它在功能和效益上,是普通公路所不能比拟的。4车道的高速公路,每昼夜交通流量为5万车次,最高可达7万~8万车次。一条4车道的高速公路的运输能力不仅大于一条单线铁路,而且大大超过一条双线铁路的运输能力。

自1986年以来,全国各地高速公路相继建成或正在施工建设中,到1992年底,已建成的高速公路已达近1000公里,如果将全封闭的一级公路计算在内,可达2000公里。

高速公路以其高效益、高速度与安全舒适为人们所器重。然而由于时速可达120公里的高速度,在交通安全方面也不断发生一些新情况。尤其在我国在这方面还刚刚起步,人们(主要是汽车驾驶员)还不大了解高速公路的特性,因此,交通事故屡屡发生。为保证驾驶员驾车上高速公路后的行车安全,许多已发生的事故是颇能启发教育人的。下面选择8种不同事故原因做一介绍。

①异常天气须谨慎。异常天气,通常指大风、大雨、大雪、大雾等自然现象。由于这些自然界发生的异常情况而造成交通事故,尤其是在高速公路上一旦发生,造成的损失是十分惊人的。

1991年11月29日,在美国加利福尼亚州科灵加的高速公路上,发生了一起特大交通事故,在不到一英里的距离内,有93辆汽车撞在一起,17人死亡,150人受伤,其中20人重伤。这起重大事故的“杀手”,是因为突然发生了一场时速达50英里的大风卷起的尘暴。一位幸存的驾驶员说:眨眼间出现了一堵“黑墙”。这次事故具有很大的突发性,几乎使当时路过的驾驶员无法躲避。

这种突发性的异常情况,在我国京津塘高速公路上也曾发生过一起。1992年8月19日凌晨,在某路段上突然出现了一条雾带,范围有200~300米,持续

时间有1小时,能见度仅10米左右。就在发生雾带期间,天津静海工业公司驾驶员高某未能警觉,把车开进雾带,由于能见度差,他仓促减速,货车偏离行车道。这时一辆大客车未减速,从后面追上来,与高某的货车相撞,接着又有接踵而至的货车、面包车、小轿车等15辆车撞在一起,3人死亡,9人重伤,7人轻伤。

在这起事故中,还有7辆车也进入了雾区,但驾驶员及时减速、缓行,观察前方有情况,及时停了车,避免了事故的发生。可见在天气异常的情况下,驾驶员谨慎驾驶是十分重要的。

②行驶速度要适当。高速公路的行车时速,一般是80~120公里,在这个幅度内时速以多少公里为适宜,由驾驶员视路上车流量大小等情况而定,灵活掌握。但由于我国的高速公路刚刚兴起,一些初上高速公路的驾驶员有个误解,以为高速公路就要开高速车,越快越好,有的时速达到140~150公里,因此这也成为高速公路上引发事故的一个因素。

在京津塘高速公路上就发生过多起超速超载引起的事故。河北某县驾驶员赵某驾车行驶在京石高速公路上,由于不顾车况,开得太快,一只车轮飞离了车身,后面尾随的车见状急忙躲避,不慎又同另一辆货车相撞。还有一辆大货车,开得过快,在高速公路上突然轮胎爆破,尾随车躲避不及而相撞在一起,酿成伤亡事故。

③不可随意停车检修。汽车在高速公路上行驶容易出一些小故障,及时停车检修是完全正确的。可是如果停车方式方法不当,也极易发生事故。我们可以举两个实例加以分析:

其一:1992年5月31日傍晚,一辆行驶在京津塘高速公路上的大货车轮胎坏了,驾驶员像在普通公路上那样,没有把车停在硬路肩的紧急停车带内,侵占了正常行车道,只在车尾挂了个警告牌就以为没事了,结果被后面高速驶来的一辆车撞上,造成2人死亡。

其二:1992年7月4日,河南新乡某公司一辆拖挂车行驶在京石高速公路上,因停车不当,被国务院事务管理局一辆小轿车撞在拖车尾部,造成2死2伤。

超速行驶及检修车辆停车不当等造成的事故,与上述突发性自然异常引起的事故不同,完全是驾驶员对高速公路驾车缺乏常识所致,即是人为的事故。因此,在我国高速公路刚刚起步的同时,应对汽车驾驶员进行高速公路特点及在高速公路上行驶应知应会知识,做好教育和普及。例如进入高速公路前,应对车况进行自检,检查灯光是否正常,检查制动踏板是否有异常,检查油料是否充足,检查轮胎是否完好,检查风扇皮带是否过紧,有无破裂处,检查有无漏水现象,冷却水是否充足,检查方向指示器是否正常,检查发动机机油是否在油量检测器所示范围之内，等等。这8个方面有一方面出了问题，在高速行驶中即可能造成重大事故。

驾驶员上高速公路还应对高速公路的特点有所了解。例如一要了解起点到目的地沿线道路交通情况，了解服务区（S·A）和停车场（P·A）的情况，如果长距离行车，还要考虑到疲劳、汽油补给等；二要了解各地公路管理部门制定的有关规定，了解货车超载的限制和装载要求；三要了解车辆间保持的一定车间距离，在干燥的公路上行驶，车距100米为宜。遇雨天、雪天，在潮湿的公路上行驶，车距应是干燥路面的2倍。

总而言之，我国的高速公路刚刚起步，并在逐年增加里程，广大驾驶员还缺乏"高速意识"，对驾驶员进行高速公路行车常识宣传教育，已是刻不容缓的问题了。

（6）公铁交叉道口是事故多发地点

由于条件所限，当今世界除高等级公路与铁路道口实现立体交叉外，绝大多数公铁道口仍是平面交叉，虽然多数道口设有管理人员，但由于汽车驾驶员的过失及道口管理不善而常常发生交通事故，造成惨痛的伤亡。

①美国铁路道口事故多。据一个统计材料提供，1991年道口撞车事故达5481起，平均每天15起，死亡654人，平均每天死亡2人。这些事故中40%发生在冬季，即12月、1月和2月，主要原因是天气恶劣，节假日车辆多或驾驶员酗酒造成。

目前美国有30万个道口，其中12万个属私人经营，只有国营道口才有警告牌。铁路道口交通事故主要责任在汽车驾驶员抢行。一位美国火车司机告诫汽车驾驶员说：火车停不下来，又不能转向，一旦发生事故，汽车驾驶员责任和损失最重。

②遇铁路道口勿抢行。我国铁路道口有多少个？笔者还未查晓，但我国铁路道口交通事故常有发生，主要原因亦是汽车驾驶员抢行。1992年10月，一辆豪华加长客货两用车，在津浦铁路一个无人看守的铁路道口，不很好瞭望，盲目抢行，结果与169次列车相撞，旅客列车未受损失，但客货汽车全部报废，2人死亡，3人重伤。

陕西渭南地区运输公司一辆大客车，在太（原）西（安）线的一个公铁平交处，驾驶员抢行道口，与一列车机头相撞，大客车被车头撞出数百米远，车上17人中8人先后丧生，其余全部受伤。过道口，宁停三分不抢一秒，应是至理名言。

③制止非法私设道口。1992年1月17日~23日，仅7天时间，湖南地方铁路连续发生3起机动车与火车相撞事故，酿成死27人的悲剧，其中有两起是发

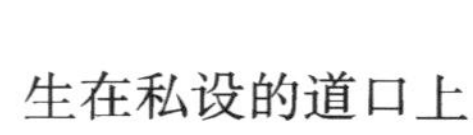

生在私设的道口上。

这几年农民以开放搞活为由，仅湖南300多公里的地方铁路，非法私设道口300多个。这些私设道口基本无人管理，事故不断发生，1992年1月17日下午，某乡驾驶员李某，驾驶一辆三轮摩托车，违章载客12人，强行通过一私设道口时与火车相撞，死亡4人伤6人。长沙某局一女驾驶员驾驶面包车途经一私设道口时，也发生了与火车相撞的恶性事故，死伤9人。

私设道口，又缺乏管理，已是违反国家规定的行为，为交通安全计，应尽早予以妥善处理，方为上策。

(7)驾驶员的生活百科

汽车驾驶员从生理上说，和其他人没有什么不同，都是一样的人。但由于驾驶员从事的工作有特殊性，每天驾车在道路上穿梭来往。汽车跑起来如猛虎一般的迅速，稍有不慎即可能发生交通事故，驾驶员在行车中对安全二字都是较严肃认真的，谁也不愿意出事故。

根据以往发生的交通事故的原因调查分析，驾驶员在行车中的衣食住行也大有学问，如果疏忽大意，也可能诱发出交通事故。我们从诸多案例中选择一些生活百科知识介绍给驾驶员同志。

①午餐后不宜立即驾车。据一位专家研究，人在午餐后尤其是夏季，都有一种困乏感，甚至昏昏欲睡，这是生理节律钟在起作用，午餐后胃部负担加重，需要充血以消化食物，把营养输往全身，致使大脑感到困倦。因此，驾驶员午餐后立即开车上路，是极易发生事故的。有人总结说：午餐后的15分钟内是驾驶员的危险期。驾驶员在午餐后，应适当休息，或闭目养神，或适当活动活动身子，散散步，用冷水洗洗脸，等头脑清醒后再上路；上路后如果仍有倦意，不妨停车休息10分钟再走。须知，驾驶员打个盹的工夫，即可能酿出悲剧性的大祸来。

此外，据科学家们通过长期、大量的调查研究得出结论，凌晨4点钟也是事故多发时刻。凌晨4点钟是人体生理性变化的“睡醒周期”，血液循环微弱，肺通气量减少，血氧饱和量降低，使脑神经对外界事物的反应与判断受到严重影响，这时夜班工作常因困倦、瞌睡而发生事故，凌晨4点与午餐后开车一样，是驾驶员不可轻视的。

②开车时勿吸烟。驾驶员开车时吸烟，尤其是跑长途的驾驶员吸烟已是较普遍现象，有时乘车人还主动把烟点燃递到驾驶员手里，鼓励驾驶员吸烟。其实这是不应该的。吸烟对驾驶员驾车有害无益。据美国马萨诸塞州大学的一项研究结果表明，驾驶员吸烟易发生交通事故。他们对两组人进行研究，第一组的人中，造成交通事故的吸烟者比不吸烟者多50%；第二组的人中，吸烟者与

不吸烟者交通事故比为 1.25∶1。这种差异表明,吸烟因精力不集中,烟雾刺激眼睛和呼吸道,引起视觉模糊或咳嗽等而造成交通事故。乘车人亦应尽量不在车内吸烟。

③节制开车前的性生活。人有七情六欲,驾驶员也不能例外,由于驾驶员开车在外,特别是开长途客、货车的驾驶员,常年在外,不能过上正常的家庭和夫妻生活,为此,也常常引起交通事故。一位长途货车驾驶员,连续出车半个月才得回家一趟,第二天还有紧急任务出车。妻子为他准备了佳酿美肴,青年夫妻小别重逢,更是如胶似漆,一宿不能好好休息,第二天上路不久,便有困倦之感,开着开着一打盹的工夫,便同弯道迎面开来的一辆大货车相撞,被方向盘死死地顶住,丧失了青春年华。

目前社会风气不好,乡间路边上有很多酒店旅店。店里雇用了一些青年陪酒女郎,其实不少干些见不得人的勾当,他们又专门把汽车驾驶员视为猎取对象,一则驾驶员腰包里有钱,车上有货可偷,二则可揽客车上的旅客就餐。一位大客车驾驶员已是某餐馆的常客,一天中午饱餐之后,又与陪酒女郎干了那件事。事后开车上路,一则午后饭饱,又喝了两杯啤酒,本来就犯困,加上与陪酒女郎鬼混,更是雪上加霜,开车不久就哈欠连天,眼皮只合了一会儿的工夫,便把车开到路边的河沟里去了,酿成了车上人 3 死 9 伤的大事故。这里顺便提供一个情况,据某边疆自治区对全区汽车驾驶员进行体检发现有 10% 的驾驶员患了性病。奉劝驾驶员同志,开车在外万不可寻花问柳,否则不但易出事故,还可能染上疾病,望善自珍重。

还有一个乐极生悲的例子。一位部队驾驶员,接受外出拉货任务,这次任务有件最使他开心的事,是路过他家,可与妻子团聚。他打了电话回家通知了妻子。上路后他极为兴奋,想象着与妻子相聚的美妙情景。当车到家门口时便看见妻子站在路边等候,他探出头不断挥手与妻子打招呼,但顷刻之间这车便朝妻子开去,躲闪不及,被撞断了一条腿,不得不送进医院,真真演出了一场乐极生悲的悲剧。

上述事例,提醒驾驶员同志在开车中,对性生活要节制;同时也向运输单位的领导人提出一个问题,对长时间在外执行任务的驾驶员的家庭,在安排任务时也应注意到夫妻生活这个情况,给他们一个较宽松的时间与妻子团聚,不可为了任务而不顾驾驶员的生活节奏。

④其他方面的注意事项。

下面只简要列些项目,不加以论述了。

汽车上装电话易导致车祸,据德国一份调查证明,32 万辆装了电话的小轿车,其中有 7.5 万辆发生过事故,比不装电话的汽车高出 10 倍以上。

驾驶员服药也易出事故。德国科学家研究表明，发生车祸的驾驶员有11%是因为服了镇静、安眠、降血压等药物。因为这些药物对人的中枢神经系统，特别是眼神经、耳神经均有一定的毒性反映，会程度不同地致人头晕、头痛、耳鸣、困倦、乏力、神志恍惚等弊病。

脑贫血可引起交通肇事。据医学家研究发现，驾驶员跑长途长久不变坐姿，不利血液循环，使血液滞留于下肢，在行驶过程中单调的景物不能引起驾驶员兴奋而使人出现脑贫血症，不知不觉进入催眠状态。跑长途的驾驶员每行驶一二小时后，即应停车走出驾驶室活动几分钟。

戴变色眼镜弊多利少。不少驾驶员喜欢戴变色眼镜，觉得戴上它气派，夏日遮光。其实变色眼镜有很多不利因素。自然光线经过色镜之后，使物体在眼内失去往常颜色，会给驾驶员视物或测距带来误差；另外，交通信号由红、黄、绿三色组成，戴上色镜之后不易辨认其色彩，造成人为的"色盲"，亦是有危险的。驾驶员最好不戴有色眼镜，但在强烈日光直射眼睛的情况下，戴一般的有色眼镜保护眼睛也是有好处的。

2.寄语道路行人、旅客及其他。

我国的道路交通事故，除了驾驶员自身驾驶过失造成的事故以外，多与道路行人、旅客及在道路上打场晒粮、放物等有关。据有关统计资料表明，因行人违章引起的车辆事故约占交通事故总数的20%。

还有资料表明，道路交通事故伤亡农民占多数。从湖北黄石市的事故档案中分析，在死亡80人的职业栏中注明，其中农民39人，近50%。为什么会出现这种情况？主要是农民的行路观念落后，没有交通法规意识，他们在公路上"自由"惯了，盲目乱跑乱闯，对来往的车辆满不在乎，甚至以为"反正你不敢撞我"。有的随意扒车、跳车，不顾超载与否强行乘车，遇大货车也往上扒。总之，说明我国道路行人（特别是农民）的文化素质低，道德水准不高。因此，提高道路行人交通安全意识，提高精神文明和道德修养，已是一个刻不容缓的问题。下面选择几个典型事例加以分析，对道路行人和驾驶员安全驾驶不是没有裨益。

（1）高速公路上的交通"法盲"

按国际标准建设的高速公路，用万车事故率来统计，比普通公路安全系数高出20倍。但因我国的高速公路刚刚起步，道路行人对高速公路还不了解，更谈不上"高速意识"，因此常常出现行人上高速公路而酿成交通事故。

武（汉）黄（石）一级汽车专用路通车后，不少沿路农民扒开护栏上路行走，有时一天内即堵截住100余辆上路的自行车，因此而发生多起伤亡事故。不少农民还理直气壮地说：修路占了我们的土地，修好了高级公路我们上来走走也是应该的。这个观念突出地说明了农民的交通法盲程度。为此，他们白白地把生命丧失在高速公路上，甚至到死还不晓得高速公路不准行人行走的道理，确是道路交通上的人间悲剧。

1992年7月，在京石高速公路上就发生一起因行人穿越高速公路而造成的死亡事故，河北省正定县农村妇女李某外出，为了抄近路穿越高速公路，当她走到路中间时，发现由北向南驶来一辆小轿车，于是急忙回返。但高速飞驶的轿车已到她跟前，驾驶员制动已为时太晚，这位农妇丧生车轮下。

此外，在高速公路上，驾驶员随意停车上下旅客的现象也时有发生，也是一个事故隐患，应引起注意。

(2)儿童上路危险多

在普通公路上因混合交通，行人自由自在地走在公路上，有的不避让车辆，有的思想上大意，有的抢行横过公路，有的老弱病人行动迟缓，也有聋哑人和盲人，这些特殊人群在公路上行走，常常引起交通事故。有时驾驶员虽采取了紧急措施，终因行路人行为不当而发生事故。这也是因行路人缺少安全意识而造成的。

在普通公路上更易发生行人事故的是儿童。儿童是无知的，在公路上他们也任意玩耍，有时驾驶员猝不及防而出了事故。1992年8月，在福建省松溪县，不到10天里就发生了两起儿童车祸。轧死的两个小女孩，都是从路边突然出现横穿公路而造成的，一个6岁一个8岁，驾驶员发现他们时已来不及避让了。据科学分析，9岁以下儿童不具备交通行为能力，加上他们视角狭窄，视认力差，感知系统尚不健全，极易发生事故。驾驶员在路过村镇时，应格外注意儿童在公路上的突然出现，以便及时采取措施。

(3)旅客携带危险品乘车引起爆炸事故屡屡发生

这类事故是我国特有的社会现象。从各种爆炸事故看，以炸药伤人杀人案很少，多是农民为致富从事鞭炮生意而造成的；也有的是买来炸药为生产、炸鱼等用而造成客车爆炸。火药是危险品，明令禁止携带乘车，但携带者都存有侥幸心理，以为包裹隐蔽，不会发生问题，一旦携带上车，就很容易引发事故。结果不但未能赚到钱财，反而危及广大旅客的生命安全，自己也弄得人财两空。我们还是举例加以说明。

生产鞭炮的黑色火药是罪魁祸首。各地引起客车爆炸案件中，多数因旅客携带制造烟花爆竹的黑色火药所致。这类肇事又多发生在盛产烟花爆竹的湖南省。湖南从事这类生产的民间厂家数以千计，仅桃江县9个乡，就有50%的农民从事火药生产，贩卖火药。湖南省从1987年至1992年，由于旅客携带火药上车，共发生9起爆炸事故，死113人，轻、重伤288人。

例如1991年12月10日上午，一辆从新化县某乡开往县城的大客车，在某

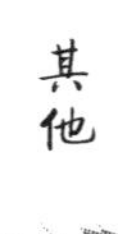

村镇停靠时,因一农民携带50公斤黑色火药上车,在车厢震动中引爆,车上除6人幸免外,其余全部死亡。还有一次因一农民带20公斤火药上车,突然引爆燃烧,放出大量毒气,当场死亡8人,受伤旅客中毒后,由于大脑缺氧,出现脑水肿、肺水肿、肝脏损坏,经抢救无效又死亡14人,情景十分凄惨。

桃江县交通部门加强了检查工作,1992年4月2日~7日仅5天的时间里,就查获鞭炮37万响。5月20日桃江汽车站派出所还查出一农民携带的TNT烈性炸药12公斤,雷管40枚和7米导火索。避免了一起车毁人亡的恶性事故。

(4)制止公路上打场晒粮

凡事都有个原委。公路上打场晒粮是农村集体生产瓦解后出现的。从前农业是集体生产,生产队都有自己的场院,一般不必上公路。现在是农户个体经营,要家家都有场院已是不可能的事了。因此,靠公路近的农户便看准了公路这块"宝地",一来沥青路、水泥路光滑平整,二来有过往车辆。免费为其碾压,岂不乐哉!

其实这也是农民愚昧无知所致,先不说有碍交通,粮食在公路上碾压,晾晒是很不卫生的,一则汽油污染,二则沥青路面含有二甲苯等有毒物质,沾染至麦粒上食用后可以致癌。有资料表明,某县农民致癌患者有2.4%是食用了沥青中的苯类导致的。但中毒致癌的农民并不知道得癌的原因,不能不说是又一个悲剧!由于在公路上打场晒粮造成的交通事故,更是屡见不鲜。因打场晒粮造成的交通事故,主要有这样几种情况:

一是由于汽车被秸秆缠绕,汽油渗漏引起火灾;

二是车辆躲避不及轧死人。河北某乡一个小女孩在铺晒的麦堆中玩耍,被过路的大货车轧死。还有的车辆为躲避翻场的农民,转向过急而翻车造成伤亡;

三是发生堵车,影响交通。在四川某路段公路上,农民晾晒的麦秸厚达70厘米,一辆汽车从秸秆上过,被秸秆缠住车轮,进退不得,结果交通堵塞50多分钟。

此外,农民饲养的牲畜和家禽在公路上无人管理,也是容易导致车祸的一个方面。在湖南新宁县某地段,因一驾驶员在公路上轧死一只鹅,驾驶员赔了30元,但鹅主人仍不依不饶,纠集两个小子打伤了驾驶员,直到公安交警制止才算平息了这场纠纷。驾驶员对农民的无理纠缠是极为头痛的!

(5)旅客与驾驶员应是"同车共济"

客车驾驶员运送旅客,都是很负责任的,他们在行车中都谨慎驾驶,都想把旅客安全地送到目的地。但客车在路上一旦发生意外事故,旅客与驾驶员应当是同车共济,患难与共,互相帮助,克服困难。但现在有些旅客,竟对驾驶员遇到危难视而不顾,甚至抛弃受伤的驾驶员扬长而去,做出了极不道德的事情。

1992 年 11 月 11 日,上海一辆大客车因发动机故障,拦腰停在一个铁路道口上。驾驶员知道此处的危险,喊旅客下来帮助推车,80 名乘客中只有 10 人下车,顷刻道口上堵塞了上千辆车。此时道口接到通知,还有 8 分钟将有一列火车通过,道口员电话打通没人接,举着小红旗朝火车方向跑去送信号。

这时如果旅客一齐上前把车推出道口,完全来得及,但只有七八名旅客推车,围观者却很多,终因推车人少,列车呼啸而来,把客车推出 4 米开外,驾驶员受了伤,满脸是血,昏迷过去,背部脊椎骨发生多处骨折,而旅客们却安然无恙。这是与现代文明多不协调的一幕丑剧。

还有一次,那是广西百色地区的一位模范驾驶员,名叫黄佐文,他驾驶大客车在山区行驶,在弯道上看到前方一辆大货车占道奔驰而来。黄把车靠在路边躲避,踩了制动,但大货车因下坡占道行驶,撞了大客车,黄被撞变形的方向盘挤在座位上,阵阵呻吟。全车旅客保住了生命,40 多人不顾驾驶员的死活弃车而去,只一位旅客去抢救黄佐文,但终因人单力薄,时间拖延过久,黄佐文为了大家的安全牺牲了自己。事后人们慨叹万分,并问:现在一些旅客的道德良心难道被狗吃了吗!

3.法制、教育、科学管理是减少交通事故的方向

道路交通事故是个世界性的问题,各国都在竭尽全力采取多种措施为减少交通事故而努力。减少道路交通事故是一项复杂的系统工程。其中有驾驶员、道路行人、旅客的问题,也有道路状况的优劣、道路设施以及其他社会问题。综合我国和世界各国的经验,我们提出以下几项,如果能引起有关部门、驾驶员、道路行人的兴趣,也就达到了作者的目的。

(1)处罚与教育相结合

各国都制定有交通法规、法令,对违章者分别不同情况按法规条款予以惩处。或者处以高额罚款。有很多国家注意到,严加惩治肇事者固然需要,可以起到“杀一儆百”的作用,但是严惩并不万能,只有处罚与教育相结合的方法,才能收到更理想的效果。

日本和新加坡汽车拥有量较高,但交通秩序良好,道路交通事故较少,这两个国家是以严格的交通处罚闻名于世的。日本交通法规规定:闯红灯者或超速行驶者,累计 3 次最少判坐监 4 个月,若闯出车祸,驾驶员坐监时间将会更长。日本在东京近郊建了一座“交通罪犯监狱”,就是来收监和改造交通肇事犯的。入狱者一进这种特种监狱。除接受交通法规再教育外,每天穿上素白的衣衫向狱中特设的“赎罪牌”鞠躬悔罪。反复朗读赎罪牌上的警语:“我反省自己的罪行,并发誓用自己的行动向社会赎罪。”这座监狱是不设防的,从无人逃跑。在

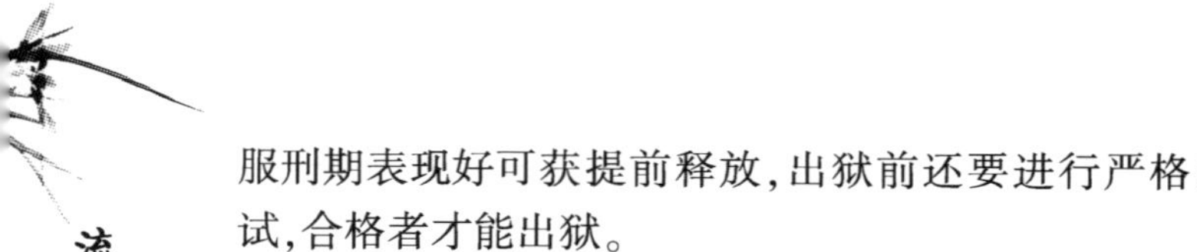

服刑期表现好可获提前释放，出狱前还要进行严格的驾驶技术和交通规则考试，合格者才能出狱。

在美国的几个州里，对肇事违章驾驶员，除给予处罚外，还试行了“心理感化”的教育方法。有的让肇事驾驶员到医院作一段护理工作，专门照料那些住院的交通事故受害者，使他们从心理上受到震撼和教育。加利福尼亚法官比特尔·孔特尔，让犯人“参观”城市里的停尸房，让他们看看在车祸中的死亡者，解剖这些尸体时，也让肇事者在场看着。据说这些奇特的“处罚”方式，对肇事驾驶员的教育作用很强。

美国洛杉矶有个规定，酒后开车的驾驶员被发现，除受处罚外，还要花300美元在车内装一种电子装置。这种装置对酒味非常敏感，只要车内有酒味，车就发动不起来。还规定这些受罚的驾驶员，以后不得驾驶没有这种装置的汽车，否则将剥夺其驾驶汽车的权利。

在萨尔瓦多，发现酒后驾车者立即就地枪毙。美国纽约对酗酒开车者除罚500美元外，吊销驾驶执照，终生不得再开车。这么办虽然有点过分严厉，但对杜绝酒后驾车保证安全也确有威慑力！

此外，各国对驾车肇事者的处罚花样颇多，美国俄勒冈州给违章驾驶员的车换上红牌，以使驾驶员和行人注意。德国海姆市把违章驾驶员用警车带到郊外偏僻处，让他们步行走回市里。巴西圣保罗市把违章驾驶员送到幼儿园，让其观看儿童在有道路交通标志的地上表演汽车游戏，使他们受到教育。

斯里兰卡交通事故逐年增加，平均每天有4人死于肇事的车轮下。斯里兰卡规定每年2月19日为全国交通节，对全民进行广泛的安全教育，提高全民的交通意识，他们把安全教育提到安全管理的首位是很有意义的。

(2)保护驾驶员安全的种种手段

许多国家针对驾驶员在行驶中容易发生事故的原因，如酒后开车、疲劳驾驶等等，采取科学、先进手段对驾驶员进行保护，都有很好的效果。

①据有关科研资料表明，酒后驾驶事故发生率最高。因此，为防止酒后开车，各国采取许多办法加以防止。

美国辛辛那提一家管理技术公司推出了一种汽车分析器。这种固定在汽车驾驶室仪表板下面的装置，对周围空气的嗅觉特别灵敏，驾驶员只有通过它的无酒精成分的检测时，才能打开有关系统和发动机之间的安全锁，启动汽车。

日本东京大学的一位生物电子学家，发明了一种传感器，安装在手表收音机背面，随时检测驾驶员手腕汗腺中的酒精成分，然后通过收音机内的微型发射器，向点火系统发出无线电讯号，控制汽车的启动。

美国还成立了两个防止酒后开车的协会，也起了很好的作用。一个是“饮食业反对酒后驾驶协会”,该协会要求宾馆饭店的服务人员协助监督驾驶员饮酒行为,如有发现,即打电话通知警察,迅速赶来处理;另一个是“母亲反对酒后驾驶协会”,协会把越来越多的妇女组织起来,劝阻他们的丈夫和儿女勿酒后驾驶。母亲反对酒后驾驶协会的作用很大。

②疲劳驾驶的事故率排在第二位。美国研究人员发明了一种警睡器。可防止驾驶员在瞌睡状态中驾车出事。这是个小型的电子装置,有两部件,一部件像手表一样戴在手腕上,一部件像戒指戴在手指上。两部件有导线相连接,当驾驶员开车打盹时,意识状态低下,警睡器根据人的意识状态会自动产生不同的电位差,到一定程度警睡器即会发生尖锐的鸣叫声,令驾驶员警觉,驱走睡意,打起精神开车。这种警睡器很受驾驶员和夜班工人的欢迎。

日本东京大学一位教授发明的生物传感器,能检测出驾驶员在行车中的疲劳程度,同时可将过度疲劳的信号通过车内收音机发出报警音响,来提醒驾驶员停车休息。

③安全带是驾驶员的“护身符”。驾驶员系安全带,已在不少国家实施,据专家科学测定,当汽车发生撞车、撞物事故时,安全带将会大大减少驾驶员伤亡。从 1992 年 9 月起,美国所有汽车的驾驶座必须配有安全带,1993 年轿车驾驶座必须配备减小撞击力的空气袋,到 1996 年,包括货车在内,所有前排座都必须配备空气袋。美国查尔斯乐公司在汽车上装的空气袋,位于方向盘中央,通常被折叠起来,当遇到紧急制动时,触及开关,空气袋就立即充气膨胀起来,能起到很好的缓冲作用,使驾驶员撞不到方向盘上,保证生命安全。

澳大利亚定严格规定,汽车每个座位上都要装安全带,驾驶员驾车不系安全带发现后立即罚款 20 澳元。我国公安部门也已作出规定,从 1993 年 7 月 1 日起,驾驶小型汽车的驾驶员和前排乘员行驶时必须系上安全带。这是一项减小碰撞后人体损伤程度的有效措施,且已被实例多次证明,希望驾驶员开车时不要怕麻烦,系好安全带再开车。

④交通信号和安全标志不断改进。交通信号和各种标志不但给驾驶员行车带来很多方便,而且也有利于安全行驶。自 1918 年美国纽约街头亮起三色信号灯以来,得到世界各国的公认、赞成,被定为国际标准,人类才有了统一的红、黄、绿三色交通信号。红色表示停止、禁止,黄色表示警告,绿色表示安全状态通行。

红黄绿三色灯已成为世界统一信号,但由于驾驶员可能有程度不同的色盲,有的国家也视情况做不同的改进。从 1982 年起,我国不少城市将绿灯改为蓝绿灯,这是因为考虑到有 8%的人是赤绿色盲或色弱,他们常把绿色误认为淡黄色,把绿灯改为偏蓝些,对正常人和赤绿色盲者均有好处。

日本汽车商经过市场调查,因200万色盲不能辨认红绿色被取消驾驶证。因此日本汽车商建议改变三色信号灯,用记号代替颜色,用○代替绿色,用×代替红色,以△代替黄色,可以大大方便色盲驾驶者。

为了方便盲人、弱视者和行人过马路,西班牙一些城市安装了会说话的红绿灯。这种信号灯装置,由一台小型电子计算机控制,并连接广播器。当红灯亮时发出“红灯,请稍等”的声音,亮起绿灯时,广播器又发出“绿灯,请您走好”的声音。

原苏联梁赞省的一位发明家建议,新一代的交通设施应用“会说话”的路标替代普通路标,以彻底减少由于路标不清造成的车祸。他的建议是在公路安装道路路面湿度传感器,接连至路标信号盘上,汽车上安装接收机,当感应器接到信号时,驾驶员从仪表盘上就可看到安全行驶的有关信号。

1989年,意大利第一条会说话的公路交付营运。这是一条用固定的语言“思维引导”的汽车公路,在路面和路肩埋入传感器,用来记录并向中心计算机报告出现的路况及危险情况资料,而后由计算机预测形势,并随时向驾驶员提供信息,以便于汽车安全行驶。

英国发明了一种限速标志灯,它设置在道路滑途中。与小型反光装置原理相同,它似乎在和汽车并排前进。汽车速度正常时,驾驶员能看到前方亮着一个标灯;当汽车超速时,他便像跑到了灯光的前面,因此,驾驶员只要注意这种标志,就不会超速。

目前反光标志已被各国广泛采用,芬兰科学家经过测试发现,原本为了减少车祸而装的反光标志,反而具有鼓励驾驶员踩油门往此标志冲去的作用,还应加以改进。

(3)研制安全系数高的新型汽车和设备道路交通事故,就其主导方说,驾驶员、道路行人及旅客等人为因素是主要的,但是汽车性能不好也是导致事故的一个原因。古人云:工欲善其事,必先利其器,讲的就是这个道理。

为了减少通事故,各国汽车制造商,依据各种事故的情况,研制或正在研究各种先进的安全系数高的汽车和有关安全的设施,这大约也是从事故教训中得来的经验吧!

下面摘其有特色者数则:

①法国制造的安全汽车数据统计,全世界每分钟发生一起撞车事故,导致车毁人亡。法国研制的这种安全汽车就是为减少撞车伤亡而制造的。这种汽车车头不再是宽平的矩形体,而是如同橄榄球或卵石状,结构上将后轮驱动改为一前一后的驱动,对车身的质量按中心轴的布置进行重新布局。这种车在遇到故障时会改变行驶路线,而不会像撞在墙上那样立即停下来,从而大大减弱

撞击的后果。据测试表明，汽车以 60 公里的时速撞击时，由于接触面的改变，撞击力减少至正面撞击的 1/5。驾驶员和乘员安全系数大大提高。

②日本正在研制先进的安全汽车，这种先进的“安全汽车”，考虑了 4 种情况：高速行驶、发生事故前、发生事故时及发生事故后。

汽车行驶时，本身可辨认路上的白线，若行车不稳定会自动发出警报。车上还有防驾驶员瞌睡的装置，有监测传感器，夜间如果在车灯照不到的地方有人、有汽车或障碍物，监测传感器可把监测到的信号报告给驾驶员。在有事故发生的危险时刻，传感器自动装置便自动操作。另外，车上还有自动计算同前车距离的装置，车距过近可能有危险时便自动报警，车距进一步靠近便自动制动。此外，还将开发能自动判明弯道的角度、自动控制汽车进入弯道速度的系统。21 世纪初在市场上销售。

③日本和美国研制智能汽车。这种智能汽车由“人工眼”、“人工脑”和执行机构组成自动驾驶装置。它能根据交通情况为驾驶员选择最佳行车路线，可预告前面拐弯处是否有行人横穿道路。当前面的车突然停止时，它能自动制动，超车时如遇迎面而来的汽车，它能相互发出警告信号等等。

④各种先进的安全装置。美国研制的会说话的汽车：车上装有防撞无线电探测器，它不仅能对位于汽车前面和侧面的物体做出反应，而当障碍物处于近处时，语言合成器会提醒驾驶员采取制动措施。如果没奏效时，制动器会自动制动，使汽车停下来。

汽车尾部安全导向器：这是美国惠斯勒公司研制的自动导向电子扫描装置，该装置固定在汽车支架的尾部，当障碍物或其他车辆接近该汽车时，就会自动提醒驾驶员注意。

穿云破雾的“千里眼”：驾驶员最头痛的是碰上大雾天气，能见度低，易发事故。美国拉希德公司研制出一套雷达防撞系统，装在汽车前面的挡泥板上，能毫无遗漏地接受前面汽车和障碍物发出的信号，给驾驶员装上了穿云破雾的“千里眼”。英国研制出新式后视镜：这种后视镜一接触后面汽车前灯的亮光时，它会给自控系统提供动力，使其在 1/10 秒的时间内让后视镜调整好角度，把映入驾驶员眼帘的光亮减少 90%，一旦亮光消失，它会马上回到原来的位置，另外还能尽量避免强烈的路灯灯光刺激驾驶员的眼睛。这个装置极好地防止了后视镜灯光刺激驾驶员的眼睛，有利于安全驾驶。我国的汽车制造业近年虽有较大发展，但还顾不上研制安全系统，当然小改小革也有发明制造。如北京新宏汽车配件厂研制的 MSC-204 型汽车灯光安全控制器，已获中国新产品新技术博览会金奖。它采用光学探头进行测距，取代了汽车会车时手动或脚踏变光方式。夜间会车相距 100~200 米时，远光自动变为近光，会车结束时恢复远

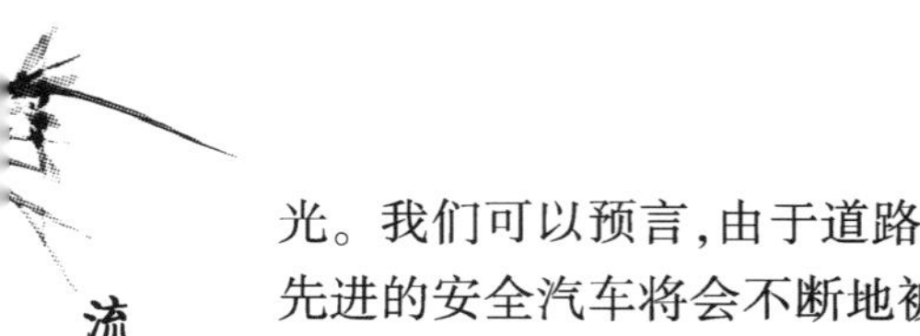

光。我们可以预言,由于道路交通事故的增加,汽车工业为保障驾车安全,新型先进的安全汽车将会不断地被研制出来。道路交通事故,将会带动汽车工业的一场革命,这恐怕不是天方夜谭的事吧!我国的汽车水平还处于起步追赶世界先进水平的阶段,在起步时就考虑到驾驶安全问题,总比以后被迫改进要好得多!

(4)幽默的交通警语。为了提醒驾驶员安全行驶,世界各国在道路明显处都挂上标语或横幅,用醒目的大字写一些警示性的语言。这些警语改变了过去恐吓的色彩,越来越幽默风趣,很有人情味,既能起到提醒的作用,同时那些妙语连珠警句又能给人以很开心的幽默感,令人过目不忘。

①我国的安全口号与警句。

广东省于1992年搞了一次交通安全口号,警句征文活动,获奖作品很有魅力,从文字上看对仗工整,很有文学水平。下面选择几个供欣赏:

没有红灯的约束,便无绿灯的自由。

百业兴隆靠交通,万家团圆靠安全。

让一步桥宽路阔,等一时车顺人欢。

安全与幸福相关,违章和玩命同义。

关心他人安全的司机,才有自己幸福的家园。

若要亲人勿牵挂,酒后不要把车驾。

②外国的幽默警语。

墨西哥一个城市的入口处悬挂一个醒目的警告牌,上写"请司机注意您的方向盘——本城一无医生,二无医院,三无药品!"

美国西海岸一条公路急转弯处,有一标语牌写道:"如果您的汽车会游泳的话,请照直开,不必刹车!"

在美国底特律市竖着一块牌子,上面画一只酒瓶,并写道:"这里的警察喜欢酒味,他会劝每一位过路司机顺利到他管辖地区呆一天,以便各位同事有机会享受一下威士忌的酒香。"

在美国的公路上可以看到这样的路标:"此桥40年未修,行车危险!"

法国等一些西欧国家,许多公路上都竖起绘有家禽或鸟的路标,上写:"请减速,谢谢!"

在丹麦哥本哈根有这样路标:"你如何打算?以时速40活到80岁,还是相反?"

③除了警语以外,外国还有警觉的弯道。

公路拐弯处是交通事故多发地区,为了减少车祸,不少国家使用了多种有效的办法提醒驾驶员注意。

德国法兰克福市铺设一种音乐弯道，汽车路过弯道便发出音乐声，提醒驾驶员减速。

瑞典在弯道处铺设了许多小石块，利用车身的震动迫使驾驶员减慢车速，谨慎通过。

日本在T型交叉口和公路拐弯处，种植了密集高大的乔木，造成前方道路狭窄的错觉，使驾驶员从远处就注意到交通情况有变化，提早做准备。

美国在弯道处分成内外两侧，外侧路面比内侧高44～50毫米，形成阶梯状，使交会车各行其道。

（《汽车驾驶员》杂志1993年1月～10月）

后　记

书中的稿件,时间跨度长,文体杂,行业多,容我略加说明。

我于1948年9月,在黑龙江省铁力林业局参加工作(时称参加革命),到1958年3月,在林业部门整整工作了10年。这10年中,从哈尔滨的《东北林业工人报》到北京的《中国林业工人报》,写了许多新闻通讯和其他文体的稿件,书中占有较多的比重。这10年我是很怀念的。

1958年4月,我申请到伊春林区某林场劳动锻炼,6月份伊春市调我到伊春负责筹办《伊春日报》。经过4个月的努力,《伊春日报》于10月1日创刊。我在《伊春日报》上发表了两篇颂扬大炼钢铁的通讯。

1959年1月,我调到第二机械工业部《跃进报》工作,在这个单位写了多篇通讯。二机部是抓铀矿石开采和提炼铀235的保密性很强的原子能工业部门,我写的通讯不能包含真实的地点和具体单位的名称,看了以后会有不真实感。如今,当年的二机部早已更名为“中国原子能工业总公司”了。

1960年10月,二机部部长宋任穷调任中共中央东北局第一书记,我被调随行做了两年机要秘书,后调到东北局政策研究室农村组工作。由于有了多年新闻工作之癖,业余时间给《辽宁日报》、《沈阳晚报》写了许多杂谈类的短文,为此有了辽、沈两报杂谈部分。

1967年8月份,东北局在“文革”灾难中被撤销,大部分工作人员下放农村劳动改造。1969年9月我被调到《辽宁日报》工作,先在总编室做值班编辑,后又调到政治生活部做《党的生活》专刊编辑,在辽报工作中就很少写稿了。回忆“文革”中的辽报工作,想起来心中仍是酸酸的!然而我很感谢当时辽报的领导人把我从农村调到辽报工作。

1977年11月我到交通部工作,担任周惠副部长的秘书。1978年7月,周惠调任内蒙古自治区党委第一书记,我随之前往。1979年春节,我要求回交通部工作。1984年5月创办《中国交通报》,由我负责筹备。1984年11月7日《中国交通报》创刊,在交通报工作10年,写了不少新闻、通讯、散文、交通杂谈等。经过筛选,大部分收在书中。

1994年离休,写了一篇《报海钩沉》,即《〈辽宁日报〉“文革”中内部“珍闻”》,读者看看“文革”时报社内部的奇闻轶事,还是挺有意思的。

在交通报工作10年,回忆起来可谓五味杂陈,不胜感慨!

关于这本书的编排，我把所写的部分有关稿件，都按体裁划归到“新闻、通讯”和“小说、散文”两个题目之下了。

这本书是我几十年新闻工作经历所走过的足迹，我自知这足迹并不美丽多姿，但文中可以看出历史上不同时期的烙印。新闻工作就是社会真实的记录者，每位新闻工作者都会留下自己的足迹，但愿留下的足迹，是真善美的烙印。

这本书的出版，很感谢人民交通出版社的有关同志，感谢编辑同志。

2015年3月